教育部人文社会科学研究青年基金项目资助成果（项目编号：15YJC751003）
2018年度大连外国语大学学科建设专项经费资助项目

语言变革与
汉语小说的"现代"生成

陈迪强 著

中国社会科学出版社

图书在版编目（CIP）数据

语言变革与汉语小说的"现代"生成/陈迪强著. —北京：中国社会科学出版社，2020.12
ISBN 978-7-5203-7563-4

Ⅰ.①语… Ⅱ.①陈… Ⅲ.①现代小说—小说研究—中国 Ⅳ.①I207.42

中国版本图书馆 CIP 数据核字（2020）第 248324 号

出 版 人	赵剑英
责任编辑	陈肖静
责任校对	刘　娟
责任印制	戴　宽

出　　版	中国社会科学出版社
社　　址	北京鼓楼西大街甲 158 号
邮　　编	100720
网　　址	http://www.csspw.cn
发 行 部	010-84083685
门 市 部	010-84029450
经　　销	新华书店及其他书店
印刷装订	北京明恒达印务有限公司
版　　次	2020 年 12 月第 1 版
印　　次	2020 年 12 月第 1 次印刷
开　　本	710×1000　1/16
印　　张	21.25
插　　页	2
字　　数	313 千字
定　　价	128.00 元

凡购买中国社会科学出版社图书，如有质量问题请与本社营销中心联系调换
电话：010-84083683
版权所有　侵权必究

目 录

序　对于汉语小说现代性生成过程的扎实考察 ……………… 钱振纲（1）

绪论 ……………………………………………………………（1）
　　一　问题的提出："汉语小说"及其"现代" ………………（1）
　　二　历史与现状：中国小说的"现代"转型与语言问题 ……（7）
　　三　思路与方法 ……………………………………………（21）

第一章　清末"白话文运动"中的"新小说" ………………（24）
　　第一节　中国小说文白并存的历史源流 …………………（24）
　　　　一　中国古代文言小说和白话小说两大系统概述 ……（24）
　　　　二　文言小说与白话小说不同的美学意蕴 ……………（28）
　　　　三　"文白"两大系统在清末民初的延续 ………………（33）
　　第二节　清末民初关于小说语言的认同与分歧 …………（35）
　　　　一　"白话文运动"和"小说界革命"：清末下层启蒙运动的
　　　　　　一体两面 ………………………………………（35）
　　　　二　"小说之正格为白话" ………………………………（40）
　　　　三　"易俗语而为文言" …………………………………（43）

第三节 "言文一致"与方言小说:清末小说中的"方言"问题 …… (49)
　　一 "何若一返方言":言文一致·方言·小说 …………… (50)
　　二 清末方言小说的"生面别开":吴语小说和京语小说 …… (54)
　　三 "另为一种言语":方言化、通俗性及艺术性 ………… (59)

第二章 民国初年文言小说兴盛的历史考察 ………………… (65)
　第一节 民国初年:文言小说兴盛的原因及特点 …………… (65)
　　一 清末民初文言小说的大繁荣 ………………………… (65)
　　二 文言小说兴盛的原因分析 …………………………… (69)
　　三 民初文言小说语言的传统与新变 …………………… (75)
　第二节 小说的辞章化?
　　　　——民初骈体小说及其语言论 ……………………… (85)
　　一 骈文与骈体小说 ……………………………………… (85)
　　二 民初骈体小说的繁盛及原因 ………………………… (88)
　　三 骈体小说语言论——以《玉梨魂》为中心 …………… (94)
　　四 骈体小说语言的局限与启示 ………………………… (102)

第三章 五四文学革命与汉语小说格局的异动 ……………… (107)
　第一节 五四的前夜 ……………………………………………… (108)
　　一 1914年:"新小说"的终结 …………………………… (108)
　　二 1914—1916年主要小说杂志的语言状况 …………… (112)
　　三 新文学作家的"旧"作 ……………………………… (121)
　第二节 五四白话文运动的语言策略与机制
　　　　——与晚清的白话文运动相比较 …………………… (126)
　　一 路径:与国语运动合流 ……………………………… (127)
　　二 本质:与思想革命的融合 …………………………… (132)
　　三 态度:一元论和断裂论 ……………………………… (135)

四　时势：民国建立的政治变迁 …………………………… (139)
第三节　从"国语教科书"到新文学的"实绩"
　　　　——五四文学革命中的白话小说定位与局限 ………… (142)
　　一　作为"国语教科书"的旧白话小说 ……………………… (143)
　　二　"笔墨总嫌不干净"的旧白话小说 ……………………… (146)
　　三　"新体白话小说"的自我建构与问题 …………………… (149)
第四节　新体白话小说的全面兴起与文言小说的消退
　　　　——以1917—1925年的小说期刊为考察对象 ………… (155)
　　一　1918—1925年新体白话小说的全面兴起 …………… (156)
　　二　1917—1925年旧派小说杂志的转轨 ………………… (177)
第五节　民国中后期文言小说的消逝及文学史意义 …………… (194)
　　一　历史余响：五四之后的文言小说及文言小说家 ……… (194)
　　二　"向死而生"：文言小说消亡的深层原因及"新生" …… (197)

第四章　"新白话"的生成与小说修辞方式的转变
　　　　——清末至五四白话小说内部的嬗变 ………………… (203)
第一节　清末至五四白话短篇小说的关键词变迁
　　　　——以"人""故乡""爱情"为例 ………………………… (204)
　　一　"国民"之"自由"到"人"之"觉悟"——清末至五四短篇
　　　　小说中"人"的语义变化 ………………………………… (206)
　　二　"故乡"的发现："乡愁"的现代性书写 ………………… (218)
　　三　从"姻缘"到"爱情"与"恋爱" …………………………… (221)
第二节　五四小说中的欧化文法 ………………………………… (241)
　　一　"改造旧白话"与欧化文法 ……………………………… (241)
　　二　清末至五四白话小说中欧化文法现象举隅 …………… (249)
第三节　欧化白话与小说修辞空间的拓展 ……………………… (263)
　　一　要"仿真"更要"逼真"：现代小说对白话功能的新诉求 …… (264)

二　人物如何思考:关于新旧白话小说心理描写的考察 ……… (266)
　　三　如何描摹"风景":五四小说中"风景"呈现
　　　　方式的变化 …………………………………………… (273)

第五章　"汉语小说"的"现代"建构 …………………………… (281)
第一节　五四作家对"现代小说"的想象与建构………………… (281)
　　一　"现代小说"概念的两个维度……………………………… (281)
　　二　五四以降"小说"与"现代"的勾连 …………………… (283)
　　三　五四作家对"现代小说"内涵的界定 …………………… (288)
　　四　关于"现代小说"概念的反思…………………………… (291)
第二节　"汉语小说"视域下重审中国小说的"现代" ………… (293)
　　一　"汉语小说"作为方法…………………………………… (293)
　　二　中国小说的"五四变法"………………………………… (297)
　　三　和而不同的修辞美学……………………………………… (304)

结语　"汉语小说"未完成的"现代" …………………………… (310)

参考文献 ……………………………………………………………… (316)

后记 …………………………………………………………………… (326)

序

对于汉语小说现代性生成过程的扎实考察

钱振纲

本书作者陈迪强2007年至2010年在北京师范大学文学院攻读中国现当代文学专业的博士学位时，我是他的指导老师。他的博士学位毕业论文写的就是考察清末至五四小说语言变革方面的题目。毕业后他去了大连外国语大学从事中国现当代文学的教学和研究。转眼十年过去了，凭借刻苦和聪明，近些年迪强在学术研究方面取得了长足的发展。现在他的《语言变革与汉语小说的"现代"生成》即将出版，嘱我在书前写上几句话，我乐于从命。

鲁迅在其学术名著《中国小说史略》中对汉语小说的古代史作过具有奠基性论述。汉语小说起源于上古的神话和传说，六朝志人志怪是早期小说的主要形态。唐代是汉语小说的自觉时代，小说从逸史中分离出来。这是汉语小说的第一次大变迁。宋代白话小说的出现是汉语小说的第二次大变迁。鲁迅的《中国小说史略》截止于晚清的谴责小说。之后汉语小说又发生了第三次大变迁。在这次大变迁中，汉语小说结束了文白并存的局面，以崭新的白话语体和崭新的思想和艺术面貌，从古代形态过渡为现代形态。对于汉语小说的古代形态和现代形态，学界的研究成果都已经相当丰富。然而对于汉语小说自古代形态进入现代形态的过程即汉语小说的第三次大变迁的过程，研究成果却相对苍白。

造成这一现象的原因大概有两个。首先是文学史断代的影响。很长一个时期，学术界将中国文学史划分为古代、近代、现代和当代四个时代。这种"四分法"断代观点形成的学术分工，无形中干扰了学者们对于自清末至五四这一过渡地带的包括小说变革在内的文化变革进行前后关联的深入考察。20世纪80年代以来，将中国文学史划分为古代和现当代的"两分法"断代观点逐步占了上风，学界对于清末至五四这一时期文化变革的连续性的研究有所重视。但文学与语言的分科这一干扰因素仍然阻碍着学者们着力从语言的角度去深入研究这一时期的文学变革。从这个角度看，迪强的这部著作的选题是一次成功的"突围"。这一"突围"显示了作者的学术眼光和勇气。

该书的第一个特点是体系的完整性，涉及问题的广泛性。前四章按着清末、民初和五四三个时段历时性地研究汉语小说的现代性"变法"。第一章在明确古代文言小说和白话小说文白并存以及各自的美学特征的基础上，以清末白话文运动和小说界革命为背景，考察了当时的白话小说倡导和创作。第二章考察民国初年文言小说的回潮及其原因。第三章、第四章考察了五四时期汉语小说在语言、思想、艺术上的巨大变革。第五章对于汉语小说的断裂性和连续性进行了思辨性讨论。在论述过程中，涉及到许多重要问题，如方言小说在清末的兴衰、文言小说在民初的回潮和在五四之后的逐步消逝、五四时期白话文运动与国语运动的密切关系。作者对于这些问题都作了认真的研究，结论令人信服。

第二个特点是运用了大量的统计数据。过去人文学科习惯于以举例的方式提供论据，从而进行定性分析。这种定性分析说服力是较弱的。该书作者一改传统，定量地呈现了清末至五四前后文言小说与白话小说在数量上的消长。这就使所作论证具有了较强的说服力。当然，进行这类统计是需要作者付出较多时间和精力的。

第三个特点是材料丰富，富有对话精神。该书分析到的自晚清时期至五四时期的小说相当多。其中不仅有国语小说，也有方言小说、古文小说和骈体小说。同时引用了各个时期不少的相关评论。对于当代有关的研究成果，不仅在绪论中有综述，论证过程中也不忘记与之对话。这也都增强了该书的学术分量。

迪强的这部著作较为圆满地完成了对于清末至五四这一时期汉语小说的现代生成亦即汉语小说第三次大变迁的考察任务。这是很有意义的。这部著作对于汉语小说研究有不小的推进作用，值得学界关注。

2020 年 8 月 29 日于北京

绪 论

一 问题的提出:"汉语小说"及其"现代"

绵延千年,华彩纷呈的中国文学,发展到 20 世纪的五四时期,经历了一场"千年未有之大变局",其最重要的标志是文学语言的全面变革。简言之,由原来文言为主,白话辅之的二元格局,向白话为唯一正宗的一元格局转变。这一过程从晚清开始,到 20 世纪 20 年代白话成为"国语",再至中华人民共和国成立后文言文彻底退出公共应用领域,转型宣告完成。晚清至民国的语言大变革对所有的文体产生震荡,并呈现不同的路向,有的逐渐消失,如文言小说;有的调整更新,分道发展,如传统戏剧与话剧;有的从低位走向高位,如白话小说;有的从公共领域退向私人领域,如旧体诗词;有的吸收融合,借鉴各种资源不断"尝试",渐趋稳定成熟,如新诗;有的移步换形,暗渡陈仓,稳健发展,如白话散文。这一过程对原有的文体认同,内部的审美规范,创作技巧,产生极大的影响,经过一段时间的积淀,形成今日我们称之为"中国现代文学"的基本风貌。

自刘半农 1917 年界定"四大文学体裁"以来,[①] 诗歌、散文、小说与

[①] 刘半农在《我之文学改良观》中首次将诗歌、戏曲、小说、杂文并列,并从"文字""文学"上勘定其价值:"凡可视为文学上有永久存在之资格与价值者,只诗歌戏曲、小说杂文二种也"。见《新青年》1917 年第 3 卷第 3 号。

话剧仍然是今天最为主流的文学体裁，这一过程正是四大体裁面临"文白异动"格局进行持续调整融合的过程。与白话新诗、白话散文的"新质"相比，中国小说的转变有其特殊性，白话小说自古有之，自宋元开始，白话小说与文言小说并驾齐驱，形成成熟稳定的体制，中短篇小说有宋元的话本小说和明代的"三言二拍"，长篇小说则有明清章回小说，更是规模宏大，影响深广。语言变革的影响是全方位的，涉及文体形式、审美规范、叙述模式等。笼统地说五四的文学革命是"伟大的开始"，[①] 五四的白话文运动导致"现代小说"的发生倒也符合文学史事实。但是具体到"白话小说"是如何"现代"起来的，却也疑问丛生。比如，语言的变革对传统的小说形式及内在审美规范形成怎样的冲击？晚清的"小说界革命"之后为何反而有文言小说的繁荣？五四之后的文言小说命运如何？语言变革如何影响了五四作家对小说"现代"的想象与建构？《狂人日记》是在什么意义上被称为"中国现代小说的开端"？五四提出的欧化的白话文与"现代小说"理论建构有何关系？同样是五四时期的白话小说，为何有"通俗"与"现代"之别，其逻辑是什么？如何在中国小说漫长的白话传统中看待鲁迅、郁达夫、老舍等五四作家的白话（现代汉语）小说？这些问题在文学史叙述中或多或少地涉及，有些问题看似盖棺定论，实则还存在许多需要厘清的问题。

带着这样的疑问，本书主要探讨自晚清"小说界革命"至民国中期随着文言、白话小说并存到白话小说一统的小说语言变革过程，在外来小说理论思潮影响下，"汉语小说"的语言传统如何承续、整合和流变，生成一种称为"现代"的小说类型，并反思这一建构的话语机制和实践中产生的问题。与前一阶段宏观的现代文学语言研究相比，更侧重微观的、小说文体学的实证层面。

这里，借用"汉语小说"的概念只是强调一种方法与视角，而不是文

[①] 王瑶：《中国新文学史稿》，上海文艺出版社1950年版，第98页。

学史概念，意在将晚清至五四的小说变革放到中国小说的长时段变迁中考察，在中西、新旧、白话文言的分野背后回归到最共通的"汉语"平台进行研究，重塑中国小说变迁的主体性。这包含两个层面的意义，其一，在学界已充分研究了小说的现代与古代、新与旧、中与西、雅与俗之区分的前提下，应该更多研究这些区隔背后的共通性，回到这些区分背后具体的语言问题。欧化白话、文言、旧白话之间搁置其语体特点来说，最共同的特点是汉语，都是现代汉语形成的基础。从而将语言变革与小说的"现代"问题历史化与问题化。其二，有效避免"新文学"发生研究的"新文学中心主义"，既关注新文学阵营的言论与实践，又关注不同文化圈的文学变革立场与实践，还应关注五四作家内部的不同观点的碰撞。五四学人大多自述与西方文学的联系，但汉语写作本身无法割断传统文学的联系，清末至民国时期小说家的语言结构及知识修养恰恰在于能在古文、西语、白话三者之间顺畅转换。也就是说，从历史化的立场看，五四作家的文言与白话之间的冲突并不如他们宣称的那样"死/活"对立，不可通融。相反，"欧化的文言"甚至可能成为他们迅速将白话雅化（欧化的白话）的基础。而这样的历史事实并不影响五四作家建构自身"现代性"的激进主义的语言策略。[1]

---

[1] 胡适在《五十年来中国之文学》中谈到"欧化的古文"，尤其是指章士钊的政论文。不过他认为虽然有变化，因为"不和一般的人发生交涉"，终不过是"死文学"或"半死文学"（见《胡适文集》第3卷，第238页）。如果不以胡适的"活文学"视角观之，从黄遵宪的"新意境"，梁启超的"新文体"，再到章士钊的"逻辑文"，或者王国维所说的"新学语的输入"，实际都是描述了晚清至五四汉语的松动与新质，但具体到超越"临界点"的理论整合与转身，还需要五四时期的"道破"（即胡适后来讲的"有意的主张"）和一揽子解决方案。近年陆续有学者注意到在书面语变迁的过程中存在"欧化的文言"。孟庆澍看到对汉语文法的强调及背后的知识生产策略是和五四新体白话是一致的（《欧化的古文与文言的弹性——论"甲寅文体"兼及与新文学的关系》，《文艺理论研究》2012年第6期）。倪伟看到欧化的文言对新名词，新文法的应用，但是存在翻译的限度（见《章士钊的"逻辑文"与欧化的古文的限度》，《文学评论》2018年第1期）。刁晏斌从汉语史角度认为欧化文言是文言进入现代汉语的桥梁（见《汉语的欧化与欧化的汉语——百年汉语历史回顾之一》，《云南师范大学学报》2019年第1期）。而张丽华认为鲁迅和周作人能够自由无障碍的从文言向典雅的白话切换，要归功于《域外小说集》的文言小说翻译（《现代中国"短篇小说"的兴起》，北京大学出版社2011年版）。这些研究都不同程度地丰富和深化了五四的语言变革与新文学的发生研究。

因此，以"汉语小说"为视角，可以重审中国小说"现代"转型中"汉语小说"的大传统，包括古典文言小说传统和白话小说语言传统。同时在语言传统的比较视野之下，才更清楚看到五四语言变革给中国小说带来的新变化与新问题，也才能更清楚认识到五四的历史意义。因此，"汉语小说"的概念只是重新凝视"中国小说""五四变法"的一种方法与视角。

与此相关，本书将"现代""现代小说"暂且悬置，将之看作是可分析的，待解决的问题，而不是一个不证自明的概念。"现代小说"是一个动态的建构过程，而不是本质化的小说定义或分期。关于"现代""现代性"的理论种类繁多，社会现代性与审美现代性也有不同的内涵，如果不与具体的言说对象结合，就会流于空泛。如果说"现代"是指一种趋新求变的态度与方法，一种超越过去的审美冲动，一种与世界文学思潮汇通的愿望，那么这一"现代"的"五四新体文学"则有多元化的向度与实践。中国短篇小说与长篇小说在五四遭遇的问题与变革路径也不尽相同。

中国小说在晚清，长篇章回体小说仍然处于主导性地位，梁启超的"新小说"指称对象是长篇小说，《月月小说》《绣像小说》《小说林》以连载长篇小说为主，即使在民初泛滥的爱情小说中，有影响力的也多是长篇小说。短篇小说自吴趼人办《月月小说》开始有意提倡，但技巧上也多以"短小故事"为主，后来形成模式化的"某生体"和"滑稽体"，成为五四作家批判的背景。直到五四，在西方各种"小说作法""横截面"理论的影响下，短篇小说才作为一种新文类成熟起来。[①] 短篇小说的"现代"无疑借鉴外国小说的经验更多一些，有学者从"文类形构"的角度给出这样的"描述性定义"："它指的是 20 世纪初年出现的

[①] 可参考刘涛的精彩分析，见《中国现代小说范畴论》第六章"中国现代短篇小说文体理论"，河南大学出版社 2005 年版。

不同于传统中短篇叙事文类，而借鉴了域外 Short Story（英美）、Conte（法）或 Erzählung（德）等文类体式的作品，在通行于大中学校的报纸杂志中大量出现，其理论定义由胡适确立，而具体的翻译与创作实践则以周氏兄弟为先遣，是最能显示文学革命实绩、在'新文学'中成熟得最早的一种现代文类。"① 但这样的描述也只有在汉语小说的历史比较中才能获得"现代"的意义。

现代长篇小说显然不只是去掉"回目"的章回体小说，而有"回目"的小说也可能是"现代"的，比如"现代通俗小说"的概念。这是"新"的一方面。另一方面，无论古典还是现代，中国还是西方，长篇小说都要处理超大时空带来的叙事复杂性与完整性，都要考虑叙事节奏与阅读感受等问题，即以"回目"论，没有"回目"也要处理长篇叙事的隔断、承续问题，这是不同的技术形式与审美规范，而不是价值上的高低，情感上的进步与落后的问题。② 长篇小说遇到的问题也不是"横截面理论"所能解决的，这又是长篇小说"旧"的一面。

因此，笔者这里悬置"现代"，不是弃置"现代"，而是将"现代"当成中国小说主体性变迁过程中一种生长性元素来考察。因为即使不用"现代"的概念，也无法否认中国小说在五四前后遭遇世界人文思潮冲击带来的小说形式与思想的新变化。面对这一新变化，汉语小说仍然要在自身的汉语传统中消化融合，形成我们称之为"现代小说"的新传统，直至今日，中国小说仍然在这一"现代"的漫长延长线上。

中国小说的发展历经多次变迁，也不断经受外来文化的影响，甚至白话小说的起源就有佛教传播的因素，而这些影响终归要通过汉语进入中国小说的审美体系，然后在白话、文言小说里形成不同的传统与存在

---

① 张丽华：《现代中国"短篇小说"的兴起——以文类形构为视角》，北京大学出版社 2011 年版，第 264 页。
② 莫言的小说《生死疲劳》就采用了章回体的形式。关于章回体小说在现代的流变参考张蕾的专著《章回体小说的现代历程》，北京大学出版社 2016 年版。

方式。① 同样，五四的"小说变法"同样处于汉语文学变革的体系之中，尽管新的质素也是明显的。②

语言的大变革导致中国小说在晚清至民国经历了内外两种变迁：一是从文言、白话并存，到文言小说消失，白话小说成为正宗的过程；二是语言变革导致欧化词汇、语法的大量进入，白话小说的修辞方式发生重大变化。基于以上问题意识与视角，本书意在从中国小说发展的长时段大背景下，考察"汉语小说"在这内外两种变迁过程中发生了什么被称为"现代"的新变化，又带来什么新问题。

本书使用的时间概念大多沿用学界通用的术语，为后面叙述方便，需要加以说明。"晚清"一般是指 1840 年争鸦片战争至 1912 年民国成立之间的时段；"近现代"指 19 世纪中叶以来；"清末"是指 1895 年中日甲午战争至 1912 年民国建立之前的时段；"清末民初"是指称 1895 甲午战争至 1919 年五四运动之间的时段。

五四相关的术语，具体使用语境不同指称范围会有差别。"五四新文化运动"泛指 1915 年《新青年》（《青年杂志》）创刊至 20 世纪 20 年代前期的时段，最晚亦不能延至"五卅运动"以后。"五四时期"大多意指"新文化运动时期"。"五四文学革命"是指 1917 年胡适发表《文学改良刍议》至 20 世纪 20 年代中前期；而本书使用较多的"五四作家""五四小说""五四的语言变革"，大多是在以"五四"相关概念为核心再结合具体指称对象上使用的。比如，"五四作家"，指"五四文学革命"以来赞同"新文学"理念的作家，"五四小说"亦作如是观，1935

---

① 参见俞晓红的《佛教与唐五代白话小说研究》，人民出版社 2006 年版。美国学者梅维恒的《唐代变文：佛教对中国白话小说及戏曲产生的贡献之研究》，中西书局 2011 年版。

② 钱振纲先生正是从中国小说历代变迁中看待中国小说的"现代性"的，他引申鲁迅的相关论述，认为晚清至五四的小说变革是中国小说的第三次大变迁：一是"唐有意为小说"，从自发走向自觉；二是宋元话本，是语体与文体的大变迁；三是晚清至五四之间，中国小说获得了充分的"现代性"。这一思路是对以"现代性"为标准回溯中国小说史的研究方法是一种纠偏。见《清末民国小说史论》，河北人民出版社 2008 年版，第 9 页。

年赵家璧主编《中国新文学大系》收录的作者和小说当然属于"五四作家""五四小说"。至于时间节点，除了清朝的灭亡与民国建立、"五四运动"这样的历史事实具有精确的时间点外，其他均是以核心事件为界标略有弹性的概念。比如某部旧派小说发表于1920年，可能为行文方便亦称"民初"，如果发表在1924年以后，则不能称之，"晚清""清末"亦如此。

二　历史与现状：中国小说的"现代"转型与语言问题

综合来看，本书是五四的语言变革研究与小说"现代"转型研究的结合；从方法论上，一方面是中国小说"现代"转型研究的语言学视角，另一方面是五四文学语言变革的文体学视角。学界对晚清小说和现代小说的研究已有相当丰厚的成果，从宏观上研究"新文学"的起源也不是新鲜的话题，但是，从小说语言角度探讨"现代小说"的发生，并且全面地研究晚清至"五四"中国小说语言的嬗变过程，还有待深入。对于五四时期的语言变革，学界多集中在白话文运动的理论探讨上，近几年将视线延至晚清的白话文运动，探讨其与新文学发生的联系。

关于中国小说的现代转型，概而言之，大致有三种研究路向："五四起点说'""晚清至'五四'嬗变说""晚清起点说"。这三种路径与新文学发生研究相一致，也与20世纪80年代以来学科框架调整密切相关。"五四起点说"是伴随新文学诞生以来的文学史叙述。胡适等五四作家的自我叙述奠定了这种叙述的基本格局，主要以"五四新文化运动"或1917年文学革命的发生为起点的叙述，强调五四学人"开创性"，以《中国新文学大系》的出版为标志。陈子展、王哲甫、朱自清等人沿用。中华人民共和国成立一直到20世纪80年代前期，同样持"五四说"，但强调的是1919年政治性的"五四运动"，从早期王瑶、刘绶松到唐弢主编的《中国现代文学史》，都依托《新民主主义论》的历史分期，现代文学属于新民主主义文学,鲁迅的《狂人日记》是现代小说的开端。① 20世纪80年代中期随着"重写文学史"思潮兴起,中国现代小说研究也"回归五四",接续了五四作家的叙述路径,注重从整个五四新文化运动考察现代小说的兴起。

与此前强调"近代文学只是封建文学到现代新文学之间的过渡""未能尽到彻底反帝反封建的历史作用"②的论断相比,20世纪90年代以后最保守的"五四起点说"也不会无视晚清至五四之前的文学变革,《狂人日记》的前史,如《怀旧》《域外小说集》进入"新文学"视野。"近代文学"概念逐渐淡出,"晚清文学"研究热一直持续至今。中国小说现代转型研究也形成了"晚清至五四"的叙述模式,这种模式不否认五四小说的历史功绩,只是将现代小说的兴起看成连续性文学事件。

"晚清至五四嬗变说",主要指晚清小说的丰富性开始受到重视。作为"新文学"重要的开创者,茅盾对当时文学史不提清末民初文学的贡献很不满,他提到了梁启超、黄遵宪,以及清末的翻译小说和各地的白话小说。③ 随后学界提出的"20世纪中国文学"概念对此研究范式有重要推进

---

① 比如王瑶的《中国新文学史稿》,开明书店 1951 年版;李何林等人的《中国新文学史研究》,新建设杂志社 1951 年版;蔡仪的《中国新文学讲话》,新文艺出版社 1952 年版;丁易的《中国现代文学史略》,作家出版社 1955 年版;张毕来的《新文学史纲》第 1 卷,作家出版社 1955 年版;刘绶松的《中国新文学史初稿》,作家出版社 1956 年版;唐弢主编的《中国现代文学史》,人民文学出版社 1979 年版,均是以"五四运动"为现代文学的真正起点的:"新文学的提倡虽然在'五四'前一两年,但实际上是通过了'五四',它的社会影响才扩大和深入,才成了新民主主义革命的有力的一翼的。"(王瑶:《中国新文学史稿》,绪论)

② 唐弢:《中国现代文学史(一)·绪言》,人民文学出版社 1979 年版,第 8、96 页。

③ 他在 1980 年的致友人书信说:"解放后写的现代文学史很少对'五四'前夜的文学历史潮流给予充分论述,私心常以为憾。目前正在陆续出版的《中国现代文学史》(唐弢主编)第一册前边,也未重视这个问题。我以为我们论述'五四'新文学运动的时候,应该立专章论述清末的风气变化和一些过去起过重要间接作用的前驱者。"见《中国现代文学史的另一种编写方法——致节公同志》,《社会科学战线》1980 年第 2 期。

作用，① 陈平原的晚清小说研究虽然并不纠缠于晚清、五四谁更正统的问题，但他致力于发掘晚清至五四中国小说的现代转型，实际上将现代小说视域已经扩展到晚清，他撰写的《20世纪中国小说史·第一卷》正是从晚清写起，后来再版时改名为《中国现代小说的起点——清末民初小说研究》，在另一篇文章里，他提出要反省"五四新文学"的逻辑起点，认为《中国新文学大系》以五四新文学为标尺，"最明显的偏差，莫过于对待'晚清文学'以及'通俗小说'的态度"。"借助于晚清，起码比较容易沟通'现代'与'传统'，也比较容易呈现'众声喧哗'局面，并进而走出单纯的'冲击—回应'模式（impact-response model），不再将五四新文学解读为西方文学的成功移植。而'现代文学'非从五四（包括其前奏）说起不可的思路，严重地局限了这一学科自身的发展。"②

大陆较早关注"前五四"文学的还有刘纳的名作《嬗变——辛亥革命至五四时期的中国文学》，她认为"我国文学从'古代'到'近代'的变革，开始于1902年、1903年间，完成于五四之后"③。该书以翔实的资料，生动的文本细读清理了从"小说界革命"到民初再至五四时段的文学思潮。尤其是对鸳鸯蝴蝶派小说、骈体小说论述视角新颖，敞开了被历史遮蔽的一面。杨联芬的《晚清至五四：中国文学现代性的发生》是"晚清—五四"叙述的代表性著作。书中对林译小说的"现代性"，作为潜文本的

---

① "20世纪中国文学"是黄子平、陈平原、钱理群在1985年提出的文学概念，是指"由20世纪末本世纪初开始的、至今仍在继续的一个文学进程，一个由古代中国文学向现代中国文学转变、过渡并最终完成的进程"。见《论"20世纪中国文学"》，《文学评论》1985年第5期。接着《读书》1985年第10期开始分6期连载三人的笔谈《20世纪中国文学三人谈》。随后出现一些以"20世纪中国文学史"命名的著作中，"晚清说"普遍被采用，有代表性的如黄修己的《20世纪中国文学史》，中山大学出版社1998年版；孔范今主编的《20世纪中国文学史》，山东文艺出版社1997年版；谢冕主编的《百年中国文学总系》，山东教育出版社1998年版。

② 陈平原：《学术史上的"现代文学"》，《中国现代文学研究丛刊》1997年第1期。

③ 刘纳书中界定的"辛亥革命时期是指自1902—1903年至1912年初，历史界线与文学界标完全重合"，见《嬗变——辛亥革命至五四时期的中国文学》，中国社会科学出版社1998年版，第1页。

《域外小说集》，苏曼殊与五四浪漫主义，曾朴、李劼人与历史小说做了精彩考论，对晚清至五四"国民性"的叙事起源进行了考察与分析。

与陈平原、杨联芬、刘纳对五四充分肯定的前提下的晚清研究不同，海外学人的晚清叙述多少有去除"五四正统论"的意味。王德威的《没有晚清，何来五四？》一文激起广泛的讨论，极大地推动了大陆的晚清小说研究热。王德威不是为五四小说的"现代性"寻找源头，而是认为五四乃是收束与终结点，它将晚清小说众声喧哗的现代性叙事，收窄为"启蒙"一途，导致晚清如此丰富的文学实践关闭了发展通道。① 海外学者对晚清的推崇自有其传统，夏志清《中国现代小说史》（1961年）初版时的副题是"1917—1957"，延续的是胡适的新文学起源论。后来再版时他检讨没有将晚清与民初小说写进去，认为是全书的缺失之一。② 司马长风在叙述"文学革命"的背景时认为近千年的白话文学传统的铺垫，"文学革命"才能在三年内完成。"鲁迅的小说正是西洋文法与传统白话的混合物。"③ 这一看法今日观之亦是非常有价值的观点。李欧梵早在1983年为《剑桥民国史》撰写文学史部分时就用"追求现代性"界定1895年到1927年的文学。他对晚清媒介发展、稿酬制、读者群变迁的考察都颇具启发性："清末年代的先行者们在建立白话文体、广泛的读者群和能够借以谋生的职业诸方面作出了很值得重视的贡献。"④

---

① 《被压抑的现代性——没有晚清，何来"五四"？》较早收入《想象中国的方法》（生活·读书·新知三联书店1998年版），此文影响巨大，在《被压抑的现代性——晚清小说新论》（北京大学出版社2005年版）中作为导论收入。面对长达数十年由该文引起的学术争论，王德威二十年后用《没有五四，何来晚清》做了进一步回应，称："当代学者与其纠结于'没有/何来？'的修辞辩论，不如对'文学'，或'人文学'的前世与今生作出更警醒的观察。"见《南方文坛》2019年第1期。
② 夏志清：《中国现代小说史·中译本序》，香港中文大学出版社2001年版。
③ 司马长风：《中国新文学史》，香港昭明出版社1979年版，第20页。
④ 李欧梵：《现代性的追求》，生活·读书·新知三联书店2000年版，第192页。他在序言中说，本书观点与夏志清的现代小说史不同，反对五四与文学革命的观点，主张继承而不是扬弃。李欧梵后来接受采访时专门谈到晚清："大家有一个共识，就是中国现代文学的起源不是在'五四'，而是在晚清。……要说背景的话，可能就是觉得'五四'模式的路数似乎狭隘了一点，比较注重启蒙，比较精英，难以全面描述现代文学的全景。"见《李欧梵季进对话录》，苏州大学出版社2003年版，第127页。

在发现"晚清现代性"的思潮中，有学者将中国现代小说的开端定位在晚清，形成"晚清起点说"。最具代表性的是范伯群、栾梅健。他们提出应该以1892年开始连载，1894年正式出版的《海上花列传》作为"现代文学"的起点。① 值得关注的是严家炎先生的学术转变。他对五四新派小说研究颇深，其专著《中国现代小说流派史》（1989年）开现代小说流派研究之先河。在20世纪末"五四全盘西化论"泛滥时，他撰文进行有力反驳。在2001年谈分期的文章里，他谈到了晚清文学与五四文学："文学史的新阶段——现代文学阶段，只能从'文学革命'后的新文学的诞生算起，虽然它的受孕可能远在19世纪末年和20世纪初年。"② 但随着他对晚清文学的研究深入，他认为："如今的学者已很少有人赞成现代文学史是从'五四'文学革命写起，较多学者认为这一时间应该是从戊戌变法即19世纪末年写起。"他认为晚清小说有三座界碑可"标志着文学史上一个新时代的开始"。③ 虽然重视晚清不一定就等同于否定五四，但我们多少可以从中看出中国现代文学学科观念的变迁与拓展。业师钱振纲先生在《清末民国小说史论》中所持观点较为辩证。他认为晚清文学变革也非常重要，但作为"现代文学"的起点却只能是五四。"这两种观点的分歧不是观念上的，而是技术上的。""我们可以将自晚清文学改良运动至五四文学革命约二十年的时

---

① 见范伯群《在19世纪20世纪之交，建立中国现代文学的界碑》，《复旦学报》2001年第4期；《〈海上花列传〉：现代通俗小说开山之作》，《中国现代文学研究丛刊》2006年第3期；栾梅健《为什么是"五四"？为什么是〈狂人日记〉？——对中国文学现代性的考辨》，《盐城师范学院学报》2006年第1期；《1892：中国现代文学的起源——论〈海上花列传〉的断代价值》，《文艺争鸣》2009年第3期。

② 严家炎：《文学史分期之我见》，《复旦学报》2001年第3期。

③ 这三座标志性的界碑是：一是黄遵宪《日本国志·学术志》"文学"条下用"外史氏"名义所作的一段重要评论，它提出了"言文合一"的理论主张，倡导以口头语为基础来形成书面语。二是陈季同通过法文著作和中文材料，提出了小说戏剧亦中国文学之正宗，世界文学乃中国文学之参照。三是两部有现代意义的长篇小说：陈季同1890年出版的法文小说《黄衫客传奇》和韩邦庆1892年发表的《海上花列传》。见《"五四"文学思想探源》一文，《北京大学学报》2009年第4期。他后来主编《20世纪中国文学史》（高等教育出版社2010年版）第一章"甲午前夕的文学"就从陈季同的《黄衫客传奇》和韩邦庆的《海上花列传》讲起。

间,视为中国古代文学向中国现代文学史过渡时期,因而也就可以将五四文学革命作为中国现代文学史的正式开端。"①他实际上区分了"起源"和"起点"的不同,兼顾了历史的连续性和阶段性,晚清是"起源",五四是"起点","起源"可以是多中心的,时间上可以是多线索的,而五四是界碑和标杆。书名以"清末民国"命名,也是"悬置现代"的"现代小说"研究思路。本书通过清末至五四小说期刊的语言情况统计也将表明,晚清或更早的某部小说的"现代性",无法带来整个文学状况的改变。而以《狂人日记》为代表的五四小说,却是整个中国文学格局在语言、审美、观念上的全方位变革。

中国小说的现代转型涉及诸多重要的文学史话题,21世纪以来研究方法呈现多元化,视角也从宏观走向微观。郭洪雷从宋元话本、近代和五四三个时期考察中国小说修辞模式的嬗变,尤其将五四小说修辞的转型放到中国小说修辞传统中研究,思路具有开创性。②陈思广一直致力于现代长篇小说的编年史研究,他对五四长篇小说兴起的考察是对此领域过多关注短篇小说的一种补充与推进。③季桂起从形式的角度梳理现代小说体式的流变;徐德明关于中国小说的现代系统模型,老舍小说的雅俗整合的研究,都给笔者重要的参考与启迪。④

关于五四语言变革与新文学的关系研究,也有从五四学人的自述到历史化的过程。胡适说"我们提倡文学革命,就是要替中国创造一种国语的文学"。⑤他的"国语的文学,文学的国语"口号简明扼要地概括了白话文

---

① 钱振纲:《清末民国小说史论》,河北人民出版社2008年版,第25页。
② 郭洪雷:《中国小说修辞模式的嬗变——从宋元话本到五四小说》,上海三联书店2008年版。
③ 陈思广:《中国现代长篇小说编年:1922.2—1949.9》,四川大学出版社2008年版;《现代长篇小说边缘作家研究》,四川大学出版社2019年版;论文《"五四"时期现代长篇小说论》,《武汉大学学报》2003年第1期。
④ 见徐德明《中国现代小说雅俗流变与整合》,社会科学文献出版社2000年版;季桂起《中国小说体式的现代转型与流变》,山东大学出版社2003年版。
⑤ 胡适:《建设的文学革命论》,《新青年》1918年第4卷第4号。

运动的实质。随后傅斯年、刘半农、钱玄同等从欧化、标点符号、文字与文学的价值异同等方面推进了语言改革的理论。语言学家黎锦熙的《国语运动史纲》更将五四文学革命与国语运动的合流称为"大书特书之事","两大潮流合而为一，于是轰腾澎湃之势愈不可遏"①。此后大多数文学史沿用五四学人的历史叙述，强调五四白话文运动"开创性"。②

值得注意的是，出版于20世纪50年代的两本著作对晚清白话文运动和五四以来的书面语变迁做了突破性研究。谭彼岸的《晚清的白话文运动》一书罕见地高度评价了晚清白话文运动的历史价值："晚清白话文运动是五四白话文运动的前驱，有了这前驱的白话文运动，五四时期的白话文才有历史根据。"③ 而这个时段被共和国初期新文学史教材判定为旧民主主义时期"资产阶级改良派"的文学运动。谭著本意在于贬抑胡适的历史贡献，认为胡适的自述功绩，无异于"盗窃行为"。这显然是顺应了当时全国范围内"胡适思想批判"的政治大潮。但对晚清白话文运动的实证分析，却将"晚清—五四"两次白话文运动的历史联系凸显，甚至大有白话文运动成功于晚清而不在于五四的倾向。谭的研究受到香港学者陈万雄的重视，后者关于新文化运动的起源研究又对大陆的五四研究产生重要影响。④ 学界关于白话文运动研究的"没有晚清，何来五四"直到1990年代以后才受到关注。如果说谭著是由五四向前追溯，那么北京师范

---

① 黎锦熙：《国语运动史纲》（上），商务印书馆1934年版，第71页。
② 胡适在《逼上梁山》《中国新文学大系·建设理论集·导言》等文中毫不掩饰自己对白话文运动的贡献，常为后人非议。他也提到科举废除、清朝覆亡、产业发达、人口集中等原因，但认为不用"妄自菲薄"："白话文的局面，若没有'胡适之陈独秀一班人'，至少也得迟到二三十年。这是我们可自信的。"
③ 谭彼岸：《晚清的白话文运动》，湖北人民出版社1956年版，第4页。
④ 见香港学者陈万雄的《五四新文化的源流》，该书第六章专门讨论清末民初的文学革新运动，对谭著虽然批评其辞气浮露，关键材料还不够全面，但总体评价颇高，认为这"是至今惟一系统研究晚清白话文运动的著作，内中所发掘的材料和论证相当有贡献"，见生活·读书·新知三联书店1997年版，第171页。该书初版是香港三联书店1992年版，与旅美学者周策纵的《五四运动——现代中国的思想革命》（江苏人民出版社2005年版）一起成为大陆研究五四新文化运动不可或缺的参考书。

学院中文系编著的《五四以来汉语书面语言的变迁和发展》则向后延伸，首次将五四以来40年的汉语书面语的变迁大势从整体上进行了梳理，虽然带有"革命化叙事"的"敌我"对立思维，但在有限篇幅里将汉语词汇、语法的变迁，以及报章文、应用文领域的语言变化做了精彩的探讨。[1]

受西方语言论转向研究的影响，在国内从语言哲学方面研究晚清与五四白话文运动，以及微观层面研究语言变革与中国现代文学的著作开始增多。高玉较早从语言本体论的角度重审晚清与五四的语言变革，他把语言分为道/器，思想/工具两个层面，五四白话文体系属于道与思想的层面。"它与西方语言的联系也不是文字上而是语言体系上，五四白话就是后来的'国语'，也即现在的现代汉语，它和古代汉语是同一文字系统但是两套语言体系。"五四白话文运动从语言工具层面切入，实际上起到了"思想革命"的功用，才会发生现代文学的真正转型。高玉的研究被学界普遍采用与引证。[2] 刘进才将民国时期中小学语文教育的发展与语言运动、文学发展结合起来考察，开辟了现代文学研究的新视角。国语运动、现代文学、国语教育三者的互动是他考察的重点，宏观分析及史料发掘较多，对文学现象及小说语言的变革涉及较少。[3] 王风探讨了新文学建立和现代书面语之间的互动关系。[4] 王平认为语言变革对现代文学的雅俗观念生成及格局有深远的影响。[5] 张向东从古代语言传统看"文白之争"，认为"文白

---

[1] 该书是向共和国成立十周年和五四运动四十周年的献礼之作，列为"中国语文丛书"之一，题目是吕叔湘先生确定。见北京师范学院中文系汉语教研室编著《五四以来汉语书面语言的变迁和发展》，商务印书馆1959年版。

[2] 高玉认为："五四的白话文运动既不同于晚清白话文运动，也不同于三四十年代的文艺大众化运动，前者主要是语言思想运动，后者主要是语言工具运动。"《现代汉语与中国现代文学》，中国社会科学出版社2003年版。

[3] 刘进才：《语言运动与中国现代文学》，中华书局2007年版；《语言文学的现代建构——语言运动与中国现代文学再探讨》，北京大学出版社2015年版。

[4] 王风：《新文学的建立与现代书面语的产生》，博士学位论文，北京大学，2000年。

[5] 王平：《清末民初的语言变革与现代文学雅俗观的生成》，博士学位论文，四川大学，2007年。

之争虽是近代以来凸显出来的一个语言问题，但早孕育在'文—言—意'三级阶梯表意体系之中"①。刘琴讨论了现代汉语与现代文学关联的三个维度：口语与书面语、欧化与白话、古典与现代，考察范围论及整个20世纪中国文学，以个案分析为主。②邓伟对清末民初文学语言变革做了整体考察，并个案考察了梁启超的小说观，林译的古文小说，徐枕亚的骈文小说，认为这三人代表了清末民初白话、古文、骈文三种文学语言建构的潮流。他多偏于从文化的角度考察清末民初文学语言的"场态"，没有涉及现代小说发生的命题。③此后邓伟深入研究了20世纪欧化的文学语言问题，认为"'欧化倾向的五四文学语言'凸显了五四文学语言建构所能达到的精神领域、灵魂探索和诗性空间，展示了五四文学语言建构超越一般书面语变革所达到的话语力量"，欧化语言代表着"中国文学思维方式的现代转变"。④

随着"现代性"问题讨论的深入，中国"新文学"发生及起源也成为研究热点，尤其是方兴未艾的晚清文学研究浪潮，更是推动了学界将触角延伸至晚清。其间，晚清小说的研究和晚清至五四的白话文运动研究均是重中之重。尤其在新文化运动一百周年之际，五四白话文运动更是受到集中的关注。这些研究对于本书的写作均有不同程度的启发，小说语言变革与现代转型不是孤立的现象，它一定与整个新文学的语言变革与转型形成互动。本书探讨小说的"现代"生成与语言变革，均力求与上述研究形成潜在的对话。综合看来，这两方面的成果虽然丰厚，但将二者联合起来考察的却不多。这可能因为中国古代自有源远流长的白话小说历史，所以语言变革对于小说的意义很容易被忽略。

陈平原和袁进是较早关注这一问题的学者。陈平原的《中国小说叙事模

---

① 张向东：《语言变革与中国现代文学发生》，人民文学出版社2010年版，第105—109页。
② 刘琴：《现代汉语与现代文学的关联性研究》，中国社会科学出版社2010年版。
③ 邓伟：《分裂与建构：清末民初文学语言新变研究》，中国社会科学出版社2009年版。
④ 分别见《试论五四文学语言的欧化白话现象》，《广东社会科学》2011年第2期；《"欧化倾向的五四文学语言"辨析》，《贵州社会科学》2012年第4期。

式的转变》是用叙事学理论研究中国小说现代转型的名作,尤其是关于小说的书面化倾向与中国小说叙事模式转变的论述与本论题密切相关。为何五四作家在短篇小说上率先取得成功,而长篇小说则遇到困难?陈著详细考证了晚清报刊业的发展对报载小说叙事模式的影响,笑话、轶事载入使长篇小说结构解体,却为短篇小说的叙事模式转变提供了条件。在仔细论证中国小说叙事时间、叙事视角与叙事结构方面的变迁后,他从古代小说独特的文言、白话传统比较中,思考了古代小说叙事模式单一的原因:"中国古代文言小说中并不缺乏采用限制叙事的(第一人称、第三人称),故很难用汉语不注重语态来解释中国白话小说叙事角度的单调,就象我们很难用汉语缺乏明确的时态来解释中国古代白话小说叙事时间的单调一样(因为叙事诗、文言小说中照样不乏采用倒装叙述的)。"由此他得出观点:"中国古代小说叙事方式的单调,不应归结为汉语语法结构的呆板,而应主要归因于说书艺人考虑'听—说'这一传播方式和听众欣赏趣味而建立起来的特殊表现技巧,在书面形式小说中的长期滞留。"[1] 这一观察细致而敏锐,该著最鲜明的特点是在古今、中西、文白、诗文与小说等多个维度中把握中国小说变革。当然,这一考察方式自然带来新的疑问:中国小说是否只有在视角、时间、结构如此转轨方才足称"现代"?

他随后出版的《二十世纪中国小说史(第一卷)》专辟一章讨论清末民初的文言与白话小说。[2] 书中分析了白话小说兴起的背景以及与晚清白话文运动的关系,论述了晚清小说家是如何发现并认同了方言对于白话小说的价值,吴语小说、京语小说流行背后的文化因素及其局限。在"古文小说和骈文小说"一节,主要考察以林纾为代表的以古文作小说和以徐枕亚为代表的骈体小说的表现力及其限度。另外,作者也指出"译文体"对晚清小说语言影响最著,这包括西式标点符号的应用、句式的变化等。该著基本勾勒了清末民初小

---

[1] 陈平原:《中国小说叙事模式的转变》,上海人民出版社1988年版,第184、291页。
[2] 初版书名是《二十世纪中国小说史(第一卷)》,北京大学出版社1989年版。2005年再版,更名为《中国现代小说的起点——清末民初小说研究》。

说语言变化的基本面相，但由于篇幅的限制，有些问题并未作深入分析。

与陈平原相比，袁进将中国小说的近代变革追溯到更早的西方传教士来华时期。他认为西方传教士在华的翻译活动对中国文学的现代变革有重要的推进作用，古代白话向现代白话转变中，西方传教士创作了最早的欧化白话文，1865年翻译的《天路历程》，就可以看成是最早的现代白话小说，其语言"大体上已经是崭新的现代汉语"，通过从语音、语汇、语法，从诗歌、散文、议论文、小说各文体上考证，作者认为"现代汉语的文学作品是由西方传教士的中文译本最先奠定的，它们要比五四新文化运动宣扬的白话文早了半个世纪"。因此"需要重新思考和调整目前的现代文学研究"。① 甚至有必要"纠正胡适的错误"，因为胡适直接从古代白话文汲取新文学的资源，而忽视了欧化白话在近代的发展。② 显然，传教士的翻译活动对中国文学语言的改造的确有重要贡献，但是说传教士在近代的欧化白话才是国语运动的正宗资源，也还是有待讨论的问题。

与袁进的研究相互补充的是宋莉华对清代传教士中文翻译的研究，③ 这

---

① 袁进在1992年出版了《中国小说的近代变革》（中国社会科学出版社），2001年出版了《近代文学的突围》（上海人民出版社），2007年新出版了《中国文学的近代变革》（广西大学出版社），吸收了前面两本专著的主要观点。关于《天路历程》的翻译，袁进认为："迄今为止，我们的近代文学史通常认为，最早翻译成中文的西方长篇小说是蒋子让翻译的《昕夕闲谈》，其实这是不对的。最早翻译成中文的西方长篇小说是《天路历程》，它是由西方传教士宾威廉翻译的，时间在1853年，12年后，1865年宾威廉又把原先的文言译本改为白话译本，它们的问世都远远早于19世纪70年代问世的《昕夕闲谈》，仅仅因为宾威廉不是中国人，中国的近代翻译文学研究就忽视了这一小说的翻译。"见《论西方传教士对中文小说发展所作的贡献》，《社会科学》2008年第2期。后来他对此小说有进一步的专门探讨，见《新文学形态的小说雏形——试论晚清西方传教士翻译的〈天路历程〉白话译本的现代意义》，《社会科学》2013年第10期。

② 袁进：《纠正胡适的错误——从欧化白话文在中国的演变谈起》，《玉溪师范学院学报》2015年第12期。

③ 参见宋莉华系列文章：《第一部传教士中文小说的流传与影响——米怜〈张远两友相论〉论略》，《文学遗产》2005年第2期；《19世纪传教士汉语方言小说述略》，《文学遗产》2012年第4期；《近代基督教教育小说的译介及其意义》，《国际汉学》2015年第1期；《理雅各的章回小说写作及其文体学意义》，《文学评论》2017年第2期；《近代传教士对才子佳人小说的移用现象探析》，《文学遗产》2018年第4期。另有专著《传教士汉文小说研究》，上海古籍出版社2010年版。

些研究共同敞开了中国小说现代转型及语言变革的"传教士视角"。如果联系到王德威即将在大陆出版的《哈佛新编中国现代文学史》的相关论述就更是有意思的话题。王德威在"漫长的现代"中"寻找能够象征古今中西交冲的时刻"将"现代"的起点定在 1635 年,这一年明人杨廷筠正是受到传教士启发"首次在中文世界中提出了可以与 literature 对应的'文学'概念"[①]。若如此,中国文学的"现代"从五四要一直上溯到晚明,与周作人的论述可以互相印证。王德威还提出 1792 年马嘎尔尼访华的文学史时间,因为这一"事件"恰好与《红楼梦》的诞生"相遇"。这种中国人获得"世界时间"的研究理路,是否受"全球史"研究的启发不得而知。但问题是,文学不可能如马铃薯、香料、蔗糖一样建构出一条清晰可见的全球传播以及播种/生长/收获的线索。这里无意评论这一进行中的学术热点,与本书思路相关的是,王的观点与文学史分期及文学史意义上的"现代"相龃龉,读者很容易产生"文学史断代是否还有必要"的疑问。那么如果"悬置现代",将现代性追溯与文学史断代一定程度的剥离,就不存在这样的冲突和疑问。"现代文学"的外延要大于"民国文学史"。如此,"现代"则意味着人文主义向度的"求新求变"的改革冲动,也是感知"世界时间",获得"世界意义"的"求好求优"的价值诉求。

  如果说汉语的欧化从清代中期传教士的文化活动就开始了,那么这种改造的现代白话如何造就了现代小说?这一问题是张卫中思考的重点所在,他在《汉语与汉语文学》一书中考察了现代汉语与现代小说修辞上的联系。他的讨论主要集中在三个方面:一是从现代语言学角度探讨五四文学革命的思想性,他认为从文言到白话的转变实则是一整套美学规范的转变。二是探讨了现代小说与新旧白话美学之间的关系。"现代白话的特点

[①] 见李裕洋对王德威的采访《何为文学史?文学史何为?——王德威教授谈〈哈佛新编中国现代文学史〉》,《现代中文学刊》2019 年第 3 期。

决定了现代小说的特点。"三是探讨文学思维的转换与中国小说现代转型之间的关系。他对陈平原的小说叙事模式研究进行了反思，认为"中国小说的现代转型首先是文学思维方式、包括美学观点的变革，在这个基础上，我们才能找到对这个转型合适的理论描述与概括"。①

21世纪以来，从宏观上、理论上研究现代语言变革的成果已经异常丰富，甚至出现大量虚浮表面，似是而非的研究。朱晓进看到这种弊端："有些成果仅仅是满足于作'关系'的宏观描述"，"许多成果并未真正搞清语言变迁与中国现代文学具体的体裁、文体形式的关系方式，只是将'语言现象'与'文学现象'简单地贴合在一起，未能真正客观、具体地去探究，白话文运动以及其后不同历史时期的语言变迁对中国现代文学形式的变化和演进的深度影响，对文学形式的基本走向、状况以及特征的形成所起的决定作用"。故他主张"深入地探究语言变迁与中国现代文学形式演进之间的真实而具体的互动关系"。② 朱晓进及其团队持续对语言变迁与"四大体裁"的关系进了卓有成效的考证。

庄逸云全面研究了清末民初文言小说的生存环境、类型、艺术风格及其终结的原因，并辨析了在五四以后文言小说精神对现代小说的渗透。③ 郭战涛的《民国初年骈体小说研究》是笔者所见唯一一部以民初骈体小说（不是以"鸳鸯蝴蝶派"）为研究对象的专著，厘清了不少关于骈体小说的误解。④ 从事古典小说研究的张振国研究了晚清至民国文言小说的生存状况，对晚清民国文言小说集进行叙录辑校，发掘了民国中晚期的志怪、传

---

① 该书是作者关于文学语言的论文结集，与现代小说语言研究相关的篇章是《五四语言变革与文学的变革》《现代白话与现代小说——从新旧白话的差异看现代小说的语言基础》《文学思维的变革与中国小说的现代转型》，见《汉语与汉语文学》，文化艺术出版社2006年版。

② 朱晓进：《语言变革对中国现代文学形式发展的深度影响》，《中国社会科学》2015年第1期。

③ 庄逸云：《清末民初文言小说史》，博士学位论文，复旦大学，2004年，后修改出版专著《收官：中国文言小说的最后五十年》，商务印书馆2020年版。

④ 郭战涛：《民国初年骈体小说研究》，广西师范大学出版社2010年版。

奇小说集，并对民国的文言小说史进行了整体梳理。① 但遗憾的是他对稀见文言小说集进行了辑录，对小说期刊发表文言小说情况却未能充分关注，没有在新文学发展的视野下研究民国文言小说的命运。其实文言小说的消退与新文学的进展是一个问题的正反面。在五四百年之际，学界已注意到文言文学传统的现代性问题。陈建华激情地"为文言一辩"，探讨了语言辩证运动与中国现代文学的起源问题，认为应该正视中国现代文学研究中"文言"的合法性问题。② 李遇春从"中国文学传统的创造性转化"角度试图"重建现代中国文学研究的古今维度"，他认为长期以来"中西维度"备受推崇，而"古今维度有所偏废"，四大文体而言，小说和散文对传统的转化最为成功。③ 这些都是非常有启发的新探索。

综上所述，中国小说的现代转型研究与中国现代文学的语言变革都取得丰富的成果，但也还存在一些待解决的问题：

其一，宏观的语言思潮研究拓展了视野，但也存在理论辨析多于历史实证，宏观描述多于微观考察的局限，并没有解决语言变革与文体"如何现代"的关系。

其二，涉及清末民初小说语言变革的论文也不少，但大多集中在两个方面：一是探讨五四白话文运动的起源时以小说为例证，没有从小说文体角度出发。二是讨论翻译小说的文体、小说界革命对现代小说的影响较多，但是全面梳理晚清至五四小说语言整体嬗变的较少。

其三，对五四的"欧化"理论探讨较多，但结合白话小说实例辨析新旧白话的特点，将经典白话小说、晚清白话小说、五四白话小说三者并置考察还较少。学界对概念史、关键词研究成果日益丰富，但是晚清至五四

---

① 张振国近年来集中研究晚清至民国的文言小说，出版有《晚清民国志怪传奇小说集》，凤凰出版社 2011 年版；《民国文言小说史》，凤凰出版社 2017 年版。
② 陈建华：《为"文言"一辩——语言辩证运动与中国现代文学的源起》，《学术月刊》2016 年第 4 期。
③ 李遇春：《中国文学传统的创造性转化——重建现代中国文学研究的古今维度》，《天津社会科学》2016 年第 1 期。

的小说中，这些概念或关键词发生了何种变迁，与小说思想的变迁有何关系？再进一步，欧化的词汇与语法如何导致了小说修辞方式的"现代"转型？这些都是值得结合具体小说文本进行深入分析的，这方面的研究还不充分。

所以本论文以统计的方法考察清末至五四时期各大小说期刊的小说语言情况，并与两次白话文运动的理论探讨结合起来，考察中国小说语言在清末至民国内外两种变迁，尝试将中国小说的"现代"发生研究向语言学实证的角度有所推进。

三 思路与方法

基于以上认识，本书不拟再对语言思潮进行宏观的理论推演，而是部分借用语言学研究方法，从实证、微观、具体的视角考证清末至民国中期语言变革与小说文体的"现代"生成之间的关系，从基本的小说杂志、报刊的统计开始，以求全方位地呈现这一变革图景。本书写作的基本思路是，先整体考察晚清至五四文言小说、白话小说数量的消长，再从两次白话文运动的逻辑考察五四文学革命如何导致了文白异动的发生，这一格局变化，如何与五四小说家对于"现代小说"的理论建构相适应。现代汉语词汇、语法的变化如何在白话小说内部导致小说修辞方式有所变革，并与五四作家的小说理论结合形成新的小说审美规范。最后研究如何在"汉语小说"发展的长时段里认识中国小说的"五四变法"。具体章节安排如下：

第一章考察清末"白话文运动"中的"新小说"。首先考察中国历史上的文言、白话小说两水并流，如何在晚清产生语言上的比较与冲突。研究清末白话文运动如何与小说界革命合流，产生"白话小说乃小说正格"的说法。顺着言文一致的逻辑，用方言写作自然是最佳选择，可是又无法解决通俗性和地域性的矛盾。本章统计分析清末白话文运动之后各大小说期刊发表的文言、白话小说数量，以呈现清末民初小说语言的历史场景，进而分析清末白话文运动的影响及局限。

第二章考察民国初年文言小说的繁荣及其原因。清末白话文运动的浪潮随着清室的覆灭而消退，文言小说在民初有一个明显的回潮，通过统计分析当时各大期刊的小说语言情况更能清楚呈现这一点。本章将重点分析了文言小说及骈体小说兴盛的原因，这不仅有政治时势变迁的原因，也有林纾和徐枕亚个人成功的巨大示范效应，更有文学史变迁的大背景（比如清中叶以来的骈文中兴）。同时考察文言小说语言上的继承与新变，并以徐枕亚《玉梨魂》为中心分析骈体小说语言在艺术上的探索及局限。

第三章考察五四文学革命与汉语小说格局的异动。主要梳理五四前后中国小说语言的变化，辨析五四白话文运动与晚清白话文运动的区别。民国初年，晚清"新小说"的精神传统终结。大量晦涩的哀情文言小说，黑幕派、某生体小说盛行，构成五四的前夜。那么，古典白话小说在五四作家建构"国语文学"过程中处于什么样的位置？五四之后随着新文学刊物的普及，新文学小说影响扩大，而旧派小说刊物如何转轨，文言小说家有无转变？文言小说到底何时消失的？本章将统计五四前后新旧派重要小说期刊中白话、文言小说的数量，主要考察《新青年》《新潮》《小说月报》《东方杂志》《小说海》《小说世界》《礼拜六》以及"三大副刊"。第二章和第三章主要考察的是小说语言的外部变迁。

第四章考察"新白话"的生成与小说修辞方式的转变，这是清末至五四白话小说内部的嬗变。五四作家追求的白话和晚清的白话是不同的，其小说理念也大不相同，由于对白话小说美学理解的差异和对"小说"文体新的自觉，导致一种不同于晚清（或旧派）的五四新体小说的诞生，它在语体风格、修辞方式上都发生重大的改变。这里借助语言学界的研究，从关键词变迁考察五四小说关键思想的变迁，重点考察了"人""爱情""恋爱""故乡"几组词汇在小说中的语义变迁；借用现代汉语欧化语法研究的最新成果，采用举例法分析欧化语法对五四小说修辞功能拓展的作用。

第五章考察汉语小说视域下中国小说的"现代"建构。本章将理论辨析与文本考证相结合，研究五四作家对"现代小说"的想象与建构，进而追问：这一小说的"现代"机制有何特点？汉语小说格局由此出现怎样的整合与分化？以"汉语小说"为方法或视角，可以将"现代小说"放到历史的"长时段"考察，凸显五四小说变革的语言意识及"汉语大传统"，并在古典与世界的坐标体系看中国小说的"现代"生成。五四"汉语小说"的"现代"生成只是中国小说遭遇外来影响下的再一次重组与转型。"现代小说"是在古典小说、世界小说的多个维度中动态的建构过程，这一"现代"的过程仍未完成，呼唤"伟大的汉语小说"仍是时代课题。

第一章

清末"白话文运动"中的"新小说"

第一节 中国小说文白并存的历史源流

一 中国古代文言小说和白话小说两大系统概述

众所周知,中国古代小说存在文言与白话两大系统,有着各自的源流和发展脉络。大致来说,文言小说系统由汉魏时期的志怪小说、杂传、志人小说发展到唐以后的传奇体和笔记体。白话小说则由最早的变文、讲经、讲史发展为话本、拟话本、章回小说几大形式。① 当然,有些还可以再细分,文言小说发展到晚清出现一种文言章回体,白话小说的话本小说还有平话、拟话本等。在名称上学界虽有些差别,但是这两大系统的基本脉络是清楚的。

这里的小说概念也是杂合了现代西方小说概念和中国古代"小说"观念两方面的因素。按前者,杂传,包括《搜神记》《世说新语》类的志怪、志人等笔记体小说就不能算小说,按后者,则异闻、辩订、箴规等都应算小说。一般小说史家均认为唐代是小说文体独立的开端。② 这实际就是使

---

① 这里参考的是刘勇强的划分,见《中国古代小说史叙论》,北京大学出版社2007年版,第105页;候忠义的《中国文言小说史稿》和陈文新的《文言小说审美发展史》将汉魏以后文言小说分为传奇、志怪、轶事三类,本文所说笔记小说系指后两类,之所以有差异是因为前者更靠近现代小说标准,后者更靠近中国传统意义上的小说分类。对白话小说的分类则大致相同。

② 董乃斌在《中国古典小说的文体独立》有详细的考证,中国社会科学出版社1992年版,第167—216页。

用的"以今例古"的折中标准。此前的小说则可称为"准小说",或"前小说","是指这一时期某些具有小说因素或基本上可以作为小说来读的作品,但是作为一种文体,又还不足以称为小说"。① 这些"前小说"都属于文言小说系统。先秦两汉的神话传说、寓言故事、诸子散文、史传著作等都有小说的笔法,但它们并不能称为独立的小说文体。而到唐宋以后,小说开始"花开两朵,各表一枝",分为文白两个系统。

唐代"传奇"的出现,使文言小说走向成熟,中国也才有现代文体意义上的小说。从前期具有志怪风格的《古镜记》《补江总白猿传》,中经《游仙窟》再到盛期的《枕中记》《任氏传》《霍小玉传》以及集大成的《柳毅传》,中期的《续玄怪录》《传奇》,再到晚唐的《虬髯客传》,唐代传奇形成文言小说的第一次高峰。宋人评价唐传奇说:"盖此等文备众体,可见史才、诗笔、议论。"② 唐人传奇用鲁迅的概括就是"叙述宛转,文辞华艳","幻设为文"。③ 而到宋元时期则士人兴趣多集中在诗文和笔记上,传奇就逐渐衰落,只有话本体传奇,如《青琐高议》《云斋广录》《醉翁谈录》等选本中收入此类话本体传奇,这是文言小说的低潮期。明代的传奇则有一个中兴,"古文的传奇化,传奇小说集陆续问世,中篇传奇小说大量产生,构成这一时期传奇小说创作较为壮丽的景观"④。古文的传奇化如宋濂的《秦士录》,高启的《南宫生传》,马中锡的《中山狼传》等,传奇集最为著名的如《剪灯新话》和《剪灯余话》,中篇传奇如《贾云华还魂记》《龙会兰池录》等。明代文言小说数量巨大,形式多样,表现出文言小说的繁荣兴盛⑤。这种逐渐复兴的势头一直持续到明清易代,清初文网

---

① 吴志达:《中国文言小说史》,齐鲁书社1994年版,第10页。
② 赵彦卫:《云麓漫钞》,收入黄霖、韩同文编《中国历代小说论著选》上册,江西人民出版社1985年版,第65页。
③ 鲁迅:《中国小说史略》,《鲁迅全集》第9卷,人民文学出版社2005年版,第73页。
④ 陈文新:《文言小说审美发展史》,武汉大学出版社2002年版,第454页。
⑤ 袁行霈、候忠义等编的《中国文言小说书目》中收录明代小说693种之多,足见其繁荣,但上乘之作相对较少。北京大学出版社1981年版。

大张，文人士大夫大多秉承晚明之风用古雅的文言创作不易犯禁的传奇。到清中叶出现了《聊斋志异》，"用传奇法，而以志怪"，其艺术水平和思想境界均是传奇小说的集大成者，也是中国文言小说的艺术高峰。在《聊斋》的影响下，清中后期的文言小说蔚为大观。比如晚清王韬的《遁窟谰言》《淞隐漫录》《淞滨琐话》几部传奇小说集，就颇得《聊斋》神髓。

而文言小说的另一支，笔记小说到清代也出现复兴之势，前期有王士祯的《池北偶谈》和袁枚的《子不语》，后有纪昀的《阅微草堂笔记》，尤其是后者影响更大。《阅微草堂笔记》故意反拨《聊斋》的"藻绘"写法，复归六朝的质朴简约文风。"寓劝戒，广见闻，资考证"，其实是将"小说"的内涵回归到中国传统的轨道上去了。此书仿效者颇多，最有名的当数俞樾的《右台仙馆笔记》十六卷和《耳邮》四卷。笔记小说是士大夫修身养性，消闲写心的手段，也是古典文人的一种日常生活方式，大多上等文人在写正统的诗文之余也会偶试身手，率性而为，写点笔记、杂录、轶闻，记录生活的点滴，友朋间互相题赠，传阅。比如时人评《剪灯余话》作者时说"昌祺所作之诗词甚多，此特其游戏耳"。[①] 这类小说在汉魏六朝形成高峰，唐、宋、元、明有逐渐衰落之势，可一直不绝如缕，如唐代的《酉阳杂俎》《杜阳杂编》，宋代欧阳修《归田录》、苏轼《东坡志林》、洪迈的《夷坚志》，明代张岱的《陶庵梦忆》，等等。文言小说一直持续到二十世纪20年代均有人作。这里需要说明的是，这里分类描述只是一种方便，并不意味着两大类别是各自发展，泾渭分明，二者其实互有影响、互有渗透，有的作品既可归类到传奇又可归到笔记。比如《聊斋》就是在继承了晋人《搜神记》和宋人《夷坚志》传统的基础上形成自己的艺术个性的，而后者一般归为笔记小说。

中国小说文白并存的局面在唐代就已形成。白话小说的源头目前学界大多追溯到唐代的变文，王国维说："伦敦博物馆又藏唐人小说一种，全

[①] （明）王英：《剪灯余话》序，见朱一玄编《明清小说资料选编》下册，南开大学出版社2006年版，第964页。

用俗语，为宋以后通俗小说之祖。"① 这里的通俗小说就是指白话小说。王国维所说的"小说一种"是指记述太宗游冥府故事，只存一段，但足见在唐代已出现白话小说形式。现存的唐代说唱文本均保存在敦煌经卷中，故一般称敦煌变文，其具体分类有讲经、变文、话本、词文、俗赋等。如《妙法莲华经讲经文》《目连救母变文》《庐山远公话》《叶净能话》《季布骂阵词文》就是其中的代表。从这些源头来看，白话小说的发生发展和口语文化有着密切的关系。最开始或作为讲话者的底本，或是讲话者的记录本，但均和"说（唱）故事"有关系，是"说—听"或"唱—听"的模式。这些决定了其语言形式比较口语化，浅显易懂。还有一个值得注意的现象就是后来白话小说的韵散相间特征已在此时露出端倪。由于演唱的需要，以及便于记诵，在说唱故事时加一段浅白的韵文，就很有必要。比如变文中的"押座文"就类似宋元话本小说中的"入话"。有的故事讲完之后用诗作总结，这在后来章回小说中也形成了套路。近来有学者研究认为唐代变文构成中国古代白话小说的早期阶段。宋元话本构成白话小说的第二阶段。鲁迅曾说："宋一代文人之为志怪，即平实而乏文彩，其传奇，又多托往事而避近闻，拟古且远不逮，更无独创之可言矣。然在市井间，则别有艺文兴起。即以俚语著书，叙述故事，谓之'平话'，即今所谓'白话小说'是也。"② 这里"志怪""传奇"指的是文言小说，而"别有艺文兴起"的正是白话小说，即宋话本。不过现在所说的宋元话本并未发现真正的实物资料，均是以清末缪荃孙的《京本通俗小说》和明代洪楩编的《六十家小说》（后人新刊为《清平山堂话本》）所收集的部分小说为对象的，前者真伪莫辨，有很大争议。尽管如此，学界通过分析比较，认为其中的确有一部分可能是宋元作品，其中较为著名的几篇是：《碾玉观音》《拗相公》《错斩崔宁》《简帖和尚》《快嘴李翠莲记》。宋编元刊或元

---

① 王国维：《敦煌发见唐朝之通俗诗及通俗小说》，《王国维集》第一册，中国社会科学出版社2008年版，第58页。

② 鲁迅：《中国小说史略·宋之话本》，《鲁迅全集》第9卷，第115页。

人新编的讲史作品集有《全相平话五种》《新编五代史平话》，是后来长篇历史演义小说的胚胎，其中著名的有《三国志平话》《大宋宣和遗事》《武王伐纣平话》。明清时期则是白话小说大繁荣时期，出现一大批思想敏锐、艺术性高的小说集及个人著作的长篇章回小说。明代"三言二拍"，历史演义《三国演义》，英雄传奇《水浒传》，神魔小说《西游记》，世情小说《金瓶梅》先后问世，清代又有《封神演义》《儒林外史》，直至中国白话小说的巅峰之作——《红楼梦》——的诞生。白话小说在明清成为中国小说的主流，并且，创作者从以前的书会才人、说唱艺人为主转向文人小说家为主，由"世代累积"成书转向个人独著，这也必定使白话小说的审美发生变化，白话小说的口语文化逐渐向书面文化过渡。

当然，说文言小说和白话小说各成系统，并不是说二者没有交叉，没有中间地带。比如宋代的部分文言小说就学习了话本小说的白话语言，出现文言的通俗化。有学者论及了传奇小说的俗化："所谓传奇小说的俗化，即意指传奇小说从士大夫圈子里走出来，成为下层士人写给一般人民欣赏的文学样式。宋代传奇小说的观念意识明显下移，这就是俗化的开端。"[1] 明代以后通俗小说兴盛，文言小说失去往日气势，传奇体也吸收了话本的风格，《贾云华还魂记》《国色天香》《燕居笔记》《万锦情林》等一度被小说史家称为文言话本。[2] 宋代的《青琐高议》《醉翁谈录》所载小说也均为通俗文言，可能受到白话小说语言的影响，这也映出当时读者趣味的变迁。

二 文言小说与白话小说不同的美学意蕴

在起源上讲，文言小说的语言受辞赋和史传影响，而白话小说则受俗讲和变文影响。文言作为古代文人士大夫的正统书面语言，一直居于主导地位。白话，虽然也是书面语言，但它是在口语的基础上形成的，所以具有口

---

[1] 石昌渝：《中国小说源流论》，生活·读书·新知三联书店1994年版，第191页。
[2] 见林辰《古代小说概论》，春风文艺出版社2006年版，第109页。

语文化的一些特征。吕叔湘先生说："白话是唐宋以来的语体文。……白话是现代人可以用听觉去了解的，文言是现代人必需用视觉去了解的。"① 这是很有见地的看法。这两种语体的小说自然形成不同的美学意蕴。

第一，文言小说的叙事趋于简洁凝练，白话小说长于铺排细节。文字的起源是人类发展史上的大事。书写工具的变迁，也决定了书面语言的发展特点。中国的书写工具由甲骨、竹简、帛书到纸张的产生，至宋代印刷术的发明与改进，大面积印刷成为可能。所以这种书写材料的限制，也决定了最初的文字书写极尽简洁。"乃观之中国文学，则上古之书印刷未明，竹帛繁重，故力求简质，崇用文言。降及东周，文字渐繁。至于六朝，文与笔分。宋代以下，文辞益浅，而儒家语录以兴。元代以来，复盛兴词曲。此皆语言文字合一之渐也。"② 中国有"字崇拜"，能写字代表了一种权力和资本，是社会地位的象征。古代占卜、修史正是一种社会上层垄断的文化资本。文言文正是在这种社会环境下产生的，其语法结构更多注重意合，发挥每一个字象征功能，以最少的字传达出最多的内容和意蕴。文言语法的这些特性决定了文言小说的叙事具有简洁凝练的风格。魏晋时期《搜神记》和《世说新语》为代表的笔记小说就是"粗陈梗概"，以简澹为尚。传奇体文言小说虽与前者有风格上的变化，但其语言上也具有简洁精练的特点。如果将"三言二拍"中部分"拟话本"与它们的文言底本相比较，就可看出，白话小说语言更繁复，往往是文言小说的扩大版，基本情节相同，但在细节上却增加铺写。白话小说是随着城市进程的加剧而出现的，故为了迎合市民阶层的趣味，必定增加对现实生活的描写，偏于写实。

第二，文言小说追求神韵，长于抒情，白话小说长于描绘声口，表现日常生活。文言正因为简洁，所以更追求以少胜多，言简意丰的言外之意。如唐传奇《柳毅传》中写钱塘君报复归来与帝的对话：

---

① 吕叔湘：《文言和白话》，《吕叔湘全集》第七卷，辽宁教育出版社 2002 年版，第 77 页。
② 刘师培：《论文杂记》，收入陈引驰编校《刘师培中古文学论集》，中国社会科学出版社 1997 年版，第 226 页。

君曰:"所杀几何?"曰:"六十万。""伤稼乎?"曰:"八百里。""无情郎安在?""食之矣。"

寥寥数语将钱塘君火暴直爽的性格表现出来。白话小说来自讲经、说书,因此更富于生活气息。描写人物以逼真为尚,对话也酷肖日常声口。且举宋话本《山西一窟鬼》中一段为例。王媒婆为吴教授说亲,问完年龄后,有如下描写:

婆子道:"教授方才二十二,却像三十以上人。想教授每日价费多少心神。据老媳妇愚见,也少不得一个小娘子相伴。"教授道:"我这里也几次问人来,却没这般头脑。"婆子道:"这个'不是冤家不聚会'。好教官人得知,却有一头好亲在这里:一千贯钱房卧,带一个从嫁,又好人材,却有一床乐器都会;又写得,算得,又是嗊嚛大官府第出身。只要嫁个读书官人。教授却是要也不?"教授听得说罢,喜从天降,笑逐颜开……

这样的描写与前面《柳毅传》的对话相比,二者的区别是很明显的。二者的艺术效果均是形象逼真,但传达的美学意蕴却大不一样。前者隽永玄妙,多在言外之意,后者则如在眼前,鲜活生动。

第三,文言小说在叙事方法上出现限知叙事,白话小说则多全知叙事。整个小说史上看,文言小说的创作者和阅读者始终是上层文人为主体。唐传奇的盛行和唐代科举考试的"行卷""温卷"有关,其投递的对象多是左右考试命运的达官贵人,充斥诗才、史才和议论正是为了"炫才",以引起注意。明代田汝成评《剪灯新话》说:"宗吉尝著《剪灯新话》一编,粉饰闺情,假托冥报,虽属情妖丽,游戏翰墨之间,而劝百讽一,尚有可采",[①]

[①] 田汝成:《西湖洲游览志馀》,见《明清小说资料选编》下册,南开大学出版社2006年版,第960页。

可见创作时并不以一般民众为对象，而是"游戏翰墨之间"，小说成了文人们唱酬消遣的方式。这样就使得文言小说中"作者"的主体性更突出，第一人称限知叙述在文言小说常会采用。如唐传奇《游仙窟》《谢小娥传》《秦梦记》就是以第一人称叙述。明代的《痴婆子传》以"郑卫之故墟有老妇焉"开头，但随后讲痴婆子的堕落经历用的是第一人称。清代的《浮生六记》全用第一人称，记叙他和妻子的日常生活。明代理学家邱濬的《钟情丽集》也以自叙传形式展开。而白话小说由于受说书体制的影响，讲话者往往无所不知，要让听众明白每一个细节，所以很少见古代白话小说采用第一人称叙事的。白话小说多用"话说""且说"开头，一般先介绍地点、人物、背景，时而跳出故事之外与"看官"交流，时而又与书中情节融洽无间。"叙述者"无所不知，无所不晓。

第四，文言小说和白话小说有着不同的体制和结构美学。由于起源、审美追求及创作群体的不同，也造成二者在体制上有所不同。文言小说主流是中短篇，像屠绅的《蟫史》、陈球的《燕山外史》那样的长达二十万言的文言小说实属罕见。以至于有文言小说史家界定文言小说时直接以"短篇为主，中篇为辅"①。这也符合文言小说的实际情况。而白话小说，少见短篇，以中、长篇为主，长篇章回小说甚至成为明清小说的主流，并形成一定的程式和体制。这在宋元话本时期就已经奠定了它的型制、格局，比如话本中的入话、头回，诗证，分章题回，以及说话人经常现身评述，与"看官"交流的说书腔调等，分章、分回本身就是来源于"讲史"时分次讲述的需要。这些体制一旦形成具有一定的稳定性，连纯粹的文人独创的《儒林外史》和《红楼梦》也基本没有摆脱，到清末民初白话小说中的"说书腔"更为凸显。

第五，文言小说趋雅，白话小说近俗。周作人在《平民文学》中说："古文多是贵族的文学，白话多是平民的文学"②，这是从语言角度论雅俗，

---

① 陈文新在《文言小说审美发展史》中说："我们所说的文言小说，其外延包括传奇小说和笔记小说，以短篇为主，中篇为辅。"武汉大学出版社2002年版，第2页。
② 周作人：《平民文学》，《每周评论》1919年第5号。

是有道理的。东汉桓谭说："其若小说家，合丛残小语，近取譬论，以作短书，治身理家，有可观之辞"①；班固说："小说家流，盖出于稗官。街谈巷语，道听途说之所造也"②。他们对"小说家"的界定影响了千百年来人们对小说的看法。说小说是"小道"，这是相对于诗文、史传这样的"正业"来说的，在整个古代小说系统内部，还是有雅俗之别。其中，白话小说就被称为通俗小说，这是自明代就有的说法。冯梦龙在《古今小说》序中说："大抵唐人选言，入于文心；宋人通俗，谐于里耳。天下之文心少而里耳多，则小说之资于选言者少而资于通俗者多……噫！不通俗而能之乎？"冯所说的"谐于里耳"的小说正是指《古今小说》（重刊时改名为《喻世明言》）里收录的那些白话小说："家藏古今通俗小说甚富，因贾人之请，抽其可嘉惠里耳者，凡四十种，畀为一刻。"③ 现代的小说史家一般称古代的通俗小说也是指白话小说。④ 有学者如此谈白话小说和文言小说的这种雅俗之别：

---

① 桓谭：《新论》，见《文选》卷三，中华书局1977年版。
② 班固：《汉书·卷三十·艺文志第十》第六册，中华书局2013年版，第1745页。
③ （明）绿天馆主人（冯梦龙）：《〈古今小说〉叙》序，见丁锡根编《中国历代小说序跋集》中册，人民文学出版社1996年版，第774页。
④ 如王国维《敦煌发见唐朝之通俗诗及通俗小说》中的"通俗小说"就指"白话小说"；孙楷第《中国通俗小说书目》的"凡例"中明确说"本书收录，以语体旧小说为主"，见人民文学出版社1982年版；江苏省社科院明清小说研究中心编的《中国通俗小说总目提要》也明确界定"本书所收，以唐代至清末的通俗白话小说为主，把收录通俗小说的上限，从宋元推前至唐代"，见"编辑说明"，中国文联出版公司1990年版，第1页。吴志达在《中国文言小说史》中说："所以人们称宋元以来的大多数白话小说为'市民文学'，或称之为'通俗小说'"，齐鲁书社1994年版，第7页。刘勇强《中国古代小说史叙论》中说"文言小说的一些，早已被纳入了正统的文化体系中；而白话小说，往往又称为通俗小说，即始终是被主流文化排斥的"，北京大学出版社2007年版，第23页。刘半农在1918年作的《通俗小说之积极教训与消极教训》的演讲中的"通俗小说"概念引入了西方的"Popular Story"，使含义有别于传统的内涵，"指合乎普通人民的，容易理会的，为普通人民所喜悦所承受的"，强调其"媚俗性"，他还专门提醒说"决不可误会其意，把'通俗小说'看作与'文言小说'对待之'白话小说'，——'通俗小说'当用白话撰述，是另一问题"。这里的"通俗小说"多与"大众文化（Popular culture）"相联系。不过，我们从他的刻意提醒中可以反推，在一般意义上，或在中国传统的用法中，通俗小说正是指与文言小说相对举的白话小说，见严家炎编《二十世纪中国小说理论资料：第二卷》，北京大学出版社1997年版，第47页。

中国的白话小说和文言小说，源于两个不同的系统。白话小说源于民间的"说话"，一经问世便镀上了商品的烙印，为了推销自己，曲折的情节和通俗化的叙述方式便成为题中应有之意。而文言小说一支的传奇却是传记辞章化的结果，成熟于诗情盎然的唐代。……辞章化传奇往往追求一种醇厚典雅的风度，或曰书卷气；忌俗，变排斥鲁莽和过分的狂想。①

而清代的纪昀在编《四库全书总目提要》时对白话小说基本视而不见，独收笔记体文言小说。这也可看出上层文人对白话小说的态度。其实，在《金瓶梅》《儒林外史》和《红楼梦》等文人独著的白话小说面世以后，由于作者具有较高文化修养，白话小说有逐渐雅化的趋势，小说语言的书面化程度相当高，表现出小说艺术的新向度，可惜，清中叶以后，晚清的小说回归世俗，小说数量虽然庞大，但能达到前者艺术高度的小说已凤毛麟角。

三 "文白"两大系统在清末民初的延续

晚清，直至民国初年，中国小说仍承续了这两大小说系统。

晚清的文言小说基本笼罩在《聊斋》和《阅微草堂笔记》的"阴影"之下，多仿此二作，然艺术品位上则与前者有很大距离。秉承《聊斋》的传奇体小说有宣鼎的《夜雨秋灯录》，以及王韬的《遁窟谰言》《淞隐漫录》《淞滨琐话》，皆属佳作。笔记体文言小说则数俞樾的《右台仙馆笔记》十六卷和《耳邮》。叱咤文坛的是白话长篇小说，侠义公案如《三侠五义》《彭公案》，狭邪小说如《风月梦》《品花宝鉴》《海上花列传》等，英雄传奇如《荡寇志》等，各领风骚。话本、拟话本小说在晚清也有延续，主要见于同、光年间。《俗话倾谈》用广东方言，刘省三的《跻春台》

---

① 陈文新：《文言小说审美发展史》，武汉大学出版社2002年版，第568页。

则用四川方言,秉承话本小说的地方性、通俗性特色,尤其是后者,总体水平较高,是清代最后一本拟话本小说集,昭示着古典话本小说的终结。晚清的文言小说中,有一个令人注意的语言现象是,屠绅的《蟫史》是第一部长达二十万言的文言小说①,陈球的《燕山外史》用骈文作小说,也是长篇的体制。这是文言小说的新动向,联系到整个清末民初长篇文言小说数量的增多,这种现象就具有一定的文学史意义。

文言小说在晚清影响不大,一方面是由于白话小说的势力过于庞大,另一方面由于近代以来,中西方文化冲突带来的新事物层出不穷,文言小说由于受传统的文化精神的制约,反映社会生活没有白话小说来得那么方便,其生产和消费的群体也较窄。尽管如此,文言小说和白话小说并存的脉络是清楚的。自唐代到晚清前期,这两种语言类型小说势力的消长是处于一种自然、自为的状态,各自发展,各成系统,各有其受众和创作群体。虽然二者之间互有影响,同一个创作者也可能兼擅两种小说,但这种影响和交叉并不是自觉和有意的行为,从长时段来说,小说家并未刻意去比较二者在语言形式上的优劣,并未使二者产生冲突。

但是,在清末民初,随着西方工业文明的涌入,中西文化杂合使得中国文人的写作、阅读方式出现变革,人们的生活节奏也被打乱,在"小说界革命"的鼓荡之下,小说被提到经国大业的崇高地位上,对小说的社会功用产生了前所未有的想象和期待。那么,到这个时候,哪种小说"用"起来最方便、最有价值;什么样的语言做小说才最好,才成为一个"问题"。文言小说和白话小说之间的冲突才可能出现,也就是说,小说家对于小说语言才形成新的"自觉"。

那么,这种"自觉"是如何产生的,对小说创作有什么样的影响?

这就需要考察与"小说界革命"相伴生的晚清"白话文运动"的历史逻辑及其影响。

---

① 《三国志通俗演义》有不少文言语法,因较为浅显通俗我们一般称为白话小说。

第二节 清末民初关于小说语言的认同与分歧

由于白话小说古已有之，与诗歌语言的变革相比，我们常常忽略小说语言在清末民初的嬗变。中国小说自宋以后形成白话小说和文言小说并流的局面，有着各自的审美系统和发展脉络。值得注意的是，自宋至晚清，文言小说和白话小说势力的消长是处于一种自然、自为的状态，虽然二者互有影响，但这种影响和交叉并不是自觉和有意的行为，小说家并未刻意去比较二者在语言形式上的优劣，并未使二者产生冲突。

这种现象在晚清却发生改变，小说家、出版商开始关注小说语言的使用问题。在"小说界革命"的鼓荡之下，小说的地位空前提高，人们对小说的社会功用产生了前所未有的想象和期待。此时，哪种小说"用"起来最方便、最有价值才成为"问题"。从清末至五四，小说语言从文言、白话并行到白话小说定于一尊，这种变化支撑了中国小说的现代变革。而这并非简单的因果关系，期间一度发生激烈的论争，甚至在民初还出现文言小说的大繁荣。那么，分析这一时期小说家们关于小说语言的论争，能更清楚地呈现"现代小说"生成的复杂性。

一 "白话文运动"和"小说界革命"：清末下层启蒙运动的一体两面

要考察清末小说语言的自觉，就要首先考察晚清白话文运动的逻辑。

周作人在五四时期曾说晚清的提倡白话是"出自政治方面的需求，只是戊戌政变的余波之一"[1]。周作人是站在五四的立场想把清末白话文运动和五四撇清关系，此说法是否合理姑且不论，但是说清末白话文运动是出自政治方面的需求则是符合事实的。如果没有近代屡战屡败的屈辱，尤其

---

[1] 周作人：《中国新文学的源流》，华东师范大学出版社1995年版，第56页。

是甲午海战输于"蕞尔小国"日本,如果没有国门大开之后西方"先进国家"的成功示范,白话语言不可能提到台面上来,文学语言可能仍然在中国传统的规范内运行,这在最初提倡白话文的论说中非常明显。白话文运动实际上是清末下层启蒙运动的一部分,这是"救亡逼出来的启蒙运动"。① 严复提出的"鼓民力""开民智""新民德"正可代表这场启蒙运动的主旨。而白话小说被推到前台就与这一过程密切相关。

考察最初提倡"言文一致"的上层文人的言论,很明显可以看到这一点。一般将裘廷梁的《论白话为维新之本》作为清末白话文运动的开端,其实在十年前,黄遵宪在《日本国志》中就以日本为典范谈到语言和文字合一的问题:

> 余闻罗马古时,仅用腊丁语,各国以语言殊异,病其难用。自法国易以法音,英国易以英音,而英法诸国文学始盛。耶稣教之盛,亦在举《旧约》《新约》就各国文辞普译其书,故行之弥广。盖语言与文字离,则通文者少;语言与文字合,则通文者多,其势然也。
>
> 欲令天下之农工商贾、妇女幼稚皆能通文字之用,其不得不于此求一简易之法哉?②

这里他表达了强烈的文字变革愿望,其目的在于启蒙,在于使"妇女幼稚皆能通文字之用"。"语言文字几几乎复合",正是要文字也用俗语,用白话。

在裘廷梁的《论白话为维新之本》中我们同样看到这样的思路。开篇即以"国将亡"立论,"今天下之人莫不曰:国将亡矣,可奈何!"然后历数导致国亡的几种因素,而其他因素在当时社会都不存在了,只剩下"亡

---

① 李孝悌:《清末下层的启蒙运动:1901—1911》,河北教育出版社2001年版,第14页。
② 黄遵宪:《日本国志》,见陈铮编《黄遵宪全集》下卷,中华书局2005年版,第1420页。

天下之民"一种:"今数者皆无之,而有亡天下之民。"① 为了使天下之民不至于亡国,就要"开民智"。最后总结:"由斯言之,愚天下之具,莫文言若;智天下之具,莫白话若。……吾今为一言以蔽之曰:文言兴而后实学废,白话行而后实学兴;实学不兴,是谓无民。"② 清末鼓吹民力论是普遍的思想,由船坚炮利,再到思想改造,改造新国民,清末士人一次次想出救国良策。此篇以文言出之,却将白话提高到可避免亡国的高度。从题目看出这是维新变法中的一项,该文最初发表于1898年8月7日的《中国官音白话报》,仍然在"百日维新"的"百日"之内。

综观清末知识界,可以发现"言文一致"有利于国力强盛是他们那一代人的集体想象。与此相同的论述我们还可以在谭嗣同、梁启超、康有为、章太炎、刘师培、严复等人的文章中见到。当时采用白话的社会活动是从几个方面同时进行的,1902年11月5日的《大公报》有人撰文说:"今夫吾国士智愚贤肖,莫不以开瀹民智为最亟之物矣!……乃今欲奋其自力而为开瀹之事,则三物尚焉:曰译书、曰刊报、曰演说。"③ 当时开展如火如荼的白话报、宣讲所、演说会、戏曲改良等运动均和白话文运动相关,均指向"再造国民"的启蒙工程。

而这些"再造国民"的工程中,小说成了利器。与提倡白话文运动的同时,清末知识界对小说的地位重新加以审视。1897年应该是清末小说界的重要年份,过去通常为人忽略。这一年,严复、夏曾佑、康有为、梁启超分别对小说的地位做出了重新界定,后来"小说界革命"的基本观念都已涉及。1897年,《国闻报》发表严复、夏曾佑的《本馆附印说部缘起》,这是近代小说界第一篇"雄文",可称为晚清小说界的"独立宣言",纵横四海,贯通古今。该文以设问开篇:漫漫历史长河,为何只有少数人名垂

---

① 舒芜、陈迩冬、周绍良、王利器编选:《近代文论选》上册,人民文学出版社1999年版,第176页。
② 舒芜编选:《近代文论选》上册,人民文学出版社1999年版,第180页。
③ 《说演说》,《大公报》1902年11月5日。

千古,流传后世,为贩夫走卒传说记诵?那就是有"公性情"之人。何谓公性情?无非英雄与男女。而传此二事者,语言之后是文字,文字谓之书,书分"言理之书"——经子集和"纪事之书"——史和稗史。那么何种书易传?纪事之书。然后作者总结道:"据此观之,其具五不易传之故者,国史是矣,今所称'二十四史'俱是也;其具有五易传之故者,稗史小说是矣。"这样作为街谈巷语的"稗史小说"就有了很大的功用:"夫说部之兴,其入人之深,行世之远,几几出于经史上,而天下人心风俗,遂不免为说部之所持。"然而古人小说,"各有精微之旨"不能为"浅学之人"领会,故本馆附纸分送之小说的"宗旨所存,则在乎使民开化"。因为"且闻欧、美、东瀛,其开化之时,往往得小说之助"。这样,环环递进,虽然绕了一个大弯子,毕竟将小说地位提到了一个经国大业的高度①。虽没有后来梁启超那样直白、高调,但其思想逻辑则是一致的。无怪乎梁启超称"余当时狂爱之"②。这里,晚清论小说的几个主要元素:西方榜样、使民开化、改良风俗、适宜浅学之人等均见端倪。

同样在1897年,康有为在《日本书目志》的"识语"中说道:"今日急务,其小说乎!仅识字之人,有不读'经',无有不读小说者。故'六经'不能教,当以小说教之;正史不能入,当以小说入之;语录不能喻,当以小说喻之;律治不能治,当以小说治之。""今中国识字人寡,经义史故,亟宜译小说而讲通之。""泰西尤隆小说学哉!"③ 其思路与前者一样。梁启超在1897年发表在《时务报》上的《变法通议·论幼学》中也谈到"说部",并抨击了古代小说中"游戏恣肆以出之,诲盗诲淫",这正是1898年《译印政治小说序》的序曲。要纠正"诲盗诲淫",就要提倡"政

---

① 几道、别士:《本馆附印说部缘起》,《国闻报》1897年10月16日—11月18日。
② 梁启超:"天津《国闻报》初出时,有一雄文,曰《本馆附印小说缘起》,殆万余言……余当时狂爱之,后竟不克裒集。"见陈平原、夏晓虹编《二十世纪中国小说理论资料:第一卷》,北京大学出版社1997年版,第84页。
③ 康有为:《日本书目志》"识语",《日本书目志》,上海大同译书局1897年版。

治小说","往往每一书出,全国之议论为之一变","小说为国民之魂"。随后有邱炜萲的《小说与民智关系》（1901年）,衡山劫火仙的《小说之势力》,均承续此论调。关于"小说可以兴国"之论在1902年以前已成燎原之势。直至梁启超1902年发表《小说与群治之关系》,用他那汪洋恣肆的文风,夸张而斩钉截铁的语言,登高一呼,正式擎起"小说界革命"的大旗："今日欲改良群治,必自小说界革命始；欲新民,必自新小说始。"①自此以后,对小说的"神话"已蔚为大观,论小说者开口必提开民智,闭口则谈西方小说地位高②,以至于到1906年前后有人说："自小说有开通风气之说,而人遂无复敢有非小说者",③ "十年前之世界为八股世界,近则忽变为小说世界,盖昔之肆力于八股者,今则斗心角智,无不以小说家自命"。④——看来,小说的崇高地位已大大巩固了。

无论是提倡白话文,还是小说界革命,都与清末知识界的启蒙运动息息相关,实际上是清末下层启蒙运动的一体两面。这决定了二者在实践中的一些特点,也埋下了一些无法解决的问题。但毕竟,这两个运动的结合将"白话小说"推到了历史的前台。陈大康曾论述晚清白话小说促进了白话地位的提升⑤,其实,这是双向运动,白话文运动同时也促进了小说地位的提升。

---

① 梁启超：《小说与群治之关系》,《新小说》1902年第1号。
② 小说在西方文学界的地位引起中国文人们的极大好奇,这是促使他们重审小说地位的一个主要诱因,最典型的例子是楚卿的说法："吾昔见东西各国之论文学家者,必以小说家居第一,吾骇焉"（见楚卿《论文学上小说之位置》,《新小说》1903年第7号）。很明显,"骇焉"的不只是楚卿一个,而是整个知识界。1907年有老棣（黄伯耀）说："自文明东渐,而吾国人亦知小说之重要,不可以等闲观也,乃易其浸淫'四书''五经'者,变而购阅新小说",足见小说风气已大为转变。《文风之变迁与小说将来之位置》,见陈平原、夏晓虹《二十世纪中国小说理论资料：第一卷》,第227页。
③ 《论小说与社会之关系》,《时报》1905年5月27日。
④ 寅半生：《〈小说闲评〉叙》,《游戏世界》1906年第1期。
⑤ 陈大康：《晚清小说与白话地位的提升》,《文学评论》2011年第4期。

二 "小说之正格为白话"

既然小说成为"兴国"的工具,首先就要通俗易懂,要采用俗语,要"言文一致",小说当然也应以白话小说为上。这是很自然的逻辑,何况中国古代有着悠久的通俗(白话)小说传统。

黄遵宪是最早将小说的语言与"言文一致"思想勾连起来的人,他在1887年说:"周秦以下,文体屡变,逮夫近世,章疏移檄,告谕批判,明白晓畅,务期达意,其文体绝为古人所无。若小说家,更有直用方言以笔之于书者,则语言文字几几乎复合矣。余又乌知夫他日者不更变一文体,为适用于今、通行于俗者乎?"① 他认为有的小说用方言来写就是"语言文字复合"的方式。在1897年,严复、康有为、梁启超等人的论述中用俗语写小说也是要义之一。严复、夏曾佑在讨论纪事之书(稗史小说)有五个方面原因易传时,前两条均与通俗语言有关:第一条是"书中所用之语言文字,必为此种人所行用,则其书易传",第二条是"若其书之所陈,与口说之语相近者,则其书易传"。② 康有为要求"经义史故,亟宜译小说而讲通之"的"小说"也是指白话小说。梁启超说"今人出话,皆用今语,而下笔必效古言,故妇孺农民,靡不以读书为难事,而《水浒》《三国》《红楼》之类,读者反多于六经"③,正是从普通民众的接受水平来倡导白话体小说的。不仅如此,他从文学进化论的角度认为白话小说(俗语文学)是历史的发展趋势:"文学之进化有一大关键,即由古语之文学,变为俗语之文学是也。各国文学史之开展,靡不循此轨道",并断言"小说者,决非以古语之文体而能工者也"④。这种论述中我们依稀可以看到后来胡适的话语方式。

---

① 黄遵宪:《日本国志》,见陈铮编《黄遵宪全集》下卷,中华书局2005年版,第1420页。
② 几道、别士:《本馆附印说部缘起》,《国闻报》1897年10月16日—11月18日。
③ 梁启超:《变法通议·论幼学》,《时务报》第八册,1897年。
④ 梁启超:《小说丛话》,《新小说》1903年第7号。

经过这些文人精英的鼓吹和努力,白话小说地位大大提高,那么,白话小说如何成为通俗教育的工具也很好为一般小说作者理解。以下这段话很有代表性:

> 小说之教育,则必须以白话。天下有不能识字之人必无不能说话之人。出之以白话,则吾国所最难通之文理,先去障碍矣。或曰:能说话者,究未必皆能识字。然使十人之中,苟有一人识字,则其余九人即不难因此一人而知其事。况民恒性,每阅小说,最喜于人前讲述,则识字者因得神游之乐,不识字者亦叨耳食之功。惟自来小说,惑人者多……下流社会中,虽不能读经史等书,未有不能读小说者;一言以蔽之曰:易于动人而已。惟其易于动人,即将其法而正用之,则昔以惑人者,今可以之益人。昔人谓吾民无知,既受二氏之毒,又受小说之毒,则吾民固素以小说为教育也。今请得而正用之,演以白话,仍以小说谋教育之普及,而谓为小说之教育,阅者盍注意焉。①

这已经把道理讲得很清楚了。管达如的《说小说》是清末民初少有的比较系统的小说理论文章,在讨论小说的分类时他认为白话体小说"可谓小说之正宗":"盖小说固以通俗逮下为功,而欲通俗逮下,则非白话不能也。……虽如传奇之优美,弹词之浅显,亦不能居小说文体正宗之名,而不得不让之白话体矣"。有此认识,他在界定小说的文学性质时第一条就是"通俗的而非文言的"。②

清末民初主张用白话写小说的大多从通俗教育立论,但也有从文体美学的角度来支持"白话小说正格说"的。成之(吕思勉)认为小说属于"近世的"文学,"小说者,近世的文学,而非古代的文学也。""今文学则

---

① 佚名:《论小说之教育》,《新世界小说社报》1906年第4期。
② 管达如:《说小说》,《小说月报》1912年第3卷第7号。

小说其代表也，且其位置之全部，几为小说所独占。""何谓近世文学？近世人之美术思想，而又以近世之语言达之者也。"① 这里，"近世之语言"就是指白话。"近世之事物，惟近世之言语，乃能建之，古代之言语，必不足用矣。……故以文言、俗语二体比较之，又无宁以俗语为正格"②，这样的论述俨然有现代语言学中"语言即思想"的一些影子，白话小说就成了"今文学"的代表。这虽然有以偏概全之弊，但将小说提到文学艺术的高度来认识，这在五四以前实属少见。而吴曰法则从小说之宗派体例的角度分析了小说的正格和变格，"自吾论之，以俗言道俗情者，正格也；以文言道俗情者，变格也"。何以如此区分，他也从言文一致的方面做了说明："玩'说'字之义，而即名核实，则语言、文字，断断乎可合而不可离，方为名副其实。"③ 这明显脱胎于黄遵宪的相关论述。

　　白话小说地位的上升也与长篇章回小说的流行相关。晚清时，长篇章回小说成为小说的主流，受众广泛，而且自《红楼梦》《儒林外史》以后，白话小说有文人化的倾向，诗词歌赋渗入其间，不乏逞才炫耀之嫌，语言也精炼生动许多，也使这些长篇章回小说雅俗共赏成为可能。不过晚清一代，小说基本在几部名著的笼罩之下，仿作、续书成为一时之尚，如《花月痕》《荡寇志》《西游补》等。艺术上虽没大的突破，但总的来说，白话小说的数量和影响在晚清是占据主流位置的。而且，从中国小说文体的流变来说，长篇小说以白话为主，文言多短篇。这也自然形成一种白话章回小说为中国小说正宗的印象。成之将长短篇分别称为复杂小说和单独小说，"复杂小说不得不用俗语，单独小说之不得不用文言，盖复杂小说，同时须描写多方面之情形，其主义在详，详则非俗语不能达"④，这样从文体传统来看，也必然以长篇白话小说为正宗。以至有人翻译西方小说时，

---

① 成之：《小说丛话》，《中华小说界》1914 年第 1 年第 3 期。
② 成之：《小说丛话》，《中华小说界》1914 年第 1 年第 4 期。
③ 吴曰法：《小说家言》，《小说月报》1915 年第 6 卷第 6 号。
④ 成之：《小说丛话》，《中华小说界》1914 年第 1 年第 4 期。

要用白话章回体进行改造，以去除"翻译痕迹"。吴趼人在译《电术奇谈》时说："此书原译，仅得六回，且是文言。兹剖为二十四回，改用俗语，冀免翻译痕迹。"① 而一个相反的例子是，有人按章回体翻译时因用的是文言，就首先"自责"一番："原书并无节目，译者自加编次，仿章回体而出以文言，固知不合小说之正格也②"。看来，"正格"一说毋容质疑。

三 "易俗语而为文言"

从这些论述看，在清末民初，用白话写小说应该是共识，"白话小说正格论"应该是不容挑战了。其实不然！也有许多不同的声音。清末民初小说家对小说语言的认识是有着分歧的，随着"小说界革命"势力减弱以及社会的变迁，这种分歧还进一步扩大了。

白话小说的提倡是基于语言与文字合一的理论预设，是"一致"到口语上来，而非将口语文言化，其目的是启蒙，其对象是下层民众。这样就很自然带来一些问题。有人说"白话犯一个字的病就是'俗'"③，可谓一针见血。白话小说要作为教育民众的工具，自然要浅俗，但过于浅俗，小说的艺术性就无从谈起，也无法满足上层文人的口味。这种分歧在发表于1903年《新小说》上一组"笔谈"时就已经显现。关于小说的启蒙对象，别士（夏曾佑）有一段很著名的话，他将中国小说分为两派：学士大夫之用和妇女粗人之用。然后说："今值学界展宽，士夫正日不暇给之时，不必再以小说耗其目力。惟妇女与粗人无书可读，欲求输入文化，除小说更无他途。"④ 这实际划分了雅俗。既然小说只是供妇女与粗人阅读的，那只能一味求"俗"了。对此平子（狄葆贤）持批评态度，认为小说也要给士夫们欣赏，"能得佳小说以饷彼辈，其功力尚过于译书作报万万也。且美

---

① 我佛山人（吴趼人）：《〈电术奇谈〉附记》，《新小说》1905年第18号。
② 《〈小仙源〉凡例》，《绣像小说》1904年第16期。
③ 《〈母夜叉〉闲评八则》，《母夜叉》，小说林社1905年版。
④ 别士（夏曾佑）：《小说原理》，《绣像小说》1903年第3期。

妙之小说，必非妇女粗人所喜读……故今日欲以佳小说饷士夫以外之社会，实难之又难者也"。他也看到西方小说大家的写作对象"仍以上流社会为多"。"夫欲导民于高尚，则其小说不可以不高尚。必限于士夫以外之社会，则求高尚小说亦难矣。"① 很显然，关键是要导民于高尚还是迎合民众的通俗？这是一对贯穿晚清小说界直到五四时期的矛盾。

自然，要求得"高尚小说"，就不能仅限于白话了，或者说，不能仅限于浅俗的白话了。平子随后发表"三恨金圣叹"之"第三恨"就是"恨《红楼梦》《茶花女》二书，出现太迟，未能得圣叹之批评"②。将林纾用古文译的《茶花女》与《红楼梦》并列，可见平子的艺术趣味③。而到1905年姚鹏图著文专论白话小说时，甚至提倡起"文话"来："文义稍高之人，授以纯白话之书，转不如文话之易阅。"然后他又从言文一致方面反思了白话文运动："文字者，事物之记号，政治、实业之关键也。今欲废弃文字而专重白话，吾恐未受白话之益，先被废弃文字之害，如之何其可哉！"④ 这样的论调和"白话正格论"完全相反，不仅白话不优于文言，而且要反思白话之弊端了，足见时势之变迁。不过，提出文字与白话之间的关系，调和文字与白话（实质上是书面语言与口头语言）之间的平衡，这是很有价值的努力方向。有人就提倡一种描写"逼真"的白话："小说最好用白话体，以用白话方能描写得尽情尽致"，"小说之为好小说，全在

---

① 平子的论述见《小说丛话》，《新小说》1903年第7号。
② 《小说丛话》，见陈平原、夏晓虹《二十世纪中国小说理论资料：第一卷》，第85页。
③ 平子的趣味尚雅正也可以从其后面论述看出，他欣赏《红楼梦》的"将笔墨放平，不肯作过高之语"，欣赏作者的"工诗词"，认为《滴不尽相思血泪》一曲为绝唱。另外，他的改良之路向与一般人大异，他的路径是：从改良小说到改良歌曲再到改良社会。他认为"过于雅典，俗人不能解"不行，而"言辞鄙陋，事迹荒谬"也不行。所以呼唤"有心人出"而更变之。孔子正是这样的"有心人"："孔子当日删《诗》，即是改良小说，即是改良歌曲，即是改良社会。然则以《诗》为小说之祖可也，以孔子为小说家为祖可也。"孔子改《诗》正是文人化过程，由俚俗变雅正。可见，调俗变雅，至少调和雅俗，是平子的改良之路。这是清末至民初小说语言观的另一路径，也是非常有意义的路径。
④ 姚鹏图：《论白话小说》，《广益丛报》1905年第65号。

结构严密，描写逼真。能如此者，虽白话亦是天造地设之佳文。中国小说最佳者，曰《金瓶梅》，曰《水浒传》，曰《红楼梦》三部，皆用白话，皆不易读"。① 值得注意的是，这里他提出要使"白话"成为"佳文"，作为榜样的三部白话小说的语言均是文人化的语言，"不易读"的都是相对艺术性较高的白话小说。这就有别于那种只强调白话通俗性的论述。

但这些论调在提倡白话小说的管达如那里却不成问题："则作小说，当多用白话体是也。吾国今日小说，当以改良社会为宗旨，而改良社会，则其首要在启迪愚蒙等人，则彼固别有可求智识之方，而无俟于小说矣。"上等人想求雅，那就别在小说上求之，小说本来就是为下等人准备的。这话1903年别士已经说过了，在1912年，管达如马上意识到这种为下等人设想的路径明显不占主流："今之撰译小说者，似为上等人说法者多，为下等人说法者，愿小说家一思之。"②

将此观点阐述更为深入的是恽铁憔。恽铁憔在《小说月报》上编发了吴曰法的《小说家言》，并写了编辑后记。先说此文"先得我心""当奉为圭臬"。然后话锋一转："小说之正格为白话，此言固颠扑不破，然必如《水浒》《红楼》之白话乃可为白话。换言之必能为真正之文言，然后可为白话；必能读得《庄子》《史记》，然后可为白话。"这和吴曰法单纯主张"俗言道俗情"大为不同。而这种高雅白话显然不是普通人能作的，所以恽铁憔疾呼："吾国社会劣分子之多，教育不普及，通俗教育盖若是其需要，当有三数通人执笔为小说乎？以社会趋势揆之，小说而占真正之势力，终必循此轨道。"③"通人"指上层文人，这是典型的精英文学的观念，当时有一读者"窥"出此意："窥先生之意，似欲引观者渐有高尚文学之思想，以救垂倒之文风于小说之中。"④ 这也从侧面证明了恽铁憔的语言

---

① 梦生：《小说丛话》，《雅言》1914年第1卷第7期。
② 管达如：《说小说》，《小说月报》1912年第3卷第11号。
③ 恽铁憔：《〈小说家言〉编辑后记》，《小说月报》1915年第6卷第6号。
④ 见陈光辉的来信，《小说月报》1916年第7卷第1号。

观，文言和白话就不一定产生对立，而是皆能为我所用了。他甚至后来和"言文一致"唱起反调来。一位读者来信谈到小说应以中下层民众为对象，应以讲兴味、用意为最上，恽铁憔作了以下答复：

> 尝谓小说仅所以逍遣，未足尽小说之量；谓小说仅所以语低等社会，犹之未尽小说之量；谓撰小说宜多用艳词绮语，于是以雕辞琢句当之，吾期期以为不可；谓撰小说宜浅俗，浅则可，俗则吾尤期期以为不可。吾国文之为物至奇，字之构造为最有条理，若句之构造，则无一定成法。有之，上焉者为摹仿《诗》《书》六艺，下焉者为依据社会通用语言。语言因地而异，故白话难期尽人皆喻。……今日骤强言文一致，必不可。

> 小说不止及于低等社会，实及于青年学子。青年于国文为素丝，而小说之力大于教科，实能染此素丝。而国文之特性，俗语必不可入文字，则来函所云云，吾敢以诚实由衷之言答曰：吾不敢苟同也。

有趣的是，读者来信中的观点恰好就是小说界革命时期的流行观点，而此时，却"骤强言文一致，必不可"，"俗语必不可入文字"，以至于"不敢苟同"了。

在民国初年，有一个明显的追求艺术性，趋雅的动向。此期倡导白话小说的声音趋弱，文言小说反而呈繁荣之势。早在1908年徐念慈就说，"就今日实际上观之，则文言小说之销行，较之白话小说为优"。他认为症结在于购小说者大部分是"出于旧学界而输入新学说者"。林纾的小说销量大，正因为他的小说"遣词造句，胎息史汉，笔墨古朴顽艳，足占文学界一席而无愧也。"[①] 也就是说，小说本身的艺术性与接受对象相契合。

---

① 觉我（徐念慈）：《余之小说观》，《小说林》1908年第10期。

而在民初以后，甚至有骈体小说盛行。恽铁憔曾大批骈体入小说："或谓西洋所谓小说即文学，于是以骈体当之，虽不能真骈，亦必多买胭脂，盖以为如此，庶几文学也，而不知相去弥远。"① 这从反面向我们提供一个信息，即，当时用骈语写小说是为了将小说朝"文学"上靠近，而中国传统文人的"文学"观还停留在"文笔之分"的观念上，于是以为用"骈体"作小说就是"文学"，就可以和西方比肩了。可惜，误读了西方，并招致恽铁憔的嘲讽。

看到这一点，再来看周作人在1914年力倡文言小说就不会感到奇怪了：

> 如上所言，中国小说之异，可以见矣。西方小说已多历更革，进于醇文。而中国则犹在元始时代，仍犹市井平话，以凡众知识为标准，故其书多芜秽。盖社会之中不肖者，恒多于贤，使务为悦俗，以一般趣味为主，则自降而愈下。
>
> 若在方来，当别辟道途，以雅正为归，易俗语而为文言，勿执着社会，使艺术之境萧然独立。斯则其文虽离社会，而其有益于人间甚多。②

所谓"悦俗"就是功利性，他批评"市井平话，以凡众知识为标准"，也正是"小说界革命"倡导者们心中的理想之境。所谓"醇文"，就是讲文学性，追求"萧然独立"的"艺术之境"，而方法之一就是"易俗语而为文言"。周作人的这些主张与我们熟知的五四时代的周作人大相径庭，其实在对艺术性的追求上则有相通之处。

恽铁憔、周作人等人的小说语言观对新小说的功利性是一种纠偏，这也是文言小说在民初大繁荣的原因之一。可惜，这些理论探讨并未进一步深

---

① 恽铁憔：《答刘幼新论言情小说书》，《小说月报》1915年第6卷第4号。
② 启明（周作人）：《小说与社会》，《绍兴县教育会月刊》1914年第5号。

入,也与小说实践严重脱节,民初到五四之前,一纸风行的是鸳鸯蝴蝶派和黑幕派。"现今小说,日见发达,大率代教育之名,行侔利之法"①,这是当时的实情,有的鸳鸯蝴蝶派刊物创刊时也要大讲小说开民智和通俗教育。

这些讨论虽然没有解决,但却是文学语言变革的基本问题,我们在五四时代,甚至整个 20 世纪中国文学的发展历程中,会看到它一次次浮出水面。

清末民初小说语言的这种认同与分歧不仅停留在理论探讨上,也在实践中体现出来。我们从当时小说期刊上发表文言、白话小说的数量的消长就可以看出。清末民初的小说期刊可分为前后期,前期以"四大小说期刊"为代表,后期则百花齐放,著名的有《小说月报》《小说时报》《中华小说界》《小说海》《小说大观》等,这里选取最有代表性的《小说月报》《小说时报》为例。下面试列表比较 1902 年至 1914 年小说杂志的语言状况:

表 1-1　　1902—1914 年主要小说杂志的文言、白话小说数量对比

期刊名称与类别	长篇总数	白话长篇	文言长篇	短篇总数	白话短篇	文言短篇
《新小说》1902.11—1906.1	15	15	0	10	1	9
《绣像小说》1903.5—1906.4	17	13	4	1	0	1
《月月小说》1906.9—1908.12	45	24	21	62	20	42
《小说林》1907.2—1908.10	13	6	7	21	6	15
《小说时报》1909.9—1914.11	48	18	30	155	25	130
《小说月报》前 4 卷 1910.7—1914.3	28	11	17	140	13	127

注:1. 翻译小说和创作小说均统计在内。小说主要以现代文体为标准,传奇、弹词、剧本、时闻、轶闻、纪事、杂录均不统计在内。2. 长篇小说只统计新刊,连载时不再统计。3. 部分小说文言和白话夹杂的,统计时以主体部分为准。

从上表我们可以看出,在 1902 年至 1908 年间的四大小说期刊中,长篇白话小说数量明显占大多数,而短篇小说严守古典传统,多用文言。但

---

① 这是一名读者许与澄给《小说月报》信中的话,见《小说月报》1915 年第 6 卷第 12 号。

自《月月小说》倡导短篇小说以来，白话短篇小说开始增多。在1909年以后的两大小说期刊中，无论是长篇还是短篇，白话小说的比重明显降低，文言小说占据主流。另外，小说界革命初期，长篇白话小说明显"井喷"，呈蓬勃发展之态势，影响力远大于文言小说，而且小说反映广阔的社会生活，颇具感时忧国的风范与气度。可民初，直至五四前夕，文言短篇和长篇都大量涌现，他们错把堆砌辞藻当成"文学性"，所谓通俗性、开民智也就无从谈起了。

从这个意义上讲，在民初，至迟在1914年，"新小说"的精神已经终结了。这才有"新小说"的始作俑者梁启超痛心疾首，郑重"告小说家"，痛斥那些作诲盗诲淫小说、煽诱青年的小说家是"造孽"："不报诸其身，必报诸其子孙，不报诸今世，必报诸来世"①——这已经是诅咒了。

但是，值得注意的是，民初这种对白话小说通俗性诉求的降低，以及用文言（甚至骈文）来彰显小说艺术性的实践，从正反两方面为后来小说的革新奠定了基础。五四文学革命之后，西方小说观念及写作技巧（如短篇小说的"横断面"理论）的全面进入，欧化语法及外来词汇对白话语言的改造，实际上都是在小说艺术性方面的进一步探索，这也最终完成了从"说部"向"现代小说"文体的转型。

第三节 "言文一致"与方言小说：清末小说中的"方言"问题

方言入小说，或者有意识地用方言来创作小说在晚清小说界是一个非常醒目的现象，这与当时的"言文一致""小说界革命"的思潮密切相联系，晚清对方言写小说形成一个理论自觉，也出现一批方言小说，其中以吴语小说和京语小说最具代表，可谓别开生面。但小说中大量运用方言来

---

① 梁启超：《告小说家》，《中华小说界》1915年第2卷第1期。

模拟口语的逻辑与小说"开民智"要求的普及性,以及小说语言的艺术性形成矛盾。重视小说艺术性的小说家就提出"另为一种言语""另造一种通行文字"的观点,这种兼顾口语化、普泛性和艺术性的白话书面语革新,才符合"官话—国语"建构的路径,为小说语言的由俗变雅提供了可能,也修正了方言小说的弊端,但这一理论真正地实现则在五四时期。

一 "何若一返方言":言文一致·方言·小说

这里的方言小说并不是一个小说文体概念,指的是自觉用方言写小说的一种小说语言观及其实践。严格来讲,古代的白话小说均是在一种方言的基础上进行的写作,因为历代官话也是以一种方言为基础的,古代白话小说一般以当时流行的官话为主要语言,但也会少量地用到方言(非官话)。"方言小说"与此是有区别的,是指大面积地使用方言创作的小说。

正如前节所论述,清末的士大夫有"言文一致"的迷信,主要着眼于普及教育、开启下层民众的需要。这种思潮主要受到日本言文一致运动的影响,中日"甲午海战"对中国士人震动巨大,中国人从感到屈辱到折服于日本的政治维新和文明开化,加之1905年日本又战胜沙皇俄国,更是让国人产生"怨羡"[①]心理。中国人也迅速将日本的言文一致与国力强盛联系起来。中国的白话文运动与日本的言文一致运动发生的时间几乎是一前一后。日本以1866年前岛密上奏《御请废止汉学之议》为理论倡导的起点,而1887年二叶亭四迷的《浮云》作为"实绩",日本进入"言文一致"时代。黄遵宪在1868年写的《杂感》中"我手写我口"已有言文一致的倾向,到撰写《日本国志》时更是系统介绍了日本典范,并在中国倡导言文一致。吴汝纶于1902年到日本考察,在记录考察见闻的《东游丛

[①] "怨羡"是王一川综合舍勒的"怨恨"理论及刘小枫的相关论述提出的一个说法。"不仅怨恨,还有对西方现代性的震惊、艳羡等,它们共同构成中国现代性体验的内在基调。"见王一川《中国现代性体验的发生》,北京师范大学2001年版,第72页。

录》里着重记下了日本泽伊修二的建议:"欲养成国民爱国心,须有以统一之,统一维何,语言是也。语言之不一,公同之不便,团体之多碍,种种为害,不可悉数,查贵国今日之时势,统一语言成其亟亟也。"① 这一观点深受吴汝纶赞同,也认为"使天下语音一律"才能普及教育,增进人才。王照有感于日本"改变之速",更是直截了当指出:"今欧美各国教育大盛,政艺日兴,以及日本号令之一,改变之速,固各有由,而初等教育言文为一,容易普及,实其至要之源。"②

可见,中日的相同点在于语言问题都源于亡国危机,通过语言的革命,开启民智,介绍西方先进的政治文化。不同点在于,日本是在政治军事崛起的过程中寻找民族认同的一种方式,是对汉语文化圈的分离。它的言文一致是以废除汉字为目的,"其根本在于文字改革和汉字的否定",③实际上是以口语为基础创造一种新语言,从一开始就是国语运动。中国则并不废除一种文字,而是倡导一种早已在书面语中存在千年、人们日常口语使用的白话,强调书面语和口语的一致,只是语法体系的转换。那么,书写方言无疑是最好的言文一致方式,正如黄遵宪所说:"将方言谚语,一一驱遣,无不如意",方"足以称绝妙之文"④。

除了黄遵宪、裘廷梁、陈荣衮等人提倡,当时一些著名的文章家也从文字学、文学的立场探讨方言与言文一致的关系。比如章太炎就认为应该大力提倡方言来达到言文一致:"俗士有恒言,以言文一致为准,所定文法,率近小说演义之流。其或纯为白话,而以蕴藉温厚之词间之,所用成语,徒唐宋文人所造。何若一返方言,本无言文歧异之征,而又深契古义。"⑤

---

① 吴汝纶:《东游丛录》,见《清末文字改革文集》,文字改革出版社1958年版,第27页。
② 王照:《官话合声字母原序(一)》,见《清末文字改革文集》,文字改革出版社1958年版,第20页。
③ [日]柄谷行人:《日本现代文学的起源》,赵京华译,生活·读书·新知三联书店2003年版,第36页。
④ 黄遵宪:《致饮冰主人书》,1902年11月11日,见陈铮编《黄遵宪全集》上册,第442页。
⑤ 章太炎:《论汉字统一会》,《章太炎全集》(四),上海人民出版社1985年版,第319页。

"何若一返方言",他认为这是一条捷径,同时我们也应该看到,章太炎提倡方言有纠正当前流行的言文一致方案弊端之意:

> 中国方言,传承自古,其间古文古义,含蕴甚多,而世人不知双声相转、叠韵互变之法,至有其语而不能举其字,通行文字,形体不过二千,其伏在殊言绝语中者,自昔无人过问。近世有文言一致之说,实乃遏绝方言,以就陋儒之笔札,因讹就简,而妄人之汉字统一会作矣。果欲文言合一,当先博考方言,以寻其语根,得其本字,然后编为典语,旁行通国,期为得之。①

有学者认为章太炎意在用"新方言"抵抗当时主流的汉字统一论与万国新语方案,认为方言中保留有古语,用方言就能保持汉语自我更新的传统。②骈文派代表刘师培也主张以俗语来"觉世",他分析了中国文字的五弊之后,指出致弊的原因正是"盖言语与文字合则识字者多,言语与文字离则识字者少"。在此提出两条改进方法,一是"宜用俗语",二是"造新字"。并说:"吾观乡里愚民无不嗜阅小说,而白话报体适与小说相符,则其受国民之欢迎又可知矣。……此则俗语感人之效也。"③既然如此看重俗语,那么方言也就自然在视野之内:"方言俗语,非不可以入文字矣,特

---

① 章太炎:《博征海内方言告白》,见汤志钧编《章太炎年谱长编》上卷,中华书局2013年版,第154页。
② 参见彭春凌《以"一返方言"抵抗"汉字统一"与"万国新语"》一文的分析,《近代史研究》2008年第2期。这其实也和章太炎这一时期文化保守主义思想相关,比如钱玄同后来回忆说:"章先生于1908年,著了一部新方言。他说考中国各地方言,多与古语相合。那么,古代的话,就是现代的话,现代所谓古文,倒不是古。不如把古语代替所谓古文,反能古今一代,言文一致,这在现在看来,虽然觉得他的话不能通行,然而我得了这'古今一代,言文一致'之说,便绝对不敢轻视现在的白话,从此种下了后来提倡白话文之根。"见熊梦飞《记录玄同先生关于语文问题谈话》,《文化与教育》1933年第27期。
③ 刘师培:《论白话报与中国前途之关系》,见《国粹与欧化——刘师培文选》,上海远东出版社1996年版,第119页。

后儒以浅俗斥之耳。"①

既然文章不排斥方言，那么小说当然更是用方言写更接近俗语了。黄遵宪提倡言文一致时就拿小说作典范："若小说家，更有直用方言以笔之于书者，则语言文字几几乎复合矣。"②《新小说》第7号上楚卿就认为言文一致"舍小说外无有世"，并倡导用方言写小说，"且中国今日，各省方言不同，于民族统一之精神，亦一阻力，而因其势以利导之，尤不能不用各省之方言，以开各省之民智。如今者《海上花》之用吴语，《粤讴》之用粤语；特惜其内容之劝百讽一耳。苟能反其术而用之，则其助社会改良者，功岂浅鲜也？"他很痛惜"文界"未能达此目的，寄希望于小说："而此大业必自小说家成之。"③

白话小说本身就与方言有天然的联系，当时有人认为白话小说是"各体小说之外，而利用白话以为方言之引掖者也"，而当时社会流行的是用正音写的小说，所以不能"普及"，作者认为应该少用"正音"而多用"土音"：

> 以吾国省界纷歧，土音各异，其曾受正音之教育者几何哉？苟如是，吾料读者囫囵莫解，转不如各随其省界，各用其土音，犹足使普通社会之了于心而了于口也。夫《三国》《水浒》，及《聊斋志异》诸书，吾国人稍经入塾肄业者，靡不交口称道。然试问社会人群中，其能于《三国》《水浒》《聊斋》诸书，心领神悟者，又几人哉？④

---

① 刘师培：《论文杂记》，收入陈引驰编校《刘师培中古文学论集》，中国社会科学出版社1997年版，第224页。

② 黄遵宪：《日本国志·卷三十三·文字》，见陈铮编《黄遵宪全集》下卷，中华书局2005年版，第1420页。

③ 楚卿：《论文学上小说之位置》，《新小说》1903年第7号。

④ 老伯（黄伯耀）：《曲本小说与白话小说之宜于普通社会》，《中外小说林》1908年第2年第6期。

很明显，他将一般意义上的白话小说又分为两种，一种如《三国》《水浒》那样用正音的"前贤著作"，还有一种用方音的更为通俗的白话小说。他认为能发挥小说的教化功能的是后一种白话小说。

这样，倡导言文一致以强国利民最后就落到白话小说上了，而且认为，方言创作的白话小说是通俗教育的最佳选择。虽然清末真正的方言小说并不多，但在理论上，这却是很自然的逻辑。

二 清末方言小说的"生面别开"：吴语小说和京语小说

其实，古代白话小说就是俗语写成的，在国语概念没有形成之前，白话小说不可能不用方言，正如有学者指出："从文本语言的角度看，白话小说是指以近代汉语口语创作的小说，更为确切地说，就是以宋元'通语'或明清'官话'等民族共同语编创的小说。所谓'通语'或'官话'，其本身即以某地区方言为基础、又融合多种方言而形成，因此，古代白话小说与方言之间，实际上存在天然的学术联系。"[①] 他清理了四种方言小说的来源。本文所论方言小说当指第四种来源，即"源于小说作家的有意运用"。《水浒传》《金瓶梅》用山东方言，《儿女英雄传》《小额》《春阿氏》用京语，《红楼梦》虽以北京语为主，但也掺杂有许多南京、扬州一带的下江官话，清代小说《何典》《玄空经》《海上花列传》《九尾龟》用的吴语。也有小说家官话水平不太高，不得不参用方言的，如《女娲石》的作者海天独啸子就说："小说欲其普及，必不得不用官话演之。鄙人生长边陲，半多方语。虽力加效颦，终有夹杂支离之所，幸阅者谅之。"[②] 这些小说均深得各地方言的神韵，丰富了小说艺术的表现力。方言小说的美学基础在于描摹当地人神情口语，表现当地风俗人情，使之与方言区的人们产生亲切感，从而产生认同和感染。这也是言文一致理论倡导

[①] 潘建国：《方言与古代白话小说》，《北京大学学报》2008 年第 2 期。

[②] 海天独啸子：《〈女娲石〉凡例》，见陈平原、夏晓虹编《二十世纪中国小说理论资料：第一卷》，第 148 页。

者的初衷。

　　清末民初的方言小说最醒目的当数吴语小说的崛起，成就最高也数吴语小说。最早可追溯到清代同光年间郭友松用松江方言写的《玄空经》，不过一般认为1878年的《何典》，是晚清吴语小说的开端，到《海上花列传》（1892年）形成吴语小说的高峰，李伯元1904年创作过《海天鸿雪记》，后有《九尾龟》（1906年至1924年），20世纪20年代的《人间地狱》，30年代的《亭子间嫂嫂》可算是这一脉的余绪。吴语小说的兴起与上海在近代的地位上升有关系，上海的城市化进程培养了大量的具有一般知识水平的市民，他们的阅读趣味和喜好，是吴语小说的基础。胡适就曾说过："三百年来，凡学昆曲的无不受吴音的训练，近百年中，上海成为全国商业的中心，吴语也因此而占特别的重要地位。加之江南女儿的秀美久已征服了全国的少年心，向日所谓南蛮舌之音久已成了吴中女儿最系人心的软语了。"①

　　而吴语的"娇啭黄莺，珠圆玉润"特点正适合表现十里洋场里各种狭邪情事，甚至吴语成为"花界"的"职业语言"，能够抬高妓女的身价。比如，《九尾龟》中，人物对话按身份不同来区分。人物的语言很多时候已经成为人物地位、修养的标志，"官话"说不好，则会受到严重歧视，那些从良妓女也会将原来操持的"苏白"改为官话。这些都显示出明显的语言等级观念。刘大杰在《中国文学发展史》中说："他是用苏州语写苏州妓女，故能绘声绘影，刻画入微，那些妓女们的脾气语调和态度，都能活跃纸上，这正是方言文学的特色。"② 除此之外，陈平原谈到另一个原因："当年的新小说家主要集中在上海，即使外地作家也大都能操吴语。"③《何典》是作者的叙述语言和对话均用吴语，《海上花列传》有所改进，叙述语用官话，而对话则用苏白。值得注意的是韩邦庆使用方言著小说可称

---

① 胡适：《吴歌甲集序》，见欧阳哲生编《胡适文集》第4卷，第576页。
② 刘大杰：《中国文学发展史》下卷，百花文艺出版社1999年版，第531页。
③ 陈平原：《中国现代小说的起点》，北京大学出版社2005年版，第179页。

得上是"有意的主张"（胡适语）："曹雪芹撰《石头记》皆操京语，我书安见不可以操吴语？"① 作者怀着赶超《红楼梦》的雄心用吴语写小说，并对自造"吴语字"也有一番高论："虽出自臆造，然当日仓颉造字，庋亦以意为之。文人游戏三昧，更何况自我作古，得以生面别开？"②

以《海上花列传》为代表的吴语小说的确是"生面别开"的创作。胡适说它是"吴语文学里的第一部杰作"，"苏州土白的文学正式成立，要从《海上花》算起"。③ 他还认为方言文学比通俗的白话有优势："方言的文学所以可贵，正因为方言最能表现人的神理。通俗的白话固然远胜于古文，但终不如方言的能表现说话人的神情口气。古文里的人物是死人多，通俗官话里的人物是做作不自然的活人，方言土话里的人是自然流露的活人。"④ 这里我们暂不讨论胡适的话语方式及其背景，仅就方言入小说的特点而言，他的论述是有一定道理的。方言小说通过一种语言同时再现了一种生活方式，体现了地域趣味。刘半农读了《海上花列传》以后深为这种"地域的神味"折服，他举了一个例子作对比：

> "我是没有工夫去了，你去好不好？"中间意义是有的，逻辑的神味也有的，说到地域的神味，可是偏于北方的，若把它译作："我是无拨工夫去个哉，耐去阿好？"就在同样的意义，同样的逻辑的神味之下，完全换了南方神味了。⑤

刘半农甚至认为作家用普通白话写吴语区生活，把这种趣味失了还不自觉："若用普通白话或京话来记述南方人的声口，可就连南方人也不见

---

① 孙玉声：《退醒庐笔记·〈海上花列传〉》，山西古籍出版社1995年版，第114页。
② 孙玉声：《退醒庐笔记·〈海上花列传〉》，山西古籍出版社1995年版，第114页。
③ 胡适：《〈海上花列传〉序》，见欧阳哲生编《胡适文集》第4卷，第406页。
④ 胡适：《〈海上花列传〉序》，见欧阳哲生编《胡适文集》第4卷，第408页。
⑤ 刘半农：《读〈海上花列传〉》，见徐瑞从编《刘半农文选》，人民文学出版社1986年版，第130页。

得说什么。这是什么缘故呢？这是被习惯迷混了。我们以为习惯上可以用普通白话或京话来做一切文章，所以做了之后，即使把地域的神味牺牲了，自己还并不觉得"①。张爱玲对此也深有同感，她把《海上花列传》改写成国语后说："把书中吴语翻译出来，像译成外文一样，难免有些失去语气的神韵。"②

这些地域神味正是通过一些吴语特有的用法来实现的。比如吴语的"阿"字的用法就非常灵活，典型地表现了吴语"侬软"的特色：

因见雪香梳的头盘旋伏贴，乃问道："啥人搭耐梳个头？"雪香道："小妹姐咾……耐看高得来，阿要难看。"蕙贞道："少微高仔点，也无啥。俚是梳惯仔，改勿转哉，阿晓得？"雪香道："我看耐个头阿好。"蕙贞道："先起头倪老外婆搭我梳个头，倒无啥；故歇教娘姨梳哉，耐看阿好？"说着，转过头来给雪香看。雪香道："忒歪哉。说末说歪头，真真歪来哚仔，阿像啥头嘎。"③

这一段，把上海妓女的日常起居对话表现得惟妙惟肖，颇具生活气息。此段中"阿"字有四种用法：（1）程度副词，"多么、十分、非常"之意，如"阿要"连用；（2）反诘语气，用反语表示肯定的语气，如"阿像"即为"不像……"；（3）询问语气，如"阿晓得"就是"是否知道"的意思；（4）"阿好"也是询问，但意思是"好不好"④。"阿"字在吴语中用法相当广泛，具有鲜明的特点。另外，"耐""忒"均是表音的字，没有实际意思，有时还将"勿""要"合成后造一个新字，以表语气的连贯。

---

① 刘半农：《读〈海上花列传〉》，第 130 页。
② 张爱玲：《国语本〈海上花〉译后记》，《海上花落》，上海古籍出版社 1995 年版，第 636 页。
③ 韩邦庆：《海上花列传》，人民文学出版社 1982 年版，第 221 页。
④ 这里参考了高群的论述，见《论〈海上花列传〉文学形式的选择》，《明清小说研究》2007 年第 2 期。

虽然如此复杂,但对操吴语的读者却能心领神会。

《海上花列传》在 20 年代经过胡适、刘半农的赞扬,其地位大大提高,近来通俗文学研究界更是将其抬高到现代文学界碑的高度,其中,主要得力于其方言的运用。

此期的吴语小说还有李伯元的《海天鸿雪记》,① 也是一部写妓女生活的吴语小说,1899 年 6 月起由上海游戏报馆分期随报刊售,1904 年出版单行本,共二十回,未完。阿英曾大赞其"方言的力量":"方言的应用,更足以增加人物的生动性,而性格,由于语言的关系也更突出,几个人的性格,虽仅用了二百七十四言,已具有极清晰的印象,这是方言的力量。"②

晚清京语小说的代表无疑是《小额》,这是满人松友梅用北京方言写的小说,最开始连载在八旗子弟的报纸《进化报》,1908 年由和记排印局发行单行本。它主要描写清末北京旗人的生活。虽是满人小说但也是按照"小说界革命"的精神写的,据序言中交代,作者经常与人谈到小说,认为世风日下,国运愈危,然利器何在?他认为:"欲引人心之趋向,启教育之萌芽,破迷信之根株,跻进化之方域,莫小说若,莫小说若。"这与梁启超"新国民必先新小说"的论调基本一样。其语言表现出十足京腔,试举一段对一位老人的描写:

> 有一个老者,有五六十岁,左手架着忽伯拉(鸟名,本名叫虎伯劳),右手拿着个大哑壶儿,一边儿喝,一边儿说:"说响们旗人是结啦(谁说不是呢),关这个豆儿大的钱粮,简直的不够喝凉水的。人家左翼倒多关点儿呀(也不尽然,按现在说,还有不到一两六的呢),咱们算丧透啦,一少比人家少一二钱。他们老爷们,也太饿啦,耗一

---

① 该小说自 1899 年 6 月起由上海游戏报馆分期随报刊售,1904 年出版单行本。阿英认为该书作者是李伯元,后来有一些新材料发现,产生一定争议。见魏绍昌《〈海天鸿雪记〉的作者问题》,《河南大学学报》1991 年第 2 期。

② 阿英:《晚清小说史》,人民文学出版社 1981 年版,第 171 页。

个月关这点儿银子，还不痛痛快快儿的给你，又过平啦，过八儿的。这横又是月事没说好（月事是句行话，就是每月给堂官的钱，照例由兵怕里头克扣），弄这个假招子冤谁呢？旗人到了这步天地，他们真忍心哪。唉，唉。"老者这们一犯酒糟儿，招了一大圈子人，点头哑嘴儿的，很表同情。

这里将一个典型的北京旗人的神态、语气表现得淋漓尽致，方言的魅力也正在于此。

清末民初小说中真正称得上方言小说的并不多，一般也以官话出之。但小说要表现广阔的现实生活，其人物语言必须要传神，这样，小说人物的语言夹点方言就是很正常的事情，这也有利于彰显人物的个性。加之白话小说的传统是源于讲史、说书，中间虽经文人化的努力，但多少保留了口语文化一些特点，有的作家也尽量以说书的口吻叙述故事。翻阅清末民初的一些长篇章回小说，这是很明显的事实。要模拟面对听众讲故事，就要模拟人物的声口，自然会偶尔用方言来强化其风格，这也使方言的运用成为小说本身的一种艺术手法。使用方言无非想真实再现当时的情景，以使描写更加生动有趣。偶一为之并不成为问题，而大面积地、有意识地甚至从文体上进行试验的方言小说则可能与"新小说"的教化功能产生抵触。

三 "另为一种言语"：方言化、通俗性及艺术性

绝对的言文一致最后的结果就是走向方言化。其间的逻辑是没有考虑到口语与书面语的差别，过分地模拟声音。清末民初，方言小说虽时有人做，但终不是主流，到二三十年代慢慢绝迹，而带有地方色彩、地域趣味的小说却不绝如缕，比如老舍、沈从文、赵树理等人的小说，而这些作家的小说语言并非以方言本身为追求的终极目标，而是经过一定程度的雅化、纯化、国语化，在彰显地域特色的同时又超越了地域。这

说明，小说创作不仅要考虑到地域性，还要受到市场、公共性、普及性的制约。提倡方言写小说与提倡小说的教化功能本身就存在悖论：方言的受众是有限的区域，而要使小说具有广大的影响力，又需要扩大地域范围，而且方言对该方言区的普通民众来"说"，可能倍感亲切，通俗易懂，但是要生造字词形成书面语言，拿给方言区的民众"看"，只怕适得其反了。所以，在这样的一个貌似统一的口号里，却隐藏着一个悖论，那就是，既要强调口语和书面语的一致，又无法解决中国各地方言的差异性。

吴趼人谈到小说的"开民智"及"淳风俗"的时候，提到其家乡粤地风俗纯正，无淫风，实得小说之助，诸如当地人称为"木鱼书"的弹词曲本，"妇人女子，习看此等书，遂暗受其教育，风俗亦因之以良也。惜乎此等木鱼书，限于方言，不能远播耳"①。这就道出了方言小说与通俗教育、普及性之间的矛盾。海天独啸子所说"小说欲其普及，必不得不用官话演之"，② 也是从这个层面来说的。

上文提到的京语小说《小额》，这是用传统评书形式写的，不仅有解释性的插话，在括号里对方言词语进行补充说明，而且怕读者看不明白还要为有些土话注上音，如：

  老大，你别这们你我他们三（阴平声）的，听我告诉你，咱们是本旗太固山（音赛），你阿玛我们都是发小儿，我们一块儿喝茶的时候，那还没你呢！

为字注上音，很显然是为了达到最大限度的"言文一致"，将口语的神态语气移植到纸面上，让人感到亲切感。但这也有一个问题，太过于地

---

① 吴趼人：《小说丛话》，《新小说》1905 年第 19 号。
② 海天独啸子：《〈女娲石〉凡例》，见陈平原、夏晓虹编《二十世纪中国小说理论资料：第一卷》，第 148 页。

方化的词，也造成阅读的障碍，比如以下一些北京方言："提溜""出了蘑菇啦""不是岔儿""累悬""胡吃海塞""起家里来呀""遇见吃生米的啦""给他一个颠儿核、桃""磕黑儿""乌秃着""休岔儿""拿捏""接接""吃了一顿瞥子"……这一方面保留了北京的历史韵味，另一方面其阅读对象过于狭窄，对不熟悉此地方言的读者来说，不可能领会它的神采，相反会曲解它的意思。

吴语小说也是一样，比如《海上花列传》对了解吴语的人来说可能体会其"神韵"，可对非吴语区的读者却是相反的效果。以至于汪原放作校读时，专门编了一个疑难词表，共收词214个，主要"为非江浙间人，客省人，便利计"①。边看小说边要查词典，足见方言小说存在一些问题。一般人，即使当地的读者读到满纸的"勿要""耐"时也可能产生隔膜，因为方言小说的理论基础是"模声"，是用来听的。1906年出版的《天足引》作者认为"用白话的书，越土越好"，但他预期的传播方式是读与听结合：

> 我这部书是想把中国女人缠足的苦处，都慢慢的救他起来。但是女人家虽有识字的，到底文墨深的很少，故把白话编成小说。况且将来女学堂必定越开越多，女先生把这白话，说与小女学生听，格外容易懂些。就是乡村人家，照书念念，也容易懂了。②

这段话把"新小说"的功能以及他们所预期的效果做了非常形象的说明，很有代表性。方言要想实现其"新民"功能必定要经过"说""听""念"的环节才能达到目的。作者对用"土音"作小说的效果也缺乏自信："做白话的书，大概多用官话。我做书的是杭州人，故官话之中，多用杭

---

① 汪原放：《〈海上花列传〉校读后记》，《海上花列传》，岳麓书社2009年版，第496页。
② 程宗启：《〈天足引〉白话小说序例》，见陈平原编《二十世纪中国小说理论资料：第一卷》，第215页。

州土音。想我这部书做得很不好,能彀杭州女人家大家看看,已是侥幸万分了。"① 如果连阅读都有问题,那么何谈小说的"开启民智"呢。

在晚清的小说语言论争中,一直有人注意这个问题,并且,反思小说语言的"俗化""土化"是与他们对小说美学性质的理解相关联的。认为小说是导人于高尚,倾向于美的、文学方面的小说家,则普遍不赞同小说语言的方言化。

黄人是《小说林》发起人之一,他在《小说小话》中明确谈到小说的语言问题:"小说固有文、俗二种,然所谓俗者,另为一种言语,未必尽是方言。至《金瓶梅》始尽用鲁语,《石头记》仿之,而尽用京语。至近日则用京语者,已为通俗小说。"这段话里,黄人表达了很重要的观点,"俗"并不代表一定用土语(方言),现在用京语的小说已为通俗小说,这里的通俗当然是指具有最广泛的受众。更为重要的是他提出"另为一种言语"。② 联系到现代小说语言与"官话—国语"建构过程的复杂联系,黄人的观点就颇有些先见之明。既要通于俗,又要超越地域性,当然是呼唤一种新的语言。黄人认为:"小说者,文学之倾于美的方面之一种也。"③ 强调小说与科学、法律、哲学之书的区别正在于其审美之情操,虽不至于"极藻绘之工,尽缠绵之致",但亦追求小说之"高格"。黄人的小说语言观正是秉承了这种小说高格的观念,这才会反对方言,才有对"另为一种言语"的认同。

狄平子(即狄葆贤)是趣味趋雅的一个小说评论家,他将小说分为文字小说、语言小说、文字兼语言小说三种,《西厢记》是文字小说,"至《金瓶》则纯乎语言之小说,文字积习,荡除净尽。读其文者,如见其人,如聆其语,不知此时为看小说,几疑身入其中矣。此其故,则在每句中无

---

① 程宗启:《〈天足引〉白话小说序例》,见陈平原编《二十世纪中国小说理论资料:第一卷》,第215页。
② 蛮(黄人):《小说小话》,见《小说林》1908年第9期。
③ 摩西(黄人):《〈小说林〉发刊词》,《小说林》1907年第1期。

丝毫文字痕迹也",而《水浒》《红楼》是文字兼语言之小说。① 这种分类可谓眼光独到,小说语言的正途或高格应该是"文字兼语言的",它并不一味偏向模拟声口的方言化,也不崇拜作家过度的炫耀辞章,而是二者的结合,这其实也是"另为一种言语"。

综合清末的小说论,小说的社会性、文学性、通俗性这三者的结合才是理想的小说语言模式。大致来说,欲新一国之民必先新小说(梁启超)、小说是倾向于美之一种(黄人、徐念慈),以俗语道俗情者为正格(恽铁樵等)代表这三种不同的诉求。要达到这样的理想状态,必定要与"官话—国语"的建构相联系。

曾朴在《孽海花》里曾借一个人物之口说:"我国文字太深,且与语言分途",必须"另造一种通行文字,给白话一样的方好"。② 其实,这里"另造一种通行文字"和黄人所说的"另一种言语",我们都可以与以后的"官话—国语"的语言进程联系起来。官话本身就是为了调和雅俗、扩大普及面而人为生成的语言,它以一种方言为基础,以言文一致为原则形成统一的语言,而且随着历史的沿革也出现变化。商周时期称为雅言,明代始有"官话"一词,而从商周到北宋的两千年时间里,都是以中原地区(长安和洛阳)基础方言为官话的。③ 清朝雍正年间曾大力推行官话,不懂官话一度不能参加科举考试。而清末的语言统一运动的可以追溯到1903年,当时清政府的《奏定学堂章程》开始规定:"各国语言,全国皆归一致……中国民间各操土音,致一省之内彼此不能通语,办事多格。兹以官音统一天下之语言,故自师范以及高等小学堂,均于国文一科内,附入官话一门。"④ 清政府的推行官话是为维护其王室统治服务的,但客观上为小

---

① 狄平子(狄葆贤):《小说新语》,《小说时报》1911年第9期。
② 曾朴:《孽海花》第18回,岳麓书社2009年版,第256页。
③ 参见林焘《从官话、国语到普通话》,《语文建设》1998年第10期。
④ 张百熙等:《学堂章程·学务纲要》,第二十四条,转引自刘英杰编《中国教育大事典1840—1949》,浙江教育出版社2001年版,第726页。

说语言变革开辟了道路，尤其是对方言小说写作是一种修正。清末小说的几大系统中，谴责、公案、科幻小说大多是官话写的，只有狭邪小说中方言小说较多。

晚清的官话运动与五四时期的国语运动相比一个很大区别是，晚清更倾向于"声音中心主义"。言文一致，首先在于将"文"统一到"言"（说）上来，致使清末小说中说书腔泛滥，千篇一律，缺乏创造性。民初的小说语言又反其道而行，文言小说大行，艰涩难解。而五四的白话文运动是"另造一种通行文字"，即"国语"，[1] 它在于为现代国家找到一种通行的书面语言，即"文学的国语、国语的文学"。汪晖曾论述："'五四'白话文运动的基本方面不是召唤用真正的口语（即方言）来进行文学创作，而是以白话书面语为基础，利用部分口语的资源形成统一的书面语。这就是为什么'国语'概念一方面明显地针对传统书面语，另一方面则以方言为潜在的对立面。"[2] 因此，从这方面来看，真正解决小说语言与国语、与方言的关系，还要等到五四文学革命的到来。

---

[1] "国语"观念也是受日本的影响，1902 年，吴汝纶到日本考察学政，看到日本推行国语很成功，回国后向朝廷建议推行以北京话为标准的"国语"。到 1911 年满清王朝的最高教育机构学部召开了中央教育会议，通过了"统一国语办法案"，成立"国语调查总会"，以京音为主，"国语"一词开始取代"官话"得以通行，国语运动也进入实质性的操作阶段。

[2] 汪晖：《现代中国思想的兴起》下卷，生活·读书·新知三联书店 2004 年版，第 1514 页。

第二章

民国初年文言小说兴盛的历史考察

随着小说界革命的势力减弱,清末至五四之前出现了中国文学史上空前绝后的文言小说大繁荣,更为壮观的是,在民初大量骈体化小说面世,形成后世称为"鸳鸯蝴蝶派"的小说群体。为何会在晚清白话文运动与小说界革命之后又出现大量的文言小说,这些文言小说如何适应新的文学观念,如何表现受到西方新事物新思想极大冲击的社会生活,这都是值得分析的。宏观上看,这批小说仍在继承着古典文言小说的艺术规范,沿袭着文言书面语的传统修辞。但同时,在各种因素的影响下出现了新变:文言翻译小说、变异骈体小说、文言章回体小说等等。与古典文言小说或表现个人情怀,或写神怪、传奇故事不同,此期的文言小说包容更加广阔的社会时事内容,语言也呈现浅白化、驳杂化、新词汇涌现等新特性。这些现象构成汉语小说"现代"生成的起源语境,本章将结合时代背景及小说期刊的语言变化来进行讨论。

第一节 民国初年:文言小说兴盛的原因及特点

一 清末民初文言小说的大繁荣

晚清士人多相信进化论,认为任何事物均沿着进化的台阶一步步走向更高一级,优胜劣汰,不合历史潮流的东西会淘汰掉。按道理说,小说界革命开展得如火如荼，小说已经成为经国之伟业、不朽之盛事了，白话小说承担了新一国之民的历史重任，那么，白话小说应该大行其道，文言小说应该就此淡出才对。可是对文言小说来说，并非如此"合逻辑"地退出历史舞台。相反，在辛亥革命前后，直至五四之前，文言小说还出现了一个前所未有的繁荣时期。陈平原称这是一个"谜"："尽管白话文运动日见发展，提倡白话小说者也日见增多，可文言小说不但没有销声匿迹，反而大行其时，甚至可以说揭开了文言小说发展史上最后但也是最辉煌的一页。这是中国小说史上的一个谜。"① 这多少出乎"新小说"及清末白话文运动倡导者的意料之外。民初前后文言小说的繁荣状况也可以从当时主要的小说杂志上看出来，这里我们以《小说时报》（1909年创刊）和《小说月报》（1910年创刊）为例来看这期间白话小说和文言小说数量的对比：

表2-1　　　　《小说月报》（1910—1921年）的小说语言情况

《小说月报》	长篇数量	白话长篇小说	文言长篇小说	短篇数量	白话短篇小说	文言短篇小说
第1卷共6期（1910.7—1910.12）	4	2	2	13	0	13
第2卷共12期（1911.1—1912.3）	6	2	4	33	2	31
第3卷共12期（号）（1912.4—1913.3）	10	4	6	35	4	31
第4卷共12号（1913.4—1914.3）	8	2	6	53	5	48
第5卷共12号（1914.4—1914.12）	6	2	4	57	2	55
第6卷共12号（1915.1—1915.12）	7	1	6	125	6	119
第7卷共12号（1916年）	8	1	7	100	6	94
第8卷共12号（1917年）	6	1	5	93	9	84
第9卷共12号（1918年）	6	2	4	105	37	68
第10卷共12号（1919年）	5	2	3	93	22	71

---

① 陈平原：《二十世纪中国小说理论资料：第一卷（前言）》，北京大学出版社1997年版，第13页。

续表

《小说月报》	长篇数量	白话长篇小说	文言长篇小说	短篇数量	白话短篇小说	文言短篇小说
第 11 卷共 12 号（1920 年）	9	7	2	96	66	30
第 12 卷共 13 号（1921 年）	全部为白话，新式标点					

注：1. 长篇小说只统计新刊数量，连载时不再统计。2. 自第 11 卷一号始新开辟"小说新潮"一栏，由沈雁冰主持，刊登白话小说、新诗及新文学理论，至本卷第 9 号止，第 10 号调整栏目取消该栏，实际全部已向"新潮"看齐，文言小说在连载的继续载完，新刊均为白话。3.《小说月报》创刊时用"卷、期"标注，自第 3 卷 8 号始改为"卷、号"，一直延续至终刊。本书标注时以原刊为准，不另作说明。

表 2-2　　《小说时报》（1909—1917 年）的小说语言情况

《小说时报》	长篇数量	白话	文言	短篇数量	白话	文言
1909 年（第 1—3 号）	5	1	4	13	2	11
1910 年（第 4—8 号）	7	1	6	8	5	3
1911 年（第 9—14 号）	10	5	5	18	3	15
1912 年（第 15—17 号）	3	1	2	10	4	6
1913 年（第 18—21 号）	8	4	4	16	2	14
1914 年（第 22—24 号）	5	1	4	15	3	12
1915 年（第 25 号）	3	1	2	3	0	3
1916 年（第 26—28 号）	4	2	2	19	1	18
1917 年（第 29—33 号）	3	1	2	32	5	27

从以上统计可以看出，民国初期，文言小说有一个明显的大繁荣。仅从数量而言，在整个中国小说史上，没有任何一个时期文言小说有清末民初这样繁盛。古代文言小说主要是坊间刊刻传播，发行数量有限，晚清以来随着报刊业的发展，期刊发表文言小说成为最主要的传播渠道，单行本长篇小说也发生重要影响，尤以林译小说影响最甚。此外还有文言短篇小说集的出版，有学者辑录民初文言短篇小说集达 45 部之多。[①]

[①] 张振国：《民国文言小说史》，凤凰出版社 2017 年版，第 73 页。

从文言小说史的脉络中看，民元前后在整个文言小说史上也占有重要的地位。文言小说初期，比如魏晋时期的志人志怪小说，甚至唐传奇，均没有长篇大制，清代的《聊斋志异》也是短篇故事的合集，笔记小说更是以短篇为主，而晚清以来的文言小说一个醒目的现象就是长篇文言小说空前绝后的大繁荣。在中国古代，小说一直是小道，其主要功能是娱心悦目，消遣休闲。白话通俗小说更是如此，所以才有长篇章回小说，因为白话本身是大众的口头语言，阅读的时候不需要专注于语言内部的起承转合，甚至字词、句式的选择。因此如此长篇大论，利用情节的迂回曲折，总让人流连忘返，而不至于感到疲倦。而文言则是古代的书面语言，是雅正的文人士大夫语言，文言的句式及语法有特定的规定性，能顺畅地阅读文言作品也需要多年的专门训练，而阅读几十万字的文言章回小说，虽然我们不能以今人的眼光简单想象当时的情形，但至少可以肯定这应该是一件沉闷费神的事情，很难说通俗和消遣。钱基博在论梁启超的文章时说："古人以万言书为稀罕之称，而在启超无书不万言，习见不鲜也。"[①] 这虽然说的是文章，但对于文言小说来说也同样如此。清初的屠绅用文言写过二十万言的小说《蟫史》，这使文言小说史家很难界定，因为他们认为"就'文言小说'一语的约定俗成的含义来看，通常是不包括长篇在内的"。"我们所说的文言小说，其外延包括传奇小说和笔记小说，以短篇为主，中篇为辅。"[②] 按这种界定梳理文学史到了清末民初就会很棘手，因为这样一种难以想象的事情，在清末民初却成为常态，每一种小说期刊都开辟有长篇小说专栏。以文言写长篇小说最著名的要算林纾了。林纾自1897年译《巴黎茶花女遗事》以后，用文言大量翻译西方小说。有人统计自1897年至1919年前后20年间，林纾翻译了181种小说，"且其中的多数均是长篇或中篇"[③]。林译小说一度成为各大小说期刊争抢的品牌。范伯群

---

① 钱基博：《现代中国文学史》，上海书店出版社2004年版，第290页。
② 陈文新：《文言小说审美发展史》，武汉大学出版社2002年版，第3页。
③ 韩洪举：《林译小说研究》，中国社会科学出版社2005年版，第52—53页。

也注意到在 1909 年前后小说语言的变化:"1909 年前后的文言著译小说数量陡增,显著的例子是昔日办《苏州白话报》的包天笑在 1909 年办《小说时报》时,又恢复了用文言写《一缕麻》等小说;昔日在《时报十务》上写出晚清第一批白话短篇小说的陈景韩(陈冷血),又用浅近的文言写《催醒术》了。"① 如果说 1909 年以前的小说界是以白话的"四大谴责小说"为主流的话,那么,1909 年至五四之间则是以林纾、徐枕亚、苏曼殊的文言小说为主流的,这是清末民初小说界一个明显的变化。

总体来说,无论是数量上,还是在小说体式、写作观念上,民初的文言小说都是引人注目的现象,只不过在艺术上,可与传统优秀文言小说比肩的还是很少。

二 文言小说兴盛的原因分析

为什么在小说界革命蓬勃地开展起来的同时,文言小说却有一个回光返照的繁荣期呢?这在小说语言的嬗变历程中有何意义?我们今天又该如何看待这样一种现象?

首先,我们要重新认识"小说界革命"与晚清的"白话文运动"的建构逻辑。此期文言小说的繁盛,从某种意义上反映出"小说界革命"与"白话文运动"的先天缺陷。小说界革命是建立在"新民"的基础上的,有着鲜明的功利色彩,是一种语言工具主义,当新小说家创作政治小说或社会讽喻小说时用白话,而他们内心认定的高雅语言仍然是文言。所以在翻译小说时,用文言有时反而更顺手,梁启超在翻译《十五小豪杰》时说:"原拟依《水浒》《红楼》等书体裁,纯用俗话,但翻译之时,甚为困难。参用文言,劳半功倍。"② 而鲁迅在 1903 年译《月界旅行》时开始也"初拟译以俗语",可又觉得"纯用俗语,复嫌冗繁"③,最后还是用文言

---

① 范伯群:《文学语言古今演变的临界点在哪里?》,《河北学刊》2009 年第 4 期。
② 梁启超:《十五小豪杰》译后语(第四回),《新民丛报》1902 年第 6 号。
③ 鲁迅:《〈月界旅行〉辩言》,《鲁迅全集》第 10 卷,第 164 页。

译出。正是由于小说界革命时期的白话小说只是一种"通俗"的工具,所以文言小说创作并没有在语言层面上进行批判和摈弃。白话小说和文言小说是平行的两条大道,这和五四时"二者选其一"的思路是不一样的。《新小说》广告词《中国唯一之文学报新小说》中第三条谈及语言:"第三,本报文言、俗语参用,其俗语之中,官话和粤语参用,但其书既用某体者,则全部一律。"① 1915 年《小说大观》的创刊词中也是"无论文言俗语,一以兴味为主"②。这里看出,文言小说的大道始终是通畅的,只是强调了单部作品语言的统一性。因此,在小说界革命及白话文运动的浪潮减速时,文言小说反弹是很正常的事情了。无独有偶,在 1909 年前后,倡导"新小说"的代表性小说期刊相继停刊,如《新小说》《绣像小说》在 1906 年,《新新小说》在 1907 年,《小说林》在 1908 年,《月月小说》在 1909 年相继停刊,"新小说"精神后继无人。而接续第一波办刊潮的是以《小说时报》(1909 年 10 月)、《小说月报》(1910 年 8 月)为代表的小说观念相对保守的小说期刊,从前面的语言情况统计表中可以看出,这一时期正是文言小说大回潮的时期。而到 1912 年到 1915 年鸳鸯蝴蝶派崛起之时,文言小说更趋艰涩,其风行程度则达到顶峰。

其次,我们还要考虑到新型作者群、读者群与小说市场的形成。虽然新小说家们一再宣称小说是"新民"的工具和途径,但这里能购买并阅读小说的"民"中,真正下层的略通文墨的读者很少,晚清小说创作者和读者大部分均是"出于旧学界而输入新学说者"。1905 年,科举制废除,传统文人的仕途进学之路彻底阻断,出现大量既无法进入新式学堂,又不能通过科举取得功名的"文化游民",办刊、办报、写稿赚取稿费成为他们中间大部分人的事业。所以晚清小说的生产、流通及消费主要是浸淫旧学而对新学也有兴趣的文人阶层。关于小说的阅读对象在当时曾有一个争

---

① 《中国唯一之文学报〈新小说〉》,见陈平原、夏晓虹《二十世纪中国小说理论资料:第一卷》,第 59 页。
② 包天笑:《小说大观》例言,《小说大观》第一集,1915 年。

论。别士在《小说原理》中说:"综而观之,中国人之思想嗜好,本为两派:一以应学士士大夫之用;一以应妇女与粗人之用。体裁各异,而原理则同。今值学界展宽,士夫正日不暇给之时,不必再以小说耗其目力。惟妇女与粗人,无书可读,欲求输入文化,除小说更无他途。"① 作者将小说定位在"妇女与粗人",而这一观点马上遭到平子的质疑:"此论甚正,然亦未尽然。……且美妙之小说,必非妇女粗人所喜读,观《水浒》之与《三国》,《红楼》之与《封神》,其孰受欢迎孰否,可以见矣。故今日欲以佳小说饷士夫以外之社会,实难之又难者也。且小说之效力,必不仅及于妇女及粗人,若英之索士比亚,法之福禄特尔,以及俄罗斯虚无党诸前辈,其小说所收之结果,仍以上流社会为多。西人谓文学、美术两者,能导国民之品格、之理想,使日迁于高尚。夫欲导国民于高尚,则小说不可以不高尚。必限于士夫以外之社会,则求高尚之小说亦难矣。"② 而文言小说则正是这样的"高尚"之小说。晚清印刷业的发达,使小说消费方式也发生变革。宋元的白话小说大多转化成"声音"以说书的方式在瓦肆茶楼中流通,在这种场合,下层的粗人才成为主要的受众,故有"通俗"一说。而晚清借助商业印刷手段,小说则主要以书面语的方式流通,"阅读"成为主要的消费方式。能娴熟地阅读文言书面语者,当然以有过多年文化训练的文人居多。那么,这种广大的读者群,也是文言小说繁荣的温床,《小说林》杂志社在调查了小说行销状况之后说:"就今日实际上观之,则文言小说之销行,较之白话小说为优","余约计今之购小说者,其百分之九十,出于旧学界而输入新学说者,其百分之九,出于普通之人物,其真受学校教育,而有思想、有才力、欢迎新小说者,未知满百分之一否也?所以林琴南先生,今世小说界之泰斗也,问何以崇拜之者众?则以遣词缀句,胎息史汉,其笔墨古朴顽艳,足占文学界一席而无愧也"。他进而提

---

① 别士(夏曾佑):《小说原理》,《绣像小说》1903 年第 3 期。
② 平子(狄葆贤):《小说丛话》,《新小说》1903 年第 7 号。

醒"产销"双方注意："夫文言小说，所谓通行者既如彼，而白话小说，其不甚通行者又若是，此发行者与著译者，所均宜注意者也。"① 这与两年前《月月小说》的创刊时理念就已不同："文言不如小说之普及也，抑之吾闻之喻人，庄论危言不如以谐语曲，譬以其感人深而耐寻绎也。西人皆视小说于心理上有莫大势力。则此本之出，或亦开通知识之一助，而进国民于立宪资格乎，以是祝之。"② 这种高调的启蒙姿态终于让位于市场。在白话小说倡行的同时，文言小说的道路始终没有阻断，当遇上蓬勃的市场需求，再加上特定的社会思潮，就会以更加蓬勃的势头发展起来。

再次，文言小说兴盛与民元前后文化保守主义思潮兴起有关。自鸦片战争以来，中国在接连战败的屈辱中打开国门，西学、洋务成了自上至下最时髦的东西。可在另一面，随着"西化"运动的深入，清廷及有些保守的士大夫又担心长此以往会有损国体，进而危及君主专制政权，所以他们又不断地强调"中学为体"。在1906年，清廷规定"忠君、尊孔、尚公、尚武、尚实"为教育宗旨，并进而提出"保存国粹"的口号。1907年，张之洞上书说现在"道微文敝，世变愈危"，只有"存国粹"才是"息乱源"的最好方法："若中国之经史废，则中国之道德废，中国之文理词章废，则中国之经史废……正学既衰，人伦亦废。为国家计，则必有乱臣贼子之祸；为世道计，则不啻有洪水猛兽之忧。"③ 这篇奏疏颇受清廷赏识，被"上谕嘉勉"。显然，在各种力量的交织下，辛亥革命前几年，形成了势力强大的复古思潮，甚至康有为这样的变法维新者，在周游列国之后，也迅速转向复古主义，认为中国的孔学是世上最好的学说，"吾国经三代之教，孔子之教，文明美备，万法精深，升平久期，自由已极"，应该大

---

① 觉我（徐念慈）：《余之小说观·六》，见陈平原、夏晓虹《二十世纪中国小说理论资料：第一卷》，第336页。
② 《月月小说出版祝词》，《月月小说》1906年第1年第1号。
③ 张之洞：《保存国粹疏》，转引自杨天石《论辛亥革命前的国粹主义思潮》，《新建设》1965年第2期。

呼"孔子万岁"①。值得注意的是,"保存国粹"的思潮不仅在保皇派那里滋长,而且在革命派那里,在辛亥革命之前也有活跃的表现。1905年,邓实、黄节、刘师培等人创办了国粹派的代表刊物《国粹学报》②。与前者不同的是,他们是通过复兴古学唤起人们反清的"热肠",保存国粹是革命的途径,"国粹者,一国之精神之所寄也。其为学,本之历史,因乎正俗,齐乎人心之所同,而实为立国之根本源泉也"③。他们秉持"文化救国"的理想,认为欲谋保国,必先保学,自有世界以来,"以文学立国于大地之上者以中华为第一","此吾国国文之当尊,又足翘之以自雄者也"。④ 章太炎1906年出狱以后对革命党人提出两大任务,其中之一便是"以国粹激动种性,增进爱国的热肠"⑤。其后不久又成立了国学振起社,自任社长,而他主编的《民报》也在同时大力宣传保存国粹,自第20期始,风格大变,讲革命减少,讲国粹增多,征集"宋季、明季杂史下及诗歌、小说之属",而这里的小说也主要是文言小说。在其影响下,不少革命派刊物也以"发思古之幽情,光祖宗之玄灵,振大汉之天声"作为发刊词。可见,无论是保皇派还是革命派中的"国粹派","保存国粹"一度成为"共识",他们要发扬的均是正宗的儒家典籍及雅正的诗文传统,只不过他们的目标各异而已。文化保守思潮兴盛正是在1908年至民国初年期间,民国成立后不久,又兴起一股新的复古思潮,一直到五四时期仍相当强劲。晚清白话文运动虽然一度形成趋势,但遭遇到这股复古思潮之际,文言作为正宗的文人书面语言得到再一次强化。文言小说繁荣的轨迹也正与这一大潮的趋向相合。这也构成五四"文学革命"的背景。

最后,民国初年文言小说的复兴,还与民国初期的政治、社会思潮有

---

① 康有为:《法国革命史论》,《新民丛报》第87期。
② 学术界公认《国粹学报》创刊为国粹派崛起的标志。见郑师渠《晚清国粹派:文化思想研究》,北京师范大学出版社1997年版;喻大华《晚清文化保守思潮研究》,人民出版社2001年版。
③ 许守微:《论国粹无阻于欧化》,《国粹学报》1905年第7期。
④ 邓实:《鸡鸣风雨楼独立书》,《政艺通报》1903年第24号。
⑤ 章太炎:《演说录》,原载《民报》1906年第6期。

关系。晚清的"新小说"运动是在"启蒙（新民）—救国"的逻辑下展开的，白话小说只是通俗教育的工具，这是一种怀抱救国理想的士人的单向运动，而一旦革命的目标达到，启蒙的热情就会随着目标的消失而骤降。千年帝制的崩塌，民国的建立，倡导多年的革命在一夜之间实现了。可好景不长，又有帝制复辟。民国初年，人们经历大喜大悲，看不清中国的前途。曹聚仁曾回忆说："民初的人，不免陷于绝望与焦灼的情结，大家都好似从手掌中溜走了什么似的，虽说整个世界的变动已在开始，我们却雾里看花，即看不出近景，也看不出远景来的。《甲寅》杂志记者的文字，从开头到结束，弥漫着绝望的气息。我还记得章士钊写给陈独秀的信中，就用了'折简寄愁人，相逢只说愁'的话。"[1] 一方面，革命派的目标突然消失，另一方面民初政治又复归黑暗，乱象纷呈，使得原本身怀革命理想的文人徘徊观望。同时，相对保守的传统文人面临帝制的崩溃，产生幻灭情绪，社会风气日渐浇漓，一种绝望的、玩世之风悄然兴起。他们没有了晚清新小说家的家国忧虑，只有沉浸到儿女情长，花前月下的"鸳鸯蝴蝶"世界，继续结撰他们的文人雅集。用骈文、古文作小说一时成为趋势。在此情况下，产生了林纾和徐枕亚这样的小说畅销书作家，他们的榜样作用也不可小视，林纾的文言译著小说自不必说，成为各小说期刊的压卷产品，一版再版。近代学者王无为在为张静庐著《中国小说史大纲》所作之序言中指出："逊清末叶，林纾以瑰瑋之姿，用文言译《茶花女遗事》一书，是为西方小说输入吾国之始，亦启长篇小说用文言之端，于是小说界之趋势，为之一变。"[2] 包天笑谈到林译小说时也说："这时候写小说，以文言为尚，尤其是译文，那个风气，可算是林琴翁开的。林翁深于史汉，出笔高古而又风华，大家以为很好，靡然成风地学他的笔调。"[3] 足见林纾的影响力。而徐枕亚的《玉梨魂》自1912年初版，其发行量更是惊

---

[1] 曹聚仁：《文坛五十年》，东方出版社1997年版，第97页。
[2] 见张静庐《中国小说史大纲》，上海泰东图书局1920年版，第2页。
[3] 包天笑：《钏影楼回忆录》，香港大华出版社1971年版，第25页。

人，据范烟桥考证，其发行总数当在几十万册。① 同时，徐枕亚主编或主笔的刊物也在这期间创刊，比如《民权素》《小说丛报》《小说旬报》《小说季报》等，李定夷、吴双热、许啸天、许指严等"鸳蝴派"作家，常在这些小说刊物上发表小说，从而形成一个文言小说的鼎盛时期。

三 民初文言小说语言的传统与新变

从数量、形式多样性及作者队伍的庞大来说，这一时期文言小说大繁荣的确是中国文学史上的一道奇观。那么，其艺术内涵及语言美学在文言小说大传统中有何继承和变化呢？

总体来说，清末民初文言小说是处于中国古典文言小说的大传统之中。文言小说家对小说文体的自我认同、审美想象、艺术手法均以辉煌而悠久的传统文言小说作为参照。只不过，在这种大繁荣背后，商业生产，传播方式，西学东渐等因素对小说的生产模式、内容上带来了新的时代气息。文言小说的语言虽然随着时代的变革出现新的变化，但大部分仍沿袭传统的文言小说的思路，虽有部分优秀者，如苏曼苏的小说从叙事及现代体验上有突破，但总体来看，清末民初的文言小说没有达到应有的高度。一方面丧失了古典文言小说的雅趣，另一方面缺乏瑰丽的想象，甚至爆炸式的西方术语和概念使有些小说成为非驴非马的混合物。从大规模表现变化的社会生活来说，此时的文言小说显然没有白话小说具有优势。尽管如此，清末民初的小说语言试验的广度和深度又是前所未有的，失败与成功，都成为中国小说现代转型可资借鉴的资源。

由于文人的文言小说想象仍然是古典的，所以他们对小说语言的应用也是以古代经典文本为楷模。在传奇、笔记、轶事小说等各类别上均有较为优秀的作品出现。

---

① 范烟桥：《民国旧派小说史略》，见《鸳鸯蝴蝶派研究资料》，上海文艺出版社1962年版，第174页。

传奇体小说，无疑是中国古代文言小说的最高水平，无论是唐人传奇中《霍小玉传》《任氏传》这样的传奇精品，还是足以代表文言小说高峰的《聊斋志异》，均是传奇体的代表作品。这些作品在语言上的特点历来为人所称道，鲁迅曾概括为"施之藻绘、扩其波澜，故所成就乃特异"，"大归则究在文采与意想"，显然，"文采"主要是体现在语言层面：富丽精工，"叙述宛转、文辞华艳"。① 民初的文言小说有许多承接了这种华丽婉转的语言特点。仅仿《聊斋》笔法的小说就有许多。

林纾是深得古文笔法的小说家，有着深厚的古典文学修养，他无论是翻译还是创作，都以清雅的古文笔法出之。这里仅以他的自创小说为例。他曾创作了许多神怪小说，明显延续唐传奇和《聊斋》的风格。如《吴生》写一个狐女爱上了一个美俊书生，为接近他而伪为邻女，并循循善诱，终于与吴生结为夫妇。从题目到内容都让人想到《聊斋》，林纾本人亦在篇末称："此事大类《聊斋》所述之宦娘。"② 这样的作品还有如《薛五小姐》等。这些小说往往文辞典雅斑斓，结构上富于变化，姿态各一，而意境、人物神韵方面，也深得唐传奇和《聊斋》三昧。体例上以纪传体例为主，常以"某生者"开篇，语言雅正丰赡，加之伏脉、接笋、结穴等古文笔法，使得小说别有一番风味。比如，在《吴生》中塑造了一个不解风情的书呆子形象，吴生第一次见到邻女之时，作者如此写道：

> 生自在阴中，已见女郎，然亦惊叹其美，亦不解其所以然。既归对烛冥想，初无淫靡之思，似女之秀色能扑人使之丧失所守者。久之忽曰："吾又废时刻也。奈何为无为之思，抛我正业？"乃复吟诵。

一个可笑、迂腐而又不失可爱的书生形象跃然纸上，笔致简洁有力。

---

① 鲁迅：《中国小说史略》，《鲁迅全集》第9卷，第73页。
② 林纾：《吴生》，见林薇选注《林纾选集》上卷，四川人民出版社1985年版，第40页。

《小说月报》第6卷第9号有一篇《函髻记》，作者署名为盟鸥榭，是当时颇受好评的一篇传奇小说，恽铁樵的评价是"笔墨雅饰，音节入古，今人所不能到，全在声光色韵之间"①。其中词句明显有传奇之风：

> 俄而觥爵交错，丝管杂陈，诸妓以次奏艺。序及行云，揽衣而起，立于筵前，抗声曼歌，众目惊视。歌词之意，横挑欧阳，神情流注，逸姿艳态，殆非人世所见。行周属目倾耳，久之，谓将军曰："此其申行云也耶？异乎佳人，何为属意于我哉？"歌既阕，欧阳生乃移座而前，顾行云而语曰："深悉微意，然申君何自而知鄙人？"行云对曰："妾得《怀忠赋》《栈道铭》《曲江池积》，读之年余，略皆上口，与君岂不深耶？"欧阳骇异，以广坐不能久语，遂怅然而归。

而当时以骈体作小说的文人更是以唐传奇为尚，因为下一节将要专门探讨骈体小说，这里从略。仅举徐枕亚的《箫史》（《小说月报》第4卷第6号）为例。这也是一篇具有唐传奇风格的作品，在小说中夹杂诗词，使作品的抒情气氛十分浓郁，篇首小序有议论的成分，作品在整体风格上可以看出对"可见史才、诗笔、议论"的"文备众体"的唐传奇的效仿痕迹。从整体来看，此篇大有唐传奇之名篇《虬髯客传》之风。《小说月报》第2卷第7期上有一篇爱情传奇《莲娘小史》其中写到主人公莲娘揽镜自照时的描写也颇能体现华丽的语言特色：

> 一日，莲娘春睡初觉，揽镜画眉，顾影频频，正在怜我怜卿之际，忽愤然作色曰："吾何事以金钱宝贵之光阴，日加修饰以虚掷诸梳妆台畔？调铅傅粉，甘心为彼男子之玩具乎？"……从此铅华不御、膏沐不施，淡扫蛾眉，自成馨逸。

---

① 见《李芳树传》的篇末评语，《小说月报》1917年第8卷第7号。

另外，许指严的以女性为中心的一批小说，如《堕溷花》《明驼艳语》《香囊记》《砭仙》《卖鱼娘》《三家村》《榜人女》《广陵散》《采苹别传》《绿窗残泪》《劫花惨史》《琼儿曲本事》等，也能看出这一特点。包天笑的《一缕麻》，曾经轰动一时，叙述语言简洁流畅，也是文言小说中的精品。

朱炳勋的《美人局》(《小说月报》第1卷第6期，1910年) 写一个禁烟司事局的工作人员查私吸烟人员时以权谋私，敲诈财物，结果反被人设美人计陷害。描写也很到位，写人物言语及行状读来生趣盎然。如开篇的写景：

> 参横斗转，残月昏黄，鸡犬无声，万籁都寂。当此沉沉深夜，悄悄长衢，忽有三数黑影，出现其间，倏前倏后，似鬼似狐，疾奔至一家门前，欻焉而止。于是或瞷于垣，或伺于门，或则猬伏道旁不动，良久良久，不闻声息。噫嘻，怪哉！其鼠窃耶？狗盗耶？抑昏暮出现之妖魅耶？噫嘻，怪哉！适从何来，遽集于此？

写到三个官吏发现吸烟人时，将一个不可一世之污吏形象写得很传神：

> 此三人中为首之一人，遽挺身出，獐其头，鼠其目，狗其髭，鹰瞵而虎视，狼突而前，大叱曰："咄！尔曹用乃不我识耶？我非他，乃此音禁烟司事某司爷也。方今时代，非奉旨禁烟时代耶？皇皇上谕，赫赫宪章，尔曹讵不见之，乃敢明目张胆，擅自吸烟，厥罪大矣！"且语且前，夺其烟枪。指挥其同伴二人曰："縶之，趣为我捉将官里去。"

与崇尚富丽精工的语言不同，也有一些文言小说大有六朝笔记小说的"粗陈梗概"和"隽永玄妙"的特点。清末民初的小说杂志，刊登有许多传统意义上的笔记小说。有些从现代小说观念来看，不能称小说，这也反映出清末民初混杂的小说分类，栏目名称通常叫野乘、辨订、箴规、谐趣、时调等。例如，《新小说》的第8—11、13、14号刊载的"剳记小说"《啸天庐拾异》，刊于《月月小说》第2号的《新庵译萃》和《新庵随笔》，《小说丛报》第5期的"笔记"一栏有《雏伏室剳记》《铁佛庵笔记》《临碧轩笔记》《小说月报》第7卷第1号刊有《庸庵笔记》《春在堂随笔》《淞滨琐话》《池北偶谈》等作品出版发行的广告。林纾创作有《技击余闻》，一时对该书"续""补"成风，如钱基博的《技击余闻补》（《小说月报》第5卷），江山渊的《续技击余闻》（《小说月报》第7卷），朱鸿寿的《技击余闻补》（《小说新报》第1、2卷）。这些笔记虽然不合现代小说理念，但与古典的笔记、轶事小说则是一脉相承，自有其价值。续林纾《技击余闻》的江山渊曾说："林子畏庐，善为古文辞，声播四方。其撰《技击余闻》，虽寥寥短篇，实足以淬民气而厉懦风，其文复典雅渊懿，直逼庄周司马迁，不能徒以小说读也。余窃私其意，博取所见所闻者，撮而录之，以续林子之书。"（《小说月报》第7卷第11号）这种"博取所见所闻者，撮而录之"的精神正是古代轶事小说如《博物志》《拾遗记》《阅微草堂笔记》的路数。这些笔记小说的语言简洁、不重铺排，而讲情趣。

如果对清末民初文言小说作一整体观察，我们应该看到，将传统文言小说的语言特色能够发扬光大的还是占少数。这一时段值得注意的是小说语言有了新的变化，为了适应迥然不同于中国古典的生活方式，即使文言小说这一地道的中国文学形式也折射出时代性来。其语言上的新变主要体现在如下几点：（1）浅文言的大量涌现。（2）文言的驳杂化。（3）文言叙述现代社会生活。

受"小说界革命"的影响，文言小说虽说是高级知识者炫才弄笔的传统领地，但也有一部分有俗化的倾向。随着读者群的扩大，小说杂志的出版，改变了传统文言小说小圈子内的互赠传抄方式，因此，文言小说首先要面临市场化、市民化的问题，文言小说不可避免地吸纳白话的词汇和句法，形成浅白的文言。这在清末民初的小说期刊中是很明显的语言现象。

《新新小说》第 2 期（1904 年）载陈景韩的《路毙》是一篇写中国人之间冷漠的短篇小说，塑造了各种"看客"，其立意也和鲁迅小说有相通之处，它的语言就是浅文言，且看开头句子：

> 老病污秽，有一路毙，倒于城厢之内，十字街之路侧。年约七十至八十，骨格（骼）饱受风霜辛苦，容貌极委顿，迫于饥寒疾病，目闭口开，手足蜷缩不动，然尚有气息。

词句虽保留了文言的四字句基本句式，但通俗平白。再如徐卓呆的《温泉浴》（《小说林》第 7 期，1907 年）中的描写：

> 乃而入浴。有顷，见日本女子二人，亦来洗浴，脱裤入水。时某之面，宜嗔宜喜，现不可思议状，两颧色深红，涎涕交下，呆坐水中，目不转睛，钉住二女子雪白的肉身上。及余出浴，二女子亦去。回顾会长某，则仍坐水中，不敢稍动。

在一篇讨论看《月月小说》益处的文章中，作者在谈历史家为何应看小说时说，"将正史一概演成白话，使人家一目了然"。"《八宝匣》和《美国独立别裁史》是纪事体的，这两种虽不是白话，文法不甚深，易得要领。"[①] 显然，这里文言小说也纳入到白话小说的"通俗""新民"的轨道中来。文言小说的浅白化，有两个现象，一是长篇文言小说相对短篇来说更多采用浅文言。正如前文所说，长篇小说在以前是普遍用白话创作的，以章回小说为主，本身是在说书、话本的基础上形成的。而当用文言创作长篇小说时，它除了保留文言的句式以外，也要考虑到它的传播效果和"讲故事"模式，所以在写法上会部分采用白话章回体的写法，比如分

[①] 报癖：《论看〈月月小说〉之益处》，《月月小说》1908 年第 13 号。

章回，并加上对仗的回目，可以称为文言小说的"话本化"。传统的文言小说大多不分章回，因为都比较短，而长篇文言小说如果不分章，就给人冗长的感觉，甚至有的洋洋上万言不分段落，排山倒海的文字扑面而来，让人不能卒读。例如，恽铁樵在《小说时报》前几期发表的大部分长篇文言小说都不分段，基本上是一章一段，如《豆蔻葩》《黑衣娘》《波痕荑因》等；林纾的《冰洋鬼啸》全篇只有一段。所以，那些分章回、分段的文言小说就显得很新鲜。二是在民初到五四期间，就那部分继承型的文言小说而言，其语言与清末相比趋于艰涩，这和整个文言小说兴盛的大环境是一致的。正如前面的分析，文言小说成为消遣休闲的"艺术品"，自然与"炫才"联系一起，骈体小说流行即可作说明。民初以后，小说家失去了早期"新小说"关注社会和国家命运的广阔视野和气度，花前月下，春恨秋愁，另一脉则走向黑幕、轶闻的"歧路"，与"小说界革命"的初衷越去越远。

除了浅白化之外，此期文言小说的第二个特点是变得更加驳杂化。一篇小说之内，文白夹杂，汉英夹杂。文白夹杂主要有三种表现形式，其一，正文用文言的，而人物对话用白话的。典型的如包天笑、徐卓呆的短篇小说《无线电话》（《小说时报》第9号），模拟去世了的丈夫与在世的妻子通电话谈家庭的未来规划。叙述用文言，而打电话的内容则全用白话，很能体现作者对模拟人物声口的艺术追求。其二，正文用白话，而书信、日记、文告用文言的。如《泰西历史演义》（洗红盦主演说，载《绣像小说》1903年第1期）中有的人物对话用文言：

> 华盛顿先到演武场中，整齐队伍，仿佛凯旋的模样，然后登坛设誓，对着众人道："此后一切，必揆诸道义，而后施行，愿天降佑，俾称厥职。"

> 及至到了议会里，又对着众人道："今幸承诸君推荐，辱此重任，

然藐躬不肖，恐不能相称，愿诸君想与提挈，幸甚幸甚！"（第26回）

而他母亲的话又用白话：

（华盛顿将做大总统的话，告诉他母亲。）他的母亲非但不喜，倒反潸然泪下，说："我的年纪一天老一天了，况且多病，以后你担了这样大的责任，不能时常回来，恐怕我始终不能见你一面了。"（第26回）

另外，像日记、书信用文言，正文用白话的例子更多。比如徐枕亚《毒》（《中华小说界》第1卷第6期），正文用白话，书信用文言；远生的《海外孤鸿》（《小说时报》第18号），引言用白话，书信的内容却用文言。这些都反映出当时的作者对语言的美学意义还没有清楚的认识。

还有一种混杂很难分清文言白话的界限，如《扫迷帚》（壮者著，载《绣像小说》第43—52期，1905年）第一回中的一段：

某年七月上浣，忽然买舟往访，到岸时日已西沉，相遇之下，略叙寒暄，即请出嫂氏相见，不免治馔款待。那资生平日见他书信来往，诸多迷惘，思趁此多留几日，慢慢的把他开导。岂知心斋之来，也怀着一种意见，他不晓自己不通透，反笑资生狂妄，变欲乘机问难，以折其心，一闻挽留，正中下怀。两人虽是亲戚，此时却宗旨不同，各怀着一个不相下的心思。

这些都说明文言白话的应用在小说作者那里开始互相渗透，成为一种过渡的状态。这种混杂状态连当时的有些小说家都很不满意，如《小说新报》第5期载《月刊小说评议》（作者新楼）评到《月月小说》刊载的《柳非烟》（天虚我生著）时说："最特别者为名《柳非烟》之一种，体例则章回不成章回，笔记不成笔记，词句则文言不文言，白话不白话"，他批评的现象并非特例，而是有代表性。这也反映了保守的小说家对传统小说文体及语言传统的依恋和坚守。

正文用白话，前言、后记用文言的比比皆是，如《爆烈弹》（冷，《月月小说》第16号），《放河灯》（非非国争著，《月月小说》第19号），《两头蛇》（张其切，《月月小说》第22号），《泪》（胡寄尘，《小说月报》第9卷第2号），《断弦》（拜兰译，《小说月报》第9卷第3号），《面包》（周廋鹃译，《小说月报》第9卷第9号），《纪念画》（鹓雏，《小说月报》第10卷第8期），《星期六晚之狂热》（慧子，《小说月报》第11卷第1号），《异国栖流记》（慧子译，《小说月报》第11卷第6号），等等。

文言小说也要表现现代生活内容，立宪、戒烟、新学堂，自由恋爱、华工的苦难，官场的腐败以及洋人的骄奢跋扈，等等，都成为小说家最喜欢涉足的题材。传统文言小说是以言情、史传、神怪见长，表现超现实的内容较多，即使有反映现实的也以象征、以神怪狐鬼出之。正面地、大面积地反映当下的现实一直不是主流。而清末民初的文言小说却在这方面产生新的变化。这方面，林纾的长篇文言小说也是很好的例证，郑振铎就论及林纾小说表现时事的价值："中国小说叙述时事而能有价值的极少；我们所见的这一类的书，大都充满了假造的事实，只有林琴南的《京华碧血录》《金陵秋》，及《官场新现形记》等叙庚子义和团，南京革命及袁氏称帝之事较翔实；而《京华碧血录》尤足供给讲近代史者以参考的资料。"[①]当然，这种趋势并不是由低到高的发展过程，民初至五四前夕，由于鸳鸯蝴蝶派的兴盛，文言小说中的言情一派蔚为大观，则又当别论。然而从整体上看，这种反映现实的文言小说一直大量存在，它们以旧瓶装新酒，使文言小说的语言状况发生一些改变。其最明显的特征就是文言小说中新词汇的增加。吴趼人创作《预备立宪》时，故意让人以为是翻译小说，"恒见译本小说，以吾国文字，务吻合西国文字，其词句触于眼目者，觉别具

[①] 郑振铎：《林琴南先生》，《小说月报》1924年第15卷第11号。

一种姿态。""偶为此篇,欲令读者疑我为译本也。呵呵。"① 作者沾沾自喜的正是其新词汇("西国文字")较多,在短短的两千字的小说中粗略统计就有如下新词:历史、预备、趣味、真相、光明、国民、下午二点半、朦胧、天文台报告、超越、数百磅之铁锤、脑筋、思想之能力、问题、思想力、记忆力、敏捷、幸福、精神、鸦片原料制成之药品、海滨、吸受新鲜空气、有类海船之失其舵者然、商招(商店招牌的意思)、各种器具、示意、购买、头彩之希望、开彩、买彩票、举动、乘汽车、习惯、迟疑之色、被选及选举之章程、政体、纳税、国家、选举权、投票、资格、议员、购置、经营、事业、势力、目的、投身均贫富党扩张社会主义、命运、见解、代表、全体、知识,等等。像这样以新词为时髦的小说,在清末民初是一个很普遍的现象,这一方面是出于追新的心理,另一方面也适应表现新生活的现实需要。

　　文言小说语言的新变有其积极的一面。首先,文言的浅白化,可以丰富白话的书面语言,事实上,有许多文言语汇融入现代汉语之中。其次,部分文言小说注重艺术性,文采斐然,继承了古典小说的清雅之气,这对白话小说向现代小说转型有借鉴作用。最后,有些文言小说受西方小说观念影响出现新的艺术尝试,为五四新体小说提供了镜鉴,比如民初以苏曼殊、徐枕亚为代表感伤抒情小说乃是五四感伤浪漫主义小说的滥觞②;林译小说甚至影响了五四包括鲁迅、周作人、钱锺书一大批现代作家;五四以后成为一时风尚的第一人称叙事的日记体小说其实在清末民初就已大量涌现。治古典小说史的学者从传统小说分类的角度梳理出民初存在日记体、书信体、集锦体、假传体、游戏体等新式的"别体"小说。③ 凡此种

---

① 吴趼人:《预备立宪》,《月月小说》1906 年第 1 卷第 2 号。
② 杨联芬认为:"苏曼殊身上的浪漫因子,本来兼有传统清流才子的多情放诞和西方浪漫主义的个性自由,前者被鸳鸯蝴蝶派作家承袭并模式化,后者则成为五四浪漫作家的精神资源"。见《晚清至五四:中国文学现代性的发生》,北京大学出版社 2003 年版,第 218 页。
③ 见张振国在《民国文言小说史》一书第四章第六节"民初的别体文言小说"中的分析,凤凰出版社 2017 年版,第 196 页。

种均可看出清末民初文言小说的新变。

当然,此期文言小说的问题也是非常明显的。大量低水平重复,失去了传统的"雅",又不能尽"俗",随着时代变迁的步伐日益加快,文言小说由于其自身的语言特点,已不能适应现代生活变革的脚步了,这种大繁荣,注定只是一种回光返照,成为中国小说古典时代的最后回声。

第二节 小说的辞章化?
——民初骈体小说及其语言论

一 骈文与骈体小说

民初至五四,在文言小说兴盛的大潮中,骈体小说繁盛是引人注目的现象。所谓骈体小说,严格来讲,不是文体学上的小说分类,而是指运用了骈文的语言形式的那些小说,词句骈俪,讲究对仗(以四六句为主)、用典,辞藻艳丽,铺排摛物,华丽婉转,也有人称为骈文小说。可类乎鲁迅评《游仙窟》时说的"以骈俪之语作传奇"[1],只要骈文的使用在小说中产生结构性意义或新的美学意蕴,都在本论文的考察范围之内,均以骈体小说称之。这里笔者更强调的是小说中使用了一定量的骈句,而并不纠缠于"什么才是骈体小说"这样的问题。[2] 因此笔者持论相对宽泛,指称的是小说中的一种语言现象。

小说语言的骈俪化在清末民初是文言小说大潮中的一个支流,其自有渊源,是自唐传奇以来就有的传统。要弄清骈体小说,要先清楚骈文。

现在我们文学史所讲的"骈文",是指一种文体形式。骈,顾名思义,

---

[1] 鲁迅:《〈游仙窟〉序言》,《鲁迅全集》第 7 卷,第 330 页。
[2] 郭战涛认为:"如果一篇小说中的骈文数量达到了可以使该小说产生有特殊美学品格的程度,这种小说就可以被称为骈体小说",这应该是比较合理的论述。只不过,该论文在实际操作中为弄清哪些属于骈体小说大费周折,采用名量分析,致使骈体小说考察对象过窄。见《民国初年骈体小说研究》,第 10 页。

是指对仗、并列。《说文解字·马部》中说："骈,驾二马也。"段玉裁《说文解字注》中说："凡二物并曰骈。"从这个意义讲,"骈"是一种文学手段,只要两两相对的句子出现,均可称为"骈",从《诗经》、诸子散文一直到汉唐,均可见此种"骈文手法"。但学界更倾向以文体论,它的典型代表是六朝骈文,以徐陵、庾信为其翘楚。主要特点是对偶、声律、用典、藻饰。近人骆鸿凯《文选学》中说："骈文之成,先之以调整句度,是曰裁对;继之以铺张典故,是曰隶事,进之以渲染色泽,是曰敷藻;终之以协谐音律,是曰调声。"[①] 其发展历程姜书阁有精当论述："一,兴起于东汉之初,始成于建安之际;二、变化于南齐永明之世沈约等人的文章声病之论;三、完成于梁、陈、北齐、北周,而以徐陵、庾信所作为能造其极。"而唐以后历经三次变革,中唐时期以陆贽奏议为代表的骈文公牍是第一次变革,晚唐李商隐融合徐、庾和陆贽之长增强叙事和说理,是为第二次变革;而宋代欧阳修、苏轼、王安石为代表的白描骈文(即"宋四六")是第三次变革,自此骈文进入全面的文书应用阶段;清代中叶以后却有复兴之势。[②] 骈文虽在六朝就已成熟,但当时并不以骈文称之,而以今体、今文称之,汉唐时称为"丽辞"。"骈俪"之称最早见于柳宗元的《乞巧文》："眩耀为文,琐碎排偶;抽黄对白,唼哗飞走;骈四俪六,锦心绣口;宫沉羽振,笙簧触手。"[③] 这也是"四六"称呼的最早表述。骈文并非必须四六句,但四六骈文无疑是骈文中最辉煌的代表,如庾信的《哀江南赋》、王勃的《滕王阁序》。真正用"骈文""骈体"来指称这种文体是清朝的事情。这种"骈四俪六、锦心绣口"的文章对其他文体产生很大的影响,在宋代以后,制诏、表、奏、判词等应用文体就已大量使用骈体了,而明清的八股文更是以骈体作为主要构成部分。

　　骈体小说也正是在这种影响下形成的。骈文之于小说,主要有以下功

---

① 骆鸿凯:《文选学》,转引自尹恭弘《骈文》,人民文学出版社1994年版,第18页。
② 姜书阁:《骈文史论》,人民文学出版社1986年版,第15—17页。
③ 柳宗元:《乞巧文》,转引自姜书阁《骈文史论》,第2页。

用：一、骈文的辞藻、对偶、声律能增强描写的气势和韵律感，有利于描写场景、渲染环境、描写人物形貌等。二、正由于骈文注重辞藻、细节夸饰、节奏舒缓、铺张情感，尤其方便用于写艳情和才子佳人小说，同时，骈文写作的难度也成为文人炫才耀技的手段。小说语言骈俪化始于唐传奇，"传记辞章化，这是唐人传奇文体成立的基本前提之一。就这一特征而言，我们不妨称唐人传奇为辞章化传奇。"① 李宗为认为："唐传奇的文体一般是相对于韩柳古文来说较为通俗也较华美的文言散体，描写人物外形或景物常用铺陈夸张的骈文等等。"② 唐传奇吸收了骈文的雕琢藻饰、铺陈渲染的特点，如《游仙窟》几乎通篇骈俪，气势不凡。而《柳毅传》《南柯太守传》《霍小玉传》《补江总白猿传》，以及裴铏的《传奇》，骈文语句比比皆是。以《传奇》为例，其骈文大多用在人物形貌（尤其是美人）、状景、场面上，这也是小说中骈化语句的主要功能。而明代的《剪灯新话》《剪灯余话》"秾丽丰蔚、文采灿然"③，则明显受骈文应用化影响，大量的判词、供词、祭文、书信、诏书均是骈文。另外，值得注意的是明代的小说骈化开始大量应用到人物对话。清代的《聊斋志异》是中国文言小说的高峰，其"用传奇法，而以志怪"④，亦不避骈辞俪句，无论是应用性骈文，还是杂骈句以写人记事，总能贴切生动。《谕鬼》《绛妃》《爱才》《马介甫》等均含有相当篇幅的骈文。而与民初骈体小说有直接渊源关系的则当属陈球的《燕山外史》。与以前小说的骈化相比，《燕》几乎通篇为骈体，而且是以明确的骈文意识去创作小说。他的目的正是"乃效六朝体，成一家之言"，他不无炫耀地说"史体从无以四六为文，自我作古，极知僭妄"⑤，这里的"文"指的是"小说文体"，由于他当时未看到

---

① 陈文新：《文言小说审美发展史》，武汉大学出版社2002年版，第187页。
② 李宗为：《唐人传奇》，中华书局1985年版，第11页。
③ 《剪灯余话·序六》："学士曾公子棨过余，偶见焉，乃抚掌曰：'兹所谓以文为戏者非耶？'辄冠以叙，称其秾丽丰蔚，文采灿然。"
④ 鲁迅：《中国小说史略》，《鲁迅全集》第9卷，第216页。
⑤ 陈蕴斋：《燕山外史》，台北：广文书局1979年版，凡例部分，第1页。

《游仙窟》，故认为前人没有人用骈文做过小说，他自述道："球在总角时，即读六朝诸体，长于本朝诸四六家，尤所研究。"以骈体写长篇小说，在此前的确无人尝试，而且辞藻艳丽，对偶精工，如这样的语句：

> 正是鹃啼暮树，呖呖含悲；何期鹊噪晨檐，声声送喜。一封雁帛，传自天街；五色莺笺，报来仙府。枝头烂漫，倏开及第之花；砌畔菁葱，悉茁合欢之草。

《燕山外史》的成书虽在嘉庆十二年前后，可在清末民初却一版再版①，此书的风行自然让人与民初骈体小说的流行相勾连。作为集大成的骈体小说，《燕山外史》不仅深得六朝骈文之神髓，在用典、写景方面均有独到之处，而且整篇小说充满浓郁的抒情气息，为后来的骈体小说开拓出道路。

《燕山外史》之后，就是以《玉梨魂》为代表的清末民初的骈体小说大繁荣了。而且与此前有明显区别的是，这一时期的骈体小说作者均有明确的骈文意识，他们更多的是主动追求骈文语言形式带来的小说意趣。所以我们考察这一时段的骈体小说，实质是考察骈文的应用能给小说带来什么？它的意义和局限又在哪里？这种小说形式对现代小说的建构有什么意义？它在整个清末民初小说的发展中占据什么样的位置？其一纸风行的背后涌动着怎样的时代思潮？本文正是在这样的问题框架下进入民初骈体小说的世界。

二 民初骈体小说的繁盛及原因

1912年8月3日，徐枕亚的《玉梨魂》开始在《民权报》上连载。在

---

① 至少有光绪五年（1879年），光绪十二年（1886年），光绪三十二年（1906年），1914年，由不同的书局刊印过此书。可参见袁行霈、候忠义等编《中国文言小说书目》，北京大学出版社1981年版，第388页。

此后的近十年中，大量的骈体小说面世，才子佳人，哀情艳情，满纸缠绵，后来史家将之命名为"鸳鸯蝴蝶派"①，以《民权报》《民权素》《小说月报》《小说季报》《小说丛报》《小说新报》《小说旬报》为阵地，出现大量的骈体小说。"当时文言小说的骈文化绝非个案，而是部分文人集体的书写信仰。"② 郭战涛曾统计出民初骈体小说的数量，他的选择标准相对严格，用骈句的数量标准来看，而且是以典范的四六形式来审视，竟将李定夷、吴双热均排除在外，这是不合理的。如果将视野放开，这一时段的骈体小说还有不少以四字对为基本形式，杂以标准的四六句的小说，比如《雪鸿泪史》《伉俪福》《茜窗泪影》《兰娘哀史》《双缢记》等，均可纳入骈体小说范围考察。③ 这样看来，民初小说的骈化现象更为普遍，以徐枕亚、吴双热、李定夷、许指严为代表的骈体小说家层出不穷，上述刊物的小说，开篇及写景状物都喜掺入骈句，言情小说的骈化的确是一时之时尚。

那么，骈化小说缘何在民初大盛？许多学者曾探讨过此问题④，归纳

---

① 这里有一个文学史概念颇值得辨析：骈体小说和鸳鸯蝴蝶派之间是什么关系。笔者以为，以徐枕亚为代表骈体小说创作才是鸳鸯蝴蝶派的正宗，二者可互为指称。其典型特征是哀情和骈俪化。后来将民国时期的一切"通俗小说"均称鸳鸯蝴蝶派实是一种误用和滥化，直到今天成了"约定俗成"的概念。其实当时的过来人在回忆中已说得相当明白，如这些人均持此观点：周瘦鹃、包天笑（参见魏绍昌编《鸳鸯蝴蝶派研究资料》，上海文艺出版社1962年版，第130、126页）、陈小蝶（见范伯群主编《中国近现代通俗文学史》上册，江苏教育出版社1999年版，第275页）。周作人也称"《玉梨魂》派的鸳鸯蝴蝶体"，见《日本近三十年小说之发达》，严家炎编《二十世纪中国小说理论资料：第二卷》，第57页。赵孝萱在《鸳鸯蝴蝶派新论》一书也持这种观点。

② 赵孝萱：《鸳鸯蝴蝶派新论》，兰州大学出版社2004年版，第240页。

③ 研究民初的骈体小说不能不注意它的"不能真骈"之特点，此评价出自恽铁憔，他在《答刘幼新论言情小说书》一文中曾说："或谓西洋所谓小说即文学，于是以骈体当之，虽不能真骈，亦必多买胭脂，盖以为如此，庶几文学也，而不知相去弥远"，见《小说月报》1915年第6卷第4号。此时期虽有象《燕山外史》那样的通体骈四俪六的小说，如《鸳鸯劫》等，但大部分小说家并没有刻意去追求严格的四六骈文，而是追求骈文的神韵，骈散结合，如对仗、声律、节奏，以四字为基本形式等，使人仍感到骈文的特色存在。

④ 刘纳、赵孝萱、夏志清、陈平原、郭战涛等学者均探讨过这些问题。

起来，最主要有两方面的原因。

其一，受清代中期以来骈文中兴的影响。陈平原虽然注意到唐代骈文传奇和《燕山外史》，但他仍认为骈体小说"基本上是民初的特产"[1]。刘纳及台湾学者赵孝萱则注意到清代中叶骈文中兴和魏晋文风的盛行。六朝骈文风格到唐代还人才辈出，而至宋代则风格大变，由浓墨重彩转向素淡雅致，"宋初诸公骈体，精敏工切，不失唐人矩矱。至欧公倡为古文，而骈体亦一变体格，如以排奡古雅争雄古人。"[2] 这种以散行之气运对偶之文的变革其实已埋下骈文衰落的种子，如吴兴华所说："而事实上，经过一番改造，骈文仍不能在逻辑叙述上和散体争胜，徒然失掉了原有的丰富意象和触发能力。这就是为什么宋体四六逐渐变成纯粹应用性的官样文章，最后和文学几乎完全绝缘的原因。"[3] 自欧苏之后，作为"美文"的骈文逐渐消失，成为一种应用性文字，元明几乎找不出承续前人风采之骈文名作。而至清朝，六朝骈体却重放异彩，他们重以六朝为正宗，纵横捭阖，一与散文同。他们编撰许多骈文选集，也出现大量的骈文理论著作。如曾燠编的《国朝骈体正宗》、李兆洛编的《骈体文钞》、王先谦编辑的《骈文类纂》。同时，出现许多骈文大家，如袁枚、洪吉亮、汪中、孔广森、胡天游、邵齐焘等，汪中的《哀盐船文》，尤侗的《西山移文》，胡天游的《拟一统志表》，金应麟的《哀江南赋》，均是广为流传的名篇，从篇名我们也可看出他们以六朝为师，史家如此评价道："综合言之，则清代作者，渐有追踪徐庾，远溯汉魏之趋势，而究其所作，亦未必能陵轹唐宋。要之起衰振弊，能以骈文之真面目示人，则清代作者之贡献，殊足以跨越元明矣。"[4] 清朝中叶以后有"骈文八大家""骈文后八大家"之

---

[1] 陈平原：《中国现代小说的起点》，北京大学出版社2005年版，第183页。
[2] 孙梅：《四六丛话》，转引自尹恭弘《骈文》，人民文学出版社1994年版，第131页。
[3] 吴兴华：《读〈国朝常州骈体文录〉》，见《吴兴华诗文集·文卷》，上海人民出版社2005年版，第167页。
[4] 刘麟生：《中国骈文史》，东方出版社1996年版，第105页。

称，可见一时之盛。清末刘师培、李审言、孙德谦均是骈文大家①，流风所及，清末民初的文人中擅作骈文的为数很多，鲁迅的《〈越铎〉出世辞》就夹以骈句。徐枕亚本人更是骈文高手，煌煌《枕亚浪墨》四卷，骈文占一大半，因为会写骈文还曾一度入黎元洪幕府，其他小说家如程善之、许指严、严独鹤等也均擅骈文。在这种大潮中，以骈文作作小说自然在情理之中。

其二，骈体小说的兴盛与民初的政治氛围、社会思潮相关。辛亥革命后，普遍出现一种幻灭和消极之情绪。正如费正清所说："清朝的覆灭并没使传统社会随之湮灭，而是使它越来越陷入混乱。"②那些同情帝室、反对革命的传统士大夫感到价值失范，产生幻灭感，徐枕亚曾在《白杨衰草鬼烦冤》中说："革命革命，一次二次，成效安在？徒断送小民无数生命，留得尘世间许多惨迹而已。"③吴双热说得更加形象，他曾在《民权素》上发表了一首《共和谣》④，讽刺了民初政权：

  黑白蓝黄还有红，拼拼凑凑做成功。
  当心贼秃偷将去，做件袈裟出出风。
  两字功名一旦捐，读书种子哭黄天。
  状元起到秀才住，一捆丢开不值钱。
  自治机关忽取消，地方未必一团糟。
  议员议长哀哀哭，运动本钱尚未撩。

持这种看法的文人很普遍，他们均受过八股文的训练，具有较深的

---

① 钱基博的《现代中国文学史》在"骈文"一节以此三人并称，称刘师培文"雄丽可颂而浮于艳"（第103页），称后二者"一时论俪体者，以李详第一，德谦次之"（第118页）。上海书店出版社2004年版。
② 费正清：《剑桥晚清史》下卷，中国社会科学出版社1985年版，第666页。
③ 徐枕亚：《小说丛报》1915年第11期。
④ 吴双热：《共和谣》，《民权素》第1集，1914年。

骈文素养，以古文、骈文作小说也成为他们骋才炫文的方式。同时，同情辛亥革命的另一部分文人也因为看到民国政治的黑暗而消极颓唐，因此就以骈文写艳情、奇情，适应商业化方式，由关注政治转向风花雪月。这种对政治的失望而纵情风月的态度我们也可以从发表骈体小说的几大报刊的办刊宗旨看出来：

《民权素》创刊号序：革命而后，朝益忌野，民权运命截焉中斩，同人冀有所表记，于是徇文士之请，择其优者陆续都为书，此民权素之所由出也。

《民权素》序二：磋磋，昆仑崩，大江哭，天地若死，人物皆魅。堕落者俄顷，梦死者千年。风雨态其淫威，日月黝而匿采。是何世界，还有君臣。直使新亭名士，欲哭不能；旧院官人，无言可说。慨造物之不仁，岂空言之可挽。仓颉造字，群鬼不平；始皇焚书，一人独智。不痴不聋，难为共和国民；无声无臭，省却几多烦恼。

《小说旬报》宣言：时当大陆风云，千变万化；神州妖雾，惨淡迷漫。本同人哀国土之丧沦，痛人心之坠落，恨乏缚鸡之力，挽救狂澜；愧无诸葛之才，振兹危局。

《小说丛报》发刊词：嗟嗟，江山献媚，狮梦重酣，笔墨劳形，蚕丝自浇。冷雨凄风之夜，鬼唱新声；落花飞絮之天，人温旧泪。如意事何来八九，春梦无痕；伤心人还有二三，劫灰共泻。

《小说新报》发刊词三：嗟嗟，文章未老，竹素有情，逞笔端之褒贬，作皮里之阳秋；借乐府之新声，写古人之面目；东方曼倩，说来开笑口胡卢，西土文章，绎出少蟹行鹊突；重翻趣史，吹皱春池，画蝴蝶于罗裙，认鸳鸯于坠瓦。

显然，这些发刊词本身都是用典雅的骈文写成的，虽然口口声声地吟风弄月，其实潜台词均是家国和个人的命运。有人说这一时期的文学有一个独特的现象就是"持有对立的政治立场的人共同地追挽过去的年代"①,这是很有道理的,这同样适用于描述骈体小说的繁华,在这繁华藻丽的背后,是对传统文化,对古典形式的追慕与缅怀,是对当下政治现实的失望和逃避。

除了这些曾被论及的因素外,笔者认为还有其他一些因素不可忽视,甚至历史的偶然性也应考虑在内,比如,徐枕亚本人骈文功底、浪漫情怀以及《玉梨魂》畅销带来的巨大示范效应。

徐枕亚自幼饱读诗书,据说10岁左右就能写诗作词,在当地有"神童"之誉。在无锡当小学教员时就写有800多首诗词。此外,徐的哀情孱弱也是有名的:"仆也呱呱堕地也,生带愁根,咄咄书空,少称狂士。"②敏感、多情、愁苦是徐枕亚的真实写照,他在乡村小学教书的三年中,与一名门寡妇陈佩芬恋爱,虽然得以"偷尝仙女唇中露",但仍以悲剧告终,《玉梨魂》正是以此为底本③。当《玉梨魂》在《民权报》上连载时,立即引起轰动,再版数十次,销量达十几万册④,一时洛阳纸贵,仿效者甚多。除徐枕亚外,李定夷、吴双热也是骈体小说大家、"鸳蝴派"的代表人

---

① 刘纳:《嬗变》,中国社会科学出版社1998年版,第113页。
② 徐枕亚:《〈石头记〉题词序》,《民权报》1913年7月16日。
③ 可参见时萌《〈玉梨魂〉真相大白》,《苏州杂志》1997年第1期。
④ 关于《玉梨魂》的畅销情况,可参见以下材料:第一,郑逸梅《民国旧派文艺期刊丛话》,见魏绍昌编《鸳鸯蝴蝶派研究资料》,第407页;第二,《小说丛报》第16期(1915年)的《枕亚启事》:"出版两年以还,行销达两万以上。"第三,张静庐《在出版界二十年》中称:"出版不到一二个月,就二版三版都卖完了","谁都不会否认这部《玉梨魂》是近二十年销行最多的一部"。上海杂志公司1937年版,第37页。第四,范烟桥《民国旧派小说史略》中称:"再版数十次,销数几十万册",见《鸳鸯蝴蝶派研究资料》,上海文艺出版社1962年版,第174页。第五,吴双热在《枕亚浪墨序》中说:"惟所著《玉梨魂》小说,成集而行世,今已行销达万部以上矣。"见1915年出版的《枕亚浪墨》初集。陈平原:《20世纪中国小说理论资料》第一卷,第518页。另外,笔者在1914年的《民权素》第二集上看到关于《玉梨魂》的广告称:"枕亚为小说界巨子,近顷著作,洛阳为之纸贵。而《玉梨魂》一书尤其最初之杰作,匠心独去,彩笔挥来,有缜密以栗之功,无泛滥难收之弊,计自悬价,而后风靡海内,虽缓版已至五次,而购买者尤络绎不绝于途,其声价之高贵,可谓一时无两,本部以珍重名书起见,凡印刷装订逐渐求精,冀副爱阅诸君之盛意,定价六角。"在1914年已版五次,可见前后再版数十次不虚,另,六角的定价是较高的,从该刊的关于吴双热的小说广告中看出《兰娘哀史》定价是二角,《孽冤镜》定价是五角,这从一个侧面看出《玉梨魂》的价值。

物。三人曾在《民权报》发表了他们的代表作（李定夷的《孽冤镜》，吴双热的《霣玉怨》），而《民权报》停刊后，他们又共同编辑《小说丛报》，该报"第一期一个月后就重印，第二期销量更增"，"出至第四、五期，书刚装订发行所，即一轰而尽"①，该刊一直办了44期，于1919年8月停刊。这种畅销体现了此种文风的小说具有巨大的市场。徐枕亚还办了《小说季报》，李定夷办了《小说旬报》，而《小说新报》则是从《小说丛报》蜕化而来，也由李定夷和贡少芹编辑，被视为鸳鸯蝴蝶派刊物，创刊于1915年3月，除1921年停刊一年外，一直办到1923年8月，共出版8卷94期。这也足见鸳鸯蝴蝶派同人刊物覆盖面广，持续时间长，也使得骈化小说这种雕饰精刻的文风弥漫整个文坛。扫描民初到五四的各大刊物，均可见他们的身影，他们或独自、或共同办刊，彼此刊载作品，互相唱酬，新书甫出，互相写序，不吝溢美之词。笔者认为，这种局面的形成与《玉梨魂》的畅销和徐枕亚个人的文人圈子有很大的关系，这里仅以《小说季报》为例，这是徐枕亚由于《小说丛报》的人事关系纠纷而另办的一个刊物，创刊时仅为其写序就有：李涵秋、许指严、吴绮缘、姚民哀，组稿人员除写序几人外还有杨尘因、俞天愤、徐卓呆、蒋箸超、周瘦鹃、吴双热、许廑父、贡少芹（此名单见《姚序》），这些均是当时活跃小说界的"大腕"级人物，具有广泛的影响力——而且这已是1918年8月了，足见其势力之大，这也正构成了"五四的前夜"，成为五四"文学革命"的诱因。

三　骈体小说语言论——以《玉梨魂》为中心

徐枕亚在《小说丛报》发刊词中曾说："原夫小说者，俳优下技，难言经世文章，茶酒余闲，只供清谈资料……海国春秋，毕竟干卿何事？""凡兹入选篇章，尽是蹈虚文字，吾辈佯狂自喜，本非热心励志之徒；兹

---

① 郑逸梅：《民国旧派文艺期刊丛话》，见魏绍昌编《鸳鸯蝴蝶派研究资料》，上海文艺出版社1962年版，第275页。

编错杂纷陈,难免游手好闲之诮。……劫后残生,且自消磨于故纸;个中同志,或有感于斯文。"① 这里自称"本非热心励志之徒"可能不一定是真心话,但"尽是蹈虚文字"却名副其实。徐办《小说丛报》用心颇多,自1914年创刊,直到1918年退出另办《小说季报》,是发表骈体小说最多的杂志。这些骈体小说大多标明"哀情""奇情""怨情""苦情"等。与小说界革命时期的启蒙姿态不一样,这些小说体现出充分的"消遣性",所谓"蹈虚文字"正指的是这种消遣性,自娱自乐,友朋唱酬。同时,这也决定了骈体小说的"技术性",小说一定要掺入骈文,这是一种时尚,也是一部分人的雅好,这也增加了小说写作的难度。既然小说乃"茶酒余闲,祇供清谈资料",白话、口语、方言,或浅文言都是很好的选择,为何用骈四俪六、华丽藻采的骈文来作,岂不是自寻烦恼,自套枷锁?其实这是问题的两面,骈文渗入小说一方面增加了难度,另一方面也增加了趣味性和艺术性。从这个角度来说,骈体小说尤似戴着镣铐的舞蹈。

  骈文最典型的视觉特征是骈句对仗,四六句式;其听觉特征在于"声文",它以声律中的平仄相间、相粘、相对等不同的排列方式,以及音节的反复排挞,形成独特的韵律感;其形态特征在于色彩斑斓,炼字精工;其文化特征在于隶事用典。骈文的这些特征说明它是一种长于抒情的文体,其铺排的句式,繁密的意象,婉转含蓄的语调均增强了这种抒情性,六朝丘迟的《与陈伯之书》,庾信的《哀江南赋》,徐陵的《玉台新咏序》均是名传千古的抒情名篇。唐宋以来的判词、檄文、祭文大多采用骈体正是借助于骈文的抒情气势。骈体小说也同样如此。

  用夸张铺排、色彩浓艳的词句抒发感情、描绘景物、形容人物是骈体小说一贯的手法。比如,胡寄尘的《移花接木》,建生接到秋痕的信后反复诵读,然后用一段骈文抒情:

---

① 徐枕亚:《小说丛报》发刊词,《小说丛报》1914年第1期。

> 嗟夫，滔滔情海，无端翻平地之波；渺渺爱河，何处是可登之岸；漫天塞地，尽是悲欢，出死入生，无非哀乐，秋风纨扇，甘居薄倖之名；春梦罗帷，那识旧人之哭；董狐笔秃，恨史难书，阮籍泪干，孤怀莫咏，古今恨事，不一其端，如建生之于菊影，为尤甚者也。①

而骈文用于人物形貌的描写则是很悠久的传统，民国初年的骈体小说也大量使用这一手法，甚至产生一些套路，试看下面的一些例子：

> 琴悲别鹤，弓鞋著地而不前；镜掩分鸾，云髻弹肩而不整。聘聘袅袅，蜻蜓本不禁风；惨惨凄凄，梨花何堪带雨。（《血鸳鸯》《小说丛报》第1期，1914年）

> 其家有女曰丽娟，虽生自贫家，而华如桃李，天生丽质，偕婢女以争辉，凤具圆姿，共姮娥而竞爽，纂组之暇，妙解文章，弱线拈来，争睹芙蕖之艳，新诗制就，浑如芍药之花，婉约风流，神仙可拟，意者峰泖间灵秀之气，钟毓而生此瑰美之质。（《丽娟小传》《小说丛报》第4期，1914年）。

> 写妓女色衰之后的门前冷落："名花迟暮，帘前之鹦鹉无声；路柳飘零，枕上之鸳鸯不梦。怅我生之已矣，悲往事之如斯。二十四番，已逢花信；一百六日，未咏桃夭。"（《鬓影经声》，《民权素》第15集，1916年）。

从这种描写中，我们也可窥探民国初年的鸳鸯蝴蝶派的语言特色。缠绵悱恻，花红柳绿。其中以"梨花"喻美人几乎俯拾皆是，如《玉梨魂》中"雨溅梨花，更惜文君薄命"，《鬓影经声》中"可怜流水无情，秾梨不歌于南国"，《月明林下美人来》中"若梨花泣雨，柔弱不胜；如海棠经

---

① 胡寄尘：《移花接木》，《小说新报》1915年第11期。

风，飘零欲坠"（《小说丛报》第19期，1916年）。

这些三步一抒情，五步一写景的铺排描写和小说文体的情节叙述相交错，无疑延宕了故事叙述的进程。与"某生体"的文言小说相比，它更注重语言内部的美感，而不是急于讲述一个故事，或急于说明一个教化的道理。而民初骈体小说最具代表性的无疑是徐枕亚的《玉梨魂》，很值得做个案分析。

如果与其他骈体小说比较来看，《玉》严整的四六骈句并不多，有人逐句统计后认为占18%[1]，但这丝毫不影响其骈体小说所应具备的特色。笔者以为，《玉梨魂》的成功，正在于骈散结合，运骈如散。其实这也是六朝骈文的一个特色。一般认为，六朝骈文主要特点是艳靡华丽，对仗工整，其实它还有清丽、质朴的一面，民初著名的骈文史家孙德谦就持这种看法，他在《六朝丽指》中说："六朝虽尚藻丽，可知犹有质朴之美也"[2]，并认为骈文应师法六朝，而骈散合一才是骈文正宗。"夫骈文之中苟无散句，则意理不显，吾谓用作骈体，均当如此，不独碑志为然。"[3] 他还考证骈文之称始自清朝，"其实六朝文只可称为骈文，不得名为四六文也"[4]。其立意正在于骈文之中并非只限四六对，而要更为灵活的骈散结合，以达到"气体散朗"。孙德谦和徐枕亚是同龄人，《玉梨魂》虽并不完全达到孙所说的"气体散朗"、清新质朴，但其在骈散结合方面自有其为人称道之处，除了选材（寡妇恋爱问题）打动时人心弦以外，其骈散结合带来的流畅而富有节奏的小说语言也是使其大受欢迎的一个因素。概括来看，其运骈如散的语言风格主要有以下表现形式：

其一，善用排比，同一事物反复渲染以强气势。比如梨娘在接到梦霞

---

[1] 郭战涛：《民国初年骈体小说研究》，广西师范大学出版社2010年版，第85页。
[2] 孙德谦：《六朝丽指·64》，收入王水照编《历代文话》第九册，复旦大学出版社2007年版。
[3] 孙德谦：《六朝丽指·34》，收入王水照编《历代文话》第九册，复旦大学出版社2007年版。
[4] 孙德谦：《六朝丽指·100》，收入王水照编《历代文话》第九册，复旦大学出版社2007年版。

表白心迹的信后，其芳心大乱，情不能已，作者用骈散结合的句式写道：

> 梨娘读毕，且惊且喜，情语融心，略微恼，红潮晕颊，半带娇羞。始则执书而痴想，继则掷书而长叹，终则对书而下泪。九转柔肠，四飞热血，心灰寸寸，死尽复燃；情幕重重，揭开旋障。（第4章）

再如：

> 兰釭黯黯，莲漏迟迟，锦字销魂，玉容沉黛。梨娘此时读梦霞之诗，不能不为梦霞惜矣，不能不为梦霞悲矣。为梦霞惜，有不能不自惜；为梦霞悲，又不能不自悲。如线悬肠，辘轳万丈；如针刺骨，痛苦十分。其命之穷耶，其才之误矣，夫是之谓同病，夫是之谓同心，辗转思量，情难自制，则梨娘于是乎泣矣。（第7章）

其中，以"不能不"引导的几句，步步深入，表现梨娘内心深处的挣扎，让读者感到梨娘是不能不"泣矣"。

其二，善以问句作骈对，使文脉酣畅淋漓。如：

> 要知落花空有意，流水本无情，萧郎原是路人，天下岂无佳婿？既为马牛之风，怎作凤鸾之侣？谢绝鸩媒，乞还鸳帖，岂不美哉？（第22章）

如此在严整的四六骈句之间穿插问句，全篇比比皆是，读来别有一番风味。

其三，句式多变，衔接自然，颇具顶针回环之美。如：

> 寒乡孤鬼，愁苦万状。村深绝宾客，窗晦无俦侣。忘忧焉得萱草，解闷惟有杜康。清樽湛绿，独酌谁劝？愁不能解，攻之以酒。酒

不能消，扫之以诗。（第8章）

　　韶华到眼轻消遣，过后思量才可怜。景在秋宵，本无一刻千金之价值；人为病客，尤少及时行乐之精神。转瞬而三日之期已悠然而逝，收拾繁华之景，依然寂寞之乡。从此梦霞朝朝暮暮，理不清教育生涯；冷冷清清，尝不了相思滋味。（第16章）

这两段叙述如行云流水，虽然处处骈对，但让人不觉得生硬，而且句式有四言对、五言对、七言对，等等。

其四，善用虚词作骈对，以感叹词导引抒情骈句，使文气流畅，抒情自然。孙德谦说："夫文而用骈体，人徒知华丽为贵，不知六朝之妙全在一篇之内能用虚字使之流通"，"作骈文而全用排偶，文气易致窒塞，即对句之中，亦当少加虚字，使之动宕"。①《玉梨魂》在使用虚字入骈上更富有特色，常在叙述一段情节之后，以"嗟嗟""咄咄""呜呜"等词作导引，作大段的议论和抒情，使细节在抒情中丰满起来。如：

　　嗟嗟，草草劳人，频惊驹影；飘飘游子，未遂乌丝。带一腔离别之情，下三月莺花之泪。异乡景物，触目足伤心；浮世人情，身受方知意薄。一灯一榻，踽踽凉凉，谁为之问暖嘘寒？（第3章）

其五，即使散句叙述的段落也喜用规整的骈句作起兴，这几乎是《玉》最常用的手法。如下面的段落开首：

　　十年蹲蹬，蹋落霜啼，一卷吟哦，沉埋雪案。梦霞虽薄视功名……（第2章）
　　伤别伤春，我为杜牧；多愁多病，渠是崔娘。梦霞邂逅梨娘于月

---

① 孙德谦：《六朝丽指·16》，收入王水照编《历代文话》第九册，复旦大学出版社2007年版。

下……（第4章）

　　青鸟佳音，深喜飞来天外；素娥真影，尚难唤到人间。次日，……（第5章）

而《玉梨魂》以骈文来写景状物也自成高格，颇具古典诗词的意境之美：

　　黄叶声多，苍苔色死。海棠开后，鸿雁来时。雨雨风风，催遍几番秋信；凄凄切切，送来一片秋声。秋馆空空，秋燕已为秋客；秋窗寂寂，秋虫偏恼秋魂。秋色荒凉，秋容惨淡，秋情绵邈，秋兴阑珊。此日秋闺，独寻秋梦，何时秋月，双照秋人。秋愁叠叠，并为秋恨绵绵；秋景匆匆，恼煞秋其负负。尽无限风光到眼，阿侬总觉魂销；最难堪节序催人，客子能无感集？（第19章）

此段几乎将南宋婉约词风移到小说中来。再比如写羁旅怀人之愁思：

　　时雨声阵阵，敲窗成韵，夜寒骤加，不耐久坐，乃废书就枕，蒙首衾中，以待睡魔。而窗外风雨更厉，点点滴滴，一声声沁入愁心，益觉乡思羁怀，百端怅触，鱼目常开，蝶魂难觅。（第20章）

而同样是佳人逝去，我们试比较《玉梨魂》和陈球《燕山外史》的写法：《玉梨魂》中写梨娘含悲而死：

　　嗟嗟，腊鼓一声，残花自落，筠床三尺，馀泪犹斑。家事难言，身后几多未了；痴情不死，胸头尚有余温。一霎红颜，不留昙影；千秋碧血，应逐鹃魂。此恨绵绵，他生渺渺，悲乎痛哉！

再来看《燕山外史》中写爱姑被骗后撞石自杀：

足飞凤口,身驰绿野之堂;发散鸦鬟,头触紫英之石。惊飚骇弩,率尔难防;粉骨糜身,怡焉勿顾。玉投崖以迸裂。珠堕地而转旋。顷见鹤顶流丹,猩唇漂赤。莲生舌底,涌出红云;梅绽额间,点成绛雪。一丝馀气,将霏紫玉之烟;四散惊魂,共索元霜之药。①

竟然将头破血流写成"鹤顶流丹,猩唇漂赤。莲生舌底,涌出红云;梅绽额间,点成绛雪",俨然把自杀写成是一件极其惊艳、享受的事情了,用鲁迅的话说是"拿'残酷'做娱乐,拿'他人的苦'做赏玩"②,可称恶俗之笔。而比较之下,徐枕亚却写出了梨娘之死的悲壮以及作者的悲悯感伤,合乎情节的发展。

另外,在整体布局上,其骈散的应用也用心良苦。前九章情节发展较慢,主要写梨娘和梦霞相识,彼此试探及思念之过程,规整的骈对俯拾皆是,如第四章中梦霞给梨娘的信通篇皆是四六骈对,对仗工稳,堪追六朝以华丽著称的江淹、鲍照。而第十章起,情节发展加快,叙事增多,则四六骈句顿少。如第十一章,全篇只有两句严整之骈句。而从第十九章起,小人作梗,致使彼此误解,情绪波动,正适合以骈四俪六、锦心绣口之文抒发"缠绵复杂之情思",第十九章几乎整章以整齐的骈句抒发人生无常之感慨。而在梦霞接梨娘死讯后返程的路上,又以大段的骈文极写梦霞悲伤之情,亦甚为合理。

整体看来,《玉梨魂》故事情节极其简单,且多有生硬俗套之处,如才子佳人,小人作乱。李姓教师的形象模糊不清,专门为作恶而设;筠倩接受李代桃僵之后,新式学生突变为闺中怨妇,梨娘为情求死竟舍得天天挂在嘴边的爱子"鹏郎"不顾,这些以常人观之均毫无来由。其人物随意摆弄,招之即来,挥之即去,或病,或死,悉从调遣,缺乏生活逻辑。当

---

① 陈球:《燕山外史》,见《孤山再梦·燕山外史》,春风文艺出版社1987年版。
② 鲁迅:《热风·随感录·65》,《鲁迅全集》第1卷,第384页。

时有人说其文格不高是有道理的。① 然而其大受欢迎，很重要的一条就在于其语言的特别。徐枕亚当年的朋友杰克后来回忆说："那时候小说的作风，不是桐城古文，便是章回体的演义，《玉梨魂》以半骈半散的文体出现，以词华胜，确能一新眼界。"② 陈小蝶也曾说："时林琴南用古文来译英国小说，一般读者都感觉艰深，对包天笑、黄摩西用白话来译小说，又感觉到太洋化，对于徐枕亚的四六文言，乃大起好感"；③ 范烟桥说："晚近长篇小说销行之广，当以此书为最，因此书词藻妍丽，当时颇为一般社会所喜。"④ 郑逸梅也回忆说："他撰写了一部《玉梨魂》，仿《游仙窟》和《燕山外史》的体例，而骈散出之，这书情节很简单，而词藻纷披，颇得当时社会人士所欢迎，一再重版。"⑤ 看来，对《玉梨魂》的批评各不相同，但对其畅销得益于骈体的看法则是一致的。

四　骈体小说语言的局限与启示

当然，骈文之于小说是一把双刃剑。它一方面增强了小说的艺术性和古典情趣，另一方面也可能成为桎梏和枷锁，限制小说的叙事魅力。民初的骈体小说除了《玉梨魂》以外，殊不足观，其原因也在于此。

从民初到五四，贬斥骈体小说的声音从未间断。其一，题材狭窄。民初的骈体小说与以前的骈文最大的区别在于将骈文广阔的表现内容收窄为言情一途⑥，其繁复多样的意象也迅速压缩成干瘪空洞的套路。恽铁憔当年与人讨论言情小说时就非常排斥用骈文写小说，认为骈文"断

---

① 杰克：《状元女婿徐枕亚》，《万象》（香港）1975 年第 1 期。
② 杰克（黄天石）：《状元女婿徐枕亚》，《万象》1975 年第 1 期。
③ 陈定山（陈小蝶）：《春申旧闻》，转引自范伯群主编《中国近现代通俗文学史》上册，第 275 页。
④ 范烟桥：《中国小说史》，苏州秋叶社 1927 年版，第 267 页。
⑤ 郑逸梅：《清末民初文坛故事》，学林出版社 1987 年版，第 244 页。
⑥ 当然，也可以找到一些非言情的骈体小说，如《冢中妇》（《民权素》第三集，1914 年），《嫠妇血》（《民权素》第二集，1914 年），但毕竟是少数。

不可施之小说",并断言:"就适者生存之公例言之,必归淘汰。"① 其二,骈文规范导致小说程式化,不利于叙述复杂紧张的故事。骈体小说大多情节简单,主要人物除了才子佳人,书童丫鬟,鲜有复杂的社会关系。从上文我们分析《玉梨魂》就可见一斑。1915 年曾有人对《月月小说》上的小说逐一评论,其中提到骈语问题时说:"余谓作白话体,宜简洁而明画,句法须圆活,一人有一人之声口,使阅者如见其人,不宜如《未来世界》之嵌用骈骊语,令人欲呕。"② 骈骊语令人"作呕"无非是缘于俗套。五四时期罗家伦甚至称为"滥调四六派",认为他们只会套来套去,"把几十条旧而不旧的典故颠上倒下",结构上千篇一律③。其三,艰涩的用典阻碍了小说的流畅。用典,是古代士大夫和贵族文人垄断"知识"的特权,不过,随着帝国的崩溃,西方的进入,落寞文人的用典更像是对古典文化的回味和依恋。好的用典的确能增加小说的文化内涵和古典韵味,如"夕阳蘘草,忽归南浦之帆;夜雨巴山,再剪西窗之烛",清丽流畅而意境全出。可是如果千篇一律,老生常谈,则失去美感。诸如"青衫泪湿""貌比潘安""道韫才高,文君薄命""吴刚之斧"等,在骈体小说出现频率最高。再加之言情小说的题材限制,结果导致满纸的怨绿啼红,锁愁埋恨。另外,过于艰涩、远离时代生活的用典则影响阅读,比如许指严《三家村》中的用典:"庠适外出,秦故与汪氏稔,因得辗转一睹芳姿,大惬生意。桃花人面,崔护情深,但求玉杵无霜,则云英下嫁,指顾间事……生心鄙之,而庠自惭形秽,乃致结空梁燕泥之嫌。""从此黄姑信杳,青鸟音沉""金线衣裳,拼挡装遣,正自幸雀屏之选,老眼无花,前度刘郎,今仍坦腹,洵可谓赤绳系足,不解良缘矣。"④ 其用典密度之高,令人眼不暇接。

---

① 铁憔:《答刘幼新论言情小说书》,《小说月报》1915 年第 6 卷第 4 号。
② 新庼:《月刊小说平议》,《小说新报》1915 年第 1 卷第 5 期。
③ 志希(罗家伦):《今日中国之小说界》,《新潮》1919 年第 1 卷第 1 号。
④ 许指严:《三家村》,《小说月报》1910 年第 1 卷第 6 期。

正是由于这些因素，加之部分骈体小说作者才情孱弱以及商业利润的诱惑，导致骈体小说的媚俗，一味迎合大众读者的口味，为求产量，放松了骈文的"炼字"传统，于是粗制滥造之作充斥各大小说期刊。言情成为矫情，哀情变成煽情，自然成为"五四文学革命"首先要"革"的对象。当民主、自由、科学大旗招展的时候，这些花红柳绿的骈体小说就显得不合时宜，骈体小说很快成为历史陈迹，正如刘纳所描述的那样："短短几年间，这一派小说主题愈来愈狭隘，立意愈来愈做作，情感愈来愈酸涩，一条新开拓的路走到了尽头。"① 因为其是新文学建构的反面，其历史地位也一落千丈，直到近二十年，随着"通俗小说"研究热潮，骈体小说才得以拂去历史的尘埃，受到重视，尤其是徐枕亚的《玉梨魂》成为文学史无法绕开的作品。其文学史意义值得进行辨析。以《玉梨魂》为代表的骈体小说在民国初年形成蓬勃之势，昙花一现，这是不可复制的文学史现象。如果我们将骈体小说写作看成是一场小说形式试验的话，从文学语言试验的广度和深度都可以和五四相颉颃。只不过二者试验的方向和角度都大异其趣。虽然这是一个失败的尝试，但也不能否定他们的勇气，正如有论者所说："清末民初小说体裁、文体混乱以及互相渗透，使得一切想入非非的文学尝试都可能被接受。这是一个旧文学正在解体，新文学即将诞生的时代，并非一切尝试都为后人所承认，但这种努力本身自有其价值。"② 他们雕红刻翠的四六骈俪，挑战着小说语言的可能和限度，为后人提供诸多启示——哪怕是"此路不通"的启示。

在此思路的基础上，我们似乎可以探讨另一个问题。清末民初以骈体小说为代表的文言小说创作与现代小说的建构能否产生关联？笔者认为，文言小说，无论是以古文还是骈文写小说，均注重语言内部的细节，诸如起承转合、节奏、人物形貌、场景铺排、情感渲染、炼字用典等，这些因

---

① 刘纳：《嬗变》，中国社会科学出版社 1998 年版，第 205 页。
② 陈平原：《中国现代小说的起点》，北京大学出版社 2005 年版，第 189 页。

素均有利于小说诗化氛围的营造，也是文言小说雅化的一个重要原因。而这种诗性氛围及雅化正是"五四"现代小说所追求的方向。尽管语体不一样，然而从口语化的晚清白话（宋元白话系统）到五四欧化的白话系统的转化，正是经历了这样一个过程，也就是说，用白话也要写出文言小说简洁雅韵的艺术效果。二者在艺术追求上具有一定的相通性。周作人一度还认为，为求得小说的"雅正"必得变白话为文言："若在方来，当别辞道涂，以雅正为归，易俗语而为文言，勿复执著社会，使艺术之境萧然独立。"① 这种说法和周作人"五四"文学革命时期的言论截然相反。尤其值得注意的是这里提到的几组对立而同构的关系：文言/白话，雅正/通俗，艺术之境/执著社会，可见当时一般士人对小说的想象和体认，文言能产生"文学性"（艺术之境的萧然独立）似乎是那个时期的共识。骈文小说正是符合这种雅正想象的文类。

另外，骈文小说的文体自我认同也值得关注。徐枕亚就不认同自己在写小说，更认同的是"骈文"："余著是书，意别有在，脑筋蝇实并未有'小说'二字，深愿阅者勿以小说眼光误会余之书。使以小说视此书，则余仅为无聊可怜、随波逐流之小说家，则余不能掷笔长吁，椎心痛哭?"② 徐这里明显视小说为更低一等，小说家乃"无聊可怜"，小说叙述接近"文章""诗文"，这与《花月痕》的写作方式一脉相承，寄托自己的身世之慨，且与早期创作的大量诗词有关。③ 常熟文史专家时萌考证徐枕亚与

---

① 启明（周作人）：《小说与社会》，见陈平原、夏晓虹编《二十世纪中国小说理论资料：第一卷》，第482页。
② 徐枕亚：《〈血鸿泪史〉自序》，见陈平原、夏晓虹编《二十世纪中国小说理论资料：第一卷》，第553页。
③ 据潘建国的考证，魏秀仁的小说《花月痕》中引用有作者早期诗作77首，这些诗词引用，并非传统白话小说穿插诗词曲赋在于描绘风物，敷衍场面，也不单纯为了抒情，而是涉及整个小说的题材来源及主题寄寓。这些诗词都是作者亲身经历的一段记录和感情写真。《玉梨魂》中杂揉诗词的方式与此高度相似。见《魏秀仁小说花月痕小说引诗及本事新探》，《文学评论》2005年第5期。

陈佩芬通信,发现当年大量诗词均出现在《玉梨魂》中①。这使他们将小说当文章来经营,必定会使小说"辞章化"。这与五四以后甚至整个 20 世纪的现代小说语言的发展问题都密切相关。

晚清小说界革命造成小说地位的上升,而五四小说革命促成了白话小说由俗向雅转变,五四最著名小说如《狂人日记》《祝福》《春风沉醉的晚上》以及 20 年代的乡土小说,它们的语言特点正是从外部讲述转向内部"描写"。所谓"横断面"(胡适语),正是放慢叙述的节奏,集中笔墨渲染细节,以小见大。文言小说,特别是骈体小说,与此明显有异曲同工之处。当然,这只是从小说语言的层面来说的。同样求"雅",五四小说和清末民初文言小说的根本区别还在于作小说的态度,以及立意、取材方面的差异。

---

① 关于徐枕亚与陈佩芬的爱情事迹及与小说的关系时萌在《〈玉梨魂〉真相大白》一文中有详细的考证:"最近从徐姓藏家处发现徐枕亚与青年寡妇陈佩芬的往来书札唱和诗词 93 页,经过对照《玉梨魂》,考核内容,对照徐枕亚流传于世的笔迹,并以宣纸上所印的宣统的年号,无锡北门塘经纶堂刷印字样为佐证,可以确证这些旧件乃《玉》故事蓝本,可以认定这确是纪实文学,是一篇人性受扼的血泪史。"该文见《苏州杂志》1997 年第 1 期。

第三章

五四文学革命与汉语小说格局的异动

在一般的文学史叙述中，1917年胡适的《文学改良刍议》标志着五四文学革命的开始，鲁迅的《狂人日记》标志着中国现代小说的开端，近年来学界开始追溯现代文学的起源，大多直接追溯到晚清，不断提出新的白话小说取代这一坐标，形成"晚清—五四"的叙述模式，这一模式有效地拓展了五四新文学的起源研究，但容易忽略处于晚清文学改良与五四文学革命中间的民初文学，而这一时段正是五四文学革命最直接的背景。丁帆将民初至五四的七年称为"被中国现代文学史遗忘和遮蔽了的七年"，并认为民国的建立才是中国"新旧文学的分水岭"。[①] 这里民国建立的文学史分期意义暂且不论，但从五四回溯民初，重建历史的连续与转折而言，则非常有价值。贯通晚清、民初、五四三个时段来看文学史进程，就能更加全面深入地了解从晚清到五四汉语小说转型的大势，正反两方面了解"五四小说"的起源。

如上章所论，晚清小说界革命的影响在民国初年走入低谷，白话小说，尤其是长篇小说仍然表现广阔的社会生活，但用白话小说来进行"新民""开民智"的诉求明显减弱，文言小说异常繁盛。那么，这种文学背景下，"五四文学革命"何以发生？与晚清的白话文运动比较，五

[①] 丁帆：《新旧文学的分水岭——寻找被中国现代文学史遗忘和遮蔽了的七年（1912—1919）》，《江苏社会科学》2011年第1期。

四白话文运动缘何能够成功？五四作家创造理想白话的资源是什么？五四文学革命初期白话小说是如何生长、扩散的？而五四之后白话、文言小说的数量如何消长，文言小说是如何消退的？这些都是五四新文学发生的另一面，也是学界少有关注的。本章将以五四为中心考察1914—1925年的主要小说期刊，从实证的角度统计、对比五四前后文言、白话小说的数量，从宏观上描述1914—1925年文言白话小说消长的历程，整体呈现五四前后小说语言的大变局，再从微观层面考证五四作家如何一面将传统白话小说视为"国语教科书"，一面又批判其"旧"，创造出新白话小说的"实绩"。

第一节　五四的前夜

一　1914年："新小说"的终结

在郑方泽编的《中国近代文学史事编年》（1983年）和魏绍昌主编的《中国近代文学大事记》（1996年）中，编到1914年时，都不约而同地写下一句："本年度是鸳鸯蝴蝶派大流行的一年。"[①] 的确如此。我们试以三本"近现代文学编年"资料为基础，将本年度创刊的"鸳鸯蝴蝶派"杂志及主要作品刊著情况汇总如下：

1914年1月，《中华小说界》创刊[②]，主编沈瓶庵；吴双热《孽

[①] 参见郑方泽编《中国近代文学史事编年》，吉林人民出版社1983年版；魏绍昌主编《中国近代文学大系·史料索引卷》中的"中国近代文学大事记"，上海书店1996年版；刘勇、李怡主编《中国现代文学编年史（1895—1949）》第2卷"1906—1915年"，文化艺术出版社2015年版。

[②] 在这个清单里，《中华小说界》是唯一一个可以另作讨论的刊物，从它的发刊词看，很难看作"鸳鸯蝴蝶派"刊物，它编刊"抱三大主义"：一是"作个人之志气"；二是"祛社会之习染"；三是"救说部之流弊"。尽管有如此纯正之动机，然综合看全部发表的小说，也难逃"鸳鸯蝴蝶派"的"渗透"，刊登有许指严、严独鹤、徐枕亚的小说，学界也因此一直将之归为"鸳鸯蝴蝶派"刊物。故此处也暂列其中。

冤镜》出版。

4月，《民权素》创刊，刘铁冷、蒋著超主编。

5月，《小说丛报》创刊，徐枕亚主编。《消闲钟》创刊，李定夷主编；苏曼殊《天涯红泪记》发表。

6月，《礼拜六》周刊创刊，王钝根、孙剑秋主编，周瘦鹃任编辑；《黄花旬刊》创刊，徐天啸、徐枕亚编；徐枕亚《枕亚浪墨》出版。

7月，李定夷《賈玉怨》出版单行本。

8月，《双枰记》出版，苏曼殊作序。

9月，《小说旬报》创刊，英蜚、羽白、剪瀛编辑。

10月，《眉语》创刊，主编高剑华。

11月，《七襄》旬刊创刊，姚鹓雏为编辑。

12月，《女子世界》创刊，天虚我生（陈蝶仙）任编辑。

本年，徐枕亚《玉梨魂》出版单行本，刘铁冷《铁冷碎墨》出版。上海国华书局出版一批"鸳蝴派"长篇小说：徐天啸《茜窗泪影》、顾靖夷《红粉劫》、李定夷《鸳湖潮》等等。其他本年创刊，且可归为鸳鸯蝴蝶派的刊物还有：《黄花旬刊》（徐枕亚编），《五铜元》（吴双热）、《白相朋友》（胡寄尘编）、《七天》《繁华杂志》（孙玉声编）、《小说世界》（叶劲风）、《香艳杂志》（新旧废物编）、《销魂语》（戚饭牛和汪野鹤编），等等。

关于"鸳鸯蝴蝶派"的界定众说纷纭，笔者这里持较保守的范围，至少具备以下三元素：其一，用文言（多数用骈体）；其二，多表现哀情和艳情；其三，题目爱用鸳鸯、蝴蝶、鹃、魂、血、冤、孽、泪、鸾、怨、恨等字眼。即使如此，也无法否认《玉梨魂》《孽冤镜》《賈玉怨》是"鸳鸯蝴蝶派"的三部代表作，而它们都在同一年出版发行，这并非偶然。鲁迅曾说："《眉语》出现的时候，是这鸳鸯蝴蝶式文学的极盛时期。"① 本年度非"鸳鸯蝴蝶派"的著名小说有李涵秋的《广陵潮》初集刊行，不过他也写过如《情场之秘密》《孽海鸳鸯》《双鹃血》等有"鸳蝴气"的哀情小说。

从这个清单中，我们明显可以看出，1914年称为"鸳蝴年"一点不为过。如果我们再向1915年延展一下，那么此期的文学（小说界）大势更是一目了然：

  1915年1月，《小说海》创刊于上海，主编黄山民。
  2月，徐枕亚的《雪鸿泪史》出版。
  3月，《小说新报》创刊，李定夷主编。
  7月，苏曼殊的《绛纱记》《焚剑记》在《甲寅》月刊上发表。
  8月，《小说大观》创刊，包天笑任编辑。
  本年，孙玉声《续海上繁华梦》由民权出版部出版。

从以上清单我们大致知道到1914—1915年，"鸳鸯蝴蝶派"小说是怎样的一种繁荣景象了。《青年杂志》1915年创刊，但多集中于政论及新思想的讨论，对文学用力不多。

这些刊物上的小说以言情为主，语体上以文言居多，甚至是骈体，缺少开启民智、救国救民的宏旨，抒写儿女情长的哀情、艳情、苦情、孽情，小说居多，"画蝴蝶于罗裙，认鸳鸯于坠瓦"。② 当时有人如此评论："近来中国之文士，多从事于艳情小说，加意描写，尽相穷形，以放荡为风流，以佻达为名士，言之者亹亹，味之者津津，一编脱稿，纸贵洛

---

① 鲁迅曾说："《眉语》出现的时候，是这鸳鸯蝴蝶式文学的极盛时期。"见《二心集·上海文艺之一瞥》。
② 李定夷：《小说新报》发刊词，见《二十世纪中国小说理论资料：第一卷》，第515页。

阳"①，可谓实评。晚清"小说界革命"时期的主流舆论，如改良群治，开启民智；淳风俗，厚人伦；小说之教育必当以白话演之；白话小说之宜于普通社会；俗语为小说正格等等，在此时均已烟消云散。相反，对小说语言的要求是周作人所说的"醇文"，"以雅正为归，易俗语而为文言"；是恽铁憔所说的"国文之特性，俗语必不可入文字"。这还是陈义较高的论述，而大多数对艺术性不够重视的文言小说，就呈现粗制滥造之倾向了。

所以，晚清的"新小说"及其精神至迟在1914年已经终结。这以梁启超发表《告小说家》为标志。正因为小说走向"小说界革命"的反面，才会有始作俑者的痛惜与愤怒：

> 而还观今之所谓小说文学者何如？呜呼！吾安忍言哉！吾安忍言哉！其什九则诲盗与诲淫而已，或则尖酸轻薄毫无取义之游戏文也，于以煽诱举国青年子弟，使其桀黠者濡染于险诐钩距作奸犯科，而拟某侦探小说中之节目。其柔靡者浸淫于目成魂与踰墙钻穴，而自比于某种艳情小说之主人翁。于是其思想习于污贱龌龊，其行谊习于邪曲放荡，其言论习于诡随尖刻。近十年来，社会风习，一落千丈，何一非所谓新小说者阶之厉？循此横流，更阅数年，中国殆不陆沉焉不止也。②

显然，梁启超仍秉持"小说界革命"的逻辑，推崇小说的社会功用，小说要为"社会风习一落千丈"负责，要为中国"陆沉"负责，这与"欲新民，必自新小说始"的逻辑是一脉相承的，梁启超的愤怒足以表明小说时势之变迁。

---

① 程公达：《论艳情小说》，见《二十世纪中国小说理论资料：第一卷》，第480页。
② 梁启超：《告小说家》，《中华小说界》1915年第2卷第1期。

1914年至1916年正好构成五四文学革命的背景。周作人曾说："到了洪宪时代上下都讲复古，外国的东西又不值钱了，大家卷起袖子，来做国粹的小说。于是《玉梨魂》的艳情小说，《技击馀闻》派的笔记小说，大大的流行。"① 钱玄同也认为"黑幕派"和"鸳鸯蝴蝶派小说"是"从一九一四年起盛行"，"盛行之原因，其初由于洪宪皇帝不许腐败官僚以外之人谈政，以致一班'学干禄'的读书人无门可进，乃做几篇旧式的小说，卖几个钱，聊以消遣，后来做做，成了习惯，愈做愈多"，"适值政府厉行复古政策，社会上又排斥有用之科学，而会做得几句骈文，用几个典故的人，无论哪一方面都很欢迎，所以一切腐臭淫猥的旧诗旧赋旧小说复见盛行，研究的人于用此来敷衍政府社会之余暇，亦摹仿其笔墨，做些小说笔记之类。此所以贻毒于青年之书日见其多也"。② 鲁迅在1919年也曾说："据我的经验，这理想价值的跌落，只是近五年以来的事情"③，那么倒推四五年，正好是1914年前后。由于"理想价值"的跌落，晚清小说界革命和白话文运动的基本理念逐渐消沉，"用白话写小说以利于通俗教育"不再是一般小说家的自觉追求了。

二 1914—1916年主要小说杂志的语言状况

这些小说语言观念的变化自然会在这一时期众多的小说杂志上有呈现，为了更直观地看到这种变化，统计、对比这一时期小说杂志上文言、白话小说数量很有必要。这里笔者统计了1914—1916年的主要小说期刊：《小说时报》《小说月报》《中华小说界》《民权素》《礼拜六》《小说丛报》《小说海》《小说大观》，并作简要分析。

---

① 周作人：《论"黑幕"》，见严家炎编《二十世纪中国小说理论资料：第二卷》，第73页。
② 钱玄同：《宋云彬信跋》，《新青年》1919年第6卷第1号。
③ 鲁迅：《随感录·39》，《鲁迅全集》第1卷，第333页。

1. 《小说时报》《小说月报》的小说语言状况

表 3-1　　　　　《小说时报》《小说月报》的小说语言状况

期刊名称	卷、期（号）及时间	白话长篇	文言长篇	白话短篇	文言短篇
《小说时报》 （1909—1917 年）	第 1—8 号（1909.9—1910.12）	2	9	6	12
	第 9—14 号（1911 年）	5	5	4	13
	第 15—17 号（1912 年）	1	1	4	6
	第 18—21 号（1913 年）	4	4	1	5
	第 22—24 号（1914 年）	2	3	3	12
	第 25—28 号（1915—1916 年）	3	4	1	21
	第 29—33 号（1917 年）	2	2	5	27
《小说月报》 （1913—1916 年）	第 4 卷共 12 号（1913.4—1914.3）	2	6	5	48
	第 5 卷共 12 号（1914.4—1914.12）	2	4	2	55
	第 6 卷共 12 号（1915.1—1915.12）	1	6	6	119
	第 7 卷共 12 号（1916 年）	1	7	6	94

说明：1. 翻译小说和创作小说均统计在内，小说主要以现代文体为标准，传奇、弹词、剧本、时闻、轶闻、纪事、杂录均不统计在内。2. 长篇小说只统计新刊，连载时不再统计。3. 部分小说文言和白话夹杂的，统计时以主体部分为准。本书此类统计如无特别说明，均以此为方法，不再说明。

《小说时报》和《小说月报》是晚清四大小说期刊之后影响最广泛的小说杂志，原来我们将之笼统地归为鸳鸯蝴蝶派，是不准确的。这两个期刊注重文学性、知识性和趣味性，从装帧、插图就显出时尚和高雅，体现了当时的消费风尚，尽管他们也发表"鸳鸯蝴蝶派"小说。

《小说时报》的主编是陈景韩、包天笑。该报发刊《通告》中承诺要力避其他报刊的五种弊端，其中新举措之一就是长篇至多三次载完，这就使得长篇小说的数量大增，白话小说相应增多。1911 年始，白话长篇小说与文言长篇小说的数量持平，而文言短篇小说的比例逐年增大。另外，它专门开辟了长篇名译，名著杂译栏目，翻译了如普希金、狄更斯、契诃夫等西方作家名作，配合"各国时闻""世界丛谈"栏目，显示出该报输入西方文化，探求世界新知的努力和气魄，也导致大量科技名词出现在小说中，如电世界、轻（氢）气球、飞行机、潜艇等。

《小说月报》在1914—1916年正是恽铁樵任编辑的时期。他主张以高雅的古文入小说，认为小说可以成为锻炼青年国文修养的好形式，达到"提契顿挫，烹炼垫泄""语气之扬抑顿坠"，① 比如在发表鲁迅文言小说《怀旧》时的批语中，就说明了该小说的妙用："曾见青年才解握管，便讲辞章，卒致满纸饾饤，无有是处，亟宜以此等文字药之。"② 这完全是以古文的标准在谈论小说。因此，在他任主编时期，《小说月报》的文言小说比例明显增大，且语言古雅晦涩。而到1918年王蕴章再次接任编辑时，受到时代风气的影响，就明确征用"白话尤佳"的短篇小说了。③ 这两个小说杂志明显不同于晚清，不以白话小说为主，而是以文言为主、白话为辅了。

2.《中华小说界》《礼拜六》的小说语言情况

表3-2　　　　《中华小说界》《礼拜六》的小说语言情况

小说期刊名称	卷、号及时间	白话长篇	文言长篇	白话短篇	文言短篇
《中华小说界》	第1卷共12期（1914.1—1914.12）	2	5	16	48
	第2卷共12期（1915.1—1915.12）	3	5	15	48
	第3卷共6期（1916.1—1916.6）	0	1	6	58
《礼拜六》	第1—30期（1914.1—1914.12）	2	5	28	182
	第31—82期（1915.1—1915.12）	2	4	51	308
	第83—100期（1916.1—1916.4）	0	0	6	71

---

① 恽铁樵：《吴曰法〈小说家言〉跋》，《小说月报》1915年第6卷第5号。
② 恽铁樵：《〈怀旧〉跋》，《小说月报》1913年第4卷第1号。
③ 见第9卷第1号（1918年1月25日初版）"紧要通告"："小说有转移风化之功，本社有鉴于此，拟广征各种短篇小说，不论撰译以其事足资观感，并能引起读者之兴趣为主（白话尤佳），一经采录，从丰酬报。倘蒙赐教，无任欢迎。小说月报社谨启。"

《中华小说界》是中华书局为了与商务印书馆的《小说月报》竞争而创办的小说杂志,在发刊词引用了梁启超的《论小说与群治之关系》的观点,比如在谈短篇小说的功用时,就强调"小说一科,顿辟异境":

> 凡滑稽游戏之谈,绳以诲盗诱淫之罪。洎于晚近,西籍东输,海内文豪,从事译述,遂乃绍介新著,裨贩短章,小说一科,顿辟异境。然而言情、侦探,花样日新;科学、哲理,骨董罗列。一编假我,半日偷闲;无非瓜架豆棚,供野老闲谈之料,茶余酒后,备个人消遣之资。聊寄闲情,无关宏旨。此由吾国人士,积习相没,未明小说之体裁,遂致失小说之效用也。①

从主办者的角度说,该刊为了救《小说月报》之弊,认为"小说界于教育中为特别队,于文学中为娱乐品",编刊"抱三大主义":一是"作个人之志气";二是"祛社会之习染";三是"救说部之流弊","挽回末俗,输荡新机"。撰稿者有社会名流如梁启超、林纾、吕思勉、包天笑、徐卓呆、程瞻庐,亦有后来的新文学作家如周作人、刘半农、叶绍钧,还有"鸳蝴派"的小说家如徐枕亚、严独鹤等。因为有如此纯正的动机,其刊载白话小说的比例在这一时期小说杂志中是最高的,但也并未将白话小说提高到特殊的位置,总体上还是文言白话并行,发表白话小说的作者主要有徐卓呆、刘半农。

《礼拜六》短篇小说居多,语言也相对浅显,文言小说也不乏浅白之作。因此它与《小说丛报》《民权素》等正宗鸳鸯蝴蝶派刊物有所区别,但其中颇具"鸳蝴气"的小说也有许多,如:《蝴蝶相思记》(第2期),《香草美人》(第6期),《死鸳鸯》(第9期),《床底鸳鸯》(第15期),《孤鸾泪》(第27期),《离鸾恨》《鹃啼血》(第36期),《武侠鸳鸯》

---

① 《发刊词》,《中华小说界》1914年第1期。

（第 38 期），《情海鸳鸯》（第 47 期），《铁血鸳鸯》（第 49 期）……足见此刊作者对"鸳鸯""苦情"的嗜好。晚清"新小说"观念的淡化，退回到"丛残小语"的小说观念上来，所载短篇小说大多篇幅短小，甚至不足百字，奇闻轶事，海外见闻，均名之为小说。后来被五四作家痛批的"某生体"增多，几乎每期均有两三篇，大多以"某人，某地人……"开头，没有细节描写。各种游戏性的"纪念小说"充斥其间，比如以礼拜六为主题作自我调侃之作就有《短篇瞎说礼拜六》（第 1 期），《三礼拜六点钟》（第 3 期），《钝根造孽》（第 10 期），《莺啼燕语报新年》（第 38 期），以及最后停刊之际的《纪念小说话别》《诙谐小说送别》（第 100 期）等，这些充分体现了该刊"买笑、觅醉不如读小说"的消遣娱乐理念。由于篇幅短小，刊载白话小说总量上升，可与文言数量相比还是较小，创作白话小说的主力是周瘦鹃，在 1914 年全部的 28 篇短篇白话小说中，他一人占 12 篇，1915 年 51 篇白话短篇小说中，他占 22 篇。

3. 《民权素》《小说丛报》的小说语言状况

表 3-3　　　　《民权素》《小说丛报》的小说语言状况

小说期刊	卷、号及时间	白话长篇	文言长篇	白话短篇	文言短篇
《民权素》	第 1—3 集（1914.4—1914.9）	1	1	1	21
	第 4—13 集（1915.1—1915.12）	0	14	8	59
	第 14—17 集（1916.1—1916.4）	0	3	4	25
《小说丛报》	第 1 卷共 6 期（1914.5—1914.11）	3	9	2	56
	第 2 卷共 11 期（1915.1—1915.12）	2	10	4	98
	第 3 卷共 5 期（1916.1—1916.7）	0	2	1	37

《民权素》是《民权报》停刊以后发表鸳鸯蝴蝶派作品的主要刊物。其作者队伍中有徐枕亚、吴双热、刘铁冷、蒋著超、杨尘因等。刊物的插页常年刊登《玉梨魂》和《兰娘哀史》的广告。小说风格深受徐枕亚《玉梨魂》的影响，小说开篇多以骈文写景起兴，正文也多杂以骈语，1914 年

的21篇文言小说中大量使用骈句的有7篇，1915年有11篇，1916年有8篇。

不仅语言上喜用骈语出之，而且章节的回目设置上也酷似《玉梨魂》。《玉梨魂》的标题有诗媒、芳讯、心药、孽媒、噩梦、挥血、剪情、鹃化。模仿此风格的小说有许多，苦情小说《白骨散》（蒋著超，第1集）的前六章标题为：接信、访艳、惊婚、罹劫、完葬、和亲；《鸳鸯铁血记》（权予，第13集）前五章的标题是：缘起、遇艳、鹦媒、结褵、赋别；《桃花泪》的前几回标题是：噩梦、远游、寻芳；其他如《雨溅莲花》（第8集，闲鸥），《妙怜爱传》（第11集，起予），《真假公爵》和《孤鸿泪》（第16集），也具有相似风格。

即使没有骈化的文言小说也大量插入诗词，长篇文言小说也章回化，比如昂孙的《上帝佑汝》（第8集开始连载）是文言长篇小说，而整个章节却如同传统的白话章回体小说，回目对仗、每章开始均以一首词起头，结尾也用"要知后文如何，且看下章续叙"作结，类似还有《红冰碧血录》（第9集）。此外，还有一个现象值得注意，在《民权素》上发表的13篇白话短篇小说均冠以"滑稽短篇"名称，大多篇幅短小、风格怪诞，口语化，也就是说，只有在写"滑稽"小说的时候才用白话，这也多少可以看出《民权素》作者和编者对白话短篇小说的理解。全集只有一篇长篇白话小说《满腹干戈》，是属于传统的说书体小说。

《小说丛报》的主编是徐枕亚和吴双热。郑逸梅说："假使把《民权报》作为鸳鸯蝴蝶派的发祥地，那么《小说丛报》是鸳鸯蝴蝶派小说的大本营了。"[①] 从表3-3可以明显看出，其文言小说的比例更高。小说语言更加典雅，甚至晦涩，大多数文言小说都杂以骈句，也刊登有长篇的骈体小说，如徐枕亚的"惨情小说"《棒打鸳鸯录》（第13期），南村的奇情

---

① 郑逸梅：《民国旧派文艺期刊丛话》，见魏绍昌编《鸳鸯蝴蝶派研究资料》，上海文艺出版社1962年版，第380页。

小说《翡翠芙蓉》（第19期）等。叶绍钧曾在此刊发表《贫女泪》《玻璃窗内之画像》等文言小说。

4. 《小说海》《小说大观》的小说语言状况

表3-4　　　　　　《小说海》《小说大观》的小说语言状况

期刊名称	卷、号及时间	白话长篇	文言长篇	白话短篇	文言短篇
《小说海》	第1卷（共12号 1915.1—1915.12）	1	3	11	102
	第2卷（共12号 1916.1—1916.12）	1	7	9	104
	第3卷（共12号 1917.1—1917.12）	2	4	7	94
《小说大观》	第1—4集（1915.8—1915.12）	2	10	5	34
	第5—8集（1916.3—1916.12）	3	10	5	35
	第9—12集（1917.3—1917.12）	2	4	4	36
	第13集（1918.3.30）	0	3	1	9
	第14集（1919.9.1）	0	1	1	9
	第15集（1921.6.1）	0	1	4	1

《小说海》和《小说大观》的编辑均是办刊经验丰富，颇具抱负的名家，前者是恽铁樵，后者是包天笑，其小说语言状况分别体现了二者的编辑理念。

与《礼拜六》《中华小说界》相比，《小说海》的语言明显晦涩，文言长篇小说增多，短篇小说中文言小说的比例也增大，在1917年年末终刊之时，仍然是文言小说占绝大多数，此时《新青年》已开始倡导白话新文学了。尽管办刊人未忘小说的经世之用，"尝谓文字入人深者，莫甚于小说"（《〈小说海〉发刊辞》），也未忘小说当以浅俗为之，"而小说之俚且俗者，尤无远勿届，无微不入""社会风俗，俚俗小说造成之矣"，而且发刊者也认为小说不能一味就俗，"所谓俚俗者，要当所言，有隽味有至理，不然，酒店、账簿、街头市招，皆可以充篇幅，其不覆瓿者几希？"但是，实际操作起来并非易事，在发刊词中也讲得很明白："吾侪执笔为文，非深之难，而浅之难；非雅之难，而俗之难。知此中甘苦者，当不以吾为失言。蕲能以深入显出之笔墨，竟小说之作用，如是而已。"① 写雅一点并不难，可写浅显却是个问题。比如第 1 卷第 1 号的长篇小说《黑籍魂》就是典型的文白夹杂的小说，第一回回目是"林文忠沉兵袪毒，琦大臣持节媾和"，是传统的章回体体式，可是开头用文言写道："却说罂粟一物，载列本草，为治泻之要药，原系疗疾之品，并非致疾之品"，写到后面就用起白话来："牛鉴怒道'你好不明白，依我的妙计，胜则一样有功，败则我们无害。"全篇均是如此，文白相间，足以看出作者写作过程中的"俗之难"。这一点当时很多文人都有此感慨。发刊者自己也处于矛盾和妥协之中："以深入显出之笔墨，竟小说之作用，如是而已。"综观《小说海》所刊小说，正体现了这种无奈，"深入"容易做到，但"显出"却谈不上。

该刊小说题材范围相当广阔，与《小说丛报》《民权素》《礼拜六》多刊言情小说不同，它大量刊登关于世界奇闻、侦探悬疑、科学奇器方面的小说（《小说大观》也是如此）。这一方面使小说能介绍知识，满足人们了解世界的好奇心，增强科学观念，但同时，也是小说艺术功能弱化的体现。如轶闻轶事的《双白奇冤》《海上轶闻》（第 1 卷第 4 号）、《暴死奇案》（第 1 卷第 7 号）、《罢工轶事》（第 1 卷第 8 号）、《橡皮疑案》（第 2 卷第 5 号）、《利基司顿野闻录》（第 2 卷第 7 号）、《医界冤闻》（第 2 卷第 11 号）、《来福枪之疑狱》（第 3 卷第 3 号）、《欧洲政界之女杰》（第 3 卷第 9 号）……还有类似科普的如《飞行机》《空气流质》《磁石靴》（第 3 卷第 5 号）、《盗电记》（第 3 卷第 9 号）等。这样的小说比比皆是，我们可以看出那个时代的读者对西方大千世界的好奇。《小说海》上的小说以译作居多，且大多不标明译作，这实际上是把西方的逸闻或小说当作中国小说家搜求轶事的材料。这一现象在民初非常繁盛，这实际上是弱化了小说的文体意识，用小说来讲述"异乡异闻"以满足市民消遣、猎奇的心理。

---

① 均见宇澄《〈小说海〉发刊辞》，《小说海》1915 年第 1 卷第 1 号。

《小说大观》1915年8月创刊，1921年6月停刊，共15集，由中华书局和文明书局共同发行。每期达30万字，每期尽量做到一篇小说完整，即使长篇也只分两到三期登完。作者群名家云集，如包天笑、毕倚虹、程小青、林纾、叶小凤、张毅汉等。在"例言"中说："所载小说均选择精严，宗旨纯正，有益于社会、有功于道德之作，无时下浮薄狂荡、诲盗导淫之风。"并且，"无论文言俗语，一以兴味为主，凡枯燥无味及冗长拖沓皆不采。"这一宗旨在杂志中的体现是言情之作减少，社会、侦探、爱国小说增多。和《小说海》类似，该杂志除了大量发表明确标明是翻译的小说外，还有大量小说均以外国的奇闻轶事为题材但并不标明是译作。虽不能否定有一部分确有海外生活经历并能据此创作小说者，但大部分是翻译或改编自外国小说，明显还缺乏创作和翻译的区分。写白话小说的主要是刘半农、徐卓呆、周瘦鹃，但文言长篇小说明显增多。

5. 小结

通过以上的对比统计，我们大致能了解1914年至1916年的小说语言情况：

其一，小说产量空前巨大，语言空前驳杂。民国初年的中国盛产如此众多的小说，而且题材多样，形式多样，语言也斑驳芜杂，搜奇谈异，苦情哀情，悬疑侦探，科普滑稽，文言俗语相间，汉语英文夹杂，官话方言并行。

其二，小说语言以文言为主，白话次之。尤其是文言长篇小说的大量出现，是中国传统小说体制的破体。传统文言白话小说并行，长篇多为白话，文言谨守短制，很少有长达万言的文言小说。"就'文言小说'一语的约定俗成的含义来看，通常是不包括长篇在内的。""我们所说的文言小说，其外延包括传奇小说和笔记小说，以短篇为主，中篇为辅。"[1] 而这种界定梳理到清末民初就会出现难题。

---

[1] 陈文新：《文言小说审美发展史》，武汉大学出版社2002年版，第3页。

其三，翻译小说的涌现使新现象、新词汇大量进入小说，小说的表现对象开阔了，但是小说的观念却回到传统的笔记轶事小说的风格，借小说介绍西方轶闻，世界奇观，成为许多翻译小说的基本内容。这其实造成两个后果：一是小说"应用文"化，导致文言小说流行；二是这种翻译的悬疑、侦探终至演变成黑幕大观，导致小说语言的粗泛化。

　　陈子展说："这类黑幕式的小说，肇端于光宣之交，盛行于袁皇帝时代。民国四年，《时事新报》至登广告，征求'中国黑幕'。由讽刺小说变为谴责小说，出于时势要求；由谴责小说堕落而为黑幕小说，也是时势使然。"① 钱玄同也认为"黑幕派"和"鸳鸯蝴蝶派小说"是"从一九一四年起盛行"，"盛行之原因，其初由于洪宪皇帝不许腐败官僚以外之人谈政，以致一班'学干禄'的读书人无门可进，乃做几篇旧式的小说，卖几个钱，聊以消遣，后来做做，成了习惯，愈做愈多。""适值政府厉行复古政策，社会上又排斥有用之科学，而会做得几句骈文，用几个典故的人，无论哪一方面都很欢迎，所以一切腐臭淫猥的旧诗旧赋旧小说复见盛行，研究的人于用此来敷衍政府社会之余暇，亦摹仿其笔墨，做些小说笔记之类。此所以贻毒于青年之书日见其多也。"② 民初的小说和小说界革命时期的晚清小说相比，呈现出不同的风貌，明显没有了那份大气磅礴，没有了那份多样的"被压抑"的现代性体验。陈独秀用"今日浮华颓败之风"来概括五四前文坛风貌，用在小说界也很合适。这构成五四文学革命的背景，成为五四的前夜。

三　新文学作家的"旧"作

　　晚清小说界革命和白话文运动的诉求在经过改朝换代之后突然失去了目标，文言作为传统文人的正统书面语言，比白话更易让文人接受。许多

---

① 陈子展：《最近三十年中国文学史》，上海古籍出版社2000年版，第64页。
② 钱玄同：《宋云彬信跋》，《新青年》1919年第6卷第1号。

后来提倡新文学的小说家此时或者独擅文言小说，或者兼擅两种语体。这里最主要的有周氏兄弟、刘半农、叶绍钧和王统照。

鲁迅于1909年和周作人一起编《域外小说集》，用典雅的古文翻译外国小说，销路不佳。1913年在《小说月报》（第4卷第1期）发表的文言小说《怀旧》为主编恽铁樵所欣赏，热情推荐给青年以作学古文的好材料。当时还是中学生的王统照读到《怀旧》果然为"这种引人入胜的文笔"所吸引，将小说"读过好几遍"。① 王统照此时以"剑三""王剑三"为笔名在《妇女杂志》《曙光》《新社会》《小说月报》发表文言小说《新生活》《秋夜赋》《车中人语》等，同时也发表《纪念》《战之罪》《真爱》《夜寒人语》《秋声》等白话小说，其中《纪念》的风格与鲁迅的《怀旧》颇有相似之处。②

其实在同期杂志上，紧接着鲁迅文言小说《怀旧》的，是主编恽铁樵翻译的白话短篇小说《贪魔小影》，同期还有林纾的文言长篇译作《罗刹雌风》，整章几乎不分段不加标点，排山倒海，绵延数期至4号登完，而在4号上又有刘半农创作的白话小说《假发》。这种文白混杂的语言状况是民初小说杂志的缩影。

周作人在五四之前对旧小说尤其关注，一度提倡用文言创作小说，③在绍兴时期对旧派小说多有关注，如《读〈孽冤镜〉题词》《最近小说界之趋势》《读旧小说之效用》等文发表在通俗刊物《笑报》上。1916年7月在《中华小说界》第1卷第7号上发表了文言小说《江村夜话》，直到1917年在第4卷第2号的《新青年》上发表《古诗今译》，才自称为"所写的第一篇白话文"④。

刘半农（写作刘半侬）在1913年到1917年共发表小说作品80篇，大

---

① 王统照：《第一次读鲁迅小说的感受》，《文艺月刊》1956年第10期。
② 杨洪承：《现代作家王统照践行五四新文化的意义》，《淮阴师范学院学报》2013年第1期。
③ 启明：《小说与社会》，《绍兴县教育会月刊》1914年第5号。
④ 周作人：《知堂回想录》，河北教育出版社2002年版，第231页。

多发表在《中华小说界》《小说月报》《礼拜六》《小说海》《小说时报》《小说大观》等杂志上。比如在《中华小说界》刘半农共发表了短篇文言小说18篇，短篇白话小说9篇，长篇白话小说2篇，还有剧作2篇；在《礼拜六》上发表5篇文言小说；在《小说海》中译著有文言小说6篇，白话小说5篇；在《小说大观》中，发表文言短篇7篇，文言长篇1篇，白话长篇1篇；这些小说中有著有译，也有"似著实译"，不标明译作的。比如，《中华小说界》1914年第7号就发表了刘半农的小说《洋迷小影》，实际上是转译改写丹麦安徒生的《皇帝之新衣》，意在"为洋迷痛下针砭"，达到嘲讽中国社会的崇洋媚外之人，这也是较早向中国介绍安徒生童话的作品。刘半农的早期外国小说翻译，成绩显著，有学者考证，"从1914年发表第一篇翻译小说《顽童日记》(《中华小说界》第1卷第6期)到五四，刘半农问世的翻译小说约有40多种，涉及俄、英、法、美、德、丹麦、日本等近20位作家的作品。"① 但语言上文言多于白话，有的小说是与后来被称为"旧派小说大家"的向恺然、张舍我、王无为等人合作完成。刘半农五四时代称自己曾是"红男绿女之小说"的创作者："余赞成小说为文学之大主脑，而不认今日之红男绿女之小说为文学。"然后又加注说："不佞亦此中之一人，小说家幸勿动气。"② 后来又说："我们这班人，大家都是'半路出家'，脑筋中已受了许多旧文学的毒。——即如我，

---

① 黄丽珍：《刘半农"五四"前的翻译小说与翻译诗歌》，见《岱宗学刊》2001年第4期。刘半农翻译的外国小说中名家很多，翻译了英国小说家狄更斯的《伦敦之质肆》和俄国文学家列夫托尔斯泰的《此何故耶》。1916年，刘半农翻译高尔基的作品《二十六人》(《小说海》第2卷第5号)，是高尔基的作品第一次介绍到中国。刘半农1915年将所译屠格涅夫的散文诗《地胡吞我之妻》《乞食之兄》《蕤妇与菜汁》《可畏哉愚夫》计4首，总题为《杜瑾讷夫之名著》集中发表在《中华小说界》第2卷第7期上，虽无心插柳，可他却也成为中国最早翻译介绍屠格涅夫散文诗的作家，因为他不懂俄语，从英语转译，他翻译屠格涅夫的散文诗时，将之作为短篇小说介绍翻译给中国的读者。也有研究者认为"从晚清到五四翻译文学转折的角度看，刘半农的最大影响并不在于他的翻译，而是他对于晚清翻译的批判"。他写的《复王敬轩》"是对于以林纾为代表的晚清译风的第一次系统批判，也是五四以原文为主体的新的翻译原则确立的开始"。见赵稀方《〈新青年〉的文学翻译》，《中国翻译》2013年第1期。

② 刘半农：《我之文学改良观》，《新青年》1917年第3卷第3期。

国学虽少研究,在 1917 年以前,心中何尝不想做古文家,遇到几位前辈先生,何尝不以古文家相助。"①

叶绍钧在五四之前作过两年半(1913 年 12 月—1916 年 4 月)的文言小说,主要是想卖文补贴家用,计有 20 来篇,散见于各期刊②,在《礼拜六》上就发表有 13 篇。③ 同时,周作人、刘半农是较早呼应胡适文学改良建议的"新作家",叶绍钧和王统照又都是最早在革新后的《小说月报》上发表新式白话小说的作家。

这一时期的《新青年》(《青年杂志》)与其他旧派小说杂志一样处于文言白话并行状态。在 1915 年到 1916 年发表的有陈嘏翻译的两部长篇小说,都用文言,只有胡适的译作《决斗》用白话,而在 1917 年 4 月的第 3 卷第 2 号胡适翻译莫泊桑的《梅吕哀》用的却是文言。在第 2 卷第 3 号和第 4 号连载了苏曼殊的文言小说《碎簪记》。曹聚仁说:"初期的《新青年》,也脱不了鸳鸯蝴蝶派的气息,苏曼殊的小说,比鸳鸯蝴蝶派也差不了多少,也是接受了胡适的批判,才进步了的。"他称这一时段的文学界为"五四的前夜":"笔者那时还在中学读书阶段,当日的国文教师,如夏丏尊、刘大白诸先生,后来都是新文学运动中有力量的角色,在那时,也还是在教室里教我们读邱迟与陈伯之书,哼得和塾师那么起劲的。……我们偷偷地写稿,好似犯了法呢!至于各报的副刊,那更不成话,能写《玉梨魂》式小说的,已经算是第一流作品了。"④ 陈子展也谈道:"又有苏曼殊作《碎簪记》《断鸿零雁记》《焚剑记》《绛纱记》,剪裁,结构,描写,都有异于从前笔记体小说的地方,可以算是新式的古文小说。中国二十世纪初期的新体小说不过如是。至于真正的新小说,则有待于文学革命以后

---

① 刘半农:《致钱玄同》(1917 年 10 月 16 日),见徐瑞岳编《刘半农文选》,人民文学出版社 1986 年版,第 21 页。

② 见叶至善编的《叶圣陶集》第一卷的"编后记",江苏教育出版社 1987 年版。

③ 这些文言小说的内容及意义可参见商金林《叶圣陶传论》第七章的论述,安徽教育出版社 1995 年版。

④ 曹聚仁:《"五四"的前夜》,见《文坛五十年》,东方出版中心 1997 年版,第 103 页。

一班新文学家的努力了！"① 他们很好地概括了这一时期新旧杂糅的状态。

那么，考察这一时段小说语言状况的意义何在？

其一，通过以上考察，我们可以从宏观上了解在五四文学革命发生之前的小说语言状况，此期的小说语言仍是文言、白话双轨制，甚至从数量上讲，文言小说占据绝对多数。作家创作小说是用文言还是白话，出于作家个人的习惯和偏好。陈独秀在晚清创办白话报刊、胡适有白话小说创作，刘半农虽发表文言小说居多，但也著译了不少白话小说，包括后来被称为"民国旧派小说家"的徐卓呆、周瘦鹃、赵苕狂、李涵秋等人也用白话写过水平较高的小说。一旦他们具有"国语"观念以及白话正宗的理念时，白话写小说才成为他们当然的选择。而这的确要等到五四文学革命之后。

其二，了解这一状况可以促进我们进一步思考"现代文学的起点"问题。近些年有学者提出晚清小说作为现代文学的起点，如果将这些小说视为现代小说的源流之一，研究它们的"新元素"，应该没有太大争议。但如果将之界定为"现代文学的起点"，上升到文学史断代的高度，那么就有讨论的空间：这种"现代文学"的叙述如何面对上述期刊上数量如此庞大的文言小说？如何面对小说语言的文言、白话并行的自然状态？笔者认为，文学史叙述若以某一事件（或作品）为断代，必定要考虑这一事件是否导致了整个文学史的转向，或新的文学形式大范围地兴起。那么晚清的某部小说，甚至"小说界革命"，显然并未做到这一点。因此，全面认识五四之前的语言状况，能为这一问题的讨论提供新的视角。

其三，过去学界多关注文学史上的"晚清"和五四，而对于构成五四最直接背景的"民初文学"关注不够。作为五四文学革命最直接背景的1914—1916年一度成为文学史上的失踪者。通过以上的考察，我们可以看出，五四文学革命可以说是这种晦涩、辞章化、粗鄙化文学语言状况的触

---

① 陈子展：《中国近代文学之变迁》，上海古籍出版社2000年版，第60页。

底反弹，正是对这种文学风气的感受增加了文学革命者的求新求变的心理和诉求。厘清这一时段的文学状况，有助于我们认识文学史的复杂性，拓展晚清至民国文学史研究的空间。

第二节　五四白话文运动的语言策略与机制
——与晚清的白话文运动相比较

晚清至五四有两次较大规模的白话文运动，从而导致"现代文学"的发生。问题是，五四的白话文运动成功了，而晚清白话文运动却没有成功。从上节的分析我们看到，在胡适发表《文学改良刍议》的1917年1月以前的中国小说界，是以"鸳鸯蝴蝶派"和黑幕派、侦探派为代表的文言小说的世界；诗文是以南社的诗歌占主导地位；而文章则是梁启超、章士钊为代表的长篇新式文言政论文。在晚清小说界革命、诗歌界革命的影响消退之后，文学语言反趋艰深，骈体、桐城古文成为一时之尚。尽管有晚清的白话文运动造势，但是当胡适发出"以今世历史进化的眼光观之，则白话文学之为中国文学之正宗，又为将来文学必用之利器"的"断言"之时，[①]仍然无异于是"空谷足音"，可见，正是五四同人的推动，以1920年教育部的训令为标志，两大新文学社团成立，四大文体各自进行新旧转换，白话文运动方告成功。

如何看待五四与晚清的白话文运动的区别，关系到现代文学发生的许多基本问题。五四的白话文运动与晚清的白话文运动在人事关系、办刊经验、舆论造势、理论建构上均有密切的联系，但晚清的这一运动在民初趋于消沉。在百年之后以比较的视角回望五四，会发现五四的白话文运动在改革路径、逻辑思路、革命态度、政治时势背景诸方面不同于晚清。

---

① 胡适：《文学改良刍议》，《新青年》1917年第2卷第5号。

一 路径：与国语运动合流

五四的白话文运动与晚清的白话文运动最大的不同在于，白话不仅仅是进行下层启蒙运动的工具，而且是要作为现代国家的民族语言，这是建立现代国家的历史诉求之一。即，五四白话文运动是启蒙运动和国语运动的一体化。

虽然晚清和五四的白话文运动均是基于"言文一致"的历史想象，但晚清的白话文运动的言文一致强调了口语化，以方便开民智。如裘廷梁的总结："吾今为一言以蔽之曰：文言兴而后实学废，白话行而后实学兴；实学不兴，是谓无民。"[1] 陈荣衮说："大抵今日变法，以开民智为先，开民智莫如改文言。"[2] 在另一处又说，"白话报者，文明普及之本也。白话推行既广，则中国文明之进行固可推矣。"[3] 在他们的鼓吹下，以《杭州白话报》（林獬主编）、《俗话报》（陈荣衮创办）和《无锡白话报》（裘廷梁创办）为代表的大量白话报诞生，尤其在1903—1904年达到高峰，1909年以后逐渐消退[4]。

而这场倡导白话的浪潮始终没有和国语运动形成合流。晚清开展的早期"国语运动"肇始于汉字拼音化运动，也称为官话推广运动。1891年宋恕提出了汉语拼音的主张，1892卢戆章发表《一目了然初阶》，1901年王照推出《官话合声字母》，1903年劳乃宣编著《增订合声字母简编》和

---

[1] 裘廷梁：《论白话为维新之本》，舒芜等编选《近代文论选》上册，人民文学出版社1999年版，第180页。
[2] 陈荣衮：《论报章宜改用浅说》，见蕺成文辑《晚清白话文运动资料》，中华书局1963年版，第120页。
[3] 陈荣衮：《论白话与中国前途之关系》，见《警钟日报》1904年4月25日、26日。
[4] 陈万雄综合各方材料统计认为，在清末的最后十年有白话报140多份，见《五四新文化的源流》，生活·读书·新知三联书店1997年版，第134—159页。蔡乐苏统计在1900年至1911年约出现111种白话报。见《清末民初的一百七十余种白话报刊》，收于《辛亥革命时期期刊介绍》第V卷，第493—538页。李孝悌认为此统计还不完全，她自己就另外辑出20多份白话报刊，见《清末的下层启蒙运动》，河北教育出版社2002年版，第254—255页。

《重订合声简字谱》等，均是单纯的汉字改革或切音革新运动。而早期创办过白话报并首提"国语"一词的吴稚晖在 1913 年被推举为"读音统一会"会长时，第一波白话期刊已失势，始终没有重视白话文学在国语推广中的作用。

白话作为开启民智的需要，一旦帝国崩溃，革命任务完成，白话作为"新民"工具的重要性就降低了。周作人正是看到这一点才有偏激之论："那时候的白话，是出自政治方面的需求，只是戊戌政变的余波之一，和后来的白话文可以说是没有多大关系。"① 文人们重操雅致的文言，连小说作为传统白话正宗领域也被文言挤占。从整个社会影响来说，晚清的白话文运动虽然导致白话报刊一度繁荣，但由于没有将白话提升至国语的地位，故它对文言作为通行语的根基没有丝毫的动摇。这也是民初文言小说繁荣，白话报纸消退的主要原因。

而在五四时期，白话文运动与国语建构的诉求形成合流。五四的语言运动首先是要建立统一的书面语，而不仅仅是口语化。正如汪晖所论："白话文运动的所谓'口语化'针对的是古典诗词的格律和古代书面语的雕琢和陈腐，并不是真正的'口语化'。"② 这与晚清白话文运动不同，晚清的白话就是追求口语化，是以口语为标准的言文一致。五四的白话文运动在古今雅俗的坐标中建构体系，更多是强调国语，一种书面语。比如傅斯年在《文言合一草议》一文中虽明确申明"废文词而用白话，余所深信而不疑也"。但随后就比较了文言与白话的特点，主张取其二者精华糅合成一种新语言："以白话为本，而取文词所特有者，补苴罅漏，以成统一之器，乃吾所谓用白话也。正其名实，与其谓'废文词用白话'，毋宁谓'文言合一'，较为惬允。"③ 显然，这和晚清裘廷梁的"废文言而崇白话"的主张不同，五四的文言合一、崇白话是以白话为

---

① 周作人：《中国新文学的源流》，华东师范大学出版社 1995 年版，第 56 页。
② 汪晖：《现代中国思想的兴起》下卷，生活·读书·新知三联书店 2004 年版，第 1511 页。
③ 傅斯年：《文言合一草议》，《傅斯年全集》第 1 卷，湖南教育出版社 2003 年版，第 14 页。

基础吸收各种语言资源（包括文言、方言、欧化等）为现代中国打造一种新式的书面语，它比文言更通俗，具备言文一致的基本特点，同时又具有西方拼音文字的精确性和严密性。傅斯年后来在《怎样做白话文》中又进一步讨论了欧化问题。这层意思，我们在胡适的文章中也可显而察之："我们尽量采用《水浒》《西游记》《儒林外史》《红楼梦》白话；有不合今日的用的，便不用他；有不够用的便用今日的白话来补助；有不得不用文言的，便用文言来补助。这样做去，决不愁语言文字不够用，也决不用愁没有标准白话。中国将来的新文学用的白话，就是将来中国的标准国语。"①

胡适在发表《文学改良刍议》以后，接连在通信中讨论了文学革命的态度（《寄陈独秀》）、历史依据（《历史的文学观念论》），以及文学革命中的文体问题（《再寄陈独秀答钱玄同》），继而在1918年4月发表了更为系统的《建设的文学革命论》，提出"国语的文学——文学的国语"的重大纲领，将文学革命与国语运动结合起来了：

> 我的"建设新文学论"的唯一宗旨只有十个大字："国语的文学，文学的国语"。我们所提倡的文学革命，只是要替中国创造一种国语的文学。有了国语的文学，方才可有文学的国语。有了文学的国语，我们的国语才可算得真正国语。国语没有文学，便没有生命，便没有价值，便不能成立，便不能发达。这是我这一篇文字的大旨②。

这是具有里程碑意义的主张。他重述了白话文学是活文学的观点，"中国若想有活文学，必须用白话，必须用国语，必须做国语的文学。"而且，他认为活文学和国语是文学革命的一体两面，不存在先要有国语

---

① 胡适：《建设的文学革命论》，《新青年》1918年第4卷第4号。
② 胡适：《建设的文学革命论》，《新青年》1918年第4卷第4号。

才有国语文学的问题，创造新文学就是创造国语。方法上用古代优秀的白话小说作为国语教科书，"中国将来的新文学用的白话，就是将来中国的标准国语。造中国将来白话文学的人，就是制定标准国语的人"。不仅如此，胡适为了使他的主张更为严密，还解释了为什么几千年来有极风行的白话文学但为何不曾有标准的国语。他认为最大的问题在于，以前没有人有意地主张白话的文学，是一种自在的行为，不是自觉的行为。"因为没有'有意的主张'，所以白话文学从不曾和那些'死文学'争取那'文学正宗'的位置。白话文学不成为文学正宗，故白话不曾成为标准国语。"① 与晚清的白话只是通俗教育工具的理念不同，胡适主张的白话作为创造国语的材料，其"目的不仅是'在能通俗，使妇女童子都能了解'。我们以为若要使中国有新文学，若要使中国文学能达今日的意思，能表今人的情感，能代表这个时代的文明程度和社会状态，非用白话不可。我们以为若要使中国有一种说得出，听得懂的国语，非把现在最通行的白话文用来作文学不可"②。这不是权宜之计，而是涉及全体国民，"现代白话的形成和倡导是中国知识分子寻求现代性的历史产物，我们至少在两个最基本的方面理解现代语言运动与现代性的关系。首先是现代语言运动是一个反传统的、科学化的和世界化的语言运动，其次是现代语言运动是形成现代民族国家的普遍语言的运动。"③ 这种普遍语言运动自然与现代国家的统一运动和自我认同发生关联，也会得到新体制的"国家"的支持。沈雁冰在1921年时也说："我们现在的新文学运动也带着一个国语文学运动的性质"；"中国的国语运动此时为发始试验的时候，实在极需要文学来帮忙；我相信新文学运动最终的目的虽不在此，却是最初的成功一定是文学的国语，这是可以断言的。现在尚有人们以

---

① 胡适：《建设的文学革命论》，《新青年》1918年第4卷第4号。
② 胡适：《答黄觉僧君〈折衷的文学革新论〉》，《新青年》1918年第5卷第3号。
③ 汪晖：《现代中国思想的兴起》下卷，第二部，生活·读书·新知三联书店2004年版，第1508页。

为文言的文学看厌了，所以欲改用白话，或则以为文言的文学太难学太难懂了，所以欲用白话：这实在误会已极！不先除去这些误会，新文学运动永无圆满成功的一日！遑论民族文学的发扬光大呢？"① 这和胡适的论述是一致的。

"官话"改为"国语"称谓虽然发生在清末，但国语运动的实质进展却在民国建立以后，在1912年到1915年虽召开过"读音统一会"，议定汉字的"国音"和"注音字母"，但并未取得实质进展。重大的改变是在1917年2月国语研究会召开第一次大会，选举蔡元培为会长以后，语言学家林焘说，"胡适提出'国语的文学，文学的国语'的口号，把国语和文学革命紧密地联系在一起。第二年五四运动爆发，国语的推行和席卷全国的白话文运动结合起来，形成了很有声势的国语运动"。②

从具体操作层面上看，推动"国文"改"国语"的国语研究会会员中许多是文学革命主导者。1919年11月国语统一会的第一次大会上，刘复、周作人、胡适、朱希祖、钱玄同、马裕藻等提出《国语统一进行办法》的议案，主张把小学课本"国文读本"改成"国语读本"，随后他们又向教育部提出《请颁行新式标点符号议案》。这里钱玄同最具典型，身兼国语统一会骨干和新文学运动的"急先锋"。陈独秀给钱玄同的信中说："以先生之声韵训诂学，而提倡通俗的新文学，何忧全国之不景从也？可为文学界浮一大白！"③ 1920年在国语统一会的推动下，加之"文学革命"借助五四运动产生了广泛的社会影响，教育部终于颁布法令，将全国国民学校的"国文"科改为"国语"科，一、二年级的国文，从秋季一律改用国语。这也标志着白话文运动的成功。胡适在1922年时说："教育制度是上下连接的；牵动一发，便可动摇全身。"他还分析了国语运动、国语文学和教育部法令三者之间关系时

---

① 沈雁冰：《新文学研究者的责任与努力》，《小说月报》1921年第12卷第2号。
② 林焘：《从官话、国语到普通话》，《语文建设》1998年第10期。
③ 陈独秀：《答钱玄同》，载《新青年》1917年第2卷第6号。

说:"教育部这一次举动虽是根据于民国八年全国教育会的决议,但内中很靠着国语研究会会员的力量。国语研究会是民国五年成立的,内中出力的多半是和教育部有关系的。国语文学的运动成熟以后,国语教科书的主张也没有多大阻力了,故国语研究会能于傅岳棻做教育次长代理部务的时代,使教育部做到这样的重要的改革。"① 这一分析是符合历史事实的。

白话文运动的成果以法令形式颁布,无疑使白话文运动从革命动员进入到普及实践层面,1925年胡适在一次关于"新文学运动之意义"的演讲中谈到新文学运动的三种意义,其三就是"中国将来一切著作,切应当用白话去作。"而且他认为"新文学运动是中国民族的运动"②,这实际论述的也是"国语文学"的内涵。从历史上看,没有国语运动的支持,没有将白话提升到国语的高度,白话很难取得书面语言的正统地位。在多年以后他还动情地说:"这个命令是几十年来第一件大事,他的影响和结果,我们现在很难预先计算。但我们可以说,这一道命令把中国教育的革新,至少提早了20年。"③

二 本质:与思想革命的融合

清末的白话文运动只是作为通俗教育的工具,所以它是单一的应用语体变革。在文学上它只在小说领域产生一定影响,白话小说本身是宋元以来的小说传统,晚清的影响主要限于数量的增多,创作队伍的扩大,而且这一影响随着民国的建立,迅速萎缩了。在有限的提倡白话小说的运动中也并未对白话语言内部进行有意识的改革,只是在方言化、口语化上走得更远,他们对言文一致的自我理解只是停留在"口语至上"上,换句话

---

① 胡适:《五十年来中国之文学》,《胡适文集》第3卷,第261页。
② 胡适:《新文学运动之意义》,《胡适文集》第12卷,第26页。
③ 胡适:《〈国语讲习所同学录〉序》,《胡适文集》第2卷,第164页。

说，他们认为在书面语中最大限度地再现口语才是最高级的白话或言文一致。① 更没有自觉提出重大的语言/思想的命题。诗界革命、文界革命并没有从根本上撼动传统诗文的形式和语言基础。清末的文字改革运动如火如荼，卢戆章、宋恕、沈学、王照、劳乃宣、吴稚晖等人均致力于汉语改革，有的甚至得到地方大员（如袁世凯）的肯定，为后来的国语运动打下坚实的基础，但综观整个过程，一直和思想革命、文学革命脱节，仅限于切音字、拼音化等专业领域。

而五四的白话文运动却是与思想革命、文学革命相结合的。文学史家陈子展在1929年谈到这三者的关系时说：

> 《新青年》最初只是主张思想革命的杂志，后来因为主张思想革命的缘故，也就不得不同时主张文学革命。因为文学本来是合文字思想两大要素而成，要反对旧思想，就不得不反对寄托旧思想的旧文学。所以由思想革命引起文学革命。又旧文学中间的思想固然大半荒谬腐败，同时文字也就晦涩，笼统要做到文学革命，不但先要做到思想革命，还要先做到改用明白确切的白话文字，以期增进表现力和理解力。所以文学革命运动也就成了白话文学运动。②

---

① 这里可以举一个小说界革命和清末白话文运动高峰时期的一则白话小说作者的"闲评"为例，文中也提到"国语统一"，足见对白话语言是有一定认识的，但是，我们试看其特点："我用白话译这部书，有两个意思：一是这种侦探小说，不拿白话去刻画他，那骨头缝里的原液，吸不出来，我的文理，毂不上那么达；一是现在的有心人，都讲着国语统一，在这水陆没有通的时候，可就没的法子，他爱瞧这小说，好歹知道几句官话，也是国语统一的法门。我这部书，恭维点就是国语教科书罢。这部书有四万字，照了我的意思加减的，不上二三十句。那吃紧的地方，厘毛丝忽都不去饶他，你拿原对起来就知道。可以当作日语教程念的。"（《〈母夜叉〉闲评八则》，小说林社1905年版）这里方言口语化以及书面语言的说书腔（我—你，说—听）足可代表清末白话小说语言的特点。连作者自己都认为"白话犯一个字的毛病就是'俗'"。可是清末的小说作者纠正的白话的"俗"病不是去改造它，而是不小心就退回到文言、骈体的蜗居里去了。这一点可以参见第一章第二节的相关论述。

② 陈子展：《中国近代文学之变迁》，上海古籍出版社2000年版，第101页。

我们再看《新青年》如何从"思想革命"延展到"文学革命"。《青年杂志》时期与《甲寅》月刊的语言风格很相似,以新体政论文为主,以思想革命为目标。从第2卷第1号起改为《新青年》,到第3卷第3号之前只有胡适的一篇白话论文和一篇白话小说翻译《决斗》。胡适和陈独秀的通信是文学革命的先导,到1917年《文学改良刍议》《文学革命论》发表之后焦点才转向文学革命。1917年5月以后谈论文学改良的内容明显增多,比如仅第3卷第3号一期就发表了刘半农的《我之文学改良观》,胡适的《历史的文学观念论》,余元濬的《读胡适先生〈文学改良刍议〉》。就在大谈文学革命的同时,本期第一篇是陈独秀的《旧思想与国体问题》的演讲稿(白话),第二篇是吴虞的《礼论》,均是批判旧思想、提倡新思想的重要文章。1918年第4卷第5号以后整个杂志才全部使用白话,用新式标点。

对《新青年》同人来说,此时的文学革命也是为了思想革命。钱玄同在致林玉堂的信中说:"我们提倡新文学,自然不单是改文言为白话,便算了事。惟第一步,则非从改用白话做起不可。因为改用白话,才能把旧文学里的那些死腔套删除;才能把西人文章之佳处输到汉文里来。……所以本志同人均以改白话为新文学之入手办法。"① 可见,白话只是思想革命的突破口。

陈独秀在《文学革命论》中谈到近代以来三次政治革命皆虎头蛇尾,就因为"盘踞吾人精神界根深柢固之伦理道德文学艺术诸端,莫不黑幕层张,垢污深积,并此虎头蛇尾之革命而未有焉。此单独政治革命所以于吾之社会,不生若何变化,不收若何效果也"。所以要提倡文学革命,从根本上动摇国人的旧思想,旧道德。"所谓宇宙,所谓人生,所谓社会,举非其构思所及,此三种文学公同之缺点也。此种文学,盖与吾阿谀夸张虚伪迂阔之国民性,互为因果。今革新政治,势不得不革新盘踞于运用此政

---

① 钱玄同:《林玉堂信跋》,见《钱玄同五四时期言论集》,东方出版中心1998年版,第60页。

治者精神界之文学。"① 很显然，文学革命实际也是政治革命和思想革命。

傅斯年曾很精当地阐述过语言改革与思想革新的关系："我们在这里制造白话文，同时负了长进国语的责任，更负了借思想改造语言、借语言改造思想的责任。我们又晓得思想依靠语言，犹之乎语言倚靠思想，要运用精密深邃的思想，不得不先用精密深邃的语言。"② 今天有学者从现代语言哲学的角度指出："语言不仅具有工具性，同时还具有思想本体性。正是在语言的思想本体意义上，五四白话文运动与晚清白话文运动有着本质的差别。"③ 五四白话文运动与和思想革命的结合，是五四学人的主动追求，有着明确的主张和内涵，新思想可以用白话表述，但不是所有的白话表达的都是新思想。胡适对周作人《人的文学》特别赞赏正因为周作人从思想层面充实了文学革命的内涵④，傅斯年看了周作人《思想革命》一文"很受感动"也是因为该文表述了如下观点："中国人如不真是革面洗心的改悔，将旧有的荒谬思想弃去，无论用古文或白话文，都说不出好东西来。就是改学了德文或世界语，也未尝不可以拿来做黑幕，讲忠孝节烈，发表他们的荒谬思想。"⑤

五四的白话文运动不单是文字改革运动，不单是应用文体改革，而是和思想革命、文学革命相伴生的，这使得五四的白话文运动能产生晚清所没有的影响力和爆发力。

三 态度：一元论和断裂论

这里"一元论"是从主体及适用范围来说的，指所有人在一切日常场

---

① 陈独秀：《文学革命论》，《新青年》1917 年第 2 卷第 6 号。
② 傅斯年：《文言合一草议》，原载《新潮》1919 年第 1 卷第 2 号。
③ 高玉：《现代汉语与中国现代文学》，中国社会科学出版社 2003 年版，第 132 页。
④ 胡适在《中国新文学大系·建设理论集导言》中说："在周作人先生所排斥的十类'非人的文学'之中，有《西游记》《水浒》《七侠五义》等等。这是很可注意的。我们一面夸赞这些旧小说的文学工具（白话），一面也不能不承认他们的思想内容实在不高明，够不上'人的文学'。"
⑤ 傅斯年：《白话文学与心理的改革》，见《傅斯年全集》第 1 卷，第 245 页。

合（除了研究古典文化等学术领域）都使用白话。我们先看五四时期三位代表人的论述。

周作人在《中国新文学的源流》中说：

> 第二，是态度的不同——现在我们作文的态度是一元的，就是：无论对什么人，作什么事，无论是著书或随便地写一张字条儿，一律都用白话。而以前的态度则是二元的：不是凡文字都用白话写，只是为一般没有学识的平民和工人才写白话的，因为那时候的目的是改造政治，如一切东西都用古文，则一般人对报纸仍看不懂，对政府的命令也仍将不知是怎么一回事，所以只好用白话。但如写正经的文章或著书时，当然还是作古文的，因此我们可以说，在那时候，古文是为"老爷"用的，白话是为"听差"用的。①

胡适也说：

> 我们有志造新文学的人，都该发誓不用文言作文：无论通信，做诗，译书，做笔记，做报馆文章，编文学讲义，替死人做墓志铭，替活人上条陈……都该用白话来做。②

蔡元培讲晚清与五四白话文运动的区别时说：

> 民元前十年左右，白话文也颇流行……但那时候作白话文的缘故，是专为通俗易解，可以普及知识，并非取文言而代之。主

---

① 周作人：《中国新文学的源流》，华东师范大学出版社1995年版，第56页。周作人说的第一条区别是，五四是话怎么说，就怎么写，而晚清是从八股翻译成白话。这一条是可以讨论的。

② 胡适：《建设的文学革命论》，《新青年》1918年第4卷第4号。

张以白话代文言,而高揭文学革命的旗帜,这是从《新青年》时代开始的。①

这三位新文学倡导者都持一元论的思维。五四的白话是针对一切人(无论上层文人或下层民众),一切场合(无论是作小说还是诗文、公文通告等),是现代中国唯一正统的书面语言,文言与白话二者必选其一。一元论的态度决定了他们均持激烈的反传统、反文言的态度。陈独秀表现最为明显,在《文学革命论》中他甘冒全国学究之敌,高张"文学革命军"大旗,为胡适声援。断言"独至改良中国文学,当以白话为文学正宗之说,其是非甚明,必不容反对者有讨论之余地,必以吾辈所主张者为绝对之是,而不容他人之匡正也。"钱玄同是从策略上来谈,认为"此等论调,虽若过悍",但作为一种策略,"对于迂谬不化之选学妖孽与桐城谬种,实不能不以如此严厉面目加之。"② 胡适最初态度温和,不久也认同了这种激烈态度。③ 实际上,胡适的"死文学/活文学"的文学史观,其本质和陈独秀一样是不容有反对之余地的。

这与晚清明显不同。晚清文人提倡白话,但不打倒文言,可以两种语言并行不悖,是语言的双轨制。成之在《小说丛话》中说:"吾尝谓中国人本有两种语言,同时并行于国中:一为高等人所使用,文言是也;一为普遍人所使用,俗语是也。"④ 所以晚清的"白话正宗说",一遇到时势变化很快就回到文言正宗了,欠缺的正是一元论的态度和决心。

另外,晚清至五四历史进化论思想一脉相承,可是晚清的进化论着眼于救国家,开民智,而五四的进化论着眼于文学内部的演变规律,"进化"

---

① 蔡元培:《中国新文学大系·总序》,上海文艺出版社2003年版。
② 钱玄同:《致胡适》,《新青年》1917年第3卷第6号。
③ 胡适后来在《五十年来中国之文学》中说,若照胡适这个态度做去,文学革命至少还须经过十年的讨论与尝试。若没有陈独秀的坚决精神,文学革命运动绝不能引起那样大的注意。《胡适文集》第3卷,第255页。
④ 成之(吕思勉):《小说丛话》,《中华小说界》1914年第1年第2期。

之下必须"断裂":所谓一个时代有一个时代的文学,强调"死文字决不能产生活文学",极力地将人们对时代文学的认同与文学工具的时代性联系起来。胡适说:"吾辈之攻古文家,正以其不明文学之趋势而强欲作一千年二千年以上之文。此说不破,则白话之文学无有列为文学正宗之一日,而世之文人将犹鄙薄之以为小道邪径而不肯以全力经营造作之。"① 刘半农说:"吾辈欲建造新文学之基础,不得不首先打破崇拜旧时文体之迷信,使文学的形式上速放一异彩也。"② 钱玄同对旧文学的态度更为激烈,直斥为"桐城缪种,选学妖孽",说历史上的言文一致传统都是那些"独夫民贼""文妖"破坏的。在谈到白话和国语关系时,他认为虽然制定国语"应该折衷于白话文言之间,做成一种'言文一致'的合法语言",但在策略上"为除旧布新计,非把旧文学的腔套全数删除不可"③。相对来讲,周作人对文言和白话的关系要温和些,1933年作的《中国新文学的源流》,更多讲与历史的联系,并认为文学上分死活,是不科学的,要具体分析。但他在五四时期的态度则是和五四同人一样是持一元论和断裂论的。五四白话文运动特别强调古今对立,并将这种古今对立转换成雅俗之别。正是在这种决裂中,他们建构起现代的国语运动、现代文学革命的合法性。

  不过,我们今天回头来看,五四文学革命的倡导者的这种一元论和反传统的断裂论,无疑是一种"革命策略",取法乎上,仅得其中,只是为了产生广泛影响而过分打压旧文学,过分贬低文言的劣处。这一"决绝"的策略无疑是白话文运动取得最后成功的保证。但就整个历史的发展脉络看,五四的白话文运动并未造成传统的中断,一方面创造新文学,另一方面民国时期的国学研究也繁荣昌盛,"整理国故"正是胡适提出来的。钱玄同、刘半农、周作人、鲁迅对传统文化的整理和研究现在已成为各自研

---

  ① 胡适:《历史的文学观念论》,《新青年》1917年第3卷第3号。
  ② 刘半农:《我之文学改良观》,《新青年》1917年第3卷第3号。
  ③ 钱玄同:《〈尝试集〉序》,《钱玄同五四时期言论集》,东方出版中心1998年版,第43页。

第三章 五四文学革命与汉语小说格局的异动

究领域里绕不开的遗产。

四 时势：民国建立的政治变迁

最后，五四的白话文运动得以成功还有"清朝—民国"政治变迁的决定性影响。语言的变革有其特殊性，无论是读音统一、拼音化还是文字统一，都必须借助统治意志上升到国家层面，才能推行普及。晚清的语言运动虽也借助官方力量，然而直到民国建立以后，尤其1917年以后才取得巨大进展，①审视晚清和五四白话文运动中的"国家建制"的介入因素无疑是有意义的话题。

晚清颇为壮观的语言文字改革以"言文一致"为理论先导，演化为两个运动：拼音化运动和白话文运动。前者以王照、劳乃宣、卢戆章为代表，后者以裘廷梁、陈荣衮、梁启超等为代表。

比较而言，拼音化运动对官方的依赖更强。晚清各种拼音化方案均试图寻求官方支持，一度造成局部繁荣，王照的《官话合声字母》得到吴汝纶、袁世凯的支持，在张百熙、张之洞奏定的《学堂章程》中也以王照的方案将"官话列入师范及高等小学课程"。清末的国语运动受"立宪运动"及政治时势影响，起伏不定。晚清的切音运动和简字运动被黎锦熙所称为国语运动的第一、二期，在1909—1910年达到高峰，正是清廷筹备立宪之时，袁世凯在保定的部分学堂试教王照的官话字母，但得罪摄政王载沣，其方案遭到禁止。"宣统初，袁世凯倒，社因触忌被封，官话字母也被禁止传习，幸有劳乃宣的简字起而代之，换名不换实，故国语运动并没有受到摧残的影响。"②劳乃宣的简字方案在学部受挫也转而借助刚成立的资政院给学部施压，在1911年6月通过了《统一国语办

---

① 1917年对于国语运动来说，有两个重大事件作为背景，一是复辟活动的终结，二是文学革命发轫。关于文学革命与国语运动的合流可以参看吴晓峰专著《国语运动与文学革命》，中央编译出版社2008年版，第35—39页。

② 黎锦熙：《国语运动史纲》，商务印书馆2011年版，第103页。

法案》。①

值得注意的是，清朝崩溃和民国的建立并没有终结这一拼音化运动，民国之后由教育部筹建了读音统一会，直到1916年新成立的国语研究会，中间有袁世凯复辟波折，终于在1918年由教育部公布了《注音字母令》。这一进程的着力点均是注音工作。

再看白话文运动。近年来学者注意到晚清白话文运动的"官方资源"，"关切民生的白话告示与定期宣讲的《圣谕广训》及其白话读本，既为晚清的白话文运动先行作了强有力的铺垫，又在其展开过程中，成了官方与民间不断汲引的资源"。②但是这些官方资源与寻求官方支持的行为并未形成国家力量或政策。在1909年前后晚清白话文运动其实就明显消沉了，白话报刊、白话小说减少，文言小说增多，语言晦涩，民初还一度骈体小说盛行。白话文运动的再次兴起则是1917年文学革命开始以后，拼音化运动、文学革命、白话文运动、国语建构开始形成合力，这是五四白话文运动得以成功的基础。

与晚清时期个人联络官员，各寻山头的局面不同，民国之后则是国家行政机构主导推进。虽然人事构成不断变化，教育部长频繁更换，但教育部一直是语言统一的主导者。正如有学者指出："教育部在正式认可公布国语方案、组织国语运动机构和具体实施推广方案三方面都发挥了重要作用。"③就法令签署一项观之，先后签署通告及训令的教育部长（次长）有傅增湘、张一麐、范源濂、傅岳棻，他们个人对语言统一或文学革命的意见存在诸多差异，可并不妨碍他们对国语运动中重要文件的签发和施行。而最初的教育总长蔡元培虽没有直接签署行政命令，但在1917年出任国语

---

① 劳乃宣是第一届国会议员，在资政院得到另两位议员江谦和严复的支持，资政院会议以严复为特任股员长，从事审查，应该注意到这个审议结果直接使用了"音标"，强调了注音，在此也看到晚清国语统一的重点所在。其审查结果是："谋求国语教育，则不得不添造音标文字。""将简字正名为音标，由学部审择修订，奏请钦定颁行。"见黎锦熙《国语运动史纲》，第106页。

② 夏晓虹：《晚清白话文运动的官方资源》，《北京社会科学》2010年第2期。

③ 吴晓峰：《国语运动与文学革命》，第307页。

研究会会长一职以后,成为各个运动的"中间人",沟通了教育部、北大、《新青年》和国语研究会四者的关系,居功至伟。

民国成立之后先后成立了三个相关组织均是教育部下属机构:读音统一会、国语统一筹备会和国语研究会。1918年至1921年教育部公布了一系列的法令,从1918年5月《教育部公布注音字母令》到1920年4月的《废止国民学校各科文言教科书通告》,每个训令之下均有相应的实施方案,展现出较强的国家意志。当时参与国语运动的黎锦熙感叹说:"那时中央教育行政机关能实行这种断然的急进的改革,颇使社会上有出人意表之感。"①

从民国建立到1920年之间,政治跌宕起伏,而语言改革运动贯穿始终,出人意料地在短时间内取得巨大成功。这一方面是晚清语言改革运动打下的基础,然而更多的却是体现了民初的知识界、政治家、教育界对民国共和政体的基本认同和守望,对"新国民"的共同期盼以及对新的国民教育的理解。比如国语研究会成立的动机之一正是教育部诸人"深感民智配不上这样的国体,欲借行政机关力量做几件重要改革"②。"中华民国—国民教育—国语统一"三位一体的文化建构,正是学界所概括的"民国机制"之一,③ 五四白话文运动从发生到成功是"五四文化圈"形成的过程,也是"民国机制"建构的过程。除了蔡元培以外,钱玄同、马裕藻、朱希祖、周作人等"章派弟子"兼有大学教授、白话文运动倡导者、国语研究会成员的多重身份,同时他们均是民国共和体制的认同者和维护者。

而反观晚清语言改革所依赖的官员,要么不是语言研究的参与人,如袁世凯、张之洞,要么倡导者又不代表官方,章太炎、吴敬恒甚至是"清

---

① 黎锦熙:《国语运动史纲》,第163页。
② 黎锦熙:《国语运动史纲》,第133页。
③ 参见李怡的相关文章《民国机制:中国现代文学研究的框架》,《广东社会科学》2010年第6期;《谁的五四?——论"五四文化圈"》,《中国现代文学研究丛刊》2009年第3期;《宪政理想与民国文学空间》,《郑州大学学报》2012年第5期。

朝的敌人"。王照等人一度依靠学部，提案却又遭学部故意排斥、拖延。因此，清末语言运动的多方力量互相牵制，未能形成稳定的国家力量。

　　以上从四个方面论述了晚清和五四白话文运动的区别，这些区别正是五四何以成功的"秘密"。这里当然不是否定五四与晚清的联系，任何一个文学运动都自有其渊源，不会凭空出现，胡适、周作人将之远追元明，自有其文学演化的理路所在，然说五四一代人自抬身价，故意斩断了他们和最近的清末白话文运动的联系，似也未必。今天，在五四百年之际，我们要看到清末语言改革运动的开山之功，看到晚清白话文运动对五四有"九大影响"①，对晚清的白话文运动给予理解之同情——因为一场政治倒逼出的语言运动能取得如此成绩已属不易，同时，又要客观分析两场运动的区别，看到五四诸多不同于晚清的面相，充分肯定它独特的历史贡献，这才是历史主义的态度。

第三节　从"国语教科书"到新文学的"实绩"
　　——五四文学革命中的白话小说定位与局限

　　由于白话小说古已有之，用白话创作小说似乎就不是文学革命倡导者关注的重点了。胡适在1917年4月给陈独秀的信中说："盖白话之可为小说之利器，已经施耐庵、曹雪芹诸人实地证明，不容更辨；今惟有韵文一类，尚待吾人之实地试验耳。"以后，他又在多种场合均表示过这样的意见：用白话创作小说戏曲不是问题，最难攻克的堡垒是诗歌。② 在文学革命倡导期，他们用力最多，也是引起争论最为激烈的当然是诗歌，然而，

---

　　① 胡全章全面总结了晚清对五四白话文运动的九大影响：理论、进化史观、白话书写试验、白话文学文体试验、组织人才陶铸、读者群、文学内容、通俗教科书及新式学堂的推广、拼音化与国语运动。见《白话文运动：没有晚清何来五四》，《贵州社会科学》2012年第1期。
　　② 《寄陈独秀》，《胡适文集》第2卷，第25页。后来又在《逼上梁山》和《中国新文学大系·理论建设集导言》中又有论述。

第三章　五四文学革命与汉语小说格局的异动

考察五四新文学倡导者的言论,"白话小说"其实一直是他们讨论的重要部分,一开始就被用来论证白话文学的正当性,但随着讨论的深入,对古典白话小说的话语资源又产生一定的分歧,在对传统及民初白话小说的批判中,建构出"现代小说""通俗小说"的概念,这些理论认识对新文学运动的走向造成重大的影响,值得重新进行辨析和反思。

一　作为"国语教科书"的旧白话小说

胡适在《文学改良刍议》中提出了改良"八事",其中为了论证第二事"不摹仿古人"时,他举证了"不摹仿古人"的白话小说:

> 吾谓今日之文学,其足与世界"第一流"文学比较而无愧色者,独有白话小说(我佛山人、南亭亭长、洪都百炼生三人而已)一项。此无他故,以此种小说皆不事摹仿古人(三人皆得力于《儒林外史》《水浒》《石头记》。然非摹仿之作也)。[①]

然后在第七事"不讲对仗"时又用白话小说来"压"骈文律诗:"今人犹有鄙夷白话小说为文学小道者。不知施耐庵曹雪芹吴趼人皆文学正宗,而骈文律诗乃真小道耳。"而他在第八事"不避俗字俗语"中,考证了从宋到元白话小说的发生发展,"此三百年中,中国乃发生一种通俗行远之文学。文则有《水浒》《西游》《三国》……之类",到明代此传统才因八股取士和前后七子所阻隔,于是他得出结论"然以今世历史进化的眼光观之,则白话文学之为中国文学之正宗,又将来文学必用之利器,可断言也"。

占去该文四分之一篇幅的第六事"不用典"通篇没有提到白话小说,这让钱玄同看出了破绽:"小说因用白话之故,用典之病少。(白话中罕有

[①] 胡适:《文学改良刍议》,《新青年》1917 年第 2 卷第 5 号。

用典者。胡君主张采用白话，不特以今人操语，地理为顺，即为驱除用典计，亦以用白话为宜）。"① 胡适后来对此大加称赞："我们那时谈到'不用典'一项，我们自己费了大劲，说来说去总说不圆满；后来玄同指出用白话可以'驱除用典'，正是一针见血的话。"②

　　将小说列为"文学"的正宗，是到五四才产生的共识，是五四一代作家对小说现代想象与建构的基点之一。胡适的论述表明，从"文学革命"理论倡导一开始，他们所依赖的重要基础就是传统的白话小说。钱玄同认为小说为"近代文学之正宗，此亦至确不易之论，惟此皆就文体言之耳"，他更强调思想和情感的重要。尽管胡适和钱玄同就小说的价值有很大争议，讨论得很热烈，但他们谈论的共同基础还是那些已成为经典的中国白话小说，从《三国》《水浒》《红楼》到晚清的"四大谴责小说"。到胡适提倡"国语文学"的时候，这些小说自然成了"国语教科书"，其地位更进一层。"真正有功效有势力的国语教科书，便是国语的文学，便是国语的小说、诗文、戏本。"虽然，此处他将诗文、戏本也列出来，但他在大多数场合所举的例子仅限于白话小说：

　　　　试问我们今日居然能拿起笔来做几篇白话文章，居然能写得出好几百个白话的字，可是从什么白话教科书上学来的吗？可不是从《水浒传》《西游记》《红楼梦》《儒林外史》……等书学来的吗？
　　　　我们今日要想重新规定一种"标准国语"，还须先造无数国语的《水浒传》《红楼梦》《西游记》《儒林外史》。
　　　　我们尽量采用《水浒》《西游记》《儒林外史》《红楼梦》的白话；有不合今日用的，便不用他；有不够用的便用今日的白话来补助；有不得不用文言的，便用文言来补助。这样做去，决不愁语言文

---

① 钱玄同：《致陈独秀》，《新青年》1917年第3卷第1号。
② 胡适：《中国新文学大系·建设理论集·导言》，欧阳哲生编《胡适文集》第1卷，第127页。

字不够用，也决不用愁没有标准白话。中国将来的新文学用的白话，就是将来中国的标准国语。①

在1935年给《中国新文学大系·建设理论集》写导言时，他更加清晰地理出"死文学"与文学两条线，批驳了旧文学史家对活文学的视而不见，高度推崇了古代白话小说，叙述气势恢宏，异常精彩：

> 他们只看见了李梦阳、何景明、王世贞，至多只看见了公安竟陵的偏锋文学，他却看不见何、李、袁、谭诸人同时还有无数的天才正在那儿用生动美丽的白话创作《水浒传》《金瓶梅》《西游记》和《三言》《二拍》的短篇小说，《劈破玉》《打枣竿》《挂枝儿》的小曲子。他们只看见了方苞、姚鼐、恽敬、张惠言、曾国藩、吴汝纶，他们全看不见方、姚、曾、吴同时还有更伟大的天才在那儿用流丽深刻的白话来创作《醒世姻缘传》《儒林外史》《红楼梦》《镜花缘》《海上花列传》。我们在那时候所提出的新的文学史观，正是要给全国读文学史的人们戴上一副新的眼镜，使他们忽然看见那平时看不见的琼楼玉宇，奇葩瑶草，使他们忽然惊叹天地之大，历史之全！大家戴了新眼镜去重看中国文学史，拿《水浒传》《金瓶梅》来比当时的正统文学，当然不但何、李的假古董不值得一笑，就是公安、竟陵也都成了扭扭捏捏的小家子了！拿《儒林外史》《红楼梦》来比方、姚、曾、吴，也当然再不会发那"举天下之美，无以易乎桐城姚氏者也"的伧陋解了！所以那历史进化的文学观，初看去好像貌不惊人，其实是一种"哥白尼式的天文革命"。②

---

① 胡适：《建设的文学革命论》，《新青年》1918年第4卷第4号。
② 胡适：《中国新文学大系·建设理论集·导言》，欧阳哲生编《胡适文集》第1卷，第128页。

从后来的文学史发展看，自评为"哥白尼式的天文革命"也不为过。这段话最突出的是他以比较的眼光对古代白话小说的推崇备至。问题是，在古代不同体裁文学的横向比较，较多体现个人偏好，说服力不强，诗文和小说可以并行不悖，古代如此，现代也可如此。自然会引出后面的问题：这些优秀的白话小说能给新派小说带来什么？接着他从自身经历出发，阐述这些古代白话小说可以成为学习白话和创作新体小说的"教科书"：

> 我写的白话差不多全是从看小说得来的。我的经验告诉我：《水浒》《红楼》《西游》《儒林外史》一类的小说早已给了我们许多白话教本，我们可以从这些小说里学到写白话文的技能。所以我大胆的劝大家不必迟疑，尽量的采用那些小说的白话来写白话文。其实那个时代写白话诗文的许多新作家，没有一个不是从旧小说里学来的白话做起点的。那些小说是我们的白话老师，是我们的国语模范文，是我们的国语"无师自通"速成学校。①

很显然，传统的白话小说在五四文学革命初期是以"国语教科书"的角色被重新"发现"的，它成了创造"标准国语"的重要范本。按此逻辑，不仅传统白话小说之"白话"可以吸收，同时，"白话"小说的创作方法及优点也应该是新小说的资源。但是恰恰在这一点上，五四作家将传统"白话"与"小说"做了切割。

二 "笔墨总嫌不干净"的旧白话小说

五四文学革命的倡导者最初从语言工具的层面强调白话小说的"国语教科书"地位，只关注了"白话"本身，但当他们在谈论白话小说的"表

---

① 胡适：《中国新文学大系·建设理论集·导言》，欧阳哲生编《胡适文集》第1卷，第126页。

现方法""思想"与"情感"时，则表现出另一种态度。他们认为清末至民初的小说完全不足观，并不是"新文学"想要的那种白话小说。胡适说："我以为现在国内新起的一班'文人'，受病最深的所在，只在没有高明的方法。"他将之归纳为两派：一派是"最下流的"学《聊斋志异》的札记小说，可称为"某生体"。一派是那些学《儒林外史》或是学《官场现形记》的白话小说，这一派小说"犯没有结构、没有布局的懒病"。那么，这样的白话小说，自然在胡适的眼中不能算"新文学"，"只配与报纸的第二张充篇幅，却不配在新文学上占一个位置"。① 胡适早期极力颂扬中国的文法是世界上最高的境界，但他是站在白话文学的民间传统立场上说的，其目的是抬高白话的身价去反对文言文。当白话文学站稳以后，他立即赞同傅斯年改造白话的主张，认为"旧小说的白话实在太简单了，在实际应用上，大家早已感觉有改变的必要了"②。

文学革命开始之际，周作人的《人的文学》影响广泛，而这篇被胡适称为"一篇平实伟大的宣言"的文章里，胡适高度赞美的一些白话小说被列为"非人的文学"，如《水浒》《七侠五义》列为强盗书类；《聊斋志异》《子不语》列为妖怪书类；《封神传》《西游记》被列为迷信的鬼神书类。这些"非人的文学"，周作人认为应该排斥：

> 这几类全是妨碍人性的生长，破坏人类的平和的东西，统应该排斥。这宗著作，在民族心理研究上，原都极有价值。在文艺批评上，也有几种可以容许。但在主义上，一切都该排斥。

这引起了胡适的注意，他在1935年回忆文学革命运动历程时坚定地支持周作人：

---

① 胡适：《建设的文学革命论》，《新青年》1918年第4卷第4号。
② 胡适：《中国新文学大系·建设理论集·导言》，欧阳哲生编《胡适文集》第1卷，第125页。

在周作人先生所排斥的十类"非人的文学"之中，有《西游记》《水浒》《七侠五义》，等等。这是很可注意的。我们一面夸赞这些旧小说的文学工具（白话），一面也不能不承认他们的思想内容实在不高明，够不上"人的文学"。用这个标准去评估中国古今的文学真正站得住脚的作品就很少了。

胡适强调当时的文学革命首先是文学工具的革命，这样从逻辑上白话的"伟大优美"与内容的"非人"就可以理解了。不仅是胡适，其他新文学倡导者也对中国既有的白话小说很不满意。钱玄同虽和胡适就"四大名著"等小说讨论得不可开交，可他后来说，虽然认定《红楼》《水浒》等是中国有价值的文学，但只是"短中取长的意思"，若是拿19、20世纪的西洋新文学眼光去评判，也还不能算作第一等，"因为他们三位的著作，虽然配得上称'写实体小说'，但是笔墨总嫌不干净。"所以他进而认为"现在中国的文学界，应该完全输入西洋最新文学，才是正当办法"[①]。另一场合他表达得更为明确："中国今日以前的小说，都该退居到历史的地位；从今日以后，要讲有价值的小说，第一步是译，第二步是新做。"[②] 但是说到"新做"白话小说，他和胡适有所不同，他认为一个时代有一个时代的白话，"不过是'今人要用今语做文章，不要用古语做文章'两句话。……所以我个人的意见，我们很该照自己的话写成现在的白话文章，不必读了什么'古之白话小说，才来做白话文章。"[③] 这和胡适的"国语教科书"定位稍有些差别，他完全抛开了传统白话小说。

刘半农与钱玄同相似，他分析了白话和文言各自的优缺点之后，认为应该建构新的白话小说，而这种新白话可能也大大不同于"施曹"时代了。"吾谓白话自有其缜密高雅处，施曹之文，亦仅能称雄于施曹之世。

---

① 钱玄同：《寄陈独秀》，《新青年》1917年第3卷第6号。
② 钱玄同：《致胡适》，《新青年》1918年第4卷第1号。
③ 钱玄同：《致公展》，《新青年》1919年第6卷第6号。

吾人自此以往，但能破除轻视白话之谬见，即以前此研究文言之工夫研究白话，虽成效之迟速不可期，而吾辈意想中之白话新文学，恐尚非施曹所能梦见。"他还具体批判了旧白话小说的结构模式，认为旧白话小说"无不从'某朝某府某村某员外'说起，而其结果，又不外'夫妇团圆''妻妾荣封''白日升天''不知所终'数种"。所以"吾辈欲建造新文学之基础，不得不首先打破此崇拜旧时文体之迷信，使文学的形式上速放一异彩也"①。

对旧派小说批判最力、最具体的要算沈雁冰的《自然主义与中国现代小说》一文了。这篇文章我们可以清楚看到中国白话小说在五四时期如何分裂出一种新体小说。他将当时的小说分为新旧两派，而旧派中又可分为三种：章回体长篇小说、新式章回小说（不分章回的旧式小说和中西混合的旧式小说）、旧式的短篇小说。然后他批判了旧派小说的两个流毒：文以载道和游戏的观念，并断定"现代的章回小说，在思想说来，毫无价值"。而艺术方面，他认为也是"不知如何描写"，而是"记账式"叙述。"总而言之，他们做一篇小说，在思想方面惟求博人无意识的一笑，在艺术方面，惟求报账似的报得清楚。这种东西，根本上不成其为小说，何论价值？"② 在沈雁冰的论述中逐渐分离出"新体白话小说"和"旧派小说"两类，而前者被界定为"现代小说"，后者则被通称为"通俗小说"，而这一概念天然地蕴含着对旧白话小说的压抑机制，在《中国新文学大系》第二集"文学论争集"中，第七编正是一个带有明显贬义色彩的标题：旧小说的丧钟。

三 "新体白话小说"的自我建构与问题

从以上几位代表性"新作家"的言论可以看出，一方面，传统白话小说作为新文学的"国语教科书"被抬到新的历史高度，同时又检讨传统白

---

① 刘半农：《我之文学改良观》，《新青年》1917 年第 3 卷第 3 号。
② 沈雁冰：《自然主义与中国现代小说》，《小说月报》1922 年第 13 卷第 7 期。

话小说在思想情感及艺术上的糟粕，在"现代小说"建构过程中，将新体白话小说与旧体白话小说做了切分。伴随这一过程，产生了影响现代小说史叙述范式的一些重要问题，诸如：长篇、短篇小说的理论与创作存在严重的失衡；通俗小说的内涵与外延由于语言的异动产生了新的调整；对民国初期大量借鉴古典白话小说资源的"旧派小说"存在明显的盲视与偏见。

首先，在五四"新体白话小说"建构的过程中，着力点和作为"实绩"的主要是短篇小说，而长篇小说则鲜有建树，1935 年出版的《中国新文学大系》中只有中短篇小说，没有长篇小说。

前引新文学家们都强调要创造一种新式的白话小说。那么，新式的白话小说是什么样呢？胡适在《新青年》第 4 卷第 5 号发表了《论短篇小说》，同期发表了鲁迅的《狂人日记》。一个是新文学小说的理论纲领，一个是被视为中国现代小说的开山之作，都对新文学的发展产生深远的影响。[①] 在

[①] 由于胡适、鲁迅意识形态对立的历史叙述，关于《论短篇小说》与《狂人日记》奇妙关联以及时间象征，学界此前较少关注。在《狂人日记》百年纪念时，不少学者开始对二者进行对读。周海波认为"二者之间并无太多相互印证的地方，但却在某种意义上开拓了现代小说尤其是短篇小说的新领域"。见《〈狂人日记〉与中国现代小说的建立》，《鲁迅研究月刊》2018 年第 9 期。李国华敏锐地看到胡适提倡短篇小说文体的"时间意识"与"进化论思维"，他认为《狂人日记》文言白话"两套时间系统的拼接，一方面契合着胡适《论短篇小说》'横截面'的理论，另一方面则通过拼接之处的龃龉挑战着'横截面'理论的合法性和有效性"。"《论短篇小说》更像是一个胜利者的开端，文章雄辩的语气带着开创历史的豪情，而鲁迅《狂人日记》则是一个失败者的低回。"见《时间意识与小说文体——胡适〈论短篇小说〉与鲁迅〈狂人日记〉对读》，《文艺争鸣》2019 年第 7 期。吴德利认为就"如何认识现代小说或现代短篇小说与传统小说之间的差异性"而言，《狂人日记》在视角空间的表现上为《论短篇小说》做了"一个很好的文本注脚，比之同时代的五四写实小说也更能显示出现代短篇的文体特性"。见《〈狂人日记〉：中国现代短篇小说的"创生"》，《西南民族大学学报》2019 年第 11 期。这些讨论从不同侧面讨论了二者的意义，其实，胡适界定的"以小见大"（原话是："横截面""侧面剪影""经济"）、叙事畅尽、写情饱满、人物生动，这"三体一面"已很好地提炼出短篇小说叙事的特点，只是他对小说文体的理解上，较为矛盾和宽泛，比如将《木兰辞》《孔雀东南飞》《桃花源记》甚至杜甫"三吏三别"，白居易《长恨歌》等诗歌推崇为最好的短篇小说，则多少显得界定不周，自我解构。但从另一个角度看，他对中国文学的叙事性的点评则体现出超常的眼光，如果不囿于教科书上现代文体的切分，他提到的这些作品的叙事神韵恰恰是《狂人日记》所具备而同期大多数白话短篇小说不具备的质素，这也正映衬出《狂人日记》的独特性，而这种现代性还要从"现代汉语"、欧化语言与小说修辞上去考察。

《论短篇小说》中，胡适提出了著名的"横截面"理论："短篇小说是用最经济的文学手段，描写事实中最精彩的一段，或一方面，而能使人充分满意的文章"①，后来论"现代小说"者大多引用胡适的理论。而《狂人日记》的发表可谓"横空出世"，连通俗作家凤兮也如此评论道："文化运动之轩然大波，新体之新小说群起，经吾所读自以为不少，而泥吾记忆者，止《狂人日记》，最为难忘。"② 在此之前，《新青年》发表了苏曼殊的文言小说《碎簪记》，而白话小说全部为翻译作品。一直到1919年3月的第6卷第3号鲁迅的《孔乙己》才又有创作小说。鲁迅的确是"一发不可收拾"，第6卷第5号发表了《药》，第8卷第1号发表了《风波》，第9卷第1号发表了《故乡》。除了鲁迅发表的创作小说外，到1921年的第9卷第6号为止，只有陈衡哲的创作小说《小雨点》，其余全部是翻译小说。鲁迅是《新青年》同人中创作新小说的当然主力，鲁迅自称"显示了新文学的实绩"是相当准确的。③ 钱玄同也说："《新青年》里的几篇较好的白话论文、新体诗和鲁迅君的小说，这都算是同人做白话文学的成绩品。"④ 这从总体上来说，也说明整个新文学创作队伍还相当小，处于过渡的时代，对社会还不能产生广泛的影响。"至于白话文学，自从《新青年》提倡以来，还没有见到多大的效果，这自然是实情。但我以为可以不必悲观，多大的效果虽没有见到，但小小的感动，也不能说绝无。"⑤

以鲁迅为代表的新小说家的出现夯实了新文学的地位，但其成绩却主要限于中短篇，包括冰心、叶绍钧、郁达夫等人早期的创作。胡适在1922年盘点新文学时，重点肯定了短篇小说的成绩："短篇小说了也渐渐的成立了。这一年多（1921年以后）的《小说月报》已成了一个提倡'创作'

---

① 胡适：《论短篇小说》，《新青年》1918年第4卷第5号。
② 凤兮：《我国现在之创作小说》（下），《申报·自由谈·小说特刊》1921年3月6日。
③ 鲁迅：《中国新文学大系·小说二集导言》，《鲁迅全集》第6卷，第246页。
④ 钱玄同：《致公展》，《新青年》1919年第6卷第6号。
⑤ 钱玄同：《致时敏》，《新青年》1919年第6卷第2号。

的小说的重要机关,内中也曾有几篇很好的创作。但成绩最大的却是位托名'鲁迅'的。他的短篇小说,从四年前的《狂人日记》到最近的《阿Q正传》,虽然不多,差不多没有不好的。"① 这是对当时新文学小说实绩的客观描述。

而长篇小说却没有拿出有影响力的作品。1922年张资平《冲积期化石》,王统照的《一叶》出版,一般认为是中国最早的现代长篇小说,但朱自清评论前者"结构散漫,不足以称佳作"。成仿吾说:"在我们现在这种缺少创作力——尤其是缺少长篇的创作的文学界,除了资平的《冲积期化石》,王统照君的《一叶》要算是长篇大作了。"② 其影响实在有限,批评多于肯定。杨振声的《玉君》1925年由现代社出版,陈西滢立即肯定其价值,他列了"中国新出有价值的书"计11种,《玉君》是长篇小说的代表:"要是没有杨振声先生的《玉君》,我们简直可以说没有长篇小说。"③ 这招来鲁迅的讥讽:"我先前看见《现代评论》上保举十一种好著作,杨振声先生的小说《玉君》即是其中的一种,理由之一是因为做得'长'。我对于这理由一向总有些隔膜……"④

1925年12月张闻天的《旅途》由上海商务印书馆出版,《小说月报》1924年4月第15卷第4号《最后一页》的预告评论说:"五月号里,有几篇文字,值得预告的。创作有鲁迅君的《在酒楼上》……还有张闻天君的一篇长篇创作《旅途》……近来长篇的小说作者极少,有一二部简直是成了连续的演讲录而不成其为小说了。张君的这部创作至少是一部使我们注意的'小说'。"这里的评论只是谨慎地说"至少是小说"。

当评价长篇小说时只在意它的"长",或基本算"小说"的时候,我们可以想象"长篇小说"的贫乏程度。正如有论者指出,五四时期长篇小

---

① 胡适:《五十年来中国之文学》,欧阳哲生编《胡适文集》第3卷,第263页。
② 成仿吾:《〈一叶〉的评论》,《使命》第三辑,上海创造社出版部1927年版,第171页。
③ 陈西滢:《闲话》,《现代评论》1926年第3卷第72期。
④ 鲁迅:《马上支日记》,见《鲁迅全集》第3卷,第347页。

说"在内容与形式上也显得极为浅表,作家们缺乏自觉的长篇小说的文体意识,多将长篇作为拉长篇幅的小说来创作,直至20世纪20年代末30年代初才开始走向定型与成熟。可以说,五四时期的长篇小说起步迟、起点低、成就平是不争的事实"①。

那么,为什么会出现这种状况呢?笔者以为,这和五四初期的小说理论及文体认同有很大关系。其一,五四小说家倡导的小说理论,诸如横断面、心理叙事、第一人称等"向内转"的诸多导向,在有限的篇幅内容易做到圆融自然,结构完整,它与短篇小说的美学要求更契合。长篇小说则强调故事性,要表现广阔的社会生活,大范围的历史时空,要有弛张有度的节奏,这些技巧就不足于支撑这些需求,而中国古代长篇小说的"说故事"传统却由于"革命"的冲动而中断,在短期内未能很好地吸收转化。其二,五四欧化的白话语言加强了汉语的形合功能,使其绵密、缠绵、细腻、具有象征的诗性,但同时也对"叙述"提出了更高的要求,如果没有高超的技巧融合长篇小说的长度、跨度和叙事节奏,很容易导致繁复、沉闷、乏味。相比后来较好地融合雅俗的小说作家,如老舍、茅盾、张恨水、巴金、张爱玲、赵树理、徐訏等,初期的《一叶》《玉君》《冲积期化石》等小说语言上的缺憾就很明显。

一般认为,中国现代长篇小说直到1933年茅盾《子夜》的出版,才真正产生广泛影响,瞿秋白说"真正堪称中国现代长篇小说结构的小说,《子夜》是第一部",并称为"中国第一部写实主义的成功的长篇小说"。②而这样一部"成功的长篇小说"一开始就有人注意到它明显借鉴了《红楼梦》等明清小说的结构艺术,③甚至他之前的《蚀》三部曲,也不同程度地从他批判的"旧体小说"中汲取了许多技巧。④这从侧面说明现代长篇

---

① 陈思广:《"五四"时期现代长篇小说论》,《武汉大学学报》2003年第1期。
② 瞿秋白:《〈子夜〉和国货年》,《申报·自由谈》1933年4月3日。
③ 朱明:《〈子夜〉与〈红楼梦〉》,《青年界》1935年8月4日。
④ 李国华:《"旧小说"与茅盾长篇小说的生成》,《中国现代文学研究丛刊》2012年第1期。

小说不可能做到完全排斥掉古典白话小说的传统，传统长篇小说的叙述方式，广阔的社会包容性，全视角的传奇叙事，市井化、生活化的白话语言都是汉语长篇小说不可或缺的要素。

其次，五四时期文学语言格局的异动造成中国小说产生新的雅俗格局，通俗小说与现代小说的切分，强化了对旧派小说（或继承传统章回体小说的）批判和压抑。

通俗小说的概念在五四时期发生了转变。中国古代小说在语言上是文言白话并行的双轨制。虽然"小说家流"都不足观，但在整个小说系统内部，还是有雅俗之别。"文言小说的一些，早已被纳入了正统的文化体系中；而白话小说，往往又称为通俗小说，即始终是被主流文化排斥的。"[①]五四新文学运动之后，文言小说退出历史舞台，白话小说内部则产生出新的通俗小说（在后来的"新文学史"建构中扩大到指称一切非新文学家的小说，包括旧派白话小说与民初的鸳鸯蝴蝶派的文言小说）。这里强调的"非新文学家"的白话小说，是对承传传统白话小说规范的"旧派小说家"的价值评判，带有诸多斗争策略上和新旧文人圈子的偏见。以至于对那些逐渐吸收了新文学因素的"旧派小说家"的创作，也不可能被纳入"现代""新"的范畴予以观照。

而民国初年占据文坛的长篇小说都是新文学家大力批判的旧派小说，他们沿袭了传统的章回体小说的手法，这批小说家长期被忽略和轻视，尤其是与"通俗小说/现代小说"的机制联系起来，更是巩固了这样的价值评判。这种文学史描述方式一直延续至今，甚至在极力提升"通俗小说"现代价值的文学史家那里也很难找到有效的整合机制，慨叹"分论易，整合难"，原因正在于，在"通俗小说"与"现代小说"两分的格局下，很难做到"比翼齐飞"，"多元共生"，[②]这如同提着自己的耳朵想

---

① 刘勇强：《中国古代小说史叙论》，北京大学出版社2007年版，第23页。
② 见范伯群《分论易，整合难——现代通俗文学的整合入史研究》，《中山大学学报》2006年第4期；《建构多元"中国现代文学史"的史实与理论依据》，《文艺争鸣》2008年第5期。

离开地面一样。

那么，反思五四新文学运动中关于"白话小说"的定位及争论，有助于重新梳理民国时期的小说史。我们需要悬置"现代"的价值评判，甚至搁置"通俗小说"的概念，从社会、审美、文学等维度去观照汉语小说，融合新旧，沟通雅俗，在学界对"现代小说"和"通俗小说"的"现代性"已有充分研究的前提下，应更多关注中国传统小说资源在晚清至民国的流变与整合，去除新/旧、文言/白话等二元对立观念，从"汉语小说"的视角看待中国小说在五四时期的变革，总结其得失成败，这样我们就可能重绘民国时期的小说史图景。

第四节 新体白话小说的全面兴起与文言小说的消退

——以 1917—1925 年的小说期刊为考察对象

五四文学革命、国语运动、新文化运动三位一体语言策略，使五四白话文运动迅速成功，白话文学全面兴起，文言文学全面消退。这一语言变革过程表现在文学文体的变革上，呈现出不同的路径，从古诗到新诗，古文到散文，曲艺到话剧，其"文—白"转换都意味着对传统文学形式的革命性颠覆。但是，小说则有其独特性。白话小说自宋以来就与文言小说并驾前驱，形成自己的审美体系，在明清以后其社会影响远过于文言小说，五四之后，以白话小说为基础建构出"现代小说"[①]，文言小说既不"通俗"，也不"现代"，逐渐退出历史舞台。

同样为旧文学体裁，旧体诗词在 20 世纪一直延续，甚至取得很大的成就，鲁迅、郁达夫、郭沫若、聂绀弩等新文学家都擅长写旧体诗，甚至在

---

① 对于五四之后的主流小说，我们通称为"现代小说"，其实现代小说的称谓在 30 年代以后才逐渐兴起，最初以"新体小说""新体白话小说"等指称。详细考证见本书第五章第一节。

新世纪以来形成了学界的研究热点。① 而文言小说消失是中国文学史上的大事件,学界却鲜有人研究,应该引起重视。

以《新青年》《新潮》以及"四大副刊"为代表的报刊是发表五四新派小说的主要阵地,而旧派小说杂志,除了《小说月报》的革命性改组以外,都经历了缓慢的调整。五四之前的小说语言状况在上一节已经有详细考察,这一节主要围绕文学革命发生发展为线索,以 1917—1925 年的相关报刊为中心,考察这一过程。厘清这一过程,不仅可以呈现五四新文学兴起的背面,重审五四的历史价值,而且可以反思现代/通俗、新/旧及汉语小说传统的创造转换等诸多有意义的命题。

一 1918—1925 年新体白话小说的全面兴起

通常认为从 1917 年《文学改良刍议》为开端,经过持续的理论论争,至鲁迅小说《狂人日记》发表,再到创造社、文学研究会两大文学社团的成立,文学革命宣告成功。但是这种教科书式的描述只是简要概括了发展的趋势,却没有呈现这一变迁背后的具体情况。具体到小说来说,必须主流的报刊全部发表新体白话小说,尤其是旧派小说杂志也完成转变并赞同"现代小说"的理念才表示"小说"的"文学革命"成功。本节我们以统计为方法,看五四之后主要杂志上白话、文言小说的消长,考察五四作家提倡的白话新体小说如何得到响应,哪些刊物发表了什么白话小说,哪些旧派小说杂志受此影响转变成新派小说的园地,哪些又在抵制或进行微调,然后再看文言小说杂志是如何消退,文言小说家是如何转轨的。

总体来说,语言变革的影响与扩散先由《新青年》开始,再有其他刊

---

① 代表性的研究参见李遇春专著《中国当代旧体诗词论稿》,华中师范大学出版社 2010 年版;他还主编了"民国诗风·中国现代作家旧体诗丛",出版鲁迅、胡适、郁达夫、闻一多、朱自清、萧军等作家的旧体诗集,北岳文艺出版社 2016 年版;还有常丽洁专著《早期新文学作家旧体诗写作》,社会科学文献出版社 2014 年版。木山英雄专著《人歌人哭大旗前:毛泽东时代的旧体诗》,生活·读书·新知三联书店 2016 年版。

物跟进，扩大影响，波及整个小说期刊，历史的大致进程是清楚的。这里以统计为基础，着重关注这些杂志具体的理论提倡与小说转轨的关联与进展，以呈现"文学革命"的影响与播散。

1. 《新青年》1915—1921年小说发表情况

《新青年》是"文学革命"和"新派小说"策源地，为更好分析其小说"现代"进程，我们将其在1915—1921年发表的全部小说统计如下，从中看到其白话与文言，翻译与创作，长篇与短篇小说数量的变化。

表3-5　　　　　《新青年》1915—1921年发表的小说情况

时间	发表卷号	题目	作者	类型	原作者	语言	体制
1915.9	第1卷第1—4号	《春潮》	陈嘏	翻译	［俄］屠尔格涅甫	文言	长篇
1916.1	第1卷第5号始	《初恋》	陈嘏	翻译	［俄］屠尔格涅甫	文言	长篇
1916.9	第2卷第1号	《决斗》	胡适	翻译	［俄］泰来夏甫	白话	短篇
1916.11	第2卷第3—4号	《碎簪记》	苏曼殊	创作		文言	中篇
	第2卷第5号	《磁狗》	刘半农	翻译	［英］麦道克	文言	短篇
1917.2	第2卷第6号	《基尔米里》	陈嘏	翻译	［法］龚枯尔兄弟	文言	长篇
1917.3	第3卷第1号	《二渔夫》	胡适	翻译	［法］莫泊三	白话	短篇
1917.4	第3卷第2号	《梅吕哀》	胡适	翻译	［法］莫泊三	文言	短篇
1918.4	第4卷第4号	《皇帝之公园》	周作人	翻译	［俄］Aleksandr Kuprin	白话	短篇
1918.5	第4卷第5号	《狂人日记》	鲁迅	创作		白话	短篇
1918.10	第5卷第4号	《老夫妻》	陈衡哲	创作		白话	短篇
		《酋长》	周作人	翻译	［波兰］显克微支	白话	短篇
1918.12	第5卷第6号	《小小的一个人》	周作人	翻译	［日］江马修	白话	短篇
1919.4	第6卷第4号	《孔乙己》	鲁迅	创作		白话	短篇
1919.5	第6卷第5号	《药》	鲁迅	创作		白话	短篇
1920.1	第7卷第2号	《摩诃末的家族》	周作人	翻译	［俄］V. Dantshenko	白话	短篇
		《一个贞烈的女孩子》	央庵	创作		白话	短篇
1920.4	第7卷第5号	《晚间的来客》	周作人	翻译	［俄］Aleksandr Kuprin	白话	短篇

续表

时间	发表卷号	题目	作者	类型	原作者	语言	体制
1920.9	第8卷第1号	《风波》	鲁迅	创作		白话	短篇
		《小雨点》	陈衡哲	创作		白话	短篇
1920.10	第8卷第2号	《波儿》	陈衡哲	创作		白话	短篇
		《玛加尔的梦》	周作人	翻译	[俄]科罗连柯	白话	短篇
1920.12	第8卷第4号	《深夜的喇叭》	周作人	翻译	[日]千家元磨	白话	短篇
		《幸福》	鲁迅	翻译	[俄]阿尔志拔绥夫	白话	短篇
1921.1	第8卷第5号	《少年的悲哀》	周作人	翻译	[日]国木田独步	白话	短篇
1921.4	第8卷第6号	《愿你有福了》	周作人	翻译	[波兰]显克微支	白话	短篇
		《世界的徽》	周作人	翻译	[波兰]普路斯	白话	短篇
		《一滴的牛乳》	周作人	翻译	[阿美尼亚]阿伽洛年	白话	短篇
1921.5	第9卷第1号	《故乡》	鲁迅	创作		白话	短篇
		《西门的爸爸》	沈雁冰	翻译	[法国]莫泊三	白话	短篇
		《快乐》	沈泽民	翻译	[俄]古卜林	白话	短篇
1921.9	第9卷第5号	《颠狗病》	周作人	翻译	[西班牙]伊巴涅支	白话	短篇

注：1.1915年创刊时为《青年杂志》，1916年改为《新青年》，为方便统称《新青年》。2.翻译的原作或原作者沿用发表时的名字，比如莫泊三今译作莫泊桑。陈嘏翻译龚古尔兄弟的小说《基尔米里》今译《热米妮·拉塞顿》。3.明确标记为剧作的未收入，比如第3卷第4号刘半农翻译的《琴魂》。

《新青年》自1915年创刊到1918年5月，杂志主要以文言为主，只有剧作会用白话，如陈嘏翻译王尔德的剧作《弗罗连斯》（第2卷第1—4号）。甚至在晚清报刊上大多会用白话的演说文章在《新青年》也使用文言，比如第2卷第5号蔡元培两篇演讲《在信教自由会之演说》和《政学会欢迎会上之演说》；第3卷第6号蔡元培在神州学会的演说稿《以美育代宗教说》都是文言。文言白话并行，以文言为主，这基本沿袭了清末民初大多数杂志的风格。而且倡导"文学革命"的两篇经典文献，胡适的《文学改良刍议》（第2卷第5号）和陈独秀的《文学革命论》（第2卷第6号）均使用文言。自1918年第4卷第5号发表鲁迅的《狂人日记》和胡适的《论短篇小说》开始全面使用白话，真正做到了"用白话作一切文章"。

具体到小说语言，在1915年到1916年间有陈嘏翻译的两部长篇小说，都用文言，只有胡适的译作《决斗》用白话，在1917年第3卷第2号胡适翻译莫泊桑《梅吕哀》又使用文言。在第2卷第3号和第4号连载了苏曼殊的文言小说《碎簪记》。综合1917—1921年，鲁迅是《新青年》最主要的新体白话小说的创作者，共发表4篇白话创作小说：《狂人日记》《风波》《孔乙己》《故乡》，显示出新文学小说的实绩，同时也是整个新文学最有影响力的开端。

《新青年》前期主要致力于翻译外国小说，这与刊物的办刊理念一致，而翻译小说全部用白话也是在1918年第4卷第5号以后。除了鲁迅以外，陈衡哲是发表新体白话小说最多的作家，她发表三篇白话创作小说：《小雨点》《老夫妻》和《波儿》。1917年她就曾在胡适主编的《留美学生季报》（第4卷第2期）上发表了白话小说《一日》，是最早明确响应胡适文学改良理念而创作白话小说的作家，《一日》甚至一度被人推为中国现代第一篇白话小说。[①] 陈衡哲的这些小说在技巧上虽然显得稚嫩，但在内容上应该值得重视，她是第一位将个人的外国生活场景带入白话小说的作家，对研究现代中国人异域书写具有独特的意义。比如《老夫妻》写亨利华伦夫妇吵嘴，受到寡妇的启示而觉悟，之后恢复恩爱。贫困老夫妻在晚餐前后的日常生活，小说用对话表现二人的贫苦但温馨的情感，都具有人道主义色彩。另一篇小说《波儿》也是如此，从侧面反映在五四时期中国人走向世界以后的生存形态，也是小说"现代性"的体现。[②] 《新青年》

[①] 最早是夏志清在《小论陈衡哲》中说："由于《一日》改写了中国现代文学最早的历史记录，因而新文学的第一篇白话小说是陈衡哲的《一日》，绝非鲁迅的《狂人日记》。"收入《中国现代小说史》，复旦大学出版社2005年版，第375页。

[②] 晚清有陈季同于1890年在法国出版了用法语创作的中篇小说《黄衫客传奇》，但他是以中国故事（以《霍小玉传》）为底本。见严家炎《〈黄衫客传奇〉：真正具有现代意义的晚清小说》，《中华读书报》2010年3月22日。

1920年8月迁回上海后逐渐成为中国共产党的机关刊物,宣扬马克思主义的理论文章增多,文学作品减少。

2. 《新潮》发表小说的情况

文学革命初期与《新青年》形成呼应关系的同人刊物还有《每周评论》与《新潮》。《每周评论》仿《新青年》开办"随感录"专栏,对现代散文的发展有重要贡献,较少发表小说,这里我们主要讨论《新潮》杂志的小说发表及语言状况。

表3-6 《新潮》杂志小说的语言状况

时间	发表卷号	题目	作者	类型	原作者	体制
1919.1	第1卷第1号	《雪夜》	汪敬熙	创作		白话短篇
		《谁使为之》	汪敬熙	创作		
1919.2	第1卷第2号	《一个勤学的学生》	汪敬熙	创作		白话短篇
		《一课》	汪敬熙	创作		
		《断手》	欧阳予倩	创作		
1919.3	第1卷第3号	《渔家》	杨振声	创作		白话短篇
		《是爱情还是苦痛》	罗家伦	创作		
		《这也是一个人!》	叶绍钧	创作		
		《一个病的城里》	沈性仁译	翻译	[俄]高尔基	
		《私刑》	沈性仁译	翻译	[俄]高尔基	
1919.4	第1卷第4号	《一个兵的家》	杨振声	创作		白话短篇
		《花匠》	俞平伯	创作		
		《怪我不是》	某君投稿	创作		
1919.5	第1卷第5号	《新婚前后七日记》	任釪	创作		白话短篇
		《春游》	叶绍钧	创作		
		《洋债》	郭弼藩	创作		
1919.10	第2卷第1号	《明天》	鲁迅	创作		白话短篇
		《砍柴的女儿》	汪敬熙	创作		
		《炉景》	俞平伯	创作		

续表

时间	发表卷号	题目	作者	类型	原作者	体制
1919.12	第2卷第2号	《炉火光里》	潘家洵译	翻译	[美] Margaret thomson	白话短篇
		《死与生》	汪敬熙	创作		
		《一个好百姓》	杨钟健	创作		
1920.2	第2卷第3号	《格兰莫尔的火》	潘家洵译	翻译	Robert Herrick	白话短篇
		《狗和褒章》	俞平伯	创作		
1920.5	第2卷第4号	《高加索之囚人》	孙伏园译	翻译	托尔斯泰	白话短篇
		《两封回信》	叶绍钧	创作		
1920.9	第2卷第5号	《伊和他》	叶绍钧	创作		白话短篇
		《贞女》	杨振声	创作		
		《老乳母》	周作人译	翻译	[俄] 弥里珍那	
		《呆子伊凡的故事》	孙伏园译	翻译	[俄] 托尔斯泰	寓言
1921.9	第3卷第1号	《不快之感》	叶绍钧	创作		白话短篇
		《磨面的老王》	杨振声	创作		
		《贵生与他的牛》	潘垂统	创作		
		《蔷薇花》	周作人译	翻译	[日] 千家元麿	童话
		《热狂的小孩们》	周作人译	翻译	[日] 千家元麿	童话
		《自私的巨人》	穆敬熙译	翻译	[英] 王尔德	童话

注：1.《新潮》发表小说均为白话；2. 以刊物标注"小说""短篇"为基础统计，剧作未统计，寓言童话统计。3. 由于五四运动影响，加上各种编辑人员变动，《新潮》在1919年12月后出版时间没有规律，刊物标注时间与实际出版时间会有出入，这里以刊物标注时间为准。第2卷第5号后，休刊一年，至1921年9月出版第3卷第1号，半年后，1922年3月出版第3卷第2号后终刊。第3卷第2号主要是论说文章，未发表文学作品。4.《砍柴的女儿》作者 ks 是汪敬熙，见其小说集《雪夜》，亚东图书馆1929年版。

《新潮》1919年1月创刊，北京大学新潮社的会刊，是与《新青年》互相呼应，倡导新文化的重要阵地。有人称："《新青年》如果是新文化运动的主力军，《新潮》当之无愧就是'青年近卫军'。"[①] 不同的是，《新潮》自诞生之日就是新文学刊物，全部采用白话，没有语言上"弃旧从新"的过程。因为是北京大学学生创办的刊物，在广大的青年学生中产生广泛影响。

---

① 吴立昌：《五四时期更为年轻的弄潮儿——再读〈新潮〉》，《粤海风》2018年第2期。

从以上统计可以看出，《新潮》发表的小说创作数量远超《新青年》，而且推出叶绍钧、杨振声、汪敬熙、俞平伯等新人小说（这些作家也是新潮社的主要成员）。与《新青年》偏重于政治文化、新思想和社会批评相比，它更偏向思想与文学，对外国文学的介绍力度颇大。注重新文学创作，提倡欧化白话文，体现了《新潮》注重"批评的精神，科学的主义，革新的文词"的办刊理念。①

鲁迅在《新潮》第2卷第1号上发表了小说《明天》。第1卷第5号任鉥发表的《新婚前后七日记》明显模仿鲁迅的《狂人日记》。小说以第一人称自述。前面也有小序，一个同学回家结婚，返校后大家要他讲新婚秘事，他不愿讲，同学偷翻箱子找到他的一本日记本，就把日记节选一部分有心理上特点的发表出来，供学者研究和参考。正文是日记内容。序言不再用文言而用白话，模仿显得比较生硬。但其意义在于，除了胡适、沈雁冰、张定璜等人的著名评价外，这篇小说仿作再次证明了《狂人日记》给当时青年人带来的震撼力，而当时的鲁迅只是一个"无名"的普通作者。

总体来说，《新潮》小说在艺术手法上还显稚嫩，鲁迅后来也评价说："自然，技术是幼稚的，往往留存着旧小说上的写法和情调；而且平铺直叙，一泻无余；或者过于巧合，在一刹时中，在一个人上，会聚集了一切难堪的不幸。"② 不过，我们不能忽视其对"现代小说"发生期的特殊贡献，简言之，至少有三方面：

其一，我们不能忽视《新潮》小说对五四"问题小说"的贡献。《新潮》小说大多表现了人道主义关怀，关注穷人、女性与婚姻问题。创刊号发表汪敬熙两篇小说《雪夜》《谁使为之》就很典型。《雪夜》写北京一家穷人，男主人慵懒整天抽鸦片，妻女在雪夜上街乞讨，十来岁儿子拉车赚钱养

---

① 傅斯年：《〈新潮〉之回顾与前瞻》，《新潮》1919年第2卷第1期。
② 鲁迅：《小说二集·导言》，赵家璧主编《中国新文学大系》，上海文艺出版社2003年版，第2页。

家，刚回家就被父亲斥责再去买煤球，最后晕倒于风雪之中。《谁使为之》则写一个小知识者辗转求学，做一小官，经历各种风波最后患肺痨吐血而死，临终追问：一生究竟为谁活？具有深刻的批判性。《断手》《渔家》《洋债》《磨面的老王》《一个好老百姓》等作品都是写普通的穷人，他们忍受着饥饿为生活奔波。这些小说从侧面揭示了人民苦难的社会根源。而《砍柴的女儿》《贞女》《炉景》《狗和褒章》《这也是一个人！》《是爱情还是苦痛？》《两封回信》表现爱情及婚姻的悲剧。这些小说具有五四时代的启蒙特征，提出问题，发人深省。正如杨义所说："《新潮》杂志上的问题小说提出一系列重大的问题，诸如父子两代的冲突，家庭婚姻的不合理，下层社会的苦难，以及人生究竟的真谏，问题多且大，痛切、尖锐且略见充实。"①

其二，如果联系整个小说界发展态势，就更能显出《新潮》的意义。在1919年1月《新潮》创刊时，新文学阵营发表的白话小说仅有鲁迅的《狂人日记》和陈衡哲的《老夫妻》，而1921年文学研究会主持改组《小说月报》，五四白话小说才开始大规模出现，那么《新潮》的白话小说正好填补了1919—1921年新体白话小说的空白，具有承前启后的作用。

其三，叶绍钧在《新潮》上的转变也是非常值得研究的"弃旧从新"的例子。如上节所述，他1914—1917年在《礼拜六》等旧杂志发表不少文言小说，1917年开始批判礼拜六派小说，1918年2月、3月在《妇女杂志》发表《春宴琐谭》，这是半文半白的小说，写一个报馆主笔的妻子，在家学外国技术养鸡，相夫教子，宴请宾客的故事，宾客散尽，"夫人和瑶琴被碧儿留住，便遣人到家关照，说今夕不归了。时暮色渐合，太阳馀光反照云际，红鲜如玫瑰。转眼间，大地沉沉，入黑暗的暮里休息去了。客堂里点上明灯，钗光鬓影映上窗纱。但闻一派歌声从里边透出，娇婉乃

---

① 杨义：《中国现代小说史》第1卷，人民文学出版社1986年版，第120页。

如莺簧，隐约是'……红是桃花聪，青是莫邪锋，谁云巾帼不英雄？'"小说中流露出对家境殷实、持家有道、内外皆能的贤淑"巾帼女英雄"的赞美。小说有一定的新思想（比如女性对西方技术的学习，宴会上的咖啡，礼仪等，还有风景描写的新手法），同时也还带有明显旧小说写酒宴的风格。

而在1919年在《新潮》发表的《这也是一个人！》①，才是叶绍钧第一篇带有"新文学"特点的白话小说。小说写一个被婆婆当牛用的小媳妇，逃婚回娘家被遣返，后来丈夫去世，婆婆将其卖掉。作者发出"这也是一个人"的控诉。小说塑造了比祥林嫂更悲惨的一个底层女子，充满同情，是典型的"五四小说"。此时，叶绍钧担任北大国文研究所通讯处研究员，受顾颉刚邀请加入了新潮社。商金林在《叶圣陶传论》专门比较《春宴琐谭》与《这也是一个人！》，感叹从1917年到1919年叶圣陶思想发生了非常深刻的变化，"《春宴琐谈》打上了文白交替时代的印记，是文白过渡的一座桥梁，从中可以看出叶圣陶是如何从用文言过渡到用白话写小说的，这在叶圣陶文体研究中有特殊的价值"②。而在改组后的《小说月报》中，叶绍钧已是五四新派小说的主力军了。

3.《小说月报》的改组与小说语言状况

提到五四新派小说的转型，甚至五四新文学的发生，《小说月报》的改组是不能忽视的。这一过程，体现了新文学如何改造旧杂志扩大阵地的过程，同时也是新文学争夺话语权的过程。《小说月报》的转变是新文学运动取得重大突破和产生全国性影响力的一个标志。对这一影响的整体研究已经很多，但是对具体白话小说的发表情况还需要进行微观透视。现在将该杂志1915—1921年白话文言小说数量作一统计，来考察该杂志从文言小说向新体小说转变的轨迹。

---

① 这部小说可能受到莫泊桑的小说《她的一生》的影响，后来收入小说集《隔膜》时，改为《一生》。见陈辽《叶圣陶传》，江苏教育出版社1986年版，第80页。
② 商金林：《叶圣陶传论》，安徽教育出版社1995年版，第215页。

表3-7　　　　《小说月报》1915—1921年小说的语言状况

《小说月报》	长篇数量	白话长篇	文言长篇	短篇数量	白话短篇	文言短篇
第6卷共12号（1915年）	7	1	6	125	6	119
第7卷共12号（1916年）	8	1	7	100	6	94
第8卷共12号（1917年）	6	1	5	93	9	84
第9卷共12号（1918年）	6	2	4	105	37	68
第10卷共12号（1919年）	5	2	3	93	22	71
第11卷共12号（1920年）	9	7	2	96	66	30
第12卷共13号（1921年）	全部为白话，新式标点					

关于《小说月报》1917年前的小说语言情况在本章第一节已经做过简要分析。这里主要考察其从旧变新的情况。从上面的统计可以看到，1918年前该刊文言小说占据绝对主体，而1918年白话短篇小说有所增多，1920年首次超过文言小说数量，基本反映了文学革命的进程，这与其他旧派小说杂志的"波澜不惊"不同。1918年王蕴章接任恽铁樵的主编一职，小说栏目改为传统意味很浓的"说丛"，刊登大量林纾翻译的小说。但是，王蕴章并非一味守旧之人，他在恽铁樵之前就曾担任主编，开设"译丛"和"改良新剧"专栏，对中国现代文学有奠基之功。"译丛"介绍西方政治意味很强的小说，而"改良新剧"对"话剧"的引入有助推之力。有人认为这是"《小说月报》唯一一个从一开始就充满新文学意味的栏目"①。后来王蕴章的编辑风格更多向市场趣味靠拢，以至于形成"冶新旧于一炉，势必两面不讨好"的局面。

《小说月报》的改组是由于受到新派人物的攻击不得已而为之，1920年罗家伦在《新潮》杂志发表《今日中国之杂志界》，大力批判商务印书馆的保守和落伍。同时，迫于新文学在市场上越来越受到欢迎，以林纾为

---

① 谢晓霞：《小说月报1910—1920：商业、文化与未完成的现代性》，上海三联书店2009年版，第82页。

主打品牌的旧的营销战略也受到挑战，商务印书馆方面决定进行改革，1920年先进行内部革新，聘请沈雁冰开设"小说新潮"。文学革命新思潮开始渗透到这个旧小说杂志大本营，白话小说数量开始超过文言小说，第10期将"说丛"和"小说新潮"两个栏目都取消，以"长篇小说""短篇小说"这样新文学名称开设新栏目，在"本社启事"中明确说"一律采用小说新潮样之最新译著小说，以顺应文学之潮流，谋说部之改进"。

但是1920年第11卷呈现出新旧结合的过渡状态。虽然开设新的专栏，但用稿上并不排除旧有作者队伍，比如第一期第一篇就是周瘦鹃的翻译稿子《畸人》。"小说新潮"与传统旧栏目"小说俱乐部"并列，后者是典型的游戏小说，同一个题目作者竞作，大多短小平铺直叙。主编王蕴章是南社成员，在第11卷第5号"小说新潮"还发表有其本人翻译泰戈尔（译作苔莪尔）的小说《放假的日子到了》；第6号发表他翻译美国George Humphrey的《父亲的手》，与沈雁冰的译作并列，而且这位文言小说大家都使用白话。在本年度小说新潮发表数量最多的是一般认为是鸳鸯蝴蝶派小说家的周瘦鹃，长篇小说1部（《社会柱石》），短篇小说8篇，全使用白话。同时，林纾的长篇文言翻译小说《想夫怜》一直连载，其他原来旧派小说家张毅汉、徐慧子、张枕绿的小说及理论也持续刊登。

无论是无奈地妥协还是主动"顺应文学潮流"，在旧派小说大家王蕴章主持《小说月报》时，开始了由旧向新的过渡。沈雁冰1921年开始全面接手，态度鲜明地提倡新体小说，摈弃旧派小说，《小说月报》最终成为新文学阵营标志性刊物。"十年之久的一个顽固派堡垒终于打开缺口而决定了它的最终结局，即十二卷起的全面革新。"[1]

以1921年第12卷为例，发表白话创作小说的作者中，超过4篇的作者是：叶绍钧、冰心、庐隐、许地山、王统照。

---

[1] 茅盾：《商务印书馆编译所和革新〈小说月报〉的前后》，《商务印馆九十年》，商务印书馆1987年版。

表3-8　《小说月报》第12卷（1921年）发表小说数量较多作家

作者	数量	小说题目及期号
叶绍钧	8篇	《母》（1号）；《一个朋友》《低能儿》（2号）《恐怖之夜》《萌芽》（3号）；《苦菜》（4号）
庐隐	6篇	《一个著作家》（2号）；《一封信》（6号）；《红玫瑰》（7号）；《两个小学生》（8号）；《灵魂可以卖吗》（11号）；《思潮》（12号）
冰心	5篇	《笑》（1号）；《超人》（4号）；《爱的实现》（7号）；《最后的使者》《离家的一年》（11号）
许地山	4篇	《命命鸟》（1号）；《商人妇》（4号）；《换巢鸾凤》（5号）；《黄昏后》（7号）
王统照	4篇	《沉思》（1号）；《遗音》（3号）；《春雨之夜》（6号）；《月影》（7号）

这些作者都成为五四时代最著名的"为人生"派小说家。有些篇目成为小说史上的经典名篇，如许地山的《命命鸟》《商人妇》以及冰心的《超人》。改组的《小说月报》还有一个鲜明的特点是理论、翻译小说、创作小说齐头并进，全方位地提倡、介绍现代小说。第7号还集中办了一期"被损害民族的文学号"，增加一次"俄国文学研究"的号外，很好地展现了"改革宣言"中"介绍世界文学潮流""革新中国文学"的主张。①

4. 1918—1925年"三大副刊"的小说发表状况

学界素有"四大副刊"之说，也有认为称"三大副刊"更为准确②。对新文学的最初扩展来说，因为《京报副刊》创办较晚，"三大副刊"更为贴切。胡适在《五十年来中国之文学》中曾说："北京的《晨报》副刊，上海《民国日报》的《觉悟》，《时事新报》的《学灯》，在这三年之中，

---

① 在第12卷第1号发表的"改革宣言"中称本杂志"谋更新而扩充之，将于译述西洋名家小说而外，兼介绍世界文学界潮流之趋向，讨论中国文学革进之方法"。见《小说月报》1921年第12卷第1号。

② 比如新闻史研究者谢庆立认为《觉悟》《学灯》与《晨报副镌》为"三大副刊"的说法更为合理，见《中国早期报纸副刊编辑形态的演变》，学苑出版社2008年版，第173页。

可算是三个最重要的白话文的机关。"① "三大副刊"是较早重点刊载新体白话小说的报纸副刊，对五四新文学的传播具有重要影响。《民国日报》副刊《觉悟》1919年6月创刊，《晨报》副刊与《时事新报》副刊《学灯》均在1919年改旧为新，成为新文学阵地。而《京报》副刊1924年12月创刊，1926年被查禁，创刊时间稍晚。那时除了长篇小说乏善可陈外，新文学已成为主流文学。因此，本书主要以"三大副刊"为主考察其"弃旧从新"的过程以及发表新体小说的情况。

（1）《晨报副刊》发表小说的情况

《晨报副刊》历经三次更名，代表三个时期。前身是1918年12月开始的《晨报》第七版。1921年10月《晨报》改革第七版，变成有单独报头的独立副刊，并改名为《晨报副镌》。1925年10月又改名为《晨报副刊》，至1928年6月停办。这里主要关注1918年第七版到1921年前后《晨报副镌》的小说发表状况。1925年以后的《晨报副刊》，无论编者的文学主张如何变化，都已成为新文学作品发表的主要园地。为叙述方便，如无特别需要，一律称《晨报副刊》。②

1918年底复刊以后的《晨报副刊》和广大的通俗报刊一样，文白夹杂，以文言为主，注重通俗与娱乐性，栏目设置有专载、文苑、小说、笔记、旧闻、剧评。李大钊任编辑于1919年2月7日开始对第七版进行大改革，增加了五四新思潮类栏目，如介绍"新修养、新知识、新思想"的"自由论坛""名人小史""讲演记录"，推介"东西学者名人之新著"的"译丛"以及弘扬"高尚精神"的"剧谈"，而且全部用白话。由此将一

---

① 胡适：《五十年来中国之文学》，《胡适文集》第3卷，第260页。
② 关于"副刊"之名，曾出现"附刊""副镌"等几种用法。可参考孙伏园的回忆："以后这个小报的名称，便有了三种写法，一种是鲁迅先生的原文《晨报附刊》，小报的四个报眉上便如此。一种是照着蒲先生的报头《晨报副镌》。还有一种是在头两种中各取一字作为《晨报副刊》。这第三种中的'副刊'二字以后便成了同类刊物的通名。"见孙伏园《三十年前副刊回忆》，《文艺报》1950年第16期。

个旧式消闲小报改造成积极响应五四白话文运动，宣扬新文化的重镇。①从李大钊（1919.2—1921.6）到孙伏园任编辑时期（1921.7—1924.10），到徐志摩（1925.10—1926.7），《晨报副刊》一直是五四新体小说发表的重要刊物，为五四新体白话小说全面扩展做出重要贡献，三位编辑的思想也影响了《晨报副刊》的风格。②

首先，鲁迅在《晨报副刊》发表一批重要小说。1919年3月11日第89号第七版分三期转载了鲁迅的《狂人日记》；1919年12月1日在《晨报·创刊纪念增刊》上发表《一件小事》；1921年7月11日至14日转载了《故乡》（首刊在《新青年》1919年5月9卷1号）。还有其他著名小说由《晨报副刊》首发：《兔和猫》（1922年10月10日）、《不周山》（1922年12月1日）、《肥皂》（1924年3月27—28日）。由于与孙伏园的师生关系，鲁迅在孙伏园任编辑期间发表大量的作品，据崔燕等人统计，鲁迅一共在《晨报副刊》发表各类作品129篇，其中1922年就发表小说及译作39篇。③ 1921年12月4日至1922年2月12日鲁迅最为重要的小说《阿Q正传》在《晨报副刊》的"开心话"栏目发表，署名为"巴人"，这部小说连同它突然连载结束的故事，都成为中国现代文学史上的经典段落。1924年孙伏园因鲁迅《我的恋爱》一诗的发表风波，从《晨报》辞职转到《京报》副刊，鲁迅的发表阵地也随之转换。但在《京报》副刊上，鲁迅主要发表的是杂文和译作。

其次，《晨报副刊》培养了冰心、沈从文为代表的一批青年小说作家。

---

① 比如，改版之初就发表了陈独秀的《我们为什么要作白话文》，与《新青年》形成呼应。1919年3月4日，又发表李大钊的《新旧思潮之激战》反驳林纾。至1919年12月，"自由论坛"共刊登8篇讨论白话文的相关文章。"小说"栏发表的全部是白话小说。

② 在孙伏园辞职以后汤鹤逸、丘景尼、江绍原短暂主编一段时间，1925年10月后由徐志摩主编，至1926年7月后，徐志摩和陆小曼至上海，编辑事务又交给江绍原、瞿世英，至1928年6月停刊。但对现代文学史影响最大的三位编辑仍然是李大钊、孙伏园和徐志摩。

③ 崔燕、崔银河：《鲁迅与〈晨报副刊〉始末》，《鲁迅研究月刊》2018年第5期。

1919年8月年仅19岁的冰心就在《晨报副刊》报发表了《二十一日听审的感想》（8月25日"自由论坛"专栏）的白话文，这是她第一次公开发表作品。此后她的第一篇小说《两个家庭》（1919.9.18—9.22，也是她第一次以"冰心"为笔名）发表，接着是《谁之罪》（1919.9.18—9.22）、《去国》（1919.11.22—11.26）、《秋风秋雨愁煞人》（1919.10.30—11.3）、《庄鸿的姊姊》（1920.1.6—1.7），尤其是发表于《晨报副刊》1919年10月7日至11日的《斯人独憔悴》是五四"问题小说"的代表作。自1919年至1922年三年间，冰心在《晨报副刊》上发表了17篇小说。1923年其《超人》小说集由商务印书馆出版。此后，冰心在《晨报副刊》主要发表诗歌及儿童文学。可以说，作为小说家的冰心主要是《晨报副刊》和《小说月报》共同成就的。

如果说《晨报副刊》前期推出的小说新星是冰心，那么徐志摩任主编的后期，最重要的小说新人当属沈从文了。员怒华全面统计了沈从文在《晨报副刊》发表的作品，"从1924年12月首次在《晨报》副刊上发表《一封未曾付邮的信》至终刊，沈从文在《晨报》副刊上共发表小说、散文、诗歌、戏剧等各种体裁的作品100余篇，成为文坛上一颗冉冉上升的新星。"① 沈从文活跃的20世纪20年代中后期，五四新小说已经度过了草创期，进入了深化期。

除了冰心、沈从文以外，《晨报副刊》还发表一批后来称之乡土小说家的青年作家的作品，比如许钦文、蹇先艾与黎锦明。

1922年至1924年许钦文在《晨报副刊》发表了54篇短篇小说。如《这一次的离故乡》《传染病》《理想的伴侣》《父亲的花园》《中学教员》《孔大有的吊死》《工人朱贵有》《孔长寿的吊死》《湿手捏了干面粉》《一张包花生米的字纸》《胜利》《重做一回》《模特》《引见以后》等。这些作品有的写底层民众的疾苦，有的写青年人的生活，有的写知识者的彷

---

① 员怒华：《四大副刊与五四新文学》，博士学位论文，华中师范大学，2011年。

徨，具有鲜明的启蒙性。其中《理想的伴侣》更是引出鲁迅创作了小说《幸福的家庭》，后者的副题正是"拟许钦文"。黎锦明的短篇小说《侥幸》发表在1924年12月4日至10日的《晨报副刊》，这是他发表的第一篇短篇小说。随后两年间又发表了如《雹》《店徒阿桂》《落花小品》《四季》《不速的客人》《神童》《柿皮》《船夫丁福》《小黄的末日》《出阁》等，后来分别结集为小说集《雹》和《烈火》。蹇先艾发表作品稍晚一些，他首先在1925年6月22日在《晨报副刊》的附刊《文学旬刊》上发表短篇小说《家庭访问》，到1928年停刊他共发表了12篇小说，并且翻译了5篇契诃夫的小说。如《穷人的时运》《星期日的下午》《狂喜之后》《到家的晚上》《渺茫的过去》，后来多收入小说集《朝雾》。

这些小说家鲁迅后来总结新文学成绩时给予很高的评价，他说："在北京这地方，——北京虽然是'五四运动'的策源地，但自从支持着《新青年》和《新潮》的人们，风流云散以来，一九二〇至二二年这三年间，倒显着寂寞荒凉的古战场的情景。《晨报副刊》，后来是《京报副刊》露出头角来了，然而都不是怎么注重文艺创作的刊物，它们在小说一方面，只绍介了有限的作家：蹇先艾、许钦文、王鲁彦、黎锦明、黄鹏基、尚钺、向培良。"①

《晨报副刊》与文学研究会一度颉颃互进，互为支援。《晨报副刊》在1920年刊登了《文学研究会宣言》（1920年12月13日）和《〈小说月报〉改革宣言》（1920年12月16日）。1923年王统照任《文学旬刊》主编时，将《文学旬刊》附在《晨报副刊》一起出版。叶绍钧的小说《阿凤》《潜隐的爱》《一课》也发表在《晨报副刊》。

（2）《时事新报》副刊《学灯》发表小说的情况

《学灯》是上海《时事新报》的副刊，1918年3月4日创刊。《时事新报》在1916年4月张君劢任主笔时以反对复辟著称，成为上海颇具影响

---

① 鲁迅：《中国新文学大系·小说二集·导言》，《鲁迅全集》第6卷，第256页。

力的大报。1917年张东荪接任主编，开始宣传新文化与新思潮①。《学灯》创刊时本是《时事新报》教育栏目的扩大版，宗旨在于"促进教育，灌输文化"，②故初期主要讨论教育、政治社会问题，劳工、政党、思想（思潮）、自由、教育、科学、妇女是其高频词汇。此时文言白话并用，发表文学作品较少。诚如有学者所言："《学灯》初创阶段，受时代潮流和大环境影响，《学灯》主编努力让思想、文化、言论进入副刊空间……不过，对新文学的重视程度，《学灯》还不如同时期的《新青年》《新潮》杂志，所谓文学只是处于一种'自生'状态。"③真正深度参与五四新文学则要从1919年8月郭虞裳、宗白华担任编辑以后。

相比较《晨报副刊》发表大量的重要小说来说，《时事新报》副刊《学灯》对五四新诗的发展贡献更大。一是推出了"诗人"郭沫若。郭沫若许多著名诗歌发表在该刊，如《凤凰涅槃》《天狗》《地球！我的母亲》等，其他五四诗人朱自清、康白情也率先在《学灯》亮相。二是胡怀琛给胡适改诗引发的争论，深化了新诗的影响。④

而《学灯》之于五四新体小说，有一个逐步转变的过程，和编辑对小说文体的认知有很大关系。1918年12月6日开辟"新文艺"，开始有翻译小说，如《邮政局》（泰鹤露著，韵梅译，载于12月6—18日）、《笼中鸟和空中鸟》（托尔斯泰著，一鹤译，载12月31日），《奄密儿》（标为"教育小说"，卢梭著，信言译），有文言也有白话，数量很少，时断时续。同时在"名著·译述"里也发表翻译小说，比如1919年3月从《新青年》

---

① 从时间来看，《学灯》参与五四新文化比《新潮》（1919年1月创刊）、《晨报》副刊（1919年2月改版）、《觉悟》（1919年6月）要早。关于《学灯》与五四新文化的整体研究，可以参看张黎敏的专著《文化传播与文学生长——（1918—1923）〈时事新报·学灯〉研究》（中国财政经济出版社2014年版），以及吴静的专著《〈学灯〉与五四新文化运动》（中国书籍出版社2015年版）。

② 《学灯宣言》，《时事新报·学灯》1918年3月4日。

③ 张黎敏：《文化传播与文学生长——（1918—1923）〈时事新报·学灯〉研究》，第34页。

④ 《学灯》1920年7月20日发表胡怀琛的《〈尝试集〉正谬》，是继之前发表《读胡适之〈尝试集〉》的续篇。论争自1920年4月始，持续半年多，许多名家和刊物参与此事件。

转录发表了周作人翻译的《卖火柴的女孩儿》和《铁圈》等名作。而到1919年8月以后（即宗白华任编辑后）突然增加"新文艺"的文章刊发量，在本月的新文艺栏共有15篇，包括诗、剧、小说创作和翻译，而且都是白话作品，这是鲜明的转变。到9月沈雁冰、郭沫若、沈泽民、叶圣陶等作家开始在《学灯》上发表作品，尤其郭沫若发表三首诗《鹭鸶》和《抱和儿浴博多湾中》（9月11日）、《死的诱惑》（9月29日），这是郭沫若第一次公开发表新诗，具有重要意义，郭沫若早期仅发表两篇小说《他》（1920年1月24日）和《鼠灾》（26日）。

总体上看，《学灯》发表的小说总量偏小。宗白华编辑时期（1919.8—1920.4）主要刊发诗歌、美学和文艺评论。李石岑编辑时期（1920.5—1921.7），翻译小说明显增多，有28篇之多，但是小说创作仅有8篇。最著名的当属在1920年的"双十节"增刊发表鲁迅的小说《头发的故事》，在1921年7月又发表了鲁迅的翻译作品《父亲在亚美利加》。在1920年11月刊载了包寿眉的《短篇小说之研究》；1921年3月开始刊载"现在美国最好的短篇小说"系列，延陵连续介绍翻译了美国的短篇小说计6篇。其实在1920年3月20日"文学谈"栏目就刊载过朱自清翻译Fittenger的《短篇小说的性质》，和"现在美国最好的短篇小说"都明显具有西方"短篇小说"的新视野，强调短篇小说是"人生里凝聚的一片，是平凡无事的生活圈里截取出来的"，① 这与胡适1918年发表的《论短篇小说》形成呼应，与晚清《小说时报》等杂志所标"短篇小说"已不可同日而语。

在郑振铎任编辑时期（1921.4—1922.1）直接推动了文学研究会与《学灯》的联合，除了重点推介儿童文学以外，发表文学研究会成员大量文学作品，但小说的比例还是偏低。叶圣陶发表小说3篇，茅盾发表小说创作1篇；庐隐发表小说3篇；许地山、王统照发表大量文艺评论与散文

---

① 朱自清：《短篇小说的性质》，原载《学灯》1920年3月20日，署名柏香，收入《朱自清全集》第8卷，第483页，江苏教育出版社1988年版。

但未发表小说；倒是耿济之发表翻译小说 3 篇；应该特别关注的是创造社郁达夫在《学灯》发表了他的第一篇小说《银灰色的死》（署名 T. D. Y.，自 1921 年 7 月 7 日至 13 日）①。

综合来看，《学灯》在 1918 年至 1922 年发表文艺作品中对"新诗"和翻译明显重视，而对小说，尤其是创作小说是漠视的。这背后体现的小说文体观念需要进行特别分析。在《学灯》创刊前，《时事新报》有专门发表小说的副刊《报余丛载》，并在 1916 年 10 月 10 日开辟"上海黑幕"专栏，刊发大量五四新文学家曾痛批的"黑幕小说"。《学灯》创刊后，《时事新报》头版发布"裁撤黑幕"通告，另将《报余丛载》变成一个"礼拜六"式的小说副刊，刊登消闲的滑稽、讥讽式的文言小说和白话小说。

在《学灯》改版"新文艺"逐步扩大之后，《报余丛载》停刊，但并没有借此将小说转移到《学灯》上发表，而相继另办副刊《泼克》（Poker，即今天的"扑克"，足见其消闲性质）《青光》，继承了《余载》小说副刊功能。《时事新报》编创团队的解释是："小说琐闻，其目的在有趣，孰意每日阅之，其趣因熟见而不鲜矣，不如不常见之为愈也。故决定移至每星期日之《泼克》增刊中""本报因择每星期日发刊，以代《学灯》，正师此意耳。"② 小说的功能在于"有趣"，并且要保持新鲜感，故要移到不常见的星期日增刊中。在另一篇征文中说："专载短篇小说，及一切滑稽小品文字"③，可见他们对小说的理解和"礼拜六派"有相通之处，也与上述《学灯》上刊载的朱自清等人推介的关于短篇小说的理论文章相悖。在《余载》副刊，其实也发表一些新文学作家的小说，比如冰心小说有《一个兵丁》（1920.5.27）、《最后的安息》（1920.3.19）、《一个军官的笔

---

① 《银灰色的死》是郁达夫公开发表的第一篇小说，现存更早的未发表的小说有两篇，一篇是《两夜巢》，作于 1919 年 2 月至 4 月，由其夫人孙荃保存，后收入全集。另一篇是日文小说《圆明园的一夜》，作于 1920 年 6 月 3 日。见《郁达夫全集》第一卷，浙江大学出版社 2007 年版，第 1、10 页。

② 《启事》,《学灯》1919 年 2 月 4 日。

③ 《泼克》征文启事,《时事新报》1919 年 2 月 9 日。

记》（1920.8.21）等；叶圣陶发表小说有《你的见解错了》（1920年7月30日）、《隔膜》（1921年4月9日）。

那么如何理解这种现象？张黎敏认为："在《学灯》上刊登新小说并不主要取决于来稿小说的好坏，否则刊登在《余载》这些可称之为佳作的新小说还是有机会刊登在《学灯》上，因此，笔者以为正是这种'差别的待遇'反映了《时事新报》同人和《学灯》主编对新文学文体的体认是有区别的。"[①] 朱寿桐对比了《余载》与《学灯》，认为这样的安排是由于《学灯》倡导"新文艺"时极端的"先锋姿态"导致了文体选择上的差异："在《时事新报》以及《学灯》副刊的主持人心目中，新诗才是'新文艺'的最突出和最有代表性的文类，其他如白话小说、白话散文以及白话戏剧都在'成色'上属于稍逊一筹的'新文艺'。"[②] 两位学者充分认识到《时事新报》及《学灯》对小说文体认识的偏见，或者说对新诗、翻译小说、话剧等文学之"新"的迷信，分析可胃切中肯綮。

笔者想补充的是，从晚清到五四小说语言大变革的背景看，这种现象其实是五四前后语言变革与文体自觉之间的矛盾。人们对五四新派小说的"现代"之内涵还缺乏充分认识，还没认识到小说之新不仅在于白话，还在于小说的审美规范、现代汉语修辞与思想表述的完美融合，这正体现了语言变革与汉语小说"现代"生成过程中"白话/思想/文体"三者协奏磨合的互生关系。大多数旧派小说家转变趋新时，对短篇小说的理解只是停在简单的"短/白话/故事"的叠加上。与鲁迅、郁达夫、叶绍钧、许地山等人五四初期即表现出高度成熟的语言审美与文体自觉相比，大多数作家未能处理好这个关系，甚至在《晨报副刊》，以及革新后的《小说月报》里也能看到这些现象。在许多旧派文言小说杂志转向新派小说杂志时则表现得更为普遍。因此，《学灯》的转变及体现的小说观念，都是值得研究的。

---

① 张黎敏：《文化传播与文学生长——(1918—1923)〈时事新报·学灯〉研究》，第116页。
② 朱寿桐：《〈学灯〉与"新文艺"建设》，《新文学史料》2005年第3期。

(3)《民国日报》副刊《觉悟》的小说发表情况

《民国日报》创刊于1916年1月22日,1924年以后成为国民党党刊。《觉悟》副刊1919年6月16日创办,诞生于五四运动的巨浪中,全部使用白话,前期主要是思想性政论文为主,发表文学作品较少。1920年1月1日改版后扩张成四开四版报纸,加大了文学作品的刊发量,设置栏目与《新青年》类似,有评论、诗歌、讲演、译述、小说、随感录等。所载小说由于受版面限制均很短小,多是翻译小说,创作小说不多,不过鲁迅的《故乡》(1921年6月29日)转载发表时占用两个半版面,足见其对新文学家的重视,周作人、沈雁冰等人也是该刊的主要撰稿人。

但是,考察《觉悟》的小说状况,要将它放到《民国日报》副刊的大系统里看。①《觉悟》创刊前《民国日报》相继办过《艺文部》《文坛艺薮》《民国闲话》《民国思潮》《民国小说》几个副刊,都有盛名。而且这些副刊对小说很重视,文言白话,长篇短篇,创作翻译均有,和当时的前沿的小说杂志相当。发表的小说主要有叶楚伧(《民国日报》的副主编)长篇小说《古戍寒茄记》(白话)、姚鹓雏翻译的《鸳泪鲸波录》(文言)、《絮影萍痕》(白话)、张冥飞的《画缘》《风云情话》、成舍我的《娜迷阿》、天月周渔翻译的《郎,侬之爱》(文言)等。从题目就可见一斑,这些小说大多嵌入诗词,其中姚鹓雏擅长文言抒情小说,在《小说月报》《小说丛报》发表许多"鸳鸯蝴蝶派"式苦情小说,他的《鸳泪鲸波录》虽是翻译,其实是自己的再加工,以极华丽的骈俪之句写景抒情。而叶楚伧的长篇小说《古戍寒茄记》后来由鸳鸯蝴蝶派主要阵地《小说丛报》社出版单行本。

1918年9月10日《民国日报》发行了《民国小说》副刊,据有学者统计,"从1918年9月到次年6月,《民国小说》存在的时间不满一年,

---

① 对《民国日报》系列副刊的整体演化,可参看杜竹敏的研究,见《〈民国日报〉文艺副刊研究(1916—1924)》,博士学位论文,复旦大学,2010年。

但刊登的小说有 155 篇，小说理论 8 篇，传奇、杂剧 14 篇，弹词 1 篇"①。足见小说量很大，这些小说大多带有"鸳鸯蝴蝶派—礼拜六派"小说的风格。1919 年 5 月取代了《民国小说》与《民国闲话》合刊，内容大幅缩减，原有的版面为《救国余闻》所代，6 月《觉悟》创刊。原有的旧派小说和文白混杂的小说版面也随之消失了，取而代之的是全新白话副刊，只是初期《觉悟》主要发表思想性论文，在 1920 年改版扩大之后，才刊登更多的新文学。

因此，从《民国日报》副刊这种风格的陡然变化可以看出，《觉悟》的诞生就是该报社对新文学的认同下的"弃旧从新"行为。这让我们更加直观地看到，以《新青年》为阵地，以胡适、陈独秀、鲁迅、周作人等人倡导的白话新文学是如何影响并扩散到整个文坛的。

以上是新文学主要小说杂志的白话小说兴起情况，这些杂志在 1917 年到 1925 年间是发表新体白话小说的主要阵地。而大量的旧派小说杂志，除了《小说月报》这样新编辑主导的剧变式改革外，有的做了最后的挣扎而停刊，有的经历了艰难的转轨，有的重新定位，自我变革，顺应历史潮流。

二 1917—1925 年旧派小说杂志的转轨

这里所说"旧派小说杂志"是指相对于五四新文学杂志，从民初《民权报》《小说丛报》《小说月报》《小说时报》分化出来的小说杂志，编辑队伍也与这些刊物有着密切的联系，比如包天笑、李定夷、王蕴章、王钝根、贡少芹、许指严、严独鹤、赵苕狂、周瘦鹃等人。他们理念上多持传统小说观念，道德及社会观念上也偏于保守，和五四新文学家大多有留学海外背景不同，他们多是本土作家，很多是"南社"成员。在五四新文学的发生期，这些本土派作家，有意识地互相支持，彼此联络应对，在力求

---

① 杜竹敏：《〈民国日报〉文艺副刊研究（1916—1924）》，博士学位论文，复旦大学，2010 年。

保持原有的办刊立场下，也做出有限的调整，以适应新的时代大潮，争取更多的市场与读者。这些小说总体上可称为"现代通俗小说"或"民国旧派小说"，但对特定的五四时期来说，还是范伯群界定的"鸳鸯蝴蝶—礼拜六派"称呼较为准确。[①] 不过笔者这里同时强调的是横向的人脉交叉和纵向上文学风貌的差别，同中有异。民初至五四前"鸳鸯蝴蝶派"占主流，1917 年以后随文学革命逐渐发生影响，应该以"礼拜六派"命名更准确，因为此时通俗小说仍以消遣、趣味为主，但不再强调言情与文字上的骈四俪六、雕红刻翠，总体趋于浅显通俗，五四新文学家所讨论的内容也进入他们的视野，只是所持观点不同，表现手法不同罢了。

1. 1917—1920 年旧派小说杂志的小说语言状况

在胡适发表《文学改良刍议》的同时，旧派小说家包天笑创办了《小说画报》。该刊 1917 年 1 月创刊，1920 年 8 月终刊，目前所见共出版 22 期。主要作者有包天笑、范烟桥、毕倚红、徐卓呆、周瘦鹃、叶小凤等人，都是 20 世纪 20 年代通俗小说杂志的常见作者，甚至在五四新文学兴起以后成为"旧派小说"的标签，让新派小说家不屑于与他们同处一本刊物（见后文关于《小说世界》创刊号的分析）。

包天笑在《例言》中说，"小说以白话为正宗，本杂志全用白话体，取其雅俗共赏，凡闺秀、学生、商界、工人无不咸宜"，这是民国时期最早的一本全白话小说杂志。但是由于他们缺乏新的小说观念，白话的应用停留在说书体、讲故事的层面，所以其白话小说虽有反映社会现实之作却不能将之提升到雅文学的境地。诚如有学者所言："《小说画报》使我国小说创作语言从文言走向白话，但还不能称为优秀的现代短篇小说语言，它对事物的描写，只做到了细致，而不能深刻；它对人物的描写，只做到了

[①] 范伯群使用这个概念是强调其共时性，认为鸳鸯蝴蝶派与礼拜六派有共同的交际圈，关系错综复杂，很难分开。同时认为"民国旧派小说"概念含有贬义色彩，故弃之不用。本书借用此概念强调的是纵向的承接关系与新的变化。见《中国近现代通俗文学史》绪言，江苏教育出版社 2010 年版，第 13 页。

明生动，而不能呼之欲出。"① 背后的原因只能从小说观念、小说修辞及小说体现"新思想"的欠缺几方面去找。比《新青年》更早将白话语言贯穿全部杂志，这是五四时期旧派小说期刊中的一个特例。

（1）《小说新报》的小说语言状况

《小说新报》创刊于1915年，先后由李定夷、许指严、贡少芹主编，曾是发表"鸳鸯蝴蝶派"小说的主要阵地，1921年停刊一年，1922年复刊，1923年办到第8卷第9号停刊，办刊时间之长不愧为"国内老牌出版物"（见第7卷第9期的广告）。在1921年停刊时写的"启示"（原刊如此）中非常生动地记录了"新文学"的压力与旧派杂志的焦虑与无奈：

> 新文学潮流今方极盛一时，风会所趋，势使之然。本报殊不愿附和其间。近来来函要求鼓吹新潮者甚多，本报宁使停办，决不附和取媚，以取削足适履之讥。②

1922年复刊以后果然固执己见，"决不附和取媚"，其栏目设置并未发生大的改变，仍沿用说海、史胜、风俗、艳诗、谐薮、剧本、文苑，仍然刊登名伶、名"花"的照片，不过增加了"思潮"一栏，语言上最大的变化在于白话小说明显增多，超过了文言小说的数量。笔者统计1922年全年发表的短篇小说，白话小说计112篇，文言小说有34篇，平均每期仍有2篇文言小说，长篇小说共刊4篇，全部为白话。在1922年第7卷终刊时刊登的"新年广告"称，新的一卷（即1923年第8卷）将聘请"大文豪"天台山农先生（即清末民初三大书法家之一的刘文介，曾师从吴昌硕）为主编，并"改良内容，增加材料，考究形式，精研印刷。务求较前七年所出之《小说新报》格外有精彩，有趣味"③。然而从第8卷全部9期看，

---

① 范伯群：《中国近现代通俗文学史》下卷，第456页。
② 《停刊启示》，《小说新报》1921年第6卷第12期。
③ 见《小说新报》第7卷第10期的扉页上的《通告》1922年11月。

《小说新报》甚至加强了"通俗旧派小说杂志"的定位，其语言上是"各种文字皆欢迎，文言白话悉听擅长"，① 甚至刊载笔记体的骈文。本年度发表白话短篇小说 57 篇，文言短篇小说 26 篇；白话长篇小说 4 篇，文言长篇小说 1 篇。白话小说虽然占绝对多数，但比例比上一年却缩小了。

新思潮也对此刊物产生明显影响，不过，这种影响是从反面体现出来的。其作者队伍或编辑同人大多反感新文化和新文学的理念，他们反对自由恋爱、讨厌新诗、讽刺共产主义。比如，《情之误》（第 7 卷第 1 期）、《解放毒》（第 7 卷第 3 期）、《一个忏悔的学生》（第 7 卷第 4 期）、《不自由的自由婚姻》（第 7 卷第 12 期）、《婚姻的让步》（第 7 卷第 12 期）、《恋爱自由的结果》（第 8 卷第 8 期）等小说就是重点讽刺新式的自由恋爱观念；《公妻》《共产主义》等小说就是讽刺共产主义的；而最直白的当属标为"讽刺小说"的《新文学家》（.第 7 卷第 2 期）了，它以漫画的手法刻画了新文学家丑陋、虚伪的嘴脸，直斥他们只会作"放屁一种的新体诗"，一看即知以胡适为原型。这反映出它的矛盾心理，一方面其白话小说增多，的确符合"随文字界潮流为变迁"的自我评价，但又不能彻底改革，做到全部用白话和新式标点。而反对新思潮的"旧派"定位，尤其是用小说来影射、丑化新思潮的做法，也使它背离小说艺术越来越远，复刊两年而终，就是最好的说明。

《小说新报》是坚持旧风格时间最长的老牌刊物。其他如《小说季报》《小说海》《小说大观》《小说月报》《礼拜六》都至迟在 1921—1922 年，在新文学的大潮吹拂下要么难以为继停刊，要么改弦易张，变成新的白话小说杂志复刊。

（2）《小说海》《小说大观》的小说语言状况

《小说海》是 1915 年 1 月创刊的小说杂志，在 1917 年 12 月停刊。而 1917 年全年的小说新发表了长篇文言小说 4 篇，长篇白话小说 2 篇，短篇

---

① 见《小说新报》第 8 卷第 1 期的《本社征文简章》1923 年 3 月。

文言小说94篇，短篇白话小说7篇。这至少说明在1917年文学革命对它还没有什么影响。

《小说大观》是包天笑主编的季刊，1915年8月创刊，至1921年6月停刊，共办15期，实际上1920休刊一年，1921年又办一期停刊。统计自1917年3月的第9集到1919年9月的第14集，其文言小说明显占主流，其文言、白话小说比例分别为：40∶6（1917年）；12∶1（1918年）；10∶1（1919年）。也就是说，在1919年前仍然在旧的轨道上滑行，鸳鸯蝴蝶派气息很浓。比如，1919年9月1日出版的第14集刊载的小说仅从题目上看即能窥其风格：雨田的文言短篇小说《鸳鸯券》，炼尘的文言短篇《碧血鹃啼录》（标哀情小说），张毅汉的文言长篇小说《劫海鸳盟记》（标奇情小说）。在1921年出版的一期中，短篇白话小说明显增多，有4篇，文言短篇小说仅有1篇，长篇文言小说有1篇，结合前面一节论述的"三大副刊"在1919年的创刊或更张来看，《小说大观》也明显顺应了时代潮流。

2. 1921—1925年旧派小说杂志的小说语言状况

如果说1917年1月胡适的《文学改良刍议》拉开文学革命序幕的话，《小说月报》的改组则标志着"文学革命"深入新阶段。正是在1921年后，白话小说才成为各种文学期刊的主流，文言小说开始全面的消退。称"消退"是想说明，文言小说并没有立即退出历史舞台，而是渐渐地消退，直到新中国成立前夕，仍有刊物发表少量文言小说。在1921年前后，小说期刊开始进入一个更新换代时期。[①] 一大批旧的小说期刊或停办，或改组，或进行了重新的定位。

最著名当属《小说世界》《新声》《红杂志》《红玫瑰》一系列杂志。由于《小说月报》的改组，将大批的旧派小说家挡在门外，促使他们又另办一批通俗刊物。1921年1月施济群主编《新声》；6月周瘦鹃、赵苕狂

[①] 关于《小说月报》改组以后原有作者和积压稿的去向，谢晓霞在《〈小说月报〉1910—1920：商业、文化与未完成的现代性》一书中作了很好的阐述，见该书第六章第二节的分析。上海三联书店2006年版。

编《游戏世界》，9月周瘦鹃编辑《半月》杂志（在第96期后改名为《紫罗兰》）；1922年包天笑创办《星期》周刊；8月施济群、严独鹤编《红杂志》（出100期后改为《红玫瑰》）；1923年商务印书馆还专门办《小说世界》意欲将《小说月报》改组丢掉的旧读者找回来；① 同年，李涵秋办《快活》，严独鹤、程小青办《侦探世界》，徐卓呆编《笑画》等。我们可以看出，大批的旧派通俗小说家经过短暂的调整很快找到了他们的位置，那就是：为民国的新市民提供新式的、消遣的"兴味""白话"通俗读物。

（1）后期《礼拜六》的小说语言情况

这里先以1921年复刊的《礼拜六》为例来看其语言转变情况。1921年3月，在周瘦鹃、王钝根的策划下，《礼拜六》复刊了，此前的《礼拜六》从1914年创刊至1916年，出版共100期后停刊，前期的语言情况在本章第一节曾有介绍，在1916年短篇小说的文言白话比例为71∶6，其文言小说明显居主流，白话小说只占了8%左右。

而这次迎着汹涌的新文学大潮复刊，带有明显的抗衡和争夺市场意味。复刊明显不同的是，白话小说占据了主流。我们抽样分析看其文言白话小说的比例，复刊后的前10期（即第101期—第110期）的短篇小说中，白话小说有55篇，文言小说有13篇。两篇长篇小说则全部为白话，不过第115期"爱情号"专辑中发表一部长篇文言小说《情天忏孽》，本期的短篇小说中文言、白话小说各占6篇，这也是复刊后全部200期中文言比例最大的一期。

《礼拜六》文言、白话小说的这一比例一直持续到终刊，最后的10期（1922年12月9日至1923年2月3日，即第191期—第200期）中，白话

---

① 关于1921年后通俗小说杂志创办或改组的浪潮，可参考范伯群《插图本中国现代通俗文学史》第九章"1921年：《小说月报》的改组与通俗期刊第三波高潮"，北京大学出版社2007年版。他还主编另一本《中国近现代通俗文学史》，在下编第三章"通俗文学期刊：与新文学期刊并列的另一系列（1922—1937）"也全面考察了1922年前后通俗文学期刊的流变，江苏凤凰出版社2010年版。

短篇小说有57篇，文言小说有17篇；长篇小说有3篇全部为白话。在整个200期杂志中，平均每期的文言小说占到2篇左右。这是当时大多数旧派刊物的基本情况。

《礼拜六》是五四之后通俗小说杂志的代表，其办刊时间虽短，但其作者队伍庞大，几乎囊括当时大部分通俗小说家，正如后来有人总结说"旧文坛杂志，是著名的《礼拜六》。几乎集旗下摇头摆尾的文人，于《礼拜六》一炉"。① 其小说乃游戏消遣的编辑思想，市民文学刊物定位，在当时旧派小说中很有代表性，使"礼拜六派"这一概念具有强大的文学史概括性。② 正如有学者言："《礼拜六》前百期和后百期分别处于五四之前和五四之后，这就使得它能在某种程度上勾勒出市民文学在五四前后的发展和演变过程。"③

主编之一周瘦鹃是旧派小说家中的"新锐"，在旧派小说家新老更替之际，他成为通俗小说界的中坚。在五四之前的小说杂志上发表翻译小说，其翻译的欧美小说曾得到鲁迅的赞赏，又写作大量的白话小说，曾在茅盾主持《小说月报》的"小说新潮"栏目发表小说。但是他一直语言上"文白相济"，思想上"新旧兼备"，坚信小说可供"把玩""茶余酒后，可作消遣之需"，④ 终究是与新文学擦肩而过的"旧派新锐小说家"。

周瘦鹃由前期《礼拜六》的作者到后期的编辑，同时兼任《自由谈》编辑达12年，再到创刊《半月》《紫罗兰》《紫兰花片》《中华》，及至20世纪40年代对张爱玲的发现与推介，参与中国早期电影业，甚至共和国时

---

① 微知：《从〈春秋〉与〈自由谈〉说起》，《申报》1933年2月7日。
② 1933年通俗期刊《珊瑚》上有旧派作家就用"礼拜六派"与"新文学"相对："在前几年，中国的短篇小说非常之多，虽然有新文学派与礼拜六派的不同，但是各有特长。新文学派里，确有当得起'新'，够得上'文学'的作品。礼拜六派里，也有极'新'极'文学'的作品。"见第2卷第1期"说话"栏目，署名"说话人"。1940年11月《上海周报》的第2卷第26期刊文《礼拜六派的重振》，希望旧派文学在抗战之下去伪存精，重新振作。
③ 关于《礼拜六》作者队伍的构成，参见刘铁群《现代都市未成型时期的市民文学——〈礼拜六〉研究》，中国社会科学出版社2010年版，第30页。
④ 周瘦鹃：《介绍新刊》，《申报》1921年3月27日。

期的人生轨迹，其传统与先锋，守旧与时尚都有不同的体现，这无疑表征着不同于五四的另一种现代性的流变。①

（2）《新声》《红杂志》《红玫瑰》的小说语言状况

再看施济群创办的影响巨大的系列消闲杂志《新声》《红杂志》《红玫瑰》。

《新声》杂志 1921 年 1 月 1 日创刊，1922 年 6 月 1 日停刊，共有 10 期。在这 10 期中，白话长篇小说有 1 篇（许指严的《人海梦》），文言长篇小说有 2 篇；短篇小说中，白话小说有 40 篇，文言小说有 23 篇，平均每期 2—3 篇，在最后一期文言比例反超，文言小说 7 篇，白话小说 5 篇。

《新声》停刊后，施济群于 1922 年 8 月又办了《红杂志》，这是一份影响很大的刊物，共出 100 期，其文言小说比例要小得多，前 10 期中，白话长篇小说 1 篇，没有长篇文言小说；短篇小说中，白话小说为 52 篇，文言小说为 8 篇，连清末民初著名的文言小说家王蕴章、吴双热也改为白话了②，文言小说的比例大大下降。

《红杂志》到 1924 年 8 月出满 100 期改名为《红玫瑰》，到 1932 年 1 月才停刊，共出版 288 期，其办刊时间之长，影响之广泛不亚于大多数新文学杂志。前 10 期仍有一些零星的文言小说发表，长篇小说全部为白话，短篇小说的白话与文言小说比例为 38∶3，一直到 1929 年的第 5 卷第 8 号还发表了徐枕亚的文言小说《娼妓与爱情》。值得注意的是，作为"新思潮""新文学"标志之一的"新式标点"，《红玫瑰》直到 1927 年才部分使用，本年度除了原来连载的长篇小说外，均用白话和新式标点，思想上也积极关注社会事务，比如 1927 年 11 月的第 3 卷第 40 期上发表以"新青

---

① 关于周瘦鹃与新文学的关系目前研究还不充分，如何评价周瘦鹃文化活动的现代性，涉及重新思考整个中国现代文学叙事框架，范伯群先生的"双翼论"构想，将现代通俗小说统称为继承创新派。陈建华以"周瘦鹃是知识分子吗"这样的问题进入，重新审视，做了新颖的分析。见陈建华《紫罗兰的魅影：周瘦鹃与上海文学文化，1911—1949》，上海文艺出版社 2019 年版，第 184 页。

② 吴双热在第 41 期发表白话小说《还租》；王西神（蕴章）在第 48 期发表白话小说《药误记》。

年"为主题的评论和小说计4篇,并引用了罗家伦关于小说的论述。显然,这时的旧派杂志已和民国初年的旧派小说杂志显示出一定不同。其零星发表的文言小说只是照顾个别小说家的旧习惯罢了,不构成挑战时代潮流的因素。

(3)《小说世界》的小说语言状况

为了不丢掉原来的读者,商务印书馆在改组《小说月报》之后,于1923年1月另办一个通俗小说杂志《小说世界》。前期为周刊,主编是叶劲风,第13卷起胡怀琛为主编,至1928年第17卷始改为季刊,一直持续到1929年12月停刊,共办18卷计264期。除了主编叶劲风和胡寄尘外,主要作者还有恽铁樵、王蕴章、包天笑、李涵秋、徐卓呆、范烟桥、周瘦鹃、何海鸣、程小青、赵苕狂等,这些作者不仅有旧《小说月报》系统的作者,还有《礼拜六》停刊之后的礼拜六派小说家,可以说汇集了当时大部分知名的通俗小说家。

在"本刊投稿简章"中说:"欢迎投稿,文体以白话为主,间亦酌用文言文",这一精神一直持续到终刊。第1卷第1期有4篇文言,其他均为白话,甚至广告也用白话。第1卷不仅继续刊发了林纾的长篇文言小说《情天补恨录》,还有文言笔记类小说如《天目山游记》(庄俞),《美国伟人秘史》(劲风),《沁香阁笔记》(李涵秋),《狱史生涯》(毕倚虹),还有曾是《小说月报》《小说丛报》文言小说"台柱"的许廑父、许指严,发表了诸如《清风明月庐谭会》《吴市萧声录》这样的文言小说。这样每期3篇左右文言小说一直保持到终刊。同时也有趋新的一面,开始重视翻译,增设"名家节本"等栏目,翻译了莫泊桑、契诃夫、大仲马等名家的作品,应读者要求还增加了世界文坛消息,曾经倡导文言小说的名家恽铁樵也开始发表白话小说(第2卷第1期白话翻译《笑祸》)。

《小说世界》自诞生起就是作为新文学刊物的对立面的,强调小说的趣味和消遣,《小说月报》的改组导致新旧小说家之间门见颇深,很难见到旧派小说家在新文学刊物发表文章,反之亦然。但是在《小说世界》1

卷第1期发表了王统照的小说《夜谈》，茅盾（署沈雁冰）翻译的《私奔》（署匈牙利裴多菲），第3期发表了茅盾翻译的《皇帝的衣服》（署匈牙利密克柴斯）。从第4期开始才没有新文学家的作品。作为过渡性质，这一现象倒也可以理解。但是《小说世界》的创刊及新文学作品的发表在当时却引起轩然大波，钱玄同、鲁迅、周作人立即发表评论，包括发表作品的王统照、茅盾也撰文解释，极力撇清。这是值得分析的事件，有助于理解当时新旧文学阵营交锋的形势，有助于了解中国小说由于语言的变革，导致小说格局分化的现场，有必要进行简单溯源。

《小说世界》虽然同属商务印书馆，但在改版《小说月报》之后树立了新思潮的先锋角色，突然又办《小说世界》，极大地"刺激"了对商务抱有期待的新文化人。《晨报副刊》连续刊登了四篇新文学家的评论。首先表达不满的是"新文化运动的急先锋"钱玄同，他对商务印书馆的"两面派"做法非常厌恶，1月10日就在《晨报副刊》发表了杂感，如此评价：

> 一个《小说月报》改得象样了，它就不舒服了，非要另找此辈来办一个《小说世界》不可！呜呼！天下竟有不敢一心向善，非同时兼做一些恶事不可的人们！我们对于他们，除了怜悯以外，尚有何话可说。①

1月11日刊署名东枝的《〈小说世界〉》的杂感，他以反讽的语气感叹《小说世界》出版各方面都宣告了"胜利"：

> 《小说世界》的出版，其中含着极重大的意义，我们断断不可忽视的，这个意义我用"战胜"两个字来包括他。因为《小说世界》一出版，无论哪一方面都自以为是战胜了。

---

① 钱玄同（署名疑古）：《"出人意表之外"的事》，《晨报副刊》1923年1月10日。

出版者，商家，旧派作者、读者都在欢呼胜利，尤其全文引用了袁寒云讽刺沈雁冰的信，表明旧派对《小说月报》改组的失望和对新文学的嘲讽。最后反问道："各方面没有不战胜，难道没有被战胜的吗？我们看打麻雀，没有一次是四家连头五方面都赢的，那么这输家到底是谁呢？"

鲁迅以唐俟为笔名于1月15日《晨报副刊》"通信"栏发表了《关于〈小说世界〉》一文，呼应钱玄同和东枝的文章：

> 上海之有新的《小说月报》，而又有旧的（？）《快活》之类以至《小说世界》，虽然细微，也是同样的事。

> 现在的新文艺是外来的新兴的潮流，本不是古国的一般人们所能轻易了解的，尤其是在这特别的中国。许多人渴望着"旧文化小说"（这是上海报上说出来的名词）的出现，正不足为奇；"旧文化小说"家之大显神通，也不足为怪。但小说却也写在纸上，有目共睹的，所以《小说世界》是怎样的东西，委实已由他自身来证明，连我们再去批评他们的必要也没有了。若运命，那是另外一回事。

针对钱玄同害怕这样的旧小说杂志会毒害青年，鲁迅说：

> 至于说他流毒中国的青年，那似乎是过虑。倘有人能为这类小说（？）所害，则即使没有这类东西也还是废物，无从挽救的。与社会，尤其不相干，气类相同的鼓词和唱本，国内非常多，品格也相像，所以这些作品（？）也再不能"火上添油"，使中国人堕落得更厉害了。①

---

① 鲁迅（唐俟）：《关于〈小说世界〉》，《晨报副刊》通信栏1923年1月15日。

鲁迅这里对《小说世界》的作品算不算"小说"和"作品"都表示了鄙夷，嘲讽其是否具备毒害青年的能力。显然，鲁迅的着眼点在于小说的"立人"功能，强调文艺救世的精神影响。

1月23日的通信栏就有周作人（署名荆生）的文章《意表之中的事》，支持鲁迅的意见，他认为对"商人"与"文氓"来说，他们的终极目的就是"赚钱"，只要有钱赚，就会制造"排泄物"，不值得大惊小怪。这些旧文化小说，自有市场，"夺了一个礼拜六，还会有礼拜七"。新文学家对"旧文化小说"的批判是怜悯与挽救，其实不值得，正确的态度是"任其自然"，"让他们沉到该沉的地方去"。① 周作人的批判带有浓重的情绪及门户之见。

最值得注意的是王统照在1月13日的"杂感栏"发表了《答疑古君》，用了较大篇幅解释在《小说世界》第1期发表小说的事情。从其答辩中可以看出这是新文学阵营的一次"乌龙"事件。

起因在于钱玄同在《出人意表之外》一文中提到沈雁冰和王统照"与此辈携手"：

"出人意表之外"的是：沈雁冰和王统照两个名字也赫然写在里面！他们的名字不是常常发见于《小说月报》《文学旬刊》等说人话的杂志上吗？难道竟和此辈携手了吗？我翻开《小说世界》一看，王统照的《夜谈》是"十、十一、十六"做的；沈雁冰的《私奔》是翻译的文章。似乎他们只是拿旧稿和译品去敷衍此辈，或者还说不到和此辈携手，也未可知。但是，我很希望沈王两君"爱惜羽毛"！

王统照三天后进行了回应。他称看了钱玄同的文章才知道新出了一种小说杂志叫《小说世界》，才知道是办过《礼拜六》《快活》的人主创的，

---

① 周作人（荆生）：《意表之中的事》，《晨报副刊》杂感栏 1923年1月23日。

将他的名字和包天笑、李涵秋并列,本人也感到"出人意表之外"。王解释说此篇小说是应沈雁冰约稿,当时并未知晓发表在何种刊物。

沈雁冰的来信及王统照的同意发表,这背后所体现的逻辑值得我们思考。沈雁冰给王统照去信说看到《礼拜六》《星期》的流行,"要办一个真正的通俗性文学刊物,来灭其势,而《小说月报》学理深奥,非于文学有素养者,难以索解"。所以该馆想出一种小说周刊专载小说,"作真正文学兴趣的指导,而不多谈学理,便于流行。藉以抵抗《礼拜六》《星期》之类杂志的势力。"① 最后将王统照本来投《小说月报》的小说《夜谈》给了《小说世界》。王统照非常赞同应该有一个体现新文学理念的"真正文学的小杂志"给普通读者,也认为这是中国文学的幸事。

王统照同时给沈雁冰写信报告外界的批评情况,茅盾迅速在《时事新报·学灯》上发表了《我的说明》,除了强调王统照的文章属实以外,茅盾再次强调:创办一个通俗文学刊物作新文学的梯子,先笼络读者再提高、引导读者向更高的趣味。其本人也并不知道是与"礼拜六派"合作,才发了生"携手"的误会。②

《小说世界》的创刊短时间引起这么多争论,新文学家迅速澄清"携手的误会",可以看到新文学刚兴起时的人事对立,"道不同不相与谋",以同处一本杂志为耻,这种对立肯定会忽视彼此的融合和共通。漫画化对方,情绪化的站队,是双方都存在的现象。旧派小说家除了对恋爱、自由、伦理方面持传统观念,更是在小说中大量冷嘲热讽新文学家。通俗小说研究大家范伯群说:"如果不以它是革新后的《小说月报》的对立面的成见看问题,这个刊物基本上还是经得起评价的。"③ 他认为徐卓呆、何海鸣的短篇小说,程小青的侦探小说,开创"银幕"一词的专

---

① 王统照:《答疑古君》,《晨报副刊》1923 年 1 月 13 日。
② 茅盾(署名沈雁冰):《我的说明》,《时事新报·学灯》1923 年 1 月 15 日。此文及王统照给茅盾的信收入《茅盾全集》第 18 集,人民文学出版社 1991 年版,第 340—342 页。
③ 范伯群:《中国现代通俗文学史》,北京大学出版社 2007 年版,第 264 页。

栏"银幕艺术"等都是市民通俗小说家的独特贡献。同时，社会最新思潮也在杂志上得到一些反映，也会发表相当数量的讨论社会热点的小说，只是秉持的态度较为传统罢了。比如第2卷第4期上发表了《思潮》《男女的节操》《白头处女》《父亲的义务》等明显介入了当时家庭伦理的大讨论。

但是文学史运动总是以先锋性姿态前进的，五四新文学家是从启蒙、建设未来中国之"真正文学"的角度激烈批评《小说世界》的。上述"携手"事件中新旧小说家都提倡通俗，可是一为通俗导向启蒙与觉悟，一为通俗取得消遣与快乐，高雅与通俗就此分立。今天回望这些纷争，我们要看到各自的立场及改变。语言变革带来小说格局的变动，小说的新思潮如何以白话为基点找到新的契合的修辞形式，才是我们应重点关注的。

（4）《申报·自由谈》的小说发表情况

《申报》的附刊《自由谈》创办于1911年8月24日，王钝根、吴觉迷、陈蝶仙先后为主编。1920年4月1日开始由周瘦鹃任主编，一直到1932年11月30日，在任时间达12年之久，也是发表小说最多的时期。最重要的是"自由谈小说特刊"（自1921年1月9日发行，共30期）和"小说半月刊"（1923年3月25日开始与"家庭半月刊"交错出版）。这些"小说特刊"不但刊载短篇小说，还进行了小说理论探讨。1920年以前《自由谈》一直有小说栏目，翻译与创作小说并重，以短篇小说为主，大多是文言小说。1920年以后以白话短篇小说为主，但仍然持"文言与语体均欢迎"的原则，发表少量的文言小说。综合大量小说杂志的投稿简章看，"文白兼收"还是"全部白话"是旧派小说杂志和新派杂志区别的显著标志。

主要小说作者有周瘦鹃、范烟桥、张枕绿、程瞻庐、徐卓呆等旧派大家。小说题材范围广泛，代表性的有包天笑的社会小说、徐卓呆和程瞻庐的滑稽小说、周瘦鹃的言情小说。长篇数量少，但是影响较大，比如程瞻庐的长篇小说《众醉独醒》，毕倚虹的《人间地狱》，包天笑的《海上蜃楼》等。

（5）《东方杂志》的小说发表状况

《东方杂志》系商务印书馆的老牌刊物，创办于1904年3月，于1948年12月终刊，前后达45年之久，是中国近现代文化、文学发展的史料库和缩影。与前面小说杂志不同的是，《东方杂志》是新旧碰撞，兼收并蓄，与时俱进的大型综合杂志。据刘增杰的初步统计，"先后有约三百位不同政治倾向、不同文学流派的近现代作家在该刊发表过创作或论文。这是中国三代作家先后走上文坛的一个共同的创作平台。"[①] 有学者按编辑理念及文学风格变化将之分为四个时期：一是1904—1920年，文学作品以文言、翻译小说为主，是民初宋诗派主要阵地；二是1920—1927年为文学的五四时期，以白话译作为主，小说、戏剧地位上升；三是1928—1937年，文学创作较多，可谓繁荣期；四是1937年至终刊，文学作品逐渐消退。[②] 我们关注的重点仍然是1920年前后杂志的小说发表状况，关注它如何回应"白话文运动"，也就是前期杜亚泉时期与钱智修编辑时期。第一期最重要的编辑是杜亚泉，自1916年始与《新青年》发生著名的中西文化、新旧思想的论争，因为保守立场，得到一个"古今杂乱派"的雅号。虽以论战的形式直接参与了新文化运动，却导致了销量的急剧下滑。在1920年由钱智修接任，并进行大范围的改革。

《东方杂志》早期沿用当时流行的小说分类方法，如理想小说、笔记

[①] 刘增杰：《文化期刊中的文学批评——从现代文学史料学的视点解读〈东方杂志〉》，《汉语言文学研究》2010年第1期。

[②] 见王勇的《〈东方杂志〉与中国现代文学》，中国社会科学出版社2014年版，第33页。《东方杂志》对新文学的历史意义直到近年来才得到深入的研究。此前有洪九来从公共领域角度研究《东方杂志》，亦初步论及文学情况，见《宽容与理性——〈东方杂志〉的公共舆论研究1904—1932》，上海人民出版社2006年版。最新的研究见赵黎明的《〈东方杂志〉与中国新文化运动》（人民出版社2019年版），他认为改版之后的《东方杂志》基本接受了新文学的建设方向，并提供了宝贵资源。

小说、言情小说、侦探小说、历史小说等，发表文言长篇小说较多，林纾小说首当其冲，比如《罗刹因果录》《鱼雁抉微》《赂史》等，言情小说如何诹的《碎琴楼》，侦探小说如《毒美人》《双指印》等。仅以1911年至1919年为例，共发表小说14篇，其中白话1篇《太贵了》（标法国毛柏霜原著，俄国托尔斯泰改作，蠢才译），创作只有两篇，一是章士钊（孤桐）的文言短篇《绿波传》（载1913年第9卷第12号，标言情小说），另一篇是端生的文言短篇《元素大会》（载1914年第10卷第11号，标短篇科学小说），其余全是文言长篇翻译小说。

在1920年改革之后呈现全新的面貌。在1919年底刊登的《变更体例豫告》共列13条，其中第8条为"小说"："选登白话短篇，最长者亦以三期登毕为度，间用文言亦力求浅显爽豁。"[①] 本期将林纾翻译的文言长篇小说《戎马书生》刊载完。

改革后的第17卷第1期就有两篇最新世界文学思潮介绍，分别是沈雁冰的《巴枯宁与无强权主义》与胡愈之的《近代文学上的写实主义》，1921年第18卷更是设置了"新思想与新文艺"专栏，专门介绍西方各国的文艺思潮。1920年全年发表小说38篇，其中翻译36篇，创作2篇[②]，全部为白话和新式标点。在1921年"投稿简章"说"其文体不拘文言白话均所欢迎，如系白话请加新式标点"，事实上，已经没有发表文言小说了。

对世界文学的翻译自晚清就蔚为大观，改写、意译、节译、转述等，手法五花八门，充满对世界的好奇，到五四白话兴起，新思潮方兴未艾，翻译从方法到对象选择都大为不同。清末民初《东方杂志》刊登的小说主要是翻译作品，亦不乏世界大作家之作，比如1914年天游翻译大仲马的

---

① 《〈东方杂志〉变更体例豫告》，《东方杂志》1919年第16卷第12号。
② 小说统计同时参考了刘永文《民国小说目录1912—1920》，上海古籍出版社2011年版。两篇创作小说是《凤》（载第17卷第5号）、《私逃的女儿》（载第23号），均署名雪邨，即当时《东方杂志》的编辑章锡琛，后接任商务另一期刊《妇女杂志》主编。

《绛带记》，林纾翻译的托尔斯泰的《罗刹因果录》。偶尔会有白话翻译，如吴梼翻译的高尔基的《忧患余生》。前后期不同在于三点：一是从文言句读到白话新式标点；二是对作品的遴选标准；三是翻译的精准度与语言修辞。

改版后翻译的对象更为广泛，更有代表性。1920 年翻译对象就有瑞典的斯德林堡，俄国的托尔斯泰、契诃夫、屠格涅夫、安德烈夫、迦尔洵、高尔基、普希金、陀思妥耶夫斯基、柯洛连科等；法国的莫泊桑、都德、巴尔扎克；英国的华曾、单维尔；印度的泰戈尔等，都是名家名作。其次应该注意的是旧派小说大家恽铁樵本年发表了 5 篇翻译小说《业障》《鬼》《铃儿草》《上等人》《冷眼》，全部是白话加新式标点，可谓与时俱进。

此外，作为一个大型时政类杂志，改版初期文学创作明显偏少。1920 年至 1921 年两年里共发表创作小说 4 篇，从 1922 年增加到 14 篇，从 1924 年开始增加到 24 篇。以后直到 1939 年常年保持在 15 篇左右。据王勇对 1920—1948 年的全面统计，发表创作小说的全部是新派作家，最多有茅盾，巴金，沈从文、徐訏，都在 3 篇以上。[①] 鲁迅发表了《白光》（1922.7.10，第 19 卷第 13 号）和《祝福》（1924.3.25，第 21 卷第 6 号）。1925 年一年内郭沫若就发表有《喀尔美萝姑娘》《行路难》和《落叶》三篇小说，其中《落叶》连载四期。其他现代文学史上的名作还有许杰的《赌徒吉顺》，巴金的《新生》《雾》等。《东方杂志》具有包容与开放性，各个派别的小说家都在该杂志上发表各种体裁文学作品。可以说，自 1920 年开始改版，《东方杂志》已经成为持重而又能与时俱进的杂志，这种转变正是中国小说伴随语言变革逐步转型的缩影。

[①] 1924 年以后的情况参考了王勇的统计，见《〈东方杂志〉与中国现代文学》，第 232 页。

第五节　民国中后期文言小说的消逝及文学史意义

一　历史余响：五四之后的文言小说及文言小说家

五四白话小说的兴起与文言小说的消逝是一体两面的问题。1918 年至 1923 年是新旧文学争夺话语权的过程，也可以说是传统文学面临先锋的外来文学思潮"冲击—回应—调整"的过程。白话文学有国家行为的支持，有新式知识者世界性文化想象的认同，自然成为新兴的、强势的合法力量，进入教育体系，进入教科书，先成为正宗的文学语言，再逐步成为应用领域的书面语言。①

20 世纪 20 年代中期以后，五四白话文学内部出现整合、分化与论争，尤其是 1925 年五卅之后，左翼革命兴起，各种世界文学思潮引介到中国，使新文学进入建设与深化期。新旧文学也已没有初期的对峙与意气之争，各行其道，各得其所。但是，现代文学的雅俗格局发生了重要变化，通俗小说的概念不再以文言/白话来区分，它不仅包括旧派白话小说，而且包括文言小说，甚至通常是那些仍然坚持创作文言小说的作家，文言小说创作成了落伍守旧的象征。

从以上的考察中，我们可以看到，1923 年以后白话小说已经完全取得了主流地位。文言小说在最保守的杂志中，也只占有很小的比例。但是文言小说并未立即消失，通俗小说期刊上的文言小说以及文言小说集单行本的出版一直持续到 20 世纪 40 年代末。和通俗白话小说相比，五四之后文言小说成为历史的遗忘者，也成为中国漫长而辉煌的文言小说史的余响。

庄逸云新著《收官：中国文言小说的最后五十年》主要考察 1872—1921 年的文言小说，勾勒了清末民初文言小说发展的脉络，并辑录了 30

---

① 参见刘进才《语言运动与中国现代文学》，中华书局 2009 年版；陈平原《作为学科的文学史：文学教育的方法、途径及境界》，北京大学出版社 2016 年版；张传敏《民国时期的大学新文学课程研究》，人民出版社 2010 年版。

余种文学史很少提到的文言小说，但说至1921年文言小说就"收官"了，却不够严谨。① 只能从总体来说，1921年后文言小说的数量急剧减少，影响力下降了。这时文言数量的大幅减少，很大程度是因为清末民初大量的文言长篇翻译小说消失了，取而代之的是新文学的白话翻译。这是五四对清末民初文言小说的最大的重创，《小说月报》的改组最重要的是终结了统治清末民初小说杂志的"林译小说"，还有各种译述、意译的文言翻译小说。这一文白异动的语言变革导致翻译的新旧转换现象在现代翻译史研究中还没有引起足够的关注。

张振国在《民国文言小说史》中辑录了1920—1929年笔记小说、传奇类小说集29部，发掘了清末民国政坛显要郭则沄的"阅微体"小说《洞灵小志》《洞灵续志》《洞灵补志》（1934—1936年刊行），李逊梅的聊斋体文言小说《澹盦志异》（启智书局，1936年），钟吉宇出版了志怪小说集《牛鬼蛇神录》（1946年）。② 这些单行本文言小说是现代文学研究者，包括通俗小说研究很少关注的。

张著对报刊文言小说辑录较少。而报刊文言小说还是保持一定量刊行，前文分析的《小说世界》自1923年创刊至1929年终刊一直坚持"白话小说为主，间或酌用文言小说"的原则。这一情况在民国中后期通俗小说期刊较为普遍。持续时间较长，影响较广泛的有周瘦鹃主编的《紫罗兰》（前期1925—1930年，共96期），范烟桥主编的《珊瑚》（1932年7月创刊，1934年6月停刊，半月刊，共48期），钱须弥主编的《大众》月刊（1942—1945年），严独鹤、顾冷观编辑的《小说月报》（1940—1944年，共45期），陈蝶衣编《春秋》（1943—1949年）。只不过比例较小，影响有限，而且到20世纪40年代多集中在笔记体小说。比如周瘦鹃1943年复刊的《紫罗兰》第1期上就载有仇光裕、吴绍元长篇文言翻译小说

---

① 庄逸云：《收官：中国文言小说的最后五十年》，商务印书馆2020年版。
② 参见张振国《民国文言小说史》第二、三编，凤凰出版社2017年版。

《月中天》,断断续续刊载到1944年底。郑逸梅在该刊1944年发表多篇文言笔记小说,比如《养晦小识》(第18期),《渺渺予怀录》(第17期),《淞云小语》(第16期),《金玉良缘记》(第12期)等。

还有一部分前期文言小说名作再版,持续到1949年前后,说明文言小说还有相当市场,在民间有顽强的生命力。民初著名文言小说家徐枕亚的《枕亚浪墨》1935年4月由清华书局出版到第五版,1941年大众书局再版《刻骨相思记》,其名作《玉梨魂》和《雪鸿泪史》的版次更多。李定夷的《甜言蜜语》1935年由国华书局出版到第四版;1947年还刊行了《定夷丛刊》《定夷小说精华》。

从作家的新老更替上看,以文言小说名世的旧派小说家在民国中期发生重要的格局变化。林纾、许指严相继于20世纪20年代中期离世,恽铁樵1920年辞去《小说月报》主编职务之后挂牌行医,成为中医大家。在20年代后期偶有小说发表,大多改作白话小说,1935年去世。王蕴章(西神)1925年辞去《妇女杂志》主编,游历南洋,后以词学名世,历任上海沪江大学、暨南大学国文教授,上海《新闻报》主笔,于1942年离世。而"鸳鸯蝴蝶派"三位代表人物也遭逢世变,吴双热于1934年去世,徐枕亚于1937年去世,而李定夷1925年以后基本离开文坛,进入政府部门,后家庭变故,命运多舛,度过凄凉晚景,于1964年离世。[①]

此期曾经创作文言小说仍然活跃的小说家是包天笑、范烟桥、周瘦鹃、王钝根、程小青、赵苕狂、徐卓呆等,而这些作家本来就擅长白话小说创作,后期只有少量文言小说发表,其中包天笑还将早期的文言短篇小说《一缕麻》改写成一万多字的白话小说[②]。只有"鸳鸯蝴蝶派"后起之秀吴绮缘坚持创作大量文言小说。吴绮缘民初时就在徐枕亚主编的《小说

[①] 李定夷生平及小说版本情况参见李文倩《李定夷及其文学研究》,博士学位论文,苏州大学,2008年。

[②] 包天笑在"重写前言"中说,多人问起,找不到旧稿,就将之重新改写。见《一缕麻》,《大众》1944年第10期。

丛报》上发表笔记体小说《忆红楼记艳》。18 岁就出版了哀情文言长篇小说《冷红日记》。1918 年由上海清华书局出版单行本"聊斋体"小说《反聊斋》,以新思想写聊斋,徐枕亚在"弁言"中给予极高评价,称之"运以新颖之思想,撷其精华,正其谬误,融新旧小说而一之",该书 1934 年由上海大众书局重版。吴绮缘还受当时一烟草公司之约创作文言笔记体小说《小桃红》《新镜花缘》。在 1949 年出版了《奇人奇事集》,为其作序的朱华评价说该作"有着极大的胆量,极新的思想,目的只在于暴露现社会的黑暗,鼓吹群众团结力量,发挥各个人的才能,反抗一切恶势力,争取最后胜利,与现行的新主义恰相符合"①,这些评价即便新文学家也很难达到。吴绮缘 1889 年出生,1949 年去世,成为最后一个有一定影响并贯穿民国时期(大陆)的文言小说家。

这些老一辈以文言为教育背景的小说家的离世或转行,代表一个文言小说时代的结束,1910 年以后出生的小说家接受国文与国语的双重教育,大多有"新文学"的启蒙教育,不会再创作不合时代的文言小说了。到中华人民共和国成立,新闻出版制度及作家身份的变化,人民性为标准的文学审美,形成了新的文学制度与规范,文言文学的市场化生长空间彻底关闭,文言小说这一高雅的表征"封建时代"的艺术形式宣告终结。②

二 "向死而生":文言小说消亡的深层原因及"新生"

绵延千年的文言小说的消失,这是文学史的大事件。五四之后,白话小说被建构成"现代小说",文言小说与"通俗""现代"均没有关系,就成了文学史上的失踪者。一个有趣的现象是,同样是作为旧体文学,旧

---

① 见《奇人奇事录》序言,上海中国新光印书馆 1949 年版。
② 北京师范学院中文系编著的《五四以来汉语书面语言的变迁与发展》一书中,谈到报章文及应用文的文言终止情况:"全国解放以后的今天,白话文才在公文及报章文字等各个方面广泛应用,彻底地占领了文言文的阵地,也只有到这时,五四时期开始的白话文运动才得到最后的成功。"商务印书馆 1959 年版,第 47 页。这里虽然有意识形态的对立,但描述了语言变迁的历史事实。

体诗词能够在五四之后绵延至今,在五四之后仍成为文人抒情写意的私密通道,公共场合唱酬的交际工具,京剧、昆曲为代表的中国传统戏剧与各种地方戏,也经历话剧以及现代舞剧的冲击,仍然作为艺术保存下来,为中国百姓所喜爱,形成稳定的传承机制。而文言小说却未能延续下来。这一现象值得深思。

除了政治因素、国家统制的国语建构、读者的教育背景、大众市场等常为人所道的因素外,还要从文言小说自身传统中寻找原因。

"小说"一词目前所见最早出自于《庄子·杂篇·外物》:"饰小说以干县令,其于大达亦远矣",还带有轻视意味。今天所称小说文类大多在当时以"说、传、记、录、志、琐言、话、传奇"作为集名,如《世说新语》《幽明录》《剪灯新话》《古镜记》《博物志》等,只有在治史者(如《少室山房文丛》),或者目录学家那里才用"小说"一词(如《汉书·艺文志》《隋书·经籍志》《四库全书总目提要》等),古代本来以文言为书面语,也就没有"文言小说"的概念,这一概念在晚清出现,与小说语言的自觉相关,为突出"俗语文学"(梁启超语)的重要,才比较小说语言是文言还是白话。①

现有的文言小说史,大多按照今天小说标准将文言小说摘录出来,并概括其特性,范围相当宽泛。侯忠义在《中国文言小说书目》中说:"此谓之文言小说,区别于宋元以后之白话通俗小说,专指以文言撰写之旧小说而言,实即史官与传统目录学家于子部小说家类所列各书。古今小说概念不同,以今例古,其中多有不类小说者。"②《史记》中许多篇目可以视为小说,在胡适眼里,先秦诸子的寓言都可以看成小说,鲁迅的《中国小

---

① 参考了王恒展的论述,见《中国文言小说发展研究》,山东教育出版社2016年版,第2页。另,梁启超《小说丛话》里提出:"小说者,决非以古语之文体而能工者也。"载《新小说》1904年第2卷。1908年《小说林》刊载徐念慈的《余之小说观》提出文言小说与白话小说之分,并认为文言小说比白话小说更受市场欢迎。

② 侯忠义:《中国文言小说书目·凡例》,北京大学出版社1981年版。

说史略》虽以"有意作小说"作为小说史的转折,但也重点分析了《汉书·艺文志》所列小说。无论从何种角度,汉人及《汉书·艺文志》的(文言)小说标准为大多史家所采用:"小说家者流,盖出于稗官。街头巷语,道听途说者之所造也。"① 东汉初年桓谭进一步概括为:"小说家者流,合丛残小语,近取譬论,以作短书,治身理家,有可观之辞。"② 这两段是关于文言小说文体最有代表性的描述,并未如今天小说文体那样首先强调其故事性③。这一概括相当宽泛。胡应麟对此也有论说:"小说者流,或骚人墨客游戏笔端,或奇士洽人蒐(搜)罗宇外,纪述见闻无所迴忌,覃研理道务极幽深,其善者足以备经解之异同,存史官之讨核,总之有补于世,无害于时。"④ 文人在作诗文歌赋等正宗文体之余一切记事、写人、消遣的有文采的文言文字均可视为文言小说。

与白话小说出自说书人或民间累积成书不同,文言小说的作者多是上层或有相当文化训练的文人。"小说,唐人以前,纪述多虚,而藻绘可观;宋人以后论次多实,而彩艳殊乏。盖唐以前出文人才士之手,而宋以后率出俚儒野老之谈故也。"⑤ 无论"文人才士",还是"俚儒野老",都是对文言书面语修习造诣较高之文人,唐传奇作者还有相当多是进士出身。因此,文言小说其实是文人创作诗文之余进行休闲性抒情写意的副产品。从魏晋笔记到唐宋传奇,再到聊斋体、阅微体,再到《浮生六记》这样的小品,大多是写意记事性文体,言短意长。清末民初才大规模兴起文言长篇小说(包括创作与翻译),这是新的现象。

因此,当通行的汉语书面语改文言而为白话,用文言表现社会生活而又没有严格艺术律令的文言小说就会失去创作的动力。同时,文言不能随

---

① 班固:《汉书·卷三十·艺文志第十》第六册,中华书局2013年版,第1745页。
② 桓谭:《新论》,见《文选》卷三,中华书局1977年版。
③ 陈文新在梳理了鲁迅、余嘉锡、王瑶、吴志达等人的论述时,认为这些学者均不按西方小说观念治文言小说。
④ 胡应麟:《少室山房笔丛·丙部·九流绪论下》,上海书店2001年版,第283页。
⑤ 胡应麟:《少室山房笔丛·丙部·九流绪论下》,上海书店2001年版,第283页。

时代发展更新其词汇及新的语言元素,导致表现力降低,也是重要原因。而旧体诗词内部有一套完整的艺术法则,其简洁传神,韵律的美感,形成独立的颇具吸引力的小众艺术,也可以作为切磋技艺,交流情感的交际性文体,比如民国时代各类自寿诗及其唱和诗。遇到重要事件,用旧体诗表情达意,简洁传神,易于传播。比如,鲁迅1931年闻左联五烈士惨案,愤而写下著名的《无题·惯于长夜过春时》,郁达夫用19首旧体诗写成《毁家诗纪》,直接介入生活,轰动一时。当然,旧体诗、传统戏剧这些非物质文化遗产,也有发展及当代传播的困境,需要国家引导与保护,如何与时代结合,在传承中创新,是所有这些传统艺术面临的难题。

进入共和国时期,文言写作在部分文人那里成为"潜在写作",主要在书信、日记中仍然存在(比如顾颉刚日记就用文言写作)。对文言小说有意识进行借鉴并融会到自己小说创作,则要等到新时期,尤其是"寻根文学"的兴起。这一借鉴分两种情况,一是直接用文言写作,或嵌入文言段落;二是白话小说注重借鉴文言小说的写作精神。后者的情况更多一些。

孙犁一直对文言笔记小说情有独钟,自言藏书三分之一是这类笔记小说,初学写作也是以笔记小说为师。[①] 他的《芸斋小说》,就属于白话笔记小说。很多篇在篇末有文言的"芸斋主人曰",颇得晋人笔记之妙。比如《修房》一篇末尾:

> 芸斋主人曰:学者考证,当人类为猿猴,相率匍匐前进时,忽有一猿站起,两脚运行。首领大怒,嗾使群众噬杀之。"四人帮"之所为,殆类此矣。非只对出身不好之知识分子,施其歹毒也。[②]

[①] 孙犁:《谈笔记小说》,《孙犁全集》第8卷,人民文学出版社2004年版,第91页。
[②] 孙犁:《芸斋小说·修房》,《孙犁全集》第7卷,人民文学出版社2004年版,第26页。

与孙犁有相似之处的是汪曾祺。汪曾祺多处自述对《世说新语》《梦溪笔谈》《聊斋志异》《东京梦华录》等笔记小说的喜爱。其写作范围的驳杂也与古代笔记、轶事类小说相通。1987年至1991年，汪曾祺改写了《聊斋志异》中的一些故事，声称"想做一点试验"，"使它具有现代意识"。① 如《陆判》《蛐蛐》《瑞云》《黄英》《画壁》《双灯》等，计有12篇，另外还有改写清人宣鼎《夜雨秋灯录》的《樟柳神》。这些小说直接标以"聊斋新义""笔记小说""新笔记小说"或"拟故事两篇"。大多是白话，其中"拟故事"《螺蛳姑娘》来源于《搜神后记》，是浅文言。他的小说集题目多有"杂记""旧事""旧闻"字样，如《故里三陈》《曲洧旧闻》《武林旧事》，多篇集合一部小说集的方式也与传统文言小说类似。除了形式、题材上的借鉴外，其对文言小说精神的继承学界研究较多，张卫中认为汪曾祺更多借鉴了文言小说的"写意手法"，"很少追求精准再现对象的外部特点"，而孙犁则借鉴文言小说的白描手法。②

阿城与贾平凹是年轻一辈有意识借鉴文言传统的作家。阿城的《遍地风流》始于20世纪70年代，1985年发表，立即引起广泛关注。阿城自述受到《酉阳杂俎》《太平广记》《陶庵梦忆》《阅微草堂笔记》等小说的影响。"语言样貌无非是'话本'变奏，细节过程与转接暗取《老残游记》和《儒林外史》，意象取《史记》和张岱的一些笔记吧，因为我很着迷太史公与张岱之间的一些意象相通点。"③ 而贾平凹除了早期《商州》系列借鉴笔记小说之外，到后期《高老庄》《怀念狼》《秦腔》《老生》《山本》等长篇小说融历史、野史、古籍、神话、地方志于一体，呈现混杂的语言风格。

从这些作家的创作看，文言小说的叙事传统一直得到有限的继承。自新时期"寻根文学"思潮以来，"回归母语"的呼声无疑是五四时期白话、

---

① 汪曾祺：《〈聊斋〉新义》后记，见《汪曾祺小说全编》下卷，人民文学出版社2017年版，第793页。
② 张卫中：《20世纪中国文学语言变迁史》，中国社会科学出版社2013年版，第182页。
③ 阿城：《闲话闲说——中国世俗与中国小说》，中华书局2017年版，第162页。

文言之争的回响,汉语传统的魅力再次得到关注,中国现代文学对中国古典文学的创造性转化也成为 21 世纪的学术研究热点。百年之后回望五四,在大破大立的时代,极端的态度与策略在所难免。有没有更好的方案与可能性,如何反思承继,去除传统与现代、新与旧、白话与文言的对立,重塑现代汉语文学及其美学传统,这都是积极的命题。有学者倡导对"文言现代性"的重视,正是以这样的视角展开的反思:"这数十年来在文学回归自身与尊重历史的学术共识指导下,基本祛除了现代文学源起于'五四'的迷思,然而对于文言现代性还缺乏一种历史辩证的思维,还伴有心理障碍,没有完全摆脱'革命''进化'之类观念的阴影。因此以语言辩证的观点来看待中国文学现代性的起源,不仅有助于透过这一灿烂丰富的开端更能看清 20 世纪中国现代文学的进程,也有助于使文学史书写更为全面、复杂、客观,更合乎文学的历史真实。"[1]

"文变染乎世情,兴废系乎时序",一种文体形式的兴起与衰落,自有其社会文化的根源,也不以个人为转移,当不能产生合乎时代的优秀的艺术成品时,它的衰落就有其合理性。文言小说的炼字炼句,简洁雅致,适合小品化的精致的抒情达意,的确有不适合平民大众时代叙事的一面。如前所述,它对整个社会书面语氛围依赖性较强,一旦书面语变迁,加上语言上的意识形态对立,建构出"文言=守旧=顽固腐朽=封建=反动"的逻辑,就会失去它的生存土壤。但是作为历史悠久的汉语小说的艺术形式,只要今天的小说艺术还依赖于汉字文化,而不是拉丁化文字,它作为现代汉语小说的艺术源泉之一将不会枯竭。

---

[1] 陈建华:《为"文言"一辩——语言辩证运动与中国现代文学的源起》,《学术月刊》2016年第 4 期。

第四章

"新白话"的生成与小说修辞方式的转变

——清末至五四白话小说内部的嬗变

前三章主要论述了清末至五四小说语言的文、白消长过程，以及白话小说最终如何一统天下。这主要是一种外部的描述，着眼点在于文白之争，小说语言的这种转变一方面有其自身的要求，另一方面也是适应整个文学语言的变迁大势。但是，如果我们就此认为五四的白话小说只是转向了晚清的白话小说传统，或者说是旧派白话小说统一了整个小说界，那也是一种偏颇的理解。事实上，五四作家追求的白话和晚清的白话是不同的，其小说理念也大不相同，由于对白话美学理解的差异和对"小说"文体新的自觉，导致一种不同于晚清（或旧派）的五四新体小说的诞生，它在语体风格、修辞方式上都发生重大的改变。如果我们细察五四学人的论述及其文学实践，我们发现五四时期的语言变革实际上有两个诉求，一个是文言、白话之争，一个是新、旧白话之变。当白话战胜文言成为正统的书面语时，五四作家便开始将注意力转向白话语言的内部，他们要寻求一种更加精密，更加利于表达的"新白话"，即国语。而五四时期改造旧白话最突出的特点就是借鉴西洋语法，大量吸收外国词汇。这不仅有充分的理论自觉而且在创作实践中取得前所未有的进展，从而最终形成了"现代汉语"。

这一变化明显影响到小说的观念及创作，对"现代小说"的发生具有至关重要的作用。本章试图深入白话小说内部，以关键词透视清末至五四小说思想的变化，再考察欧化文法如何影响了小说的修辞方式，导致了新的小说形态出现。

第一节　清末至五四白话短篇小说的关键词变迁

——以"人""故乡""爱情"为例

从晚清至五四中国语言的面貌发生重大的变化，其中一个重要特点是大量的外来词进入到汉语书面语，另有一部分通过翻译西方、日本的著作使大量旧词的意义发生变迁。这是现代汉语形成的基础。王力说："近百年来，从蒸汽机、电灯、无线电、火车、轮船到原子能、同位素等，数以千计的新词语进入汉语的词汇。还有哲学、社会科学、自然科学各方面的名词术语，也是数以千计地丰富汉语的词汇。总之，近百年来，特别是近五十年来，汉语词汇的发展速度，超过了以前三千年发展速度。"[①] 由于五四文学革命的历史影响，中国语言的书面语由文言变为白话，词语的基本构成由单音词变为复音词，其变化更是惊人。他认为："1919年以后的二三十年间，是汉语词汇的大转变时期。这种大转变不但是语法方面所不能遭遇的，也是语音方面所不能有的。"[②] 不过与语法的"欧化"相比，现代汉语词汇的变迁受日语词更多的影响，这和晚清以来，尤其是戊戌维新至五四时期的中日文化交流的增多密切相关。清末"新政"以来，留日学生骤增，在1898年到1912年间，至少有2.5万名学生东渡到日本寻求现代教育，形成"世界历史上第一次以现代化为走向的真正大规模的知识分子

[①] 王力：《汉语浅谈》，《王力文集》第三卷，山东教育出版社1985年版，第680页。
[②] 王力：《汉语史稿》（下），中华书局1980年版，第595页。

的移民潮"。① 其中一个重要后果是由日本传到中国的词汇日益增多，一部分是借用中国已有词汇翻译西方名词，是间接的"欧化"，"这种词占现代汉语外来词的极大部分，许多欧美语言中的词都是通过日本运用汉字的'意译'，先成为日语的外来词再传入汉语的"。② 这一部分词的词义已发生变化，如革命、民主、共和等。另一部分是直接来源于日语词。清末大量的中国人通过留学，接触日本文化，感受到弱国子民在中西差距中的歧视和焦虑，"新学语"正是他们体验中西方文化差异的表征和途径。

现代小说概念的生成与五四新派短篇小说密切相关，新文学的成立是以短篇小说为"实绩"的，也是成就最大的一种。③ 1935年编撰的《中国新文学大系·小说集》主要也是对短篇小说的总结。学界过多着眼于短篇小说文体的西方移植属性，以及五四白话小说与清末文言中短篇小说的对立与断裂，相对忽视了晚清至五四白话小说内部的变革。其实，清末至五四之前的小说杂志如《月月小说》《小说月报》都曾提倡短篇小说，也发表有相当数量的白话短篇小说。④

从白话小说语汇变化的角度审视，五四短篇小说依赖的关键词语与晚清有所不同，即使同一关键词其意义也有变化。新词语的使用，往往意味着话语方式、对世界图景的经验和感悟状态发生改变，在关键词变迁的背

---

① 见任达《新政革命与日本——中国，1898—1912》"第四章：中国学生及其入读的日本学校"，江苏人民出版社1998年版。关于留日学生的数目，作者又综合实藤惠秀等人的统计做了具体的分析，见第56页。另，史有为的《外来词》一书也说："在19世纪末至20世纪30年代初，汉语中逐渐充斥着来自日语的汉字词，以及从日语回流来的汉语词，而直接来自西方语言的音译词反而不多。这一情况在30年代才开始有所改变。""以《现代汉语词典》所收词条统计，比较有把握的来自日语的汉字词及回流汉语词的有768条，来自西方语言的各种音译词有721条，前者居然超过后者。以此看来，中国社会的进入现代生活并同世界沟通，日语汉字词是立有大功的。"商务印书馆2003年版，第70页。

② 高名凯、刘正琰：《现代汉语外来词研究》，文字改革出版社1958年版，第81页。

③ 胡适曾说，"短篇小说已经成立了，而长篇小说成绩最坏，不但没有人做，连译本都没有了"。见《五十年来中国之文学》，《胡适文集》第3卷，第263页。

④ 《新小说》1篇，《小说林》6篇，《月月小说》20篇，《小说时报》25篇，《小说月报》前7卷（1910—1916年）发表25篇，详细的文言、白话小说数量对比见第一章相关论述。

后是人的生存体验的变化，关联着思想与社会结构的变迁。五四时期的新派小说中，恰恰存在大量晚清小说所未能涉及，或未被强调的新词汇，从这些词汇语义转换，我们可以看到五四小说如何"现代"起来，五四的白话文运动如何逐步深入到小说修辞内部。本节以晚清和五四白话短篇小说为主（偶尔兼及文言短篇小说），梳理"人""爱情"（"恋爱"）"故乡"这几组关键词并考察其语义的变迁，进而探讨清末至五四小说主题的变迁。

一 "国民"之"自由"到"人"之"觉悟"——清末至五四短篇小说中"人"的语义变化

晚清至五四的启蒙思潮中，唤醒民众/人的觉醒、"新民"/"新青年"的"改造国民"的主题一脉相承，都是关注"新人"，都在思考什么样的"人"才是中国目前最需要的，但是关于"人"的自我理解却不一样。张灏、王汎森都曾注意到晚清到五四有一个从"新民"到"个人"的转变，从传统儒家修身观念与君子人格的一元论到修身与理想的二元论的变化。① 晚清历经两次鸦片战争，尤其是中日甲午战争，国人有亡国亡种之忧，政治救亡，唤醒民众成为共识。因此清末的"新人"更多是与国家、社会相联系的"国民"一词，"新民"的目标是将自私自利之人改造成现代"国民"。以"国民"为主题的报刊、演说及文章很多，如《国民报》《国民公报》《国民日日报》《新民丛报》；《说国民》《国民新灵魂》《国民歌》《军国民歌》；还有阐发女权的如《女子为国民母》《敬告我女国民同胞》《女国民歌》。《东方杂志》创刊之宗旨即是"启导国民，联络东亚"。②

梁启超在 1899 年说："国民者，以国为人民公产之称也。国者积民而成，舍民之外，则无有国。以一国之民，治一国之事，定一国之法，谋一

---

① 王汎森：《近代思想中的"自我"与"政治"》，见《思想是生活的一种方式——中国近代思想史的再思考》，北京大学出版社 2018 年版，第 39 页。
② 《东方杂志·简要章程》1904 年第 1 期。

国之利,捍一国之患。其民不可得而侮,其国不可得而亡,是之谓国民。"①用通俗语言解读"国民"内涵最多的人是最早办白话报的林獬,他在《国民意见书》中说:"这国民两字,我国古书里头,不大见过,平常的称呼,都叫百姓。"但是在现在却奉为"太上老君",没有比此称呼更高级的了。他认为"人人有知识,能够把国土守牢,把政事弄完全,便不愧为一国之民了。所以这一般人民,就称他做'国民'"。②他明显受到"进化论"思潮的影响,将"百姓—国民"视为一种"人为的""向上的"发展,是被"设定为一种资格、一种身份,一种应该极力追求的正面目标"。③

《绣像小说》第47期开始连载清人吴蒙的白话小说《学究新谈》,该小说可作为科举退出,新式教育进入后知识分子自我理解发生变化的微观记录。小说描写了各种新式教育的怪现状。其中第6回借人物之口谈到对"新学堂"的认识:"国家开学堂的宗旨,原是要人人识字,明白普通学理,出去各执一业,做得来国民,不是造就什么学士大夫的。"这里将"国民"与"学士大夫"相对列。第10回写到做时文的李梅生在西湖遇旧友鲁子输,子输教导他说与其做时文混饭吃还不如做一个小学教员,一旦亡国了还能为黄种人留根苗:"这班后生,果真做得国民,也自能转弱为强的"(第59期),这里教育的目的正是培养未来的"国民",而且是非常有意义的事情。

由于"国民"成为晚清中国人的共同想象,晚清的小说大多关注社会改革、国家前途、官场腐败、立宪问题、禁烟放足等与国民塑形相关的宏大问题。李伯元有篇题为《中国现在记》的小说很好地概括了晚清小说外向性及时事性的特点。清末四大小说期刊中,《小说林》《月月小说》中都标有国民小说类型,与侦探、社会、言情并列。《新小说》发刊词说"专

---

① 梁启超:《论近世国民竞争之大势及中国前途》,见《梁启超全集》第2卷,中华书局1999年版,第309页。
② 林獬:《国民意见书·序论》,《中国白话报》1904年第5期。
③ 王汎森:《思想是生活的一种方式——中国近代思想史的再思考》,第35页。

在借小说家言，以发起国民政治思想，激励其爱国精神"；《新新小说》办刊旨在"演任侠好义、忠群爱国之旨"。清末民初短篇小说经常以爱国、国、中国为题目，如《为祖国死》（天白）《爱子与爱国》（瘦鹃）《爱国少年传》（瘦鹃）《爱国鸳鸯记》（海沤），甚至还有《爱国丐》（李涵秋）《爱国之母》（拜兰）《爱国之妻》（朱鸳雏）《爱国之厨役》（庆霖）《爱国妓》（绮缘）不一而足。

晚清，甚至到五四前夕，"自由"都是与"国民"密切联系的热门词汇。只是清末民初的"自由"强调国民反抗专制与皇权，民族独立及国民自立，多与国家话语相结合，而非五四时期"自由主义"的个人话语。如《新小说》创刊号登载小说《自由钟》《洪水祸》《东欧女豪杰》演义美国独立史、法国大革命和俄罗斯民党，期望通过阅读小说使读者"爱国自立之念油然而生"。梁启超翻译的《佳人奇遇》开头第一句就是自由："东海散士一日登费府独立阁，仰观自由破钟，俯读独立之遗文，慨然怀想……"首页就有三次使用自由一词。① 《浙江潮》1903 年刊载匏尘翻译美国作家威尔晤的《自由魂》；《女子世界》1904 年第 10 期刊载长篇小说《自由花》；陈独秀 1904 年发表小说《黑天国》，主人公荣豪标榜的正是"素爱自由主义""唯自由万岁"。②

清末民初的许多短篇小说也以自由为题，比如《自由女乎？龌龊儿乎》（笑梅《礼拜六》48 期，1915 年）写一个留学沪上，衣着时尚，因反抗包办婚姻，而自由离婚的商人之女，到法庭告状被男方义仆斥为无耻："自由……自由……养汉子，匿私男，乃自由耳……"。周桂笙译述的《自由结婚》（《月月小说》第 14 号），属文言笔记小说，前面加按语说现在欧风东渐，自由之潮是盛，自由结婚不适合中国伦理，中国婚姻需要改革，只能从教育男子入手，而不是自由结婚。小说引述了英美各国离婚的怪事

---

① 梁启超：《佳人奇遇》，《清议报》1898 年第 1 期。
② 三爱（陈独秀）：《黑天国》（未完），《安徽俗话报》1904 年第 11 期。

种种，尤其是提及合众国自1887年以来20年间离婚计有一百万以上，成为笑柄，作者鲜明地反对自由结婚。主编吴趼人在文末写有批语，对该小说旨意表示支持，主张恢复旧道德。《自由误》（詹公）发表于1917年的《小说新报》，然而内容明显沿用晚清的"自由"观念，批判恋爱自由："自由二字亦有范围，若一味荡检窃闲，蔑礼犯分，误放侈为自由，祸将不忍言。而于痴男怨女为尤甚。""徒以误放侈为自由，或纵欲败度，或阃范不严，卒至身败名裂，为天下笑。"举例巨商之妻与已婚军界精英自由恋爱私奔为天下笑。但是，通常视为旧派小说大家的陈景韩在《乞食儿女》中却从女性解放的角度使用"自由"一词，称"高洁与自由是进步女权运动的两翼"。①

总体上说，自由话语从晚清至五四前也呈现明显变化，梁启超等晚清小说家多关注国民的自由、君权、言论等宏大话语。②晚清时期女性话题谈到自由也与文明、改造国民相关，如《申报》刊登小说《自由女》，第一回回目就是"说自由文明开女界，谈胜景风月擅珠江"。而到民初，自由话语开始导向"自由结婚""自由恋爱"等，并进一步成为散漫、不道德的污名化词汇。涉及"自由"的小说题目一变为：《自由镜》（謇盦，《小说海》1916年第2卷第2期），《自由鉴》（不才，《妇女杂志》，1915年第1卷第3期），《自由毒》（绮绿，《文星杂志》1915年第3期），标艳情小说和醒世小说的《自由花》（李定夷，《消闲钟》1914年第1卷第1

---

① 冷（陈景韩）：《乞食女儿》，《月月小说》1907年第1卷第10期。
② 梁启超在《新民说·论自由》一文中说："自由者，天下之公理，人生之要具，无往而不适用者也。"他在《清议报》《新民丛报》一直连载"饮冰室自由书"系列评论，涉及以下主题：祈战死、自信力、论强权、君权、共治、民主、国权与民权、忧国与爱国、中国魂、精神教育、传播文明三利器等等，涵盖现代文明的方方面面，其讨论范围之广，气魄之雄，眼界之精，少有人出其右。见《梁启超全集》第2卷，北京出版社1999年版，第336—404页。晚清与民初自由内涵的变化，除了与政治时势变化相关，也与后者逐渐剔除了"民主"的政治含义有关。自由概念初入中国的翻译和介绍都与"民主"相关，尤其是严复与梁启超这样有识之士。关于民主与自由概念史可参考方维规的专著《概念的历史分量：近代中国思想的概念史研究》相关论述，北京大学出版社2018年版，第278—286页。

期),"自由"成了误国误民的毒药。到五四时期才将"个性独立"的内涵彰显出来,强调"个性自由"。

　　清末至五四时期小说中对人的自我理解,还从属于国家话语。这一时期的短篇小说当然也有直接以"人"为标题的,但是"人"语义多是普通名词或指示代词上使用的。如老骥的《大人国》(《月月小说》1906年第6号),徐枕亚的《再来人》(《中华小说界》第1年第9期)。在具体的词汇使用时同样如此,比如:《入场券》(《小说林》第1期):有"一个人忽然乘着拥挤之时……""二人坐定……";《地方自治》(《小说林》第2期):"你着粗布的衣服,还像中流社会的人,但不过人各有职业……";《平望驿》(《小说林》第4期):"忽听见有一个人,从远处跑来。"《中间人》(竞公,《广益丛报》1905年第62期)以"剧盗"和"壮士"争斗借指日俄战争,讥讽作为主人大清统治者做着可怜的"中间人",也属于具体指称。

　　清末民初也有部分中短篇小说写到对个人命运的同情。比如胡寄尘的《泪》和徐卓呆《卖药童》。后者是清末著名的白话短篇小说,写一个为救母亲而卖药的小男孩被警察关进监狱,等放出时母亲已死。最震撼人心的情节是他为证明卖的是糖不是药而将药全部吞下。作者写道:"路上过的张牙舞爪的警察,耀武扬威的官员,花天酒地的僧侣,肥头胖耳的银行员,见了这可怜的卖药童,有些感触么?也不过当他一个生活极低的人看待就是了。"① 这里将"人"放到社会等级中反思在清末是较少的描写。他的《死后》本是写青年女性向往独立爱情的故事,可是结尾用一种神秘的传奇色彩而削弱了女性觉醒的意义。

　　从词语的社会性来说,晚清小说中的"人"不具备反思自己生存及存在的能力,是没有觉悟的人。他们被"人伦观念"限定在一定的位置,在他们认为是天经地义的社会关系、等级制度中活动,无法跳出这种"结

---

① 徐卓呆:《卖药童》,《小说月报》1911年第2年第1期。

构"提出"平等""自由"的诉求。正如有学者指出:"他们始终以'国民'来指代'个人',在这一前提下,'个人权利''个人自由'与'民族独立''国民富强'不仅不矛盾,反而结合成一体二面的统一体,构成你中有我、我中有你的结构体系。他们可以在不同时期、不同情境下强调任何不同的内容,但他们思想深处的总主题却永远是民族国家、是富国强兵。"①

随着个人话语的兴起,五四以后的小说叙事中,"人"赋予了更为深刻的内涵。"个人"一词在清末已经出现,据金观涛分析,"现代意义"的"个人"是对译 individual 而来,他通过数据库检索,认为最早出自于1898年梁启超翻译《佳人奇遇》:"法国者,人勇地肥,富强冠于欧洲者也。……然法人轻佻,竞功名,喋喋于个人自由。内阁频行更迭,国是动摇。"梁启超虽归纳出权利主体的内涵,亦是贬义用法,金观涛因此认为当时最前卫的思想家也还未接受现代个人自由的概念。②1902年梁启超在《论政府与人民之权限》中说"国家不过人民之结集体,国家之主权,即在个人",并在"个人"这个词下注明"谓一个人也"。③需要加注正表明这一用法对普通人是奇特和陌生的。1907年鲁迅在《文化偏至论》中提到"个人"一语:

> 个人一语,入中国未三四年,号称识时之士,多引以为大诟,苟被其谥,与民贼同。意者未遑深知明察,而迷误为害人利己之义也欤?夷考其实,至不然矣。而十九世纪末之重个人,则吊诡殊恒,尤不能与往者比论。试案尔时人性,莫不绝异其前,入于自识,趣于我执,刚愎主己,于庸俗无所顾忌。④

---

① 罗晓静:《清末民初西方"个人"概念的引入与置换》,《湖北大学学报》2008年第5期。
② 金观涛认为清末民初"个人"一词的接受与传播与清末新政到民初共和制的建立有关,并且与"社会"一词相伴随,"个人—社会"的观念背后正是现代社会组织蓝图(个人的权利的最终主体和社会契约论)的引进。见《观念史研究:中国现代重要政治术语的形成》,法律出版社2010年版,第158页。
③ 梁启超:《论政府与人民之权限》,《梁启超全集》第4卷,北京出版社1999年版,第882页。
④ 鲁迅:《文化偏至论》,《鲁迅全集》第1卷,人民文学出版社2005年版,第51页。

鲁迅指出此词在1904年前后出现，而且指出当时大多数人认为"个人"一词为国人误解成损人利己的贬义词，而鲁迅则阐释为不为世俗所囿的"个性之价值"，"人于自识，趣于我执"，是一种自觉和主张。①

虽然晚清传入，但在五四时期"人""个人""人生"才成为重要的思想范畴。1915年留日学生彭文祖编的《盲人瞎马之新名词》里称为"不成体统""不文、不通"的新语中仍列有"个人""人格"等语，该书在1931年修订出版，仍沿旧说。② 转眼几年间，这几个"不通、不文"之词就风靡"新青年"。陈独秀在《青年杂志》的创刊号上用的正是这些不文、不通之词："脱离夫奴隶之羁绊，以完其自主自由之人格之谓。"③ "国家至上"也变成了"个人至上"："思想言论之自由，谋个性之发展也。……国家利益、社会利益，名与个人主义相冲突，实以巩固个人利益为本因也。"④ 顺此逻辑，他认为应"以个人本位主义，易家族本位主义"⑤。

---

① 李怡认为，梁启超、严复、孙中山多从政治哲学意义谈论"个人"，"都没有成为西方式的主义，它只是实现国家民族整体目标的一种途径"。到了章太炎将个人问题与自我的反思相联系，彰显了"个人"的哲学意义。而鲁迅等章门弟子受此启发才开启文学感性的个人主义的赞歌。见《日本体验与中国现代文学的发生》，第74—76页。这里，李怡敏锐地观察到晚清到五四有一个从"知识"到"主义"的演化思潮。"个人"与"自我反思"的结合，形成"个人主义"，才能成为"自识、我执"的信念与意志，鲁迅为代表的五四文学正是感性地进入中国人的这一精神世界的媒介与载体。关于"主义"的兴起，台湾学者王汎森做了进一步考察，他认为19世纪80年代至五四"主义"作为零散的方法论被引入中国，而在五四时期，尤其是"问题与主义之争"之后，从"思想时代"进入"主义的时代"，有一个"主义化"的过程。到20世纪20年代中后期"主义""已经成功与思想、组织、行动结合，成为一股新的力量"。见《思想是生活的一种方式——中国近代思想史的再思考》第五章"'主义'时代的来临——中国近代思想史的一个关键发展"，北京大学出版社2018年版，第138—219页。而陈力卫从中日词语交流史的角度考察了日本语境中"主义"一词变迁以及在中国的传播。见《东往东来——近代中日之间的语词概念》第15章"'主义'知多少"，社会科学文献出版社2019年版，第333-357页。
② 冯天瑜：《新语探源——中西日文化互动与近代汉字术语生成》，第448页。
③ 陈独秀：《敬告青年》，《新青年》1915年第1卷第1号。
④ 陈独秀：《敬告青年》，《新青年》1915年第1卷第4号。
⑤ 陈独秀：《东西民族根本思想之差异》，《新青年》1915年第1卷第4号。

胡适在五四时期把"易卜生主义"诠释为"健全的个人主义",核心正是"个人",是"把自己铸造成了自由独立的人格"①。《玩偶之家》第三幕娜拉说:"无论如何,我务必努力做一个人。""易卜生的文学,易卜生的人生观,只是一个写实主义",就是"造出自己独立的人格",就是要"救出自己"。②

特别指出的是,这里"做一个人"或"我是一个人",这种在"人"前未加任何修饰词的强调用法在五四开始出现。周作人提倡"人的文学",重点也在"人",这样的用法在古代白话中很罕见。"在中国传统思想中,'人'是一个不成问题的概念,但在新文化运动之后,人们不断问'人'是什么,并随时加上引号以便说明人仍旧是'有问题'的状态。它当然也意味着,没有成为真正的'人'之前生活状态是不值得过的。"③ 在五四的文学中,"人"可抽离出具体情境,成为独立的具有特定内涵的概念。周作人所谓"灵肉二重性",人是从"动物""进化"来,正是对其特定内涵的个人阐释。他明确提倡"一种个人主义的人间本位主义",主张"文学是人类的,也是个人的",因此要"辟人荒"。④ 茅盾后来也总结说:"人的发见,即发展个性,即个人主义,成为五四时期新文学运动的主要目标。"⑤ 个人、人格,人生(观)、人道(主义)、人权这些日语外来词在五四时期凸显为时代主题。⑥ 古代汉语中的"人"是在礼

---

① 胡适:《介绍我自己的思想》,《胡适文集》第 5 卷,第 507 页。
② 胡适:《易卜生主义》,《新青年》1918 年第 4 卷第 6 号。
③ 王汎森:《思想是生活的一种方式——中国近代思想史的再思考》,第 173 页。
④ 周作人:《人的文学》,《新青年》1918 年第 5 卷第 6 号。
⑤ 茅盾:《关于"创作"》,《北斗》1932 年创刊号。
⑥ 综合外来词研究及概念史研究相关著作,这几个关于"人"的词,加上"个人",学界基本认为是日语外来词,具体方法会有不同。比如刘正埮、高名凯编《汉语外来词词典》(上海辞书出版社 1984 年版),实滕惠秀《中国人留学日本史》(生活·读书·新知三联书店 1983 年版)均收有这些词汇。冯天瑜在《新语探源——中西日文化互动与近代汉字术语生成》一书专门对日源汉字新语入华进行了统计与辨析,见中华书局 2004 年版,第 420—500 页。最新的从概念史角度分析近现代日语外来词的研究可参见陈力卫的专著《东往东来:近代中日之间的语词概念》,社会科学文献出版社 2019 年版。

法、人伦关系中的"人",与西方"人生而自由"的"人"有着根本区别,五四文学的主题几乎都可在新的"人"的观念中推演出来。① 但是具体到小说转型来说,"个人"话语如何成为现代小说表现的中心,则需要具体分析。

在五四小说中,指称个体的"人"自然也大量存在,但更应该关注的是与"人格""人道""个人""人生"产生意义关联的"人"的语义变迁。五四小说的"人"具有反思自己的能力,成为"觉悟"的人,能够反观自身的"主/奴"结构。《狂人日记》中"人"一词的用法具有革命性意义。狂人在史书"仁义道德"的字里行间看出"吃人",他告诫说:"你们可以改了,从真心改起!要晓得将来容不得吃人的人,活在世上。"并且反思自身:"有了四千年吃人履历的我,当初虽然不知道,现在明白,难见真的人!"这里的"人""真的人"很明显具有更加深广的内涵,不仅仅是指称性名词。所谓"真的人",就是一个独立的人,渴望自由平等的人,最起码是不会吃人的人。郁达夫说:"五四运动的最大的成功,第一要算'个人'的发见。从前的人,是为君而存在,为道而存在,为父母而存在,现在的人才晓得为自己而存在了。"② 这可视作对"真的人"的精彩阐释。

正是有了"为自己存在"的"觉悟",叶绍钧写于1919年的小说《这也是一个人!》发出了"这也是一个人"的感叹与反诘。小说写一个"简直是很简单的动物"的女子,有着祥林嫂式的命运,嫁人、丧子、逃走,被夫家追回,变卖,身价不如一头牛。通篇都是客观描述女子一生,未做主观评论,但由于题目中的反问,产生出震撼的力量。冰心的《斯人独憔悴》中的颖铭、颖石和父亲起冲突,发出以下控诉:"处在这样黑暗的家庭,还有什么可说的,中国空生了我这个人了。""空生了我这个人了"中

---

① 张卫中:《汉语与汉语文学》,文化艺术出版社2006年版,第11—12页。
② 郁达夫:《中国新文学大系·散文二集·导言》,上海文艺出版社2003年影印版,第5页。

的"人"首先就意味着一个人有支配自己的权利并可以对自己行为负责。渺小的"我"之于宏大的"中国"如何才算"不空生"呢？显然这里有着丰富的内涵，这一理念正是兄弟俩与父权冲突时强烈的自信所在，也是五四青年苦闷的根源。《超人》里何彬说："世界是虚空的，人生是无意义的。"丁玲《莎菲女士的日记》中莎菲因爱情感到"人生"之痛苦："我因了他才能满饮着青春的醇酒，在爱情的微笑中度过了清晨；但因了他，我认识了'人生'这玩艺，而灰心而又想到死。"庐隐《海滨故人》里青年们在一起"谈到人生聚散的无定"；而在《或人的悲哀》里青年男女都喜欢探讨"人生究竟的问题"：

你和心印谈人生究竟的问题，你那时很郑重地说："人生哪里有究竟！一切的事情，都不过像演戏一般，谁不是涂着粉墨，戴着假面具上场呢？……"

这时一方，又被知识苦缠着，要探求人生的究竟，花费了不知多少心血，也求不到答案！这时的心，彷徨到极点了！不免想到世界既是找不出究竟来，人间又有什么真的价值呢？努力奋斗，又有什么结果呢？并且人生除了死，没有更比较大的事情，我既不怕死，还有什么事不可做呢！……

这种谈论抽象的人生困惑的方式在"重故事"的晚清白话小说里是无法看到的。一个普通的铁路工人李渺世写的小说《买死的》被收入《新文学大系》，写一个在外做工的"农民工"怀揣着妻子的信和积攒的银圆惨死在铁轨上，看客的麻木、警察的冷漠，伴着鬼眼似的灯光，展现出一幅人间悲凉的画面。困顿无助的妻子企盼着丈夫坚实的臂膀，处于饥饿状态的儿女在家等他带回温暖和欢笑，可是他死在冰冷的铁轨上。作者最后饱含人道主义的激情诘问道："被漠视的人类，当真谁都不肯给他一点点的，一点点的眼泪吗？"① 这是对一个"被侮辱、被损害的"底层人的悲悯，这里的"人"意味着对普通人、平民生命的尊重。而《中国新文学大系》收有他的另一篇小说《搬后》写一个青年避开世事烦恼搬到山中居住，见邻居福高不断叹气，福高答："先生，不要提起，我们是生定苦人。"后得知一家兄弟在洋人矿山做工，兄长由于吸入石灰粉尘导致咯血而死，弟弟也经常挨饿受打。小说主人公同样充满人道的同情："被漠视的人类，谁为他们掉一滴眼泪！"这里"生定苦人""被漠视的人类"正反讽了"天赋（生定）的人的尊严"被践踏的社会现实。

张资平的小说《约伯之泪》虽然也是关于三角恋爱，但小说也写到主人公到乡下酒馆时遇到一个悲苦的事件。一个刚生育的女人因穷苦到富人家当奶妈，每天只回家半小时给自己孩子喂奶，孩子终究还是死了，作者写道：

　　母亲还在喂奶给别人的儿子吃，不知道自己的婴儿因没有奶吃死了呢！琏珊，你想这是如何的残酷的社会，又如何的矛盾的人生哟！

　　有生以来，我像所听见的，所看见的都是这一类哀惨的、令人寡欢的事实。这个世界完全是个无情的世界！

男主人公身患肺病，热恋的女子与老师订婚，于是自甘堕落，然而在面对人间悲剧时仍然表现出感人的人道主义同情，这个女子"矛盾的人生"也是他自身的写照，因为他们一同处在这"残酷的社会""无情的世界"里。

王鲁彦的《灯》中主人公说："罢了，罢了，母亲。我还你这颗心……母亲，我不再灰心了，我愿意做'人'了。"黄鹏基的短篇小说名为《荆

---

① 李渺世：《买死的》，见《中国新文学大系小说一集》，第332页。

棘》，他如此解释说：" '沙漠里遍生了荆棘，中国人就会过人的生活了！'这是我相信的"。这里，"做人""过人的生活"无疑是指一种体面而有尊严的生活。这种"人"的觉悟，傅斯年在《白话文与心理的改革》一文中曾很精彩地论述过："我们祖先差不多对于人生都没有透彻的见解，会说什么'圣贤'话，'大人'话，'小人'话，'求容'话，'骄人'话，'妖精'话，'浑沌'话，'仙佛侠鬼'话，最不会的是说'人'话，因为他们最不懂得的是'人'，最不要求的是人生的向上。"① 而五四新派小说中"人话"却成为主流话语。

此外，与"人"的内涵变化相关联的一大批欧化词汇在五四小说中成为关键词，如觉悟、解放、爱情、自由、命运、理想、个性、个人、人格、人间、人道、灵魂、创造、忧郁、孤独、寂寞，等等。五四时期"问题小说""为人生小说"的核心正是追问"人生"的意义，张扬人的"解放"和"觉悟"。这样我们就不难理解为何"觉悟""解放"一词在五四时期的报纸杂志中成为流行语，如《民国日报》的副刊起名为《觉悟》，周恩来在天津创办觉悟社，办《觉悟》杂志。陈独秀写有《吾人最后之觉悟》（《新青年》第 1 卷第 6 号）、《俄罗斯革命与我国民之觉悟》（《新青年》第 3 卷第 2 号），谢婉莹写有《解放以后责任就来了》（《燕大季刊》1920 年第 1 卷第 3 期），甚至在通俗文学杂志《新声》（1921 年）上也发表有新式知识者沈玄庐的《解放》，开头写道："现住的世界，是什么世界？是已经觉悟的世界。觉悟点什么？觉悟'解放'的要求。觉悟了，能够不解放么？"② 这种思潮在五四小说中的反映正体现了"人的文学""平民文学"的时代主题。五四的"解放"话语在 1949 年前后再次成为时代的关键词，显然，其意旨与强度已发生了一定变化。

---

① 傅斯年：《白话文学与心理的改革》，见《傅斯年全集》（一），湖南教育出版社 2003 年版，第 248 页。
② 沈玄庐：《解放》，《新声》1921 年第 1 期。

二 "故乡"的发现:"乡愁"的现代性书写

笔者查晚清的小说期刊未发现一例以"故乡"命名的小说,而在五四时期写"故乡""还乡"的小说却是一个醒目的文学现象,后来还有"乡土文学"一词出现。这不是"威加海内兮归故乡"的"故乡",也不是"每逢佳节倍思亲"的一般"思乡",而是带着"现代"体验的"乡愁"。

"乡愁"无疑是个现代性体验。只有在都市产生以后,出现大规模人类的迁徙才会有"乡愁"。那些远离故土的游子,漂泊在异国他乡,颠沛流离,过着无根的生活。"那些被迫舍弃与本源的接近而离开故乡的人,总是感到那么惆怅悔恨。""但是,惟有这样的人方可还乡,他早已而且许久以来一直在他乡流浪,备尝漫游的艰辛,现在又归根返本。因为他在异乡异地已经领悟到求索之物的本性,因而还乡时得以有足够丰富的阅历……"[①] 这时候,他们"还乡",可是记忆中"故乡"不再,现实的乡土和想象、记忆中的乡土永远存在错位、分裂。于是隐现了"乡愁",在"乡愁"的基础上,出现了现代的"乡土文学":"凡在北京用笔写出他的胸臆来的人们,无论他自称为用主观或客观,其实往往是乡土文学,从北京这方面说,则是侨寓文学的作者。但这又非如勃兰兑斯(G. Brandes)所说的'侨民文学',侨寓的只是作者自己,却不是这作者所写的文章,因此也只见隐现着乡愁,很难有异域情调来开拓读者的心胸,或者炫耀他的眼界。"[②] 鲁迅的这一阐释成了现代"乡土小说"的经典定义。"'乡土文学'实则是现代性的产物,它是现代社会以城市为中心的历史聚集和迁徙引发的想象,那是现代性特有的怀乡病,是现代性为自身无止境发展的历史原罪所寻求的补偿情感,一种替补式的救赎心理。"[③]

鲁迅的《故乡》中,"我冒了严寒,回到相隔二千余里,别了二十余

[①] [德]海德格尔:《人,诗意地安居》,郜元宝译,广西师范大学出版社2002年版,第69页。
[②] 鲁迅:《中国新文学大系小说二集·序》,《鲁迅全集》第6卷,第255页。
[③] 陈晓明:《遗忘与召回:现代传统与当代作家》,《当代作家评论》2007年第6期。

年的故乡去",可是,却带着"悲凉","我所记得的故乡全不如此"。当年的捕鸟能手少年闰土已变得麻木萎缩,"我"一厢情愿地叫声"闰土哥"却被一声"老爷"惊了一个寒噤。"我"只能重返漂泊之"路",在"无路"的"路"上寻找"希望"。

许钦文有短篇小说集《故乡》,鲁迅评价说:"许钦文自名他的第一本短篇小说集为《故乡》,也就是在不知不觉中,自招为乡土文学的作者,不过在还未开手来写乡土文学之前,他却已被故乡所放逐,生活驱逐他到异地去了,他只好回忆'父亲的花园',而且是已不存在的花园,因为回忆故乡的已不存在的事物,是比明明存在,而只有自己不能接近的事物较为舒适。"① 《故乡》中第一篇小说是《这一次的离开故乡》,题目是离开故乡,其实仍然是"返乡—离乡"模式,写一个新式青年回到故乡,将父母代订的婚约解除了,然后离开故乡去北京谋事,路上目见乡人的陋习,回忆着旧时同学的琐事,尽管在北京无法找到差事,可心里已下定决心:就是流浪街头,"也不会稍萌回到故乡的念头"。按理说,"故乡"有慈爱的母亲,有弟妹们的温馨,"我"缘何不愿"还乡",而要选择漂泊?这无疑是"现代"的"蛊惑"。经新思潮洗礼的"人"已无法安居在"故乡",思想上已不属于那一方水土!"父亲的花园"早已不存在了,"故乡"只是作为一种"梦幻"存在于回忆之中,这正是城乡对立产生的"乡愁"。

潘训的《乡心》发表于《小说月报》第 13 卷第 7 号(1922 年),茅盾说那时描写农村生活的小说很少,所以"值得特书"。② 阿贵身上可以看到"闰土"的影子,少年狡狯,带着"黄金的梦"离乡进城,不管家人如何规劝也不愿回乡。小说结尾当我们又一次劝阿贵回乡时,阿贵说:"我现在是不能回去了!……等我积蓄几个钱起来,再回去看看他们也不迟。

---

① 鲁迅:《中国新文学大系小说二集·序》,《鲁迅全集》第 6 卷,第 255 页。
② 茅盾:《中国新文学大系小说一集·导言》,第 21 页。

但我在家时，父母也太看不起我了！……我到这里来已过了两年了。"而这时，"我们""各人底心头，都深沉的怆凉的缠绵着乡愁"。不仅是阿贵，还有"我"这个知识人，也缠绵着"乡愁"：

> 戴着黄卵丝镶边的毡帽的几年前的阿贵，在故乡流着泪的我亲爱的母亲，荒凉草满的死父底墓地，低头缝衣的阿姊，隐约模糊的故乡底影子，尽活泼地明鲜地涌上我底回忆里。品南呢，他也有他的愁虑。呵！缠绵的乡心。

这段文字颇有鲁迅《故乡》的神韵，具有明显的欧化语言特征。对于阿贵、"我""品南"来说，城和故乡都是"梦"，前者是离乡寻梦的场所，后者却是带给自己想象与回忆的心灵港湾。

一个有趣的现象是"乡愁"总是和"梦"相联系。在晚清小说中的"梦"多是实指，或者指向"新中国未来记"式的民族寓言。而在五四小说中"梦"却成了关键词，它也扩大了内涵，变成一个隐喻和象征。"梦"代表了虚无缥缈的"追求"和"理想"，也代表一个能给游子心灵慰藉的所在，一个可望而不可即的幻象，"理想"正是典型的五四时期传入中国的日源词。[1] 这在"乡土小说"中有着特别的体现。《小说月报》第14卷第1号（1923年）发表了李勋刚的《故乡》，"我"自从十二岁离家，二十多年没回故乡了。"可爱的故人、故土也不知怎么样了？""可爱的旧人旧地今生再也看不到了。"它只存在回忆里：儿时的伙伴、可爱的老单身汉老普、到处传道、穿着古怪的洋教士、总是欺负我的二狗，还有让我终生难忘的幻冥姊，她迎着微风坐在河边讲故事，她启发了我少年的情绪和朦胧的情愫……然而，这些只能留在"梦境"中，作者最后写道："故乡啊，你在我心中，只

---

[1] 王立达《现代汉语中从日语借用的词汇》一文中将"理想"列为意译外国语词汇一类，见《中国语文》1958年第68期。刘正琰、高名凯等编的《汉语外来词词典》认为它属于"日本人利用汉字自行创造的新词"一类，见上海辞书出版社1984年版，第207页。

是一场梦了!"小说中的"我"正是一个"隐现了乡愁"的城市侨寓者!

冰心的小说《还乡》(最初发表于1920年5月20日至21日《晨报》)正是写一个在城里做到"民国局长"的新式青年的"还乡",这本应该是一次"衣锦还乡",可是"城—乡"的冲突却让他措手不及,最后只能匆匆逃离:

> 这时那小村野地,在那月光之下,显得荒凉不堪。以超默默的抱膝坐着,回想还乡后这一切的事情,心中十分懊恼,又觉得好笑。一转念又可怜他们,一时百感交集,忽然又想将他的族人,都搬到城里去,忽然又想自己也搬回这村里来,筹划了半天——一会儿又想到国家天下许多的事情。对着这一抔一抔的祖先埋骨的土丘,只觉得心绪潮涌,一直在墓树底下,坐到天明,和大家一同归去。

和鲁迅的《故乡》中"还乡"相比,以超虽同样受到乡人的众星拱月式的"礼遇",但这礼遇背后却存在着更为复杂的利益考量,这很让他惊愕。他所面对的显然不是梦中的那个故乡,正如冰心后来在诗歌《乡愁》中所写的那样:"前途只闪烁着不定的星光,后顾却望见了飘扬的爱帜。为着故乡,我们原只是小孩子!"① 这些漂泊的游子满怀"乡愁",心系"故乡",可即使回到故乡,那记忆中故乡也不存在了。现实的疏离逼迫他们再次"逃亡故乡"。

三 从"姻缘"到"爱情"与"恋爱"

晚清至五四,与"人"的内涵变迁相关联的还有一个关键词:"爱情"。
清末的短篇小说中写"情"的可谓比比皆是,杂志上的小说分类标有苦情、惨情、奇情、哀情、孽情、艳情、侠情、言情等,在这些说"情"的小说中,常见的词汇是"鸳鸯""情缘""姻缘"。千里"姻缘"一线

---

① 冰心:《乡愁》,《晨报副镌》1923年10月6日,后收入诗集《春水》。

牵，既有对美好婚姻的向往，又充满偶然性与无常感，有"缘"千里来相会，无"缘"对面不相逢。从"三言二拍"中的市井婚姻故事到清代的"儿女英雄"传奇，叙述了许多这样的姻缘故事。这是中国传统婚恋观念的旁支，古代文人对现实婚姻不自由的心理补偿，甚至是自我想象。相对于父母包办，媒妁之言，"姻缘"是调和自由恋爱和包办婚姻的结合物。它一方面不触及专制家长包办的婚姻体制和束缚，另一方面希望在有限的人际交往中发生"两情相悦"（缘分）。科举途中，路遇良缘，博取功名，奉旨成婚，这是"姻缘"的最高境界。"后花园中，私订终身"则是"姻缘"的非正常展开，"盲婚""指腹为婚"都可能是悲剧的开端，必须有"超自然"的力量将之重新纳入到"忠孝"的儒家纲常之中，才能重新获得合法性。《醒世姻缘传》中悍妇虐夫本是包办婚姻的悲剧，但通过"生死轮回""因果报应"将包办婚姻之恶掩盖了。《儿女英雄传》本是公子落难，侠女相救的朴素情缘，最终必须将侠女驯化成贤妻良母方成"金玉良缘"（原书名为《金玉缘》）。

在清末的言情小说中，则主要集中在文言短篇小说中，尤其是后来称为"鸳鸯蝴蝶派"的小说中。于润奇编的《清末民初小说大系》言情卷共138篇，其中白话小说仅5篇，说明白话短篇小说不是写情的主要领域。

包天笑《一缕麻》是清末著名的文言短篇小说，发表于1909年1卷2期的《小说时报》，后由于梅兰芳排演成新戏，阮玲玉主演电影，袁雪芬主演越剧，更是家喻户晓。① 小说讲述的正是一段非正常姻缘的诞生，

---

① 1916年齐如山、梅兰芳改编成京剧《一缕麻》，1927年郑正秋将之改编成电影《挂名夫妻》由阮玲玉主演；1944年包天笑将文言小说扩充成白话小说重新发表；1946年袁雪芬、范瑞娟改编成越剧。包天笑本人生前也颇感"不可思议"（见其《钏影楼回忆录》）。时隔50年之后，1998年、2004年、2007年先后由上海越剧院、杭州越剧院等再次改编演出，成为越剧经典名戏。其改编历经百年，反映出一百年来不同时期的社会思潮。对这一现象的研究参见范伯群《包天笑文言短篇〈一缕麻〉百岁寿诞记》，《书城》2009年第4期；周育德《长长的一缕麻》，《中国戏剧》2015年第1期；刘涛《新旧道德视野下的夫妻关系——论〈一缕麻〉的百年变化》，《杭州师大学报》2017年第1期；杨华丽《梅兰芳与〈一缕麻〉的早期传播》，《现代中文学刊》2019年第6期。

与通常所见的缘分初定，小人作梗，终获团圆的模式不同，这是由包办盲婚的悲剧为开端，错失佳配，而又成就"节妇"之大义收场。某女生于官宦之家，才貌双绝，通旧学且上过新式学堂。可是"幼缔姻于其父同寅之某氏，某氏子臃肿痴呆，性不慧而貌尤丑"。男女双方从内到外形成极大反差，可是由于门当户对，父命难违，仍然结婚，为邻里窃笑。新婚女子感染瘟疫，而痴男照顾周到，女子存活，痴男却感病而亡。女子感动异常，多次坚定拒绝昔日邻居之英俊公子之示好，长斋礼佛，为痴呆丈夫守节，成就一段悲情姻缘。小说结尾写道："呜呼！冥鸿飞去，不作长天之遗音矣。至今人传某女士之贞洁，比之金石冰雪云。"

小说如果只写才女嫁呆夫，对盲婚是极大的讽刺与批判，可是结尾歌颂其守节，则使作者的态度变得暧昧，成为典型的新旧结合的范本。同样是成就了一段姻缘，只不过这一姻缘是通过男方的忠诚和死亡得来的，唯有女方的贞节才将包办婚姻的弊病遮盖，并重新确立了盲婚的合理性。男子对女子的不计利害的照顾是因为"痴呆""傻愚"，女子对男方的守节，是因为"报恩"，在这一过程中，"个人"的感受被省略了，爱或爱情是不存在的。后来梅兰芳将之改编时，将女方主动守节，改为幻灭而自杀身亡，就将主题统一到了控诉封建婚姻的罪恶上，才重新焕发生机。

同样，民初最著名的言情小说《玉梨魂》梦霞与梨娘的爱情是非常规下发生的，是被礼俗社会排斥的。但小说感人的力量来源于梦霞的武昌城下牺牲，与梨娘的殉情。这里男方投军献身的行为，是对非正常之爱的救赎行为，国家大义重新诠释并成全了爱情。而梨娘唯有相思而殁，强化了爱之悲剧，才引起读者共鸣、谅解与同情。个人之间的男女钟情与欢爱，让位于殉情与殉国。李海燕从儒家的"美德情教"角度看到《玉梨魂》仍然是"儿女英雄"模式："在《玉梨魂》中，我们看到了爱与爱国主义之间建立起连续体的最早尝试，而其中以一种性别化的模式联结个人与社会的'儿女英雄'模型,在鸳蝴文学中产生了巨大的回响。"①

"姻缘"还需要"操办",说媒、聘礼、谈判、计谋、迎娶是"操办姻缘"必不可少的内容,一切都要操办得"合理",暗渡陈仓、李代桃僵、偷梁换柱是旧小说中操办"姻缘"最常用的手段。1912年《小说月报》刊载的小说《文字姻缘》②正是这样别出心裁的"姻缘"故事。男主人公是贫寒之士,丧妻,然善诗词,多悼亡之作。富家女子读其诗词,痴迷其中并生"情愫",一面未谋竟相思成病,于是结下一段"姻缘"。可女家父母嫌名士家贫年长,另置一门当户对之纨绔子弟。这时富家女的奴婢拾翠开始"操办"这段姻缘了。她采用李代桃僵的办法佯装愿嫁贫士,小姐愿嫁纨绔子,实际上则迎娶当天互换,当真相大白时,木已成舟。这是公子小姐情深,红娘献身解围模式的翻版。"姻缘"来得毫无来由,让婢女委屈自己成全小姐也是古典时代文人的一种"想象"。但这一"妙计"在自由恋爱时代,没有实现的可能,也没有必要。这一段奇闻正好诠释了传统小说的"姻缘"观念。

"爱情"一词在清末就已使用,民初旧派小说家笔下也常涉及此词,内涵有一定变化。1915年发表的白话短篇小说《唐花》中,"我"是一个略通新式知识的青年寡妇,在一富户人家教书,却遭遇了年仅8岁的学生结婚的轶事(新娘也仅7岁)。然而,新郎在"新婚之夜"的"闹房"中纵酒过度,一病而殁,7岁之新娘转眼间成为寡妇。同病相怜,"我"悲叹同情新娘之命运。可是终于在旧的习俗面前毫无办法,只能辞了工作。由于"我"是新式的知识者,她对爱情的理解已属于西方的话语系统,她能够认识到"人生世上,爱情二字,是天赋人权的一种",可是又无法跳出强大的礼教传统,进一步为"爱情"抗争,不仅她自己青年守寡,自嗟自叹,顺从命运,而且认为"他(新娘)的爱情一部分的权利,竟已剥夺净

---

① [美]李海燕:《心灵革命:现代中国爱情的谱系》,修佳明译,北京大学出版社2018年版,第90页。

② 樾候原稿,铁樵润:《文字姻缘》,《小说月报》1912年第3年第3期。

尽，非但剥夺净尽，直是上帝降生时没有赋给呢"①。所以这里空有"爱情"的萌芽，却没有"爱情"的行为能力。作者写这一段"轶闻轶事"，本身是对专制蒙昧的婚姻制度的不满，这比晚清又有所不同。

"姻缘"中的男女只是"准主体"，最终决定他们命运的还是强大的社会习俗和道德传统。"准主体"希望能在道德传统和两情相悦中找到一个平衡点，他们对恋爱和自身幸福的追求还缺乏"知识"的支撑和自信，更缺乏自我完成的行为能力。作为"世界知识"的"爱情"主义，是与启蒙观念、自由主义的世界化进程进入近代中国的，并加速融化、改造了中国文化中"情缘""姻缘"的情感伦理。②到五四前后作为"现代"知识观念的爱情宣言才强势出现，"爱情""恋爱"就成为青年人理直气壮的追求！女性才会像子君那样"分明地，坚决地，沉静地"说出这样的话："我是我自己的，他们谁也没有干涉我的权利"（鲁迅《伤逝》）；才会认为"没有爱情的生涯，如同死灰"（郁达夫《沉沦》）。一旦知识升华为信念，就会体现坚决的行动意志。当然，在新旧婚姻观念的碰撞中，这种"现代意志"越坚决，"知识信念"越坚定，情感上的冲突、苦闷、寂寞就越强烈。

五四新派小说中"爱"成为主题，关于男女爱情的小说从数量上也占据大多数，茅盾1921年8月评价最近三个月的创作时，做了初步统计，发现描写恋爱的小说占到八九成，这些恋爱小说又主要集中在以下两种形式：

(1) 男女两人的恋爱因为家庭关系不能自由达到目的，结果悲剧居多。(2) 男女两人双方没有牵制可以自由恋爱了，然或因男多

---

① 守如：《唐花》，《小说月报》1915年第6卷第8号。
② "世界知识"的概念是台湾学者潘光哲提出的重要学术概念，用来考察世界各种新理念、新信息如何进入近代中国的日常及学术生活中。他"将各式各样的印刷信息媒介所提供的各等具有帮助认识/理解外在现实之作用的（零散）讯息/（系统）知识，统称为'世界知识'"。见《创造近代中国的"世界知识"》，社会科学文献出版社2019年版，第5页。

爱一女，或因女多爱一男，便发生了三角式恋爱关系，结果也是悲剧居多。

这两种格式几乎包括尽了现在的恋爱小说了。①

茅盾虽然是批评五四初期恋爱小说技术的稚嫩，但从侧面反映了这批爱情小说的悲剧倾向。这些爱情悲剧和清末民初的哀情小说相比出现新的特质。茅盾在另一文章中曾慨叹"爱情"本是人间何等神圣的事情，却被旧小说弄成了"诲淫的东西"。② 五四小说中"爱情"描写最大的特点正是重塑这种"神圣感"。"爱"本身是要强调的内容，而不再是追求一段奇缘轶闻。

罗家伦在《新潮》第1卷第3号发表了小说《是爱情还是苦痛？》，③虽然艺术技巧上还显稚嫩，但从"问题"上说，这是一篇很重要的爱情小说文本，集中反映了五四一代知识青年对爱情、婚姻的追求与苦闷。小说采用类似"答客问"的古典形式展开，全篇以叔平的讲述为主。"爱情"一词共出现15次之多。故事由我的一句感叹——"婚姻真能转移人的一生"！——引起客人叔平荡气回肠的讲述。虽然同样是一个自由恋爱和封建礼教冲突的老套故事，但是，主人公对"爱情"的思考却明显不同于前述的"旧派小说"了。"爱情"已上升到关系人的生存价值的高度，爱情要追求精神上的共鸣，志同道合，婚姻要建立在彼此相爱的基础上。由于有"世界知识"（如小说中提及的梅特林、穆勒、托尔斯泰等）的支持，讲述者对爱情作为终极性的人生追求有了更强的自信，所以对家庭才发出这样的怨声："不知道我家庭是为'诗礼'而有了，还是为'人性'而有的？"叙述者也认为如果生在30年前，娶这一房贤惠的少奶奶，何尝不满足。可是今天不同了。虽然离婚是条路，但考虑到"谁还会娶再嫁的女

---

① 茅盾（郎损）：《评四五六月的创作》，《茅盾全集》第18卷，第131页。
② 茅盾：《自然主义与中国现代小说》，《小说月报》1922年第13卷第7期。
③ 罗家伦：《爱情还是苦痛？》，《新潮》1919年第1卷第3号。

人",只能将"婚姻"转化为"人道主义","强不爱以为爱!"并发出感叹:"世间最苦痛的事情是有爱情不得爱"。这让我们看到鲁迅、胡适等一代人对待包办婚姻和爱情冲突时的做法。这篇小说中的"爱情"明显是受西方个人主义的观念影响,"爱"是和个人追求自由和幸福相联系,是一个人的正当权利。

这样的用法在五四的爱情小说中很普遍,甚至形成了模式化的弊病。茅盾批评这些小说"个人主义的享乐的倾向很显然","只有个人生活的小小的一角",[①] 这从一个侧面反映了五四时期的爱情叙述是关乎个人的内心世界,是与心灵的自由相联系的。它不再是媒妁之言"操办"下的"姻缘",而是个人生存价值的体现和人性的合法合理的延伸。鲁迅《伤逝》中的子君和涓生敢于冲破封建礼教的围栏,为了爱情离家出走,这在晚清小说的"姻缘"中无法看到,虽然"生活"和世俗冷眼将这爱情的种子扼杀,但是他们的信心和勇气正来自于对"爱情"的"神圣性"的理解和追求。

庐隐的《海滨故人》中"爱情"一词一共出现八次,以下是其中五次:

> 你知道宗莹已深陷于爱情的漩涡里,玲玉也有爱剑卿的趋势。
>
> 你前封信曾问我梓青的事,在事实上我没有和他发生爱情的可能,但爱情是没有条件的。外来的桎梏,正未必能防范得住呢。
>
> 但梓青的婚姻是父母强迫的,本没有爱情可言,他纵于露沙要求情爱,按真理说并不算大不道;不过社会上一般未免要说闲话罢了。
>
> 结婚这一天,她穿着天边彩霞织就的裙衫,披着秋天白云网成的软绡,手里捧着满蓄着爱情的玫瑰花,低眉凝容,站在礼堂的中间。

以上"爱情"用例,毫无例外指向神圣的、终极的、纯洁的、内在的

[①] 茅盾:《中国新文学大系·小说一集·导言》,上海文艺出版社2003年影印版,第9页。

男女情感。由于"爱情"的觉醒,这些追求"恋爱"的青年或知识者,也日益感到来自身体和心灵的"苦闷""孤独""隔膜""悲哀",甚至是"沉沦"。这些词汇在清末民初的爱情小说中很少见到,而在五四小说中却甚为常见。郁达夫《沉沦》的主人公正是一个"孤独""苦闷"的人:

> 然而总觉得孤独得很:在稠人广众之中,感得的这种孤独,倒比一个人在冷清的地方,感得的那种孤独,还更难受。

然而,他要追求真正的"爱情":

> 知识我也不要,名誉我也不要,我只要一个安慰我体谅我的"心"。一副白热的心肠!从这一副心肠里生出来的同情!从同情而来的爱情!
>
> 我所要求的就是异性的爱情!使她的肉体与心灵,全归我有,我就心满意足了。

这里的爱情明显包括身体和心灵两方面,由于无法得到"爱情",只能沉沦于妓馆,可又怅然若失,终于蹈海自杀,他最后呼喊的仍然是"爱情":

> 我就在这里死了罢。我所求的爱情,大约是求不到的了。没有爱情的生涯,岂不同死灰一样么?

许地山《缀网劳蛛》中尚洁与史夫人谈到婚姻与爱情时说:

> 你的意思是说我没有爱情吗?诚然我从不曾在别人身上用过一点男女的爱情;别人给我的,我也不曾辨别那是真的,这是假的。夫妇,不过是名义上的事:爱与不爱,只能稍微影响一点精神的生活,

和家庭的组织是毫无关系的。

显然，尚洁将"爱情"和"家庭"分得很清楚，二者有时并不是一回事："因为家庭是公的，爱情是私的。"爱情成了一种抽象的、本质化的、高于一切的精神追求。爱情的纯洁是无条件的。周作人在《晨报副刊》发表文章《无条件的爱情》说："在我们这个礼仪之邦国里，近来很流行什么无条件的爱情，即使只在口头纸上，也总是至可庆贺的事情。"[①] 周作人是调侃的笔调说不可能有无条件的爱情，起码需要男人与女人，但至少说明当时"爱情有无条件"是热门话题。

五四的爱情神圣与清末民初还有一个很大不同在于，对身体、性欲的正视。性爱在《一缕麻》《玉梨魂》中是隐藏的，前者故事中呆子丈夫是"无性"的天然伪装，后者文本中发乎情止乎礼，而在原型本事中，则是另一种情形。[②] "在五四的话语中，浪漫之爱成为一种锋利的符号和尖锐的矛头，拥护着本质化的人性，并宣扬一种依据自然天性的新式生活的到来。此时的情，总不免与爱或欲结伴出现，如爱情或情欲；二得各取其狭义，而不再作为一种宇宙论的范畴覆盖所有的人类感觉。"[③] 因此，在五四青年的想象中，"爱"与"性"都属于私人性范畴，他人无权干涉。相对而言，鲁迅、许地山的爱情书写更重视爱情与社会的限制，创造社作家如郭沫若与郁达夫的爱情书写更多强调"灵肉统一/灵肉冲突"。

女作家小说中"爱情"一词的内涵有更复杂的层次，一方面肯定性的正当性，另一方面爱情又是更高的精神存在，没有爱情的性是可耻的。所以往往在两者间表现出痛苦与挣扎。冯沅君、庐隐、凌叔华、丁玲都不同程度书写爱情与身体，表现出内心的反思与矛盾。

丁玲笔下莎菲的苦闷最为典型。莎菲对凌吉士的爱情常常在迷恋他的

---

① 周作人（荆生）：《晨报副刊》1923 年 6 月 20 日。
② 参见时萌《〈玉梨魂〉真相大白》，《苏州杂志》1997 年第 1 期。
③ [美] 李海燕：《心灵革命：现代中国爱情的谱系》，北京大学出版社 2018 年版，第 113 页。

"丰仪之美"与纯洁爱情之间：

> 我因了他才能满饮着青春的醇酒，在爱情的微笑中度过了清晨；但因了他，我认识了"人生"这玩艺，而灰心而又想到死。

莎菲被男方"颀长的身躯，白嫩的面庞""足以闪耀人的眼睛"这样的"一种说不出，捉不到的丰仪"吸引了。当她发现凌吉士只是外表俊美，思想却庸俗时，就陷入矛盾之中，"他的爱情是什么？是拿金钱在妓院中，去挥霍而得来的一时肉感的享受。"但莎菲女士的大胆和勇敢正在于为绝对爱情可以不理会这些，甚至男方结过婚，在"韩家潭"（红灯区）住过夜：

> 他还不懂得真的爱情呢，他确是不懂，虽说他已有了妻（今夜毓芳告我的），虽说他，曾在新加坡乘着脚踏车追赶坐洋车的女人，因而恋爱过一小段时间，虽说他曾在韩家潭住过夜。但他真得到过一个女人的爱吗？他爱过一个女人吗？我敢说不曾！

莎菲正视了身体的欲望：

> 无论他的思想怎样坏，他使我如此癫狂的动情，是曾有过而无疑，那我为什么不承认我是爱上了他咧？并且，我敢断定，假使他能把我紧紧的拥抱着，让我吻遍他全身，然后他把我丢下海去，丢下火去，我都会快乐的闭着眼等待那可以永久保藏我那爱情的死的来到。唉！我竟爱他了，我要他给我一个好好的死就够了……

正是这样矛盾的痛苦的心理状态之下，莎菲自我放逐，成为流浪的孤独者："不愿留在北京，西山更不愿去了，我决计搭车南下，在无人认识的地方，浪费我生命的余剩；因此我的心从伤痛中又兴奋起来，我狂笑的怜惜自己：'悄悄的活下来，悄悄的死去，啊！我可怜你，莎菲！'

觉醒了无路可的"可怜的"现代女性形象，如同鲁迅小说《在酒楼上》《故乡》中的人生过客。只不过，莎菲是用爱情来表达这种现代的孤独感。

冯沅君1924年以"淦女士"为笔名在《创造季刊》与《创造周报》上相继发表了《隔绝》《旅行》《隔绝之后》等小说，恰好形成一个连贯的爱情悲剧故事。写一个女子与男子自由恋爱，家里以母病为由诱使女生回家，并将其幽禁。女生给男方写求救信，事情败露而双双自杀。沈从文评价说冯"具有展览自己的勇敢"，用自己的故事诠释了"爱"，并且"在1923年以前，女作家中还没有这种作品。能肆无所忌的写到一切，也还没有。因此，淦女士的作品，以崭新的趣味，兴奋了一时代的年轻人"。并且说她"所得到的盛誉，超越了冰心，惹人注意与讨论，较之郁达夫鲁迅作品，似更宽泛而长久"[①]。可谓评价甚高。这里以《隔绝》为例考察其"爱情"一词用法。小说共15次出现爱情一词，基本都与神圣高洁相联系，如：

> 固然我们的精神是绝对融洽的，然形式上竟被隔绝了。这是何等的厄运，对于我们的神圣的爱情！
>
> 士轸呵！怎的爱情在我们看来是神圣的，高尚的，纯洁的，而他们却看得这样卑鄙污浊！
>
> 身命可以牺牲，意志自由不可以牺牲，不得自由我宁死。人们要

[①] 沈从文：《论中国创作小说》，见《沈从文全集》第16卷，北岳文艺出版社2002年版，第210页。

不知道争恋爱自由，则所有的一切都不必提了。这是我的宣言，也是你常常听见的。我又屡次说道：我们的爱情是绝对的，无限的，万一我们不能抵抗外来的阻力时，我们就同走去看海去。

这里爱情不得，宁愿蹈海的意志，很有"创造"特色，只不过没有《沉沦》里的家国之痛，纯粹是个人意志的宣言。沈从文提到的"崭新的趣味"不仅指爱情神圣宣言，而是大胆地写到女性的隐秘欲望。"你来赔罪，把我手紧紧握着，对我微笑。我也就顺势倚在你的怀里，一切自然的美景顷刻都已忘了，只觉爱的甜蜜神妙。"但小说更多的是强调这种欲望的克制才能升华到更圣洁的爱情：

> 试想以两个爱到生命可以为他们的爱情牺牲的男女青年，相处十几天而除了拥抱和接吻密谈外，没有丝毫其他的关系，算不算古今中外爱史中所仅见的？爱的人儿，我愿我们永久别忘了××旅馆中的最神圣的一夜哟！我们俩第一次上最甜蜜的爱的功课的一夜。呵，它的神秘和美妙！我含羞的默默的挨坐在床沿上不肯去睡，你来给我解衣服解到最里的一层，你代我把已解开的衣服掩了起来，低低的说道，"请你自己解吧……"说罢就远远的站在一边，像有什么尊严的什么监督着似的……

这一场景应该是五四新女性最为隐秘而大胆的性爱神圣化场景，连左翼的男性批评家阿英也表示"十分惊异"："一般女性作家所不敢做的，非常大胆的在封建思想仍旧显着它的威力的时代里勇敢无畏的描写了女性的毫无讳饰的恋爱心理。她抓破了一切虚伪的面具，赤裸裸的表现了女性的恋爱的心理过程……"[①] 这样的爱情是基于互相尊重，人格独立的感情，

[①] 阿英：《现代中国女作家》，见《阿英全集》第2卷，安徽教育出版社2003年版，第336页。

是柏拉图式的爱情想象。

美国学者李海燕认为："五四的恋爱故事虽然不可避免地会以幸福的失落而告终，但是读起来的感觉却更像是闹剧，而非悲剧。"显然她对此存在一定误解。这些小说在技艺上或许还显稚嫩，而且也普遍采用日记书信体，但从古代以来婚姻书写变革角度看，这一叙述无疑是革命性的。而且这些小说文本均有真实的恋爱蓝本，与女作家本人的坎坷情感相关联，文本内外女性抗争的悲剧故事足以让人反思。①

与冯沅君、丁玲想比，凌叔华的爱情叙述要温和许多。《酒后》中得到丈夫允许可以亲吻另一男性时又放弃这一想法，表现出女性可以单纯欣赏男性身体的美。在《绣枕》中以剪影的笔法写一个旧式女子如同她苦苦织就的精美绣枕一样，被社会遗弃，暗示女性新时代的到来。

五四时期与"爱情"密切联系的是"恋爱"一词的崛起。杨联芬详细考察了晚清以降"恋爱"一词的概念史，认为民国以前较多用爱情，很少用"恋爱"。恋爱在清末留日学生率先使用时就"开启了现代的意义，比如一种隐含自由、平等、自决的命意"，认同了该词所包含的个人意志、两性平等的"现代"意义。② 其实在五四时期"爱情"与"恋爱"都大量使用，"爱情"的内涵自晚清到五四发生变化，晚清大约指称一种有别于传统的西方传来的情感（婚姻）类型，并不强调独立、人格平等的精神之爱层面，贬义用法多用"自由结婚"。而"恋爱"则在晚清较少使用，在五四成为炫目的现象，较多用作"自由恋爱"。杨联芬分析了五四时期"恋爱自由"与"自由恋爱"之争，但未注意到五四时期小说文本中爱情

---

① 冯沅君创作《隔绝》系列小说是根据表姐吴天的真实经历所写，同时也有自己经受包办婚姻之苦（后解除）的切身体会，还受大学同学李超的婚姻悲剧的触发。参见严蓉仙《冯沅君传》，人民文学出版社 2008 年版，第 2—13 页。

② 杨联芬认为男女相爱意义上的"恋爱"系日译外来词，主要由留日的中国学生率先使用并于清末传入国内。经过清末民初"自由结婚"思潮，在五四新文化运动中，与西方个人主义、社会主义思想整合，以"恋爱自由""自由恋爱"的思想命题，成为五四新文化的关键词。见杨联芬《"恋爱"之发生与中国现代文学观念变迁》，《中国社会科学》2014 年第 1 期。

与恋爱两词的语用特点。①

　　这两个词在五四的小说中呈现不同的特点，爱情很少贬义用法，但恋爱，尤其是"自由恋爱"也可以指低俗的、带有肉欲的爱情，带有贬义色彩。大致来说，"爱情"侧重于指恋爱自由（强调权利）和灵魂伴侣（强调精神相通）；"自由恋爱"包含神圣爱情与肉欲享乐两部分，只是具体语境中侧重点有所不同。爱情一般通向婚姻，恋爱可以通向婚姻，也可以不通向婚姻。

　　《海滨故人》中五次使用"恋爱"一词，基本可和爱情互换，爱情指崇高的精神事件，恋爱指具体的爱恋行为，且多为比较草率的爱恋。如："露沙和梓青已发生恋爱了，但梓青已经结婚了，这事将来怎么办呢？""莲裳在天津认识了一个姓张的青年，不久他们便发生了恋爱。"

　　冯沅君《隔绝》中两次用到恋爱一词，都使用"恋爱自由"，而不是"自由恋爱"！其意义与小说强调神圣爱情的意义相通，强调人格独立与权利：

　　　　人们要不知道争恋爱自由，则所有的一切都不必提了。这是我的宣言。

　　　　我们开了为要求恋爱自由而死的血路。我们应将此路的情形指示给青年们，希望他们成功。不遭人忌是庸才，我也不必难受了。

　　批评过五四初期恋爱小说的茅盾，在早期小说《蚀》三部曲中多用

---

　　①　五四时期受爱伦凯、易卜生、本间久雄、厨川白村理论的影响，中国思想界发生了"恋爱自由"和"自由恋爱"的论争。尤其是爱伦凯《恋爱与结婚》一书影响颇大。商务印书馆的《妇女杂志》设专栏"恋爱自由与自由恋爱的讨论"，大多数意见，是反对"自由恋爱"的放纵，而提倡"恋爱自由"责任。见杨联芬《"恋爱"之发生与中国现代文学观念变迁》，《中国社会科学》2014年第1期。

"恋爱"，少用"爱情"。《幻灭》中"恋爱"35例，"爱情"2例；《动摇》中"恋爱"16例；爱情2例；《追求》中"恋爱"50例，爱情2例，而且"恋爱"多用于贬义语境。这里以《动摇》为例，先看"恋爱"一词的用法：

例1，胡国光和婢女金凤保持暧昧关系，儿子阿炳与婢女勾搭，被姨表弟王荣昌看见，将"自由恋爱"与父子卑劣行为并置：

> 王荣昌一面就座，还摇着头说："不成体统，不成体统！""并没有正式算做姨太太。"胡国光也坐下，倒淡淡地说。
> "现在变了，这倒是时髦的自由恋爱了。"
> "然而父妾到底不可调戏。"

例2，陆慕游通过商民协会委员的赵伯通的关系，掌握了核准商店是否歇业的权力，将寡妇钱素贞这个"垂涎已久的孤孀弄到了手"，他的法宝是有一套"恋爱哲学"（即"多见面"），这里用"恋爱"加以反讽：

> 在一个晴朗的下午，大概就是陆慕游自由地"恋爱"了素贞以后十来天，南乡的农民们在土地庙前开了一个大会。

例3，将放荡、妖艳与恋爱对举：

> 因为在张小姐看来是放荡，妖艳，玩着多角恋爱，使许多男子疯狂似的跟着跑的孙舞阳，而竟在方罗兰口中成了无上的天女。

例4，方罗兰是正面人物，写到他的不良想法，或感觉自己很落伍时用到"恋爱"：

的确没有恋爱的喜剧,除了太太,的确不曾接触过任何女子的肉体。

方罗兰忽然觉得惭愧起来。他近来为了那古怪的恋爱……

方罗兰今年不过三十二岁……父亲遗下的产业,本来也足够温饱,加以婉丽贤明的夫人,家庭生活的美满,确也使他有过一时的埋沉壮志,至于浪漫的恋爱的空想,更其是向来没有的。

小说中两次用到"爱情",均是"恋爱"的对立面,具有褒义色彩,如:

"恋爱,本来是难以索解的事。"

孙舞阳笑了。她把两手交叉了挽在脑后,上半身微向后仰,格格地笑着说:"虽然是这么说,两人相差太远就不会发生爱情;那只是性欲的冲动。"

这里将"性欲的冲动"与恋爱相关,而爱情要更高级一些。鲁迅小说中关于"爱情"与"恋爱"的用法与茅盾有相通之处。《阿Q正传》第四章"恋爱的悲剧"写阿Q闹剧式的"恋爱",而不题作"爱情的悲剧"。虽名为悲剧,其实带有喜剧揶揄效果。在《幸福的家庭》中开篇写一个青年绞尽脑汁构思小说,"……现在的青年的脑里的大问题是?……大概很不少,或者有许多是恋爱,婚姻,家庭之类罢。……是的,他们确有许多人烦闷着,正在讨论这些事。"小说中青年作家将"恋爱"放在考虑的第一位,最后选择了家庭,鲁迅借此来讽刺了不切实际的恋爱。这与"讽刺当时盛行的失恋诗,作《我的失恋》"相类似。这篇小说最初发表于1924年3月的《妇女杂志》,此时该杂志正在开展关于恋爱的讨论。与此相对应,在《伤逝》这篇真正充满悲剧感的小说中,鲁迅使用了"爱情"一词:

第四章 "新白话"的生成与小说修辞方式的转变　237

这是真的,爱情必须时时更新,生长,创造。我和子君说起这,她也领会地点点头。

笔者以爱情、恋爱为关键词检索"全国报刊数据库"中1920—1927年的文章标题,得到如下数据:

表4-1　　　　1920—1927年"爱情"与"恋爱"词汇数量对比

年度	爱情（次）	恋爱（次）	说　　明
1920	32	33	依据上海图书馆主办的"全国报刊索引"中"民国时期期刊全文数据库（1911—1949）",只检索文章标题 网址: https://www.cnbksy.com, 检索日期: 2020年3月10日 爱情一词在1923年突然增多,因为《晨报副刊》等发起了"爱情定则"的讨论;恋爱一词在1922—1925年较多,因为《妇女杂志》《民国日报·妇女评论》《现代妇女》展开了讨论;自1926年以上杂志标题中未见相关词例;此期恋爱词例较多的刊物是《红玫瑰》《紫罗兰》《新女性》《现代青年（广州）》等杂志
1921	34	42	
1922	43	107	
1923	86	120	
1924	39	160	
1925	60	118	
1926	49	81	
1927	74	112	

从表4-1可以看出,爱情与恋爱当之无愧是五四时期文化与社会的关键词。这些讨论及作品的最常用的句式是"爱情（恋爱）的××"与"爱情（恋爱）与××",诸如与金钱、家庭、面包、社交、财色、强权,甚至与电灯、与服饰等等,五花八门。①

虽然情感评判不一,在新派小说家笔下对"爱情""恋爱"一词的运用是与现代人追求自由幸福、人格独立、个性发展相联系的。这些观念与旧式的姻缘故事已不可同一而语,也与民初旧派小说家将"爱情"视为

---

① 比如,张静庐:《电灯与爱情》（载《半月》1924年第3卷第10期）;胡敬祥:《梦与爱情》（《紫罗兰》1927年第2卷第21期）;徐逸樵:《性欲与恋爱》（载《学生杂志》1924年第11卷第1期）;琼圭:《志愿与恋爱》（载《民众文学》1924年第8卷第9期）;元陀:《爱情与牺牲》（载《民国日报·觉悟》1922年第6卷第27期）。

"毒药"的观念不同。在1914年的《中华小说界》第1年第6期发表了徐枕亚的白话短篇小说《毒》,其主题是"爱情",作者本意是讽刺新式爱情的罪恶,将"爱情"比为"毒药",但却从反面论证了爱情作为一种追求自由的人生意义,是一个很值得分析的"爱情"文本。

作者借人物之口揶揄了新式"爱情":"却不知道近来的青年子弟,都把那自由两个字,常常的嵌在脑中,仿佛也同中了什么毒似的,一个个意醉心痴,要想做那指头儿上套戒指的勾当。若说用旧法和他们结婚,是没有一个首肯了。"然后,想做这种"勾当"的新娘杀死"情敌",等到完婚之时服毒死了,留下绝笔称:"妾行固恶,然有假手于妾以行此恶者,爱情也。……妾之为此,亦欲使世人略知爱情二字这价值耳"。这是对"爱情"罪恶的血泪控诉!新郎读后说道:"冰妹原来如此,什么爱情,正是最利(厉)害的毒物哩!如今不爱的也毒死了,爱的也毒死了,留着我一个人,如何收拾这爱情的余毒呢?"说罢也取了药瓶服毒自杀,"和着冰华脸对脸,同梦到爱情深处了。"

将"爱情"形容为一种"勾当",让陷入新式"爱情"的青年全部"中毒"而死,这反映出徐枕亚保守的婚姻观。有意味的是,如前所述,同样是服毒自尽的悲剧,五四时期新女性作家冯沅君的《隔绝》《隔绝之后》中,一对青年因为神圣爱情殉情而死,害死他们的"毒药"却是旧的专制婚姻制度。

除了本节中探讨的"人""故乡""爱情"这些关键词外,还有一些作为传统白话小说标志的词汇也发生了变化,最引人注目的是"看官""列位""诸君"等词语的消失。

在清末民初小说中,这些词汇随处可见。比如:

> 列位,在下是生长内地,不曾见过世面的,却常常听得人说……(《特别菩萨》,《月月小说》第8号,1907年)
> 看官如欲知我为着甚事,且让我慢慢说来。(陈景韩《女侦探》,

《月月小说》第 13 号）

　　看官，我平日天不怕，地不怕……（《介绍良医》，《月月小说》第 21 号，1908 年）

　　诸君，这"葫芦旅行记"五个字，有两种解释……（徐卓呆《葫芦旅行记》，《小说月报》第 2 年增刊，1911 年）

　　诸君且莫性急，听在下慢慢的说下去。（徐枕亚《毒》，《中华小说界》第 1 年第 6 期，1914 年）

　　诸君，我辈生在世界上，种族极多，生命极贱……（《物语》，《中华小说界》第 1 年第 8 期）

　　阅者诸君，我这蒙馆生涯……（《唐花》，《小说月报》第 6 卷第 8 号，1915 年）

　　读者诸君，亦知陆女因何而触父怒，致受此严训乎？（姚民哀《新旧道德》，《小说新报》第 5 期，1919 年 5 月）

　　其他还有诸如萧然郁生《彼何人斯》中的"诸君、诸君……"（《月月小说》第 12 号，1907 年）；徐卓呆《乐队》和陶兰荪《警察之结果》中的"诸君"（均见《小说林》第 6 期，1907 年）；周瘦鹃的《真假爱情》中的"看官"（《礼拜六》第 5 期，1914 年），等等。

　　这些传统说书体的标志性词汇在五四的新派小说中不再使用。笔者查阅 1935 年出版的《中国新文学大系》的小说集全部三集，以及《新青年》《小说月报》《新潮》《创造周报》等新文学期刊，未发现一例出现这些词汇的小说。显示出小说观念和写作模式的重大变化。传统白话小说是以"说—听"为基本模式，其产生的基础是说书、讲史等口头文化，形成书面语言形式后，但仍然保留了口语的声口，在文字中尽量模仿说书的现场。而五四小说的观念受西方文学观念的影响，将小说视为文学创作的一种，小说进入书面雅文化的系统之中。在这样的系统中，不是采用"说—听"的假想模式，而是"写—看"的模式，所以五四小说是独语的形式居多，多用第一人称，不再考虑"听众"的心理，而是更加缓慢地展示故事的细节，进入人物的内心，刻画人物性格，抒情写意。这是清末到五四白话小说最基本的一个转变。在此意义上，"看官""列位"诸词的消失无疑表征着中国小说的一次重要转型。

周作人对新词语表现新思想有着更精辟的看法，他在解释用白话的必要性时说，如果要表示接到朋友的电报然后乘火车到上海去看他这件事，"若用古文记载，势将怎么也说不对。"他说："又如现在的'大学'若写作古代的'成均'和'国子监'，则其所给予人的印象也一定不对"，周得出结论要表达现代思想"古文是不中用的"。① 周作人强调的是文言与现代白话的区别。其实，也可以适用到旧白话与现代汉语之间的比较。

同样，也有反向的例证，用传统的词汇可以将西方叙事场景转换成具有中国特色的话语模式。比如长篇章回小说《泰西历史演义》（洗红盦主著，载《绣像小说》1903年第1期）就用旧式白话小说语汇"演义"了拿破仑故事：

> 只说那一千七百六十八年，科嘉西岛有个做律师的人，生了个儿子，这儿子才落地，他的屋上祥光万道，瑞气千条。第二日邻居家多来贺喜，说这位令郎将来一定是替我们这岛增光的。律师听了，心中欢喜，取名拿破仑。
>
> 拿破仑十一岁，出落得虎眉豹目，猿臂狼腰，膀阔三停，身高七尺，而且颇有膂力，一味的弄枪使棒，就有人劝他进武备学堂肄业，将来边疆有事，也可以博取功名。……众人因拿破仑熟读兵书，精通战策，便推他做了元帅，驻扎在土龙城。拿破仑带领他们，战无不利。
>
> 正是：鞭敲金镫响，人唱凯歌还。

---

① 周作人：《中国新文学的源流》，华东师范大学出版社1995年版，第61页。

不多几日，到了埃及地方，拿破仑先派一个将官，拿了一条令箭，在埃及大张晓谕曰："本将军替天行道，为民报仇，并不是垂涎你们郡县城池，子女玉帛，乃是为尔等扫除暴君污吏，蠹役赃官。"埃及人听了这话，便让他长驱直入。

这是常见的传统侠义小说的风韵，这些特有语汇将我们带入英雄传奇体的章回小说的语境中，将拿破仑写成中国式的绿林英雄，尤其是"替天行道"一语，包含着独特的中国"天道"观思想，俨然将拿破仑写成了宋江。

以上"关键词"只是就最主要的方面作个案考察，类似的关键词还有很多，单个词汇的改变虽然不能构成中国小说美学及思想的改变，但是大量的新词汇的进入及意义变迁，足以改变中国小说的语言面貌。单就现代汉语的复音词大量增加这一点来说，就使现代汉语表意更加精确，叙述语调更加丰富，思维方式更加严密。正如有论者所说："数以千计、万计的大量双音节以上新名词的出现和活跃，以及与之相伴随的新式词典的编撰和流行，相当明显地增强了汉语语言表达的准确性，在从语言词汇层面体现出现代性变革要求的同时，又反过来通过使用这些新名词的社会文化实践，极为有效地增进了中国人思维的严密性和逻辑性。这是中国语言和思想现代化的重要表现形式。"[①] 而这种思维方式的嬗变，对小说创作又产生一定的影响，这是我们讨论中国小说"现代"发生时要详加考察的。

第二节 五四小说中的欧化文法

一 "改造旧白话"与欧化文法

五四作家建构"国语的文学"时有一个共识，要改造旧的白话，以适

---

① 黄兴涛：《近代新名词的思想史意义发微——兼谈对于"一般思想史"之认识》，《开放时代》2003年第4期。

应新的艺术需要，不仅态度具有"同一性"，经过短暂的争论，实践的路径与方法也具有了"同一性"，那就是创造新白话要靠"欧化"。

五四白话文运动的鼓吹者，一方面倡导以白话文学代替文言文学，另一方面认为旧的白话存在诸多缺陷，不能适应今天时代的需要。白话可以作为"文学的国语"，但用什么样的白话来创造"国语的文学"则是另一个问题。翻检五四学人的论述很容易看到他们反思旧白话，呼唤新白话的论述。

传统的经典白话小说在五四文学革命初期是以"国语教科书"的角色被重新"发现"的，那么，传统白话自然是五四文学家建构文学国语所要学习的样本。胡适说："我们尽量采用《水浒》《西游记》《儒林外史》《红楼梦》白话；有不合今日用的，便不用他；有不够用的便用今日的白话来补助；有不得不用文言的，便用文言来补助。这样做去，决不愁语言文字不够用，也决不用愁没有标准白话。中国将来的新文学用的白话，就是将来中国的标准国语。"[①] 这里，胡适要为白话文学成为正宗造势，将古代经典的白话小说著作为样本，同时也隐含着要创造一种新的标准白话的想法。

刘半农在分析白话和文言各自的美学特点之后，认为应该建构"吾辈意想中之白话新文学"，而这种新白话不同于"施曹"时代："吾谓白话自有其缜密高雅处，施曹之文，亦仅能称雄于施曹之世。吾人自此以往，但能破除轻视白话之谬见，即以前此研究文言之工夫研究白话，虽成效之迟速不可期，而吾辈意想中之白话新文学，恐尚非施曹所能梦见。"[②]

钱玄同虽然也极力倡导白话文学："我们提倡新文学，自然不单是改文言为白话，便算了事。惟第一步，则非从改用白话做起不可。"[③] 但同时

---

① 胡适：《建设的文学革命论》，《新青年》1918 年第 4 卷第 4 号。
② 刘半农：《我之文学改良观》，《新青年》1917 年第 3 卷第 3 号。
③ 钱玄同：《林玉堂信跋》，《新青年》1918 年第 4 卷第 4 号。

他也反思旧的白话文："中国文字，字义极为含混，文法极不精密"，"白话用字过少，方法极不完备"。① 他的态度最为激烈，甚至主张要驱除旧思想，不仅反文言，最后连整个汉文都要废除。陈望道说："中国原有的语体文，太模糊而不精密……文法需要改进之处也很多。"② 周作人也指出现有的白话文"还未完善，还欠高深复杂"，③ 到1944年他仍说"因为白话文的语汇少见丰富，句法也易陷于单调，从汉字的特质上去找出一点装饰性来，如能用得适合，或者能使营养不良的文章增点血色，亦未可知"。④ 郑振铎认为"中国的旧文体太陈旧而且成滥调了。有许多很好的思想与情绪都为旧文体的格式所拘，不能尽量的精微的达出。不惟文言文如此，就是语体文也是如此。"⑤

傅斯年说得最为具体："可惜我们使用的白话，同我们使用的文言，犯了一样的毛病，也是'其直如矢，其平如底'，组织上非常简单"，"要运用精密深邃的思想，不得不先运用精密深邃的语言。……我们做白话文时，当然减去原来的简单，力求层次的发展。""我们不特觉得现在使用的白话异常干枯，并且觉着他异常的贫——就是字太少了……也不仅词是如此，一切的句，一切的支句，一切的节，西洋人的表示法尽多比中国人的有精神"。⑥ 胡适虽然早期极力颂扬中国的文法是世界上最高的境界，⑦ 但他是站在白话文学的民间传统立场上说的，其目的是抬高白话的身价去反对文言文。当白话站稳以后，他立即赞同傅斯年改造白话的主张，也认为"旧小说的白话实在太简单了，在实际应用上，大家早已感觉有改变的必

---

① 钱玄同：《中国今后之文字问题》，《新青年》1918年第4卷第4号。
② 陈望道：《语体文欧化的我观》，《民国日报》副刊《觉悟》1921年6月16日。
③ 周作人：《国语改造的意见》，《艺术与生活》，河北教育出版社2002年版。
④ 周作人：《汉文学的传统》，《药堂杂文》，新民印书馆1944年版。
⑤ 郑振铎：《语体文欧化之我观》，《小说月报》1921年第12卷第6期。
⑥ 傅斯年：《怎样做白话文？》，《新潮》1919年第1卷第2号。
⑦ 他曾说："我们的语言，照今日的文法理论上讲起来，最简单最精明，无一点不合文法，无一处不合论理，这是世界上学者所公认的。不是我一个人恭维我们自己。中国的语言，今日在世界上，为进化之最高者。"见欧阳哲生主编《胡适文集》第12卷，第24页。

要了"①。

实际上，五四学人在文学革命开始后不久就转入建设新的"理想的白话文"。归纳起来，他们改造白话的资源主要有三方面：一是吸收文言的精华，二是口语及方言，三是西洋文法，即欧化。前两者实际并不是五四的新发明，白话文中带文言字法是新旧转换时代文人的积习，一度成为批判的对象，至于如何转化文言字汇，何为文言"精华"是个颇具争议的问题；②而口语是白话的根基，"白"和"话"均是针对口语而言的，言文一致的主张最根本的是口语化，这是自宋元以来白话文学的主要特点。口语化的极端就是方言化，在晚清明确提出方言的问题，到五四胡适更加强调其作用，他甚至慨叹鲁迅没有用绍兴土话作《阿Q正传》，③但是在中国这样地域辽阔，方言众多的国度，方言化运动和国语运动存在交叉和抵触，有时甚至背道而驰，所以很快就消失在视野之外，直到40年代的解放区才重新得到关注。

那么，五四学人讨论最多，也是五四以来白话文变革最明显，影响最广泛的无疑是"国语的欧化"。"欧化"一般指的是欧化文法，亦称欧化语法，主要指印欧语系对汉语的影响，约定俗成，沿用至今。④后来研究者考虑到"欧化"不能概括整个外来语的影响，就有其他称谓，如日化、俄

---

① 胡适：《中国新文学大系·建设理论集导言》，《胡适文集》（一），第125页。
② 见朱经农和胡适的讨论。朱经农在与胡适的通信中说："我的意思并不是反对以白话作文，不过'文学的国语'，对于'文言'、'白话'应该并取兼收而不偏废。其主要之点，即'文学的国语'并非'白话'，亦非'文言'，须吸收文言之精华，弃却白话的糟粕，另成一种'雅俗共赏'的'活文学'。"见朱经农《致胡适》，《胡适学术文集·新文学运动》，中华书局1993年版，第65页。
③ 见胡适《〈吴歌甲集〉·序》，欧阳哲生编《胡适文集》第4卷，第575页。
④ 早期语言学家的研究著作多称文法，比如黎锦熙《新著国语文法》（1924年），吕叔湘的《中国文法要略》（1942年），王力早期发表论文用"文法"，后来出版专著用"语法"，如《中国语法理论》（1939年）、《中国现代语法》（1940年）。新中国成立后大多使用语法。本书主要探讨早期小说文本，故标题用旧称"文法"，行文中不再作区分。

化、西化、洋化等。① 朱自清 1942 年时认为"现代化"更确切:"新文学运动和新文化运动以来,中国语在加速的变化,这种变化,一般称为欧化,但称为现代化要更确切些。"② 这是在宽泛的意义上使用欧化一词。文法的欧化本来是"欧化"概念的应有之义,有时欧化就是指"欧化语法",有学者综合前人说法后概括为:"所谓汉语欧化是指受西洋语法影响而产生的,在汉语中出现过的,以及存留下来的新语法现象。"③ 王力说:"从民国初年到现在,短短的二十余年之间,文法的变迁,比之从汉至清,有过之无不及","文法的欧化,是语法史上的一桩大事"④。

如果说词汇的变革带来的是思想观念的冲击与变迁,那么,晚清至五四汉语文法的变化则使现代汉语的修辞空间有所扩展。由"白话"到"国语",不仅是名称的变化,更重要的是意味着对各种语言资源博采众长,兼收并蓄成为国家意志和集体行为。方法可以不同,但使白话变成一种更有表现力的,更加丰富精密的适用于各种文体的现代语言的目标则是共同的。

最早提出欧化问题的是傅斯年,他在 1919 年发表的《怎样做白话文?》一文中详细阐述了这一问题,他认为"怎样做白话文"应当作为一个问题郑重地提出讨论了,除了留心说话外,还要找出一个更高级的方法:直用西洋词法。

---

① 王力一般指称英语语言:"所谓欧化,大致就是英化,因为中国人懂英语的比懂法、德、意、西等语的人多得多。拿英语来比较研究是更有趣的事。"1932 年瞿秋白在大众文艺讨论中批评五四新白话是"中国方言文法、欧洲文法、日本文法和现代白话以及古代白话杂凑起来的一种文字"。旅日学者沈国威、陈力卫等人提出应重视"欧化语法"中的"日本因素"。全面辨析欧化概念及历史内涵的研究参见刁晏斌《汉语的欧化与欧化的汉语——百年汉语历史回顾之一》,载《云南师范大学学报》2019 年第 1 期。
② 朱自清:《中国现代语法·序》,《朱自清全集》第 3 卷,江苏教育出版社 1988 年版,第 64 页。
③ 朱一凡:《现代汉语欧化研究:历史和现状》,《解放军外国语学院学报》2011 年第 2 期。
④ 王力:《中国语法理论》,《王力文集》第一卷,山东教育出版社 1984 年版,第 434 页。

这高等凭藉物是什么？照我回答，就是直用西洋文的款式、文法、词法、句法、章法、词枝（Figure of speech）……一切修词学上的方法，造成一种超于现在的国语，因而成就一种欧化国语的文学。①

傅斯年以"欧化"去创造"理想白话"的主张一出立即得到《新青年》同人的赞同。钱玄同说："傅孟真君撰《怎样做白话文？》一文，主张'欧化的中国文'。我觉得他的持论，极为精当。"② 胡适则在后来总结白话文运动时也给予此文以高度评价，说这是关于白话文学最重要的修正案："欧化的白话文就是充分吸收西洋语言的细密的结构，使我们的文字能够传达复杂的思想、曲折的理论。傅先生提出的两点，都是最中肯的修正。……虽然欧化的程度有多少的不同，技术也有巧拙的不同，但明眼的人都能看出，凡具有充分吸收西洋文学的法度的技巧的作家，他们的成绩往往特别好，他们的作风往往特别可爱。所以欧化白话文的趋势可以说是在白话文学的初期已开始了。"③ 他的总结是有坚实的实践基础的，"成绩往往特别好"的作家，如鲁迅、周作人、郁达夫等人，确实表现出语言欧化的特色。

尽管欧化的语言事实很早就产生了，比如晚清以来的翻译文学，传教士的宗教典籍翻译等，但真正地开始讨论它，做出积极评价的还是在五四。在1921年还进行了一场语体文欧化的讨论，《小说月报》《文学旬刊》《觉悟》刊发了许多相关的讨论。沈雁冰"极赞成采用西洋文法"，并认为不能因为一部分人不懂就放弃语体文的欧化，而要以"是否比旧白话好"作为标准。④ 郑振铎认为："为求文学艺术的精进起见，我极赞成语体文的欧化。"⑤ 陈望道也认为："凡是思想精密，知道修辞、了解文法的人们，

---

① 傅斯年：《怎样做白话文？》，《新潮》1919年第1卷第2号。
② 钱玄同：《致时敏》，《新青年》1919年第6卷第2号。
③ 胡适：《中国新文学大系·建设理论集导言》，《胡适文集》（一），第131页。
④ 沈雁冰：《语体文欧化之我观》（一），《小说月报》1921年第12卷第6期。
⑤ 郑振铎：《语体文欧化之我观》（二），《小说月报》1921年第12卷第6期。

一定不会反对语体文的欧化，而且认为必要。"① 周作人认为理想的"国语"是"以现代语为主，采纳古代的以及外国的分子，使他更丰富柔软，能够表现大众感情思想"②。

实现欧化的基本途径则是翻译。五四时期文学翻译实际上有双重任务，一方面看重译介的内容，有选择地介绍外国优秀的文学及理论，另一方面看重翻译过程本身，即借翻译活动改造中国的语言。鲁迅提倡"硬译"，正是认为翻译"不但在输入新的内容，也在输入新的表现法"：

> 中国的文或话，法子实在太不精密了，作文的秘诀，是在避去熟字，删掉虚字，就是好文章，讲话的时候，也时时要辞不达意，这就是话不够用……这语法的不精密，就在证明思路的不精密，换一句话，就是脑筋有些胡涂。倘若永远用着胡涂话，即使读的时候，滔滔而下，但归根结蒂，所得的还是一个胡涂的影子。③

1922年胡适谈文学革命对欧洲文学的提倡时，肯定了周作人欧化的翻译："在这一方面，周作人的成绩最好。他用的是直译的方法，严格的尽量保全原文的文法和口气。这种译法，近年来很有人仿效，是国语欧化的一个起点。"④ "五四以后，汉语的句子结构，在严密性这一点上起了很大的变化。基本的要求是主谓分明，脉络清楚，每一个词，每一个仂语（即词组）、每一个谓语形式、每一个句子形式在句中的职务和作用，都经得起分析。"⑤ 这种在形式上"经得起分析"的语言正是欧化语法带来的改变。

本书关注的问题是，五四学人的欧化诉求和实践与他们的文学创作，

---

① 陈望道：《语体文欧化的我观》，《民国日报》副刊《觉悟》1921年6月16日。
② 周作人：《国语改造的意见》，《艺术与生活》，河北教育出版社2002年版，第52页。
③ 鲁迅：《关于翻译的通信》，《鲁迅全集》第4卷，第380页。
④ 胡适：《五十年来中国之文学》，《胡适文集》第3卷，第257页。
⑤ 王力：《汉语史稿》上册，中华书局1980年版，第484页。

小说语言面貌是否存在内在的关联，这种关联与汉语小说的"现代"认同又有什么关系。

中国古代通俗小说的语言传统以白描、简洁为主，长于叙事，而不擅长抒情与说理，更不用说是心理小说中大面积地进行人物心理刻画了，傅斯年就说旧白话小说"只是客观的描写，只是女子、小人的口吻……小说中何尝有解论（Exposition）、辨议（Argumentation）的文章"。① 周作人说："明清小说专是叙事的，即使在这一方面有了完全的成就，也还不能包括全体；我们于叙事以外还需要抒情与说理的文字，这便非是明清小说所能供给的了。"② 他们虽然是着眼于整个语言特性，但这里对传统白话小说的语言描述却是非常准确的。

改造旧白话、创造新白话，这样的语言追求，与他们对"现代小说"的理解和追求是一致的。正是要写一种新体的小说，所以要采用更加具有表现力的语言。五四作家对现代小说与以往作家最大的不同在于，小说是为人生的，要表现生活中的细节，以达到"逼真"，"小说的生命，是在小说中事实的逼真"，③ 要深入到人物的内心世界中去。不是主观的向壁虚造，而是客观地"描写"。茅盾曾大力提倡西方自然主义来改变中国传统小说中"记账式"的写法，他认为自然主义小说"最大的好处是真实与细致，一个动作，可以有分析的描写出来，细腻严密，没有丝毫不合情理之处"。④

小说语言的欧化，虽然也有失败的教训，但总体来说是适应这一时代要求的。循着五四作家的这种双重追求，本书以五四经典作家的小说创作为例，借鉴学界最新的欧化语法的研究成果，看五四作家的小说创作哪些地方体现了欧化的语法，反过来这些新句式给小说的语言带来什么样的改

---

① 傅斯年：《怎样做白话文？》，《新潮》1919 年第 1 卷第 2 号。
② 周作人：《国语改造的意见》，《艺术与生活》，河北教育出版社 2002 年版，第 52 页。
③ 郁达夫：《小说论》，见严家炎编《二十世纪中国小说理论资料：第二卷》，第 430 页。
④ 茅盾：《自然主义与中国现代小说》，《小说月报》1922 年第 13 卷第 7 期。

变。然后再总体探讨这些语法上的新变化，在哪些方面达到五四小说家所期望的"新气息"，或者说欧化的语法在小说生动表现"复杂的思想"和"曲折的理论"方面有什么新的拓展。

二 清末至五四白话小说中欧化文法现象举隅

关于近代以来中国汉语书面语的变迁与欧化问题，语言学界已有丰富的成果。王力先生是较早系统研究现代汉语的欧化现象的语言学家。他在1943年出版的《中国现代汉语》和1944年的《中国语法理论》中专列一章探讨"欧化的语法"，详细梳理了五四以来的种种语法欧化现象，其主要目的是辨别哪些语言形式是中国固有的，哪些是受外来语影响的，从而探讨现代汉语的形成及发展。这两本书至今仍是这一领域研究的权威之作。吕叔湘、周煦良、朱德熙等语言学家对此也有论述。北京师范学院中文系于1959年编的《五四以来汉语书面语言的变迁和发展》系统地论述了五四以来汉语书面语变迁，涉及不少欧化语法。虽然是小册子，但是由于治学之严谨，集众人之智慧，成为新中国研究现代汉语书面语变迁的奠基之作。谢耀基于1990年出版了专门研究欧化语法的著作《现代汉语欧化语法概论》（香港光明图书公司），此后虽有不少单篇讨论欧化文法、欧化白话文的论文，比如袁进、刁晏斌、张卫中、王本朝、邓伟等学者的研究，但更加全面深入研究欧化语法的专著还是较少。[①]

贺阳的专著《现代汉语欧化语法现象研究》将现代汉语的欧化语法研究推向深入，影响较为广泛，也是目前最为全面研究这一问题的著作。他

[①] 如张卫中：《20世纪初汉语的欧化与文学的变革》，《文艺争鸣》2004年第3期；袁进：《重新审视欧化白话文的起源——试论近代西方传教士对中国文学的影响》，《文学评论》2007年第1期；邓伟：《试论五四文学语言的欧化白话现象》，《广东社会科学》2011年第2期；王本朝：《欧化白话文：在质疑与试验中成长》，《文学评论》2014年第6期；李春阳：《汉语欧化的百年功过》，《社会科学论坛》2014年第12期；赵晓阳：《欧化白话与中国现代民族共同语的开始：以圣经官话译本为中心的思想解读》，《晋阳学刊》2016年第6期；刁晏斌：《汉语的欧化与欧化的汉语——百年汉语历史回顾之一》，《云南师范大学学报》2019年第1期。

在综合前人研究的基础上加大了实证的力度,采用对比和频率统计的方法对五四以来汉语中的欧化语法现象进行识别和判定。这主要涉及三个层面,一是确定哪些语法现象是五四前后新出现的。相对王力仅以《红楼梦》与《儿女英雄传》为依据,他将范围扩大到14—19世纪大多数白话小说,作为未受印欧语影响而代表传统汉语的样本,以"保证所讨论的新兴的语法现象的确是以突变的方式发生的"。① 二是通过对比书面语和口语,确定哪些新兴语法仅仅是书面现象。三是对比现代汉语和英语,确定哪些新兴语法是在欧化的影响下产生的。贺阳的研究最大特点是改变列举法,而用统计法论证语法欧化现象,"提供了可靠的数据,得出了可信的结论"。②

朱一凡的著作《翻译与现代汉语的变迁(1905—1936)》从翻译对现代汉语的影响的角度研究了汉语欧化现象的早期发展。他将翻译对欧化的影响分为三个过程:自发、自觉、反思。作者从词汇化方式、语法空缺及新结构的影响等方面探讨了欧化与现代汉语的发展,并研究了汉语欧化的限度及决定性因素。③ 崔山佳的专著《汉语欧化语法现象专题研究》从词汇与语法欧化关系做了专题研究。④

语言学界的研究无疑为笔者讨论清末至五四小说语言的变迁提供了理论支撑。不同的是,语言学研究将五四现代小说作为语料库,研究总结欧化语言现象及规律,而笔者更关心这些欧化语法现象与小说语言美学的关联。也就是说,这种欧化现象的兴起与五四作家小说写作伦理的变化之间存在何种联系。探讨小说语言的欧化语法其目的是要考察这种语法现象是否拓展了小说修辞的空间。

这里,笔者综合借助语言学界关于欧化语言研究成果,尤其是贺阳的

---

① 贺阳:《现代汉语欧化语法现象研究》,商务印书馆2008年版,第37页。
② 见胡明扬先生的序,《现代汉语欧化语法现象研究》,商务印书馆2008年版。
③ 朱一凡:《翻译与现代汉语的变迁(1905—1936)》,外语教学与研究出版社2011年版。
④ 崔山佳:《汉语欧化语法现象专题研究》,巴蜀书社2013年版。

相关研究，归纳出与小说修辞存在紧密联系的一些欧化语法现象。并以清末至五四的中短篇小说为例，看清末白话小说与五四新派小说的句式上的不同，考察这些新的语言方式如何带来小说叙述及修辞能力的变化，以达窥斑见豹之效果。这些语法现象包括：谓语为中心的"定中结构"的增加；句子形式上的主语增多；各种修饰语的增加；人称代词的用法大大扩展；量词的发展；介词和连词的使用频率增加；被字句大量涌现以及其语义色彩的变化；主从复句语序的变化；等等。①

1. 谓语为中心的"定中结构"的增加以及定语修饰语的复杂化

旧白话中很少见到"房屋的修建""目标的实现"这样的以动词作中心语的结构。这一用法在五四以后却大量增加，明显受英语的影响，如英语中以"of"连接动词的名词形式作定语或主语的情况相当普遍。那么在翻译时就将这些词组直译过来。如，the rise of novels 译为"小说的兴起"，George's brief visit 译为"乔治的短暂来访"，Resistance of tyranny 译为"对专制的反抗"，等等。这样的句法形式就使句子显得很正式，节奏感增强，强调的重心也有些变化，这样的定语修饰可以将句子加长。这种结构在晚清小说很少用到，而在五四新派小说中却很多，试看下面的例子：

然而我的惊惶却不过暂时的事，随着就觉得要来的事，已经过去，并不必仰仗我自己的"说不清"和他之所谓"穷死的"的宽慰，心地已经渐渐轻松；不过偶然之间，还似乎有些负疚。（鲁迅《祝福》）

他的爱情是什么？是拿金钱在妓院中，去挥霍而得来的一时肉感的享受，和坐在软软的沙发上，拥着香喷喷的肉体，抽着烟卷……（丁玲《莎菲女士的日记》）

---

① 有些欧化语法与现代的科技论文等应用性文体的关系更为密切，这里就不列入。比如共用格式的发展，动态助词的并列使用，并列结构中的"和"字、"或"字的用法固定化等现象。

不但如此。在一年之前，这寂静和空虚是并不这样的，常常含着期待，期待子君的到来。(鲁迅《伤逝》)

五四以后，动词名词化的现象很多，这使定语的修饰语可以变得更为复杂，比如下例：

戴着黄卵丝镶边的毡帽的几年前的阿贵，在故乡流着泪的我亲爱的母亲，荒凉草满的死父底墓地，低头缝衣的阿姊，隐约模糊的故乡底影子，尽活泼地明鲜地涌上我底回忆里。(潘训《乡心》)

每一个名词前都有三层以上的定语修饰，使句子变得绵长，低沉舒缓，切合回忆的悲伤情境。再如：

现在这太平的县里的人们，差不多就接受了春的温软的煽动，忙着那些琐屑的爱，憎，妒的故事。(茅盾《动摇》)

这一句中，"春的温软的煽动"，"琐屑的爱，憎，妒的故事"，都是新式的修饰方式，语序上是倒装，形成插入语的结构。

与五四新派小说相比，旧派白话小说中的修饰语就较为简单了：

我知道他沉迷的深了，一个人劝他不来，便约了几个朋友同去劝他。谁知他倒恼了，说我们侵他的自由权，从此也就无人肯劝他了。只我这个不知趣的，天天劝，月月劝，年年劝，劝至唇焦舌敝，总是劝他不醒，后来我也劝的太厌烦了，不劝了。同他一别，就是二十多年。(吴趼人《大改革》，1906年)

这段话口语化特征很明显，多用短句，句子之间多是"意合"，句子成份省略的较多,"劝他不来"是方言的用法,语序上是顺序。

2. 句子形式上的主语增多,人称代词的用法扩展

五四以后不仅人称代词分化得更细①,有利于更精确地指称对象,而且使用频率更高。传统白话中当涉及提到某人之后再次提到时,一般不会大量使用代词回指,多用名词性回指(比如直呼其名),或者零回指,即省略主语,具体的关系要靠上下文来理解。五四以后人称代词逐渐分化,使用频率也增加了。我们先看民初旧派小说的一段:

> 红菜苔是放肆惯的,觉得寂寞无味,只好把听戏当个消遣日子的方法,今儿日戏,明儿夜戏,差不多逐日到那聚仙园里去听戏。恰好有一天,遇着了一个从前极有交情的人,这个姓王,名士宾,现在已做到了军官,一见之下,就彼此叙那离别之情。(抚掌《红菜苔》,载《小说月报》1912年第3卷第6期)

这一段具有典型的传统白话风味,很少用代词,多短句,靠上下文的意思来理解行为的主语。再看庐隐《海滨故人》中的一段:

> 玲玉是富于情感,而体格极瘦弱,她常常喜欢人们的赞美和温存。她认定的世界的伟大和神秘,只是爱的作用;她喜欢笑,更喜欢哭,她和云青最要好。

在这短短的一句中,用了四个"她"来代替"玲玉",其实有些地方完全可以不用代词,但是这里却都用了形式主语。而该小说的另一段里,如果省略代词则很难交代清楚人物之间的关系:

---

① 比如王力说:"'他''她''它'的分别大约是一九一八年以后的事情。以前,中国的书报里是没有这种分别的。"《中国现代语法》的"欧化的语法"一章,第365页。

宗莹在她们里头，是最娇艳的一个，她极喜欢艳妆，也喜欢向人夸耀她的美和她的赏识，她常常说过分的话。露沙和她很好，但露沙也极反对她思想的近俗，不过觉得她人很温和，待人很好，时时地牺牲了自己的偏见，来附和她。她们是样样不同的朋友，而能比一切同学亲热，就在她们都是很有抱负的人，和那醉生梦死的不同。所以她们就在一切同学的中间，筑起高垒来隔绝了。

如果不用代词而直呼其名的话，又会嫌得啰唆重复，人称代词的使用就显得很有必要。另外，传统白话中的人称代词一般不作修饰，而在五四的小说中修饰人称代词的用法多起来：①

有了四千年吃人履历的我，当初虽然不知道，现在明白，难见真的人！（鲁迅《狂人日记》）
当时正为了生活问题在那里操心的我，也无暇去怜惜这还未曾失业的工女。（郁达夫《春风沉醉的晚上》）
自幼在名士流的父亲的怀抱里长大的她，也感受了父亲的旷达豪放的习性。（茅盾《动摇》）

这样的用法就能更加细密、曲折地表达意思，充分地强调被修饰语的状态。

3. 量词的发展；介词和连词的使用频率增加

量词的欧化包括复音量词出现、区别性量词增多以及"一+量词"形式的增多等现象。但与小说语言修辞功能的转变最密切的要算"一+量词"格式。这是五四以来受印欧语系中"冠词结构"影响才兴起的用法。

---

① 贺阳分析比较了学界各种说法，认为人称代词受定语修饰是"五四以来在外来影响的刺激与推动下产生的"。至于受哪种语言的影响，则有可能"既有日语的影响，也有英语、法语等印欧语言的影响"。见《现代欧化语法现象研究》，第88—89页。

传统的白话中，如果不强调名词的数量，一般不用"一＋量词"结构做修饰语，因为意思很明显，但在翻译英语中的定冠词"the"和不定冠词"an、a"时，自然会用"一个""一种"来对译，于是，"一＋量词"的用法就发展起来。①

我们看冰心的《斯人独憔悴》的开头一句：

<u>一个</u>黄昏，<u>一片</u>极目无际绒绒的青草，映着半天的晚霞，恰如<u>一幅</u>图画。忽然<u>一缕</u>黑烟，津浦路的晚车，从地平线边蜿蜒而来。

头等车上，凭窗立着一个少年。

"一个黄昏"的用法，在旧白话中是不通的话，就是今天看来也显得生硬。"一片""一幅""一缕"，如果仅从表达意思的层面也显得没必要，但是这些量词的增加，形成了句子舒缓的节奏，延长了想象事物的时间，将读者的视野带入到表现对象的情境中，"青草地"是无限的平面，所以用"一片"；"画面"是挂着的，用"一幅"；而用"一缕"则更是描画出"黑烟"上升缥缈的形态，在这样的景象，远处一列火车，蜿蜒而来，无疑具有电影中"蒙太奇"效果。接着，"头等车上，凭窗立着一个少年。"从"远景"拉到"近景"，进行"特写"，这样的叙述效果是旧白话中少见的。

再如：

"哈！这模样了！胡子这么长了！"一种尖利的怪声突然大叫起来。
我吃了一吓，赶忙抬起头，却见一个凸颧骨，薄嘴唇，五十岁上下的女人站在我面前，两手搭在髀间，没有系裙，张着两脚，正像一

---

① 见王力《中国现代语法》，商务印书馆1985年版，第371页；贺阳《现代欧化语法现象研究》，商务印书馆2008年版，第96页。

个画图仪器里细脚伶仃的圆规。

我愕然了。(鲁迅《故乡》)

前两个"一个"在传统白话中表示数量,会经常用到,但最后一例在旧白话中多用作"像个画图仪器里细脚伶仃的圆规",是不需要"一"的。相同的情况还有:

我看了她这种单纯的态度,心里忽而起了一种不可思议的感情,我想把两只手伸出去拥抱她一回。(郁达夫《春风沉醉的晚上》)

于是,中国人就变成世界上最阴险,最污浊,最讨厌,最卑鄙的一种两条腿的动物!(老舍《二马》)

请你把今晚上的我的这一种卑劣的事情忘了。(郁达夫《过去》)

他连忙走进,后面果然还不失望:有一个破到不遮风日的草亭,几堆假山石,石旁有一棵长满了叶子的杏树。一棵白碧桃树正开着洁净妒雪的花,阳光照处,有几群小蝴蝶绕着飞。(凌叔华《花之寺》)

另外,在英语翻译的影响下,介词和连词的适用范围也扩大了。原本在旧白话中不用的地方也用上了介词,如关于……;就……而论;对于;当……;在……(之下)等等,① 其功能及用法是在五四以后发生变化的。贺阳检索晚清著名小说均未发现"关于""对于"的用例,因此认为它是五四以后才有的用法。② "在……之下"在旧派白话中多指处所方位,而在五四以后扩大到做条件或伴随情况,常做状语或补语;"当……"在旧白话中不常用,而是直接在陈述的事情之后加"之时"或"的时候""时",

---

① 王力认为这些都是新兴介词,中国原来没有这种用法。贺阳考察以后认为原有这些词,不过有些功能发生转变,并举有实例。见贺阳《现代汉语欧化语法现象研究》,第126页。

② 贺阳:《现代汉语欧化语法现象研究》,第115、119页。

在五四以后则多用"当……时（候）"，或单用"当……"，这些变化在科技、政论文、杂文等文体中尤其明显。不过考察五四小说，这样的例子也很多：

（1）"对于""关于"例：

他对于以为"一定想引诱野男人"的女人，时常留心看，然而伊并不对他笑。他对于和他讲话的女人，也时常留心听，然而伊又并不提起关于什么勾当的话来。（鲁迅《阿Q正传》）

我的注意力终于松散，对于他的报销账也就渐渐地模糊了。（叶圣陶《隔膜》）

对于公婆要孝顺，要周到。对于其他的长者要恭敬，幼者要和蔼。（王鲁彦《菊英的出嫁》）

我的讲演怕有五十分钟的光景，详细的语句自然是不能记忆的，但大概的意思却还留在脑里：因为关于这一方面的我自己的思想和客观的事实至今还没有改变。（郭沫若《双簧》）

（2）"在……之下"例：

现在在他的注视之下，对着这葵绿异香的洋肥皂，可不禁脸上有些发热了。（鲁迅《肥皂》）

阿Q的钱便在这样的歌吟之下，渐渐的输入别个汗流满面的人物的腰间。（鲁迅《阿Q正传》）

（3）"当……时候"例：

当我注意陈太太的时候，表妹忽然笑了……（冰心《斯人独憔悴》）
当教员联合索薪的时候，他还暗地里以为欠斟酌，太嚷嚷。（鲁

迅《端午节》)

　　当我刚被送进这间小屋子的时候，我曾为我不幸的命运痛哭，哭得我的泪也枯了，嗓也哑了。(冯沅君《隔绝》)

　　当汽车载着他们五个开始回上海的时候，史循的嘴唇动了几动，似乎有什么话……(茅盾《追求》)

连词"和"的功能也扩大了。比如"和"在旧白话中，多与"同""与"类似，即使做连接词也只能连接名词，在五四以后不仅连接名词，还可以连接动词和形容词，甚至是句子。先看旧派白话小说中的用法：

与"同""与"用法类似的：

　　赌输了，只当是存款，赢了，便是支款，这不和存庄一样吗？(吴趼人《大改革》)

　　一过收券处，即和招待员略一点头。(徐卓呆《入场券》)

　　忽听得他在园中和表姊握别，表姊已和他决裂，不觉大大的失望。(周瘦鹃《真假爱情》)

联结名词的：

　　陈秀英和他的新相好联臂并肩，立在那里抿着檀门，向他冷笑。(周瘦鹃《真假爱情》)

而笔者查阅《小说林》《月月小说》《小说时报》的白话短篇小说未发现一例连接形容词、动词，以及连接两个短句的例子。

五四新派小说中却很多，而且千变万化，丰富多彩。试看以下例子：

　　满眼是凄凉和空空洞洞。(鲁迅《孤独者》)

只是他那苍白色的面孔,紧紧闭着微微翘着的嘴唇,眉间额上如下十分注意时不能看出的皱纹,和那钝郁凝滞的眼光表示他受着了年龄相当以上的内部的不安和外界的刺激。(郭沫若《鼠灾》)

我和他们招呼,他们也若有意若无意地和我招呼。人吐出的气和烟袋里人口里散出的烟弥漫一室,望去一切模糊,仿佛是个浓雾的海面。(叶圣陶《隔膜》)

她早就像她母亲一样,不时的吐红和流夜汗。(鲁迅《在酒楼上》)

舱外的风声浪声很大,大家只在电灯下计算着这海船航行的速度,和到H港的时刻。(郁达夫《过去》)

因了他们的沉默,因了他们脸上所显现出来的凄惨和暗淡,我似乎感到这便是我死的预兆。(丁玲《莎菲女士的日记》)

这些例子中,可以连接形容词、名词、词组、短句,可以作宾语、状语,还可以连接多个名词,可谓变化多端。这些变化,在书面语中体现较为明显,而口语中则不用。连词的增多及其功能的扩大也使句子能表达更复杂的意思,具有更加曲折的语态。

4. 被字句大量涌现及其语义色彩的变化

被字句在旧白话中以"被""教""叫""让""给"为标志,它通常只用于表达不如意的事情,带有消极的色彩。贺阳通过对《西游记》《红楼梦》《儿女英雄传》《儒林外史》《二十年目睹之怪现状》等晚清的长篇白话小说的全文考察表明,92.7%的"被"字句都表示贬义。[①]而五四时期积极义、中性义、消极义则均可以使用。以下是冰心小说中的例子:

积极义:

[①] 贺阳:《现代汉语欧化语法现象研究》,商务印书馆2008年版,第230页。

他心中都被快乐和希望充满了,回想八年以前……(《去国》)

铭哥被我们学校的干事部留下了,因为他是个重要的人物。(《斯人独憔悴》)

消极义:

我父亲遗下的数十万家财,被我花去大半。(《去国》)

颖铭看见他父亲的怒气,已经被四姨娘压了下去……(《斯人独憔悴》)

里面看不清楚,只觉得墙壁被炊烟熏得很黑。(《两个家庭》)

都是你们校长给送了信,否则也不至于被父亲知道。《斯人独憔悴》

中性义:

还没有等到说完,就被小表妹拉到后院里葡萄架底下。《两个家庭》

鲁迅的小说中,仅《阿Q正传》中以"被"组成的"被"字句就27个。《狂人日记》中的"被"字句多是贬义,这和从"狂人"的角度观察"吃人"有关,所以"被吃"就成为关键语:

他们——也有给知县打枷过的,也有给绅士掌过嘴的,也有衙役占了他妻子的,也有老子娘被债主逼死的;

我自己被人吃了,可仍然是吃人的人的兄弟!

自己想吃人,又怕被别人吃了,都用着疑心极深的眼光,面面相觑。……

妹子是被大哥吃了,母亲知道没有,我可不得而知。

也有在积极的意义上使用的，如：

老头子和大哥，都失了色，被我这勇气正气镇压住了。(《狂人日记》)

被字句使用频率的增加使得强调的内容得以凸显，而且显得书面化。在口语中是不会大量地用到被字句的。

在下面的被动句中，受事方"孙舞阳"的修饰有词组、有短句，组成复杂的句式：

因为在张小姐看来是放荡，妖艳，玩着多角恋爱，使许多男子疯狂似的跟着跑的孙舞阳，而竟在方罗兰口中成了无上的天女。(茅盾《动摇》)

5. 主从复句语序的变化及倒装句的增多

传统白话中的主从复句，一般是从句在前，主句在后。因果复句和条件复句在五四前只存在少量的后置情况。而假设复句和转折复句在五四以前无一例外是前置，在五四以后才出现后置的，这在政论文中体现更明显，小说中也出现一些用例。

比如：

我开不得口。这样奇妙的音乐，我在北京确乎未曾听到过，所以即使如何爱国，也辩护不得，因为他虽然目无所见，耳朵是没有聋的。(鲁迅《鸭的喜剧》)

这一例中，"果"在前，"因"在后，还有条件复句中条件从句后置的情况，如：

> 我竟不料在这里意外的遇见朋友了,——假如他现在还许我称他为朋友。(鲁迅《在酒楼上》)

当然,笔者检索鲁迅、冰心、郁达夫、郭沫若在五四时期的小说,传统的用法仍然居多数。后置的情况一般用在"追补"语气中,即如上例"假如"就是补叙,因为"我"无法断定他是否认同"我"的看法。这样的语气,就造成延宕,使语调更加舒缓曲折。

我们再看其他的语序倒置的情况:

> 如果我能够,我要写下我的悔恨和悲哀,为子君,为自己。(鲁迅《伤逝》)

这里按正常语序的话,"为子君,为自己"应该放在"我要"之后,将其后置就改变了句子的节奏,也强调了"对象",更是着重点明了关键人物"子君",在小说的开头这样写足以调动读者的阅读兴趣。

再如:

> 我深深忏悔,向已经失去的童心,忏悔那过去的往事,儿时的回忆,稚子之心的悲与欢。(向培良《野花》)

这句话的主干是:"我向失去的童心忏悔过去的往事",而这里将它打散,倒装,追补,使得全句产生两个起伏,"我深深……"和"忏悔那过去的……"是强调语气,是升调,"向……""儿时的回忆……"则是降调,变得舒缓绵长。这显然比正序的叙述要丰富多样。

以上仅就清末至五四小说语言中主要的欧化语法现象做了一些实例分析。这些语法现象,单纯来看,都是细微的,可能构不成对整个小说美学的改变,但是,诸如此类的各种新式的语法汇集在一起,就会产生不一样的效果。正如贺阳所言："当这类局部性的演变达到一定的数量并汇集在一起，就会对汉语语法产生全局性的影响，使现代汉语书面语，即我们所说的新白话，具有不同于旧白话的面貌。"[1] 同样，这些细小的语言变化，也会导致整个小说修辞方式的转型，进一步拓展小说语言的修辞空间。

第三节　欧化白话与小说修辞空间的拓展

五四新文化运动以白话文运动作为突破口，短期内取得巨大的成功是与"文学—国语"的革命策略密不可分的。即使百年后回望，胡适提出"文学的国语，国语的文学"仍然是那个时代最为瞩目的纲领性口号。从旧体白话向五四新体白话的转变是现代汉语书面语形成的过程，也是现代国家体制逐步完善的过程。而新的白话书面语形成的关键就是"白话的欧化"。晚清的白话文运动从始至终是以口语化（言文一致）为方向的，而现代汉语则是在口语、文言、欧化几个方面综合形成的，其中欧化又是最重要的因素。

就文学语言来说，在四大文学体裁中，小说不同于戏曲、古文、古诗的变革要由韵文入散文，白话小说自宋元以来就蔚为大观。那么，考察汉语小说的现代转型与欧化白话的关系就更具代表性。有论者指出"如果说20年代新文学与鸳鸯蝴蝶派在文学语言上有什么区别，那区别主要就在欧化的程度上。鸳鸯蝴蝶派也受到西方文学的影响，但是它还是从古代章回小说的发展线索延续下来的，以古白话为主，并且没有改造汉语的意图，新文学则不然，它们有意引进欧化的语言来改造汉语，以扩大汉语的表现能力"，[2] 这是颇有见地的。但值得追问的是，欧化的白话如何扩大了汉语

---

[1]　贺阳：《现代汉语欧化语法现象研究》，商务印书馆2008年版，第284页。
[2]　袁进：《重新审视欧化白话文的起源——试论近代西方传教士对中国文学的影响》，《文学评论》2007年第1期。

的表现力？欧化白话的修辞方式又如何与五四作家对现代小说的想象与建构相契合？

一 要"仿真"更要"逼真"：现代小说对白话功能的新诉求

古代白话小说与史传叙事关系密切，"实有""实录"是其重要特征。鲁迅治中国小说史谈及六朝志怪时说"当时以为幽明虽殊途，而人鬼乃皆实有，故其叙述异事，与记载人间常事，自视固无诚妄之别矣"①，鬼神幽明亦称实有，遑论人事。话本小说讲述故事时总强调有人亲见，或者强调故事主角遗留物件尚在，以彰显真实，亦是同样的"仿真"逻辑。明清章回小说更是史传传统的集大成者。

清末至五四小说叙述模式的转变学界研究较多，陈平原教授认为现代小说努力摆脱古代白话小说的"说书腔"，从讲述到展示，完成从"说—听"到"写—读"的转换，② 也有学者称为摆脱虚拟性修辞策略。③ 自晚清至五四，小说叙述的"仿真性"一脉相承，可是"仿真"的修辞策略则不一样。旧白话小说需要作者（或说话人、叙述人）的强势介入，作者要交代故事的主角是朋友、同乡等熟人，或者故事是从朋友、同乡那里听来的，甚至有时干脆发誓赌咒以取得读者的信任，④ 只有让人信以为真，读者（听众）才有兴趣读（听）下去。

因为讲别人的故事没有讲"我"的故事更让人信服，加上翻译小说的影响，第一人称叙述在晚清就大量涌现，出现众多的"日记体"小说。被

---

① 鲁迅：《中国小说史略》，《鲁迅全集》第 10 卷，第 156 页。
② 见陈平原《中国小说叙事模式的转变》的第一章及附录中的相关论述。
③ 王德威：《想像中国的方法》，生活·读书·新知三联书店 1998 年版，第 80 页。
④ 晚清的短篇小说大多以在朋友处听说一个事情来开头，或者说是朋友身上发生的事，或者说自己亲眼所见。吴趼人的《黑籍魂冤》开头更以赌咒开头："我近日亲眼看见一件事，是千真万确的，恐怕诸公不信，我先发一个咒在这里——如果我撒了谎，我的舌头伸了出来，缩不进去，缩了进去，伸不出来。咒骂过了，我把亲眼看见的这件事，叙了出来，作一回短篇小说。"见《月月小说》1906 年第 4 号。

誉为现代小说开端的《狂人日记》从大的背景看实则是这一浪潮的余波，不过它同时又是新的修辞方式的开端。今天百年五四纪念，以该篇为先，诚不虚也。鲁迅采用第一人称叙述（文言小序里"余"，和正文中的"我"），借助日记的形式，在开头也要宣称自己亲身获得材料，更强调主人公病愈后恢复正常来取信于读者，呈现"仿真性"策略。同时借"疯子"来为日记里的"浑话"（欧化的语言）掩护，将"故事"退到文言小序的二百字之中，正文凸显狂人呓语，达到"传奇"与"逼真"融合之境界。到了创造社诸人，比如郁达夫的小说，更是以"真"写私事的"自叙传"形式将这种"仿真叙述"发展到极端。作者在场时，当叙述到与社会道德相抵触的事实与情节时，说话人就要出场进行评判，而在说话人退场情况下，直接的价值评判就消失了，评判的权力成了"读者"的任务，小说文本就变得更为暧昧、多义、含蓄而富有象征。细节的"逼真"就成了白话语言新的诉求，小说要达到"仿真"又"逼真"全部要靠"描写"来完成。① 欧化白话文的意义就彰显出来。对五四新体小说的理解中，真实性不能靠叙述人单方面地"诉说"，而是要"展示"出来，作者退出小说文本，隐藏得更深，尽量通过隐性的修辞方式做到让"事实"直接呈现，追求"逼真"效果。

由于欧化的新式白话具有更强的叙述、描写、象征功能，从而拓展了现代小说的修辞空间（当然也产生新问题，在 30 年代又掀起论争，此处暂不论）。有学者曾从"语言本体论"的角度谈到欧化白话在三个方面影响了文学变革：一是欧化汉语改变了作家的思维方式和审美观念；二是导致作家价值观的改变；三是导致文学语言隐喻和象征系统的变化。② 前两者多大程度成立尚有讨论余地，而第三点则点出了欧化白话的修辞要义。具体到小说变革来说，这种修辞空间的拓展是由于欧化白话实现了小说语

---

① 这里提到的"描写""逼真"都是五四小说家经常谈到的小说理论范畴，其背后包蕴着一整套关于"现代小说"的观念。见本书第五章第一节。

② 张卫中：《20 世纪初汉语欧化与文学的变革》，《文艺争鸣》2004 年第 3 期。

言从次生口语文化向书面文化的转型。① 正是在这一转型下，小说叙述方式、修辞效果才呈现不一样风格。简化来说，除了大量新词汇增加了表现力外，从欧化语法上来讲，与旧白话相比，欧化的白话文至少在两个方面弥补了传统白话的不足，从而胜任了"描写""逼真"的"新小说"的诉求：一是精细繁复地刻画人物的内心世界；二是诗意、细腻、象征地描摹风景。

二 人物如何思考：关于新旧白话小说心理描写的考察

古代白话小说注重故事的传奇与叙述，一般以第三人称叙述心理活动，不会写太复杂，如果过于复杂，会让人难以相信，也影响故事的流畅与吸引力。这是靠讲述者达到"仿真"不可避免的矛盾。古代优秀的白话小说在写人物的心理活动时，通常用直接引语或间接引语，将心理活动直接呈现出来，是无声的"说话"。多用"寻思""暗想""心想"引起心理叙述。比如下例：

> 林冲看了，寻思道："敢是柴大官人么？"又不敢问他，只自肚里踌躇。(《水浒传》第 9 回)
>
> 再说宋江与刘唐别了，自慢慢行回下处来。一头走，一面肚里寻思道："早是没做公的看见，争些儿惹出一场大事来！"一头想："那晁盖倒去落了草，直如此大弄！"转不过两个湾，只听得背后有人叫一

---

① "次生口语文化"是媒介环境学派的第二代代表人物沃尔特·翁在《口语文化与书面文化——语词技术化》一书中提出的概念，它相对于电子媒介而言的"次生"，主要指印刷文本。它虽然也属于印刷文本，可它以虚拟的仿真会话为尚，极力地模拟口语，在"言语——视觉——声觉"三者之间建构一种感觉，是一种"文字性口语"，所以它仍然要从"口语文化"的角度去解读它的属性。见北京大学出版社 2008 年版，第 3、134、157 页。反观中国古代白话小说，正是这样的一种文化，它以印刷文本的形式存在，但是遗存大量的口语特征，一切以"听—说"为基本模式，这一模式决定了古代白话小说的语言修辞方式，如重故事性、传奇性、市井气、通俗性等。

声:"押司,那里去来?老身甚处不寻遍了?"(《水浒传》第20回)

且说鲁达寻思,恐怕店小二赶去拦截他,且向店里掇条凳子,坐了两个时辰。约莫金公去的远了,方才起身,径投状元桥来。(《水浒传》第3回)

贾政看了,心想:"儿女姻缘果然有一定的。旧年因见他就了京职,又是同乡的人,素来相好,又见那孩子长得好,在席间原提起这件事。因未说定,也没有与他们说起。后来他调了海疆,大家也不说了。不料我今升任至此,他写书来问。我看起门户却也相当,与探春倒也相配。但是我并未带家眷,只可写字与他商议。"正在踌躇,只见门上传进一角文书……(《红楼梦》第99回)

一席话,把个安公子吓得闭口无言,暗想道:"好生作怪!怎么我的行藏他知道得这等详细?……这便如何是好呢?"不言公子自己肚里猜度,又听那女子说……(《儿女英雄传》第5回)

这些白话小说中,对心理活动进行直观化呈现,叙述性较强,模拟现实声口,如闻其声,如见其人,代表传统白话小说独特的魅力。也有不用"暗想""寻思"这些词,人物的思考能紧贴人物动作,也可以将人物心理刻画得栩栩如生。如《红楼梦》写宝玉送贾母回来路上的"小心思":

却说宝玉因送贾母回来,待贾母歇了中觉,意欲还去看戏取乐,又恐扰的秦氏等人不便,因想起近日薛宝钗在家养病,未去亲候,意欲去望他一望。若从上房后角门过去,又恐遇见别事缠绕,再或可巧遇见他父亲,更为不妥,宁可绕远路罢了。(《红楼梦》第17回)

这种高超的，在白描中见出人物的心理性格的叙述在清末民初的白话小说中，比较少见，大多难以达到这种高度。常见的还是采取"心里想""暗想"的方式，比如《老残游记》中这样的心理描写在晚清白话小说中就算一流的：

> 老残此刻躺在炕上，心里想着："这都是人家好儿女，父母养他的时候，不知费了几多的精神，历了无穷的辛苦，淘气碰破了块皮，还要抚摩的；不但抚摩，心里还要许多不受用。倘被别家孩子打了两下，恨得甚么似的。那种痛爱怜惜，自不待言。谁知抚养成人，或因年成饥馑，或因其父吃鸦片烟，或好赌钱，或被打官司拖累，逼到万不得已的时候，就糊里糊涂将女儿卖到这门户人家，被鸨儿残酷，有不可以言语形容的境界。"因此触动自己的生平所见所闻，各处鸨儿的刻毒，真如一个师父传授，总是一样的手段，又是愤怒，又是伤心，不觉眼睛角里，也自有点潮丝丝的起来了。（第十四回）

但是这样的描写在晚清小说中毕竟少见，尤其是短篇小说中，它由于篇幅有限，更是很难见到精彩的人物心理描写。在晚清比较著名的几篇白话短篇小说中，如吴趼人的《大改革》《黑籍魂冤》《查功课》，徐卓呆的《微笑》《温泉浴》《入场券》《卖药童》，饮椒的《地方自治》，周瘦鹃的《真假爱情》，恽铁樵的《五十年》，几乎见不到人物心理描写。大多数晚清白话小说擅长的虽是白描，但可能又走向另一个极端，完全不作描述性的过渡，将人物对话摆在读者面前，典型例子如《查功课》（吴趼人《月月小说》第8号）《无线电话》（徐卓呆《小说时报》第9号）《国学阐明会》（王梦生《小说月报》第5卷第6号）就是这样完全由对话构成，戏剧化有余，但谈不上描写。

只有少数小说才见到心理描写，比如1915年守如的《唐花》因为是第一人称叙述才有部分心理描写，但也是如蜻蜓点水，重在交代事理。如：

然而我乃特发奇想,于十岁以内的小孩子,乃欲时时刻刻,授以相亲相爱的感情教育,诸君听见,没有不笑我为破天荒特别的教法咧。(守如《唐花》)

又如周瘦鹃《真假爱情》中的片段:

郑亮眼见得英雄无用武之地,觉得闷的慌,心里早已跃跃欲试,但望快些发见战事,便能上沙场杀敌去,就是死了,也算是个荣誉之魂。横竖吾孑然一身,既没有父母,又没有家室,毫无牵挂,死了也不打紧。男儿合为国家死,半壁江一墓田。烈烈轰轰的死一场,可不辱没吾"郑亮"两字呢!

这样的心理描写倒是详细,但仍然不出说话人"评判"的腔调,让人疑心不是人物在"想"而是作者在"想"。手法比较单调,实际上仍然是外在叙述。那么,我们看看五四小说家如何处理人物的内心世界的。这里我们暂不举鲁迅、郁达夫等名家的例子,且看一个普通作者的创作:

喜来得着一个小小的安慰,便很满足的把那半硬不软的粉块,和着嘴唇上的血,吃完了。在他,觉得什么都平和了。可是,母亲的心已在外乡的父亲底身上盘旋了;她想起前两月请人写给她丈夫的一封信;她想起十五岁的大妞被看棉花包的底调戏,被他捺在棉花包堆里污辱,损伤;她想起自己身上大棉袄的棉花……她想……全贵快要回来,快要带些钱回来……她想,她哭,终于从半醒的梦中觉得眼泪流在颊上的温热!十二月长夜的紧风仍是满山满谷的呼啸着,含着无穷的恶意和残忍……(李渺世《买死的》)

这一段语言面貌明显不同于古典白话。一个母亲在寒冬等待在外做工的丈夫回来救济饥寒交加的一家人，可是孩子饥饿的哭闹声让她心烦，使她愈发将全部的希望寄托在丈夫身上，心想丈夫回来了，一切就好了。可是丈夫揣着她的信和工钱却被撞死在铁轨上，在冷漠的看客注视下，警察哄笑着朗读了妻子写给他的信，并嘲笑他是个"买死的"！当读到这里时，我们情不自禁地会为那位母亲难过、担心，不知她将会如何面对这样的生活。而这样的担心，这样强烈的悲剧感受，正源自前面对母亲心理描写的铺垫。这里的心理描写已和整个叙述浑然一体。

这段描写中，长句的舒缓跌宕，短句的回旋，以"她想起"引起的排比气势淋漓，均凸显出母亲心情的沉重。最后在"紧风"的"满山满谷的呼啸"声中让人产生无限的悲怆感。人称代词作形式主语，长串的定语、状语修饰语——这些欧化的句子表现出迥然不同于传统白话的审美特色。

五四时期受弗洛伊德主义的影响，发展出一支可称作心理小说的类别。[①] 它深入人物的内心世界，大量描写人物的心理活动，有时采用第一人称的内心独白的方式，借助感觉、联想、想象、象征、幻觉、梦境及潜意识等方法表现心理过程，比如郭沫若、郁达夫、倪贻德、叶灵凤等人的小说，鲁迅的《狂人日记》也可归入这一类。这里且举凌叔华的《绣枕》为例：

> 大小姐只管对着这两块绣花片子出神，小妞儿末了说的话，一句都听不清了。她只回忆起她做那鸟冠子曾拆了又绣，足足三次，一次是汗污了嫩黄的线，绣完才发现；一次是配错了石绿的线，晚上认错了色；末一次记不清了。那荷花瓣上的嫩粉色的线她洗完手都不敢拿，还得用爽身粉擦了手，再绣。……荷叶太大块，更难绣，用一样绿色太板滞，足足配了十二色绿线。……做完那对靠垫以后，送了给白家，不少亲戚朋友对她的父母进了许多谀词。她的闺中女

[①] 季桂起：《中国小说体式的现代转型与流变》，山东大学出版社2003年版，第113—120页。

伴,取笑了许多话,她听到常常自己红着脸微笑。还有,她夜里也曾梦到她从来未经历过的娇羞傲气,穿戴着此生未有过的衣饰,许多小姑娘追她看,很羡慕她,许多女伴面上显出嫉妒颜色。那种是幻境,不久她也懂得。所以她永远不愿再想起它来撩乱心思。今天却不由得一一想起来。

小说写大小姐在深闺绣了精美的抱枕送给白家,等待白家少爷的一段姻缘,结果被人当成垃圾扔掉,两年后辗转被女仆捡回缝了枕头顶儿。大小姐睹物思情,青春消耗在深闺,如同被遗弃的精美抱枕。这段描写多用动作描写,高频度的人称代词,不厌其烦写当时绣制过程的艰辛,越细致就越显大小姐的痛苦,当时的期待与现实的痛苦形成鲜明对比,让人感受到传统婚姻观念对青春女性的戕害。而整段以大小姐的视角来写,未加评论,更加衬托出大小姐被时代抛弃的麻木灵魂,这一心理描写与后来张爱玲笔下的曹七巧有相通之处,其心理描写既有旧白话的影子,又有西方小说的影响。

丁玲的《莎菲女士的日记》以日记体形式写莎菲对凌吉士的感情,她一方面被"他那颀长的身躯,嫩玫瑰般的脸庞,柔软的嘴唇,惹人的眼角"所"诱惑",同时又抗拒迷恋一个庸俗的"十足的南洋人":

想起那落在我发际的吻来,真使我悔恨到想哭了!我岂不是把我献给他任他来玩弄来比拟到卖笑的姊妹中去!这只能责备我自己使我更难受,假设只要我自己肯,肯把严厉的拒绝放到我眸子中去,我敢相信,他不会那样大胆,并且我也敢相信,他所以不会那样大胆,是由于他还未曾有过那恋爱的火焰燃炽……唉!我应该怎样来诅咒我自己了!

这段心理描写,除了复杂的人称代词形成曲折的叙事外,大量的介词连接词，因果复句，递进复句，强调句法的嵌套式使用，使意义变得暧昧游移，正符合女主人公此时左右徘徊的矛盾心理。

郁达夫的小说常以第一人称叙述，主人公多是灰色的忧郁的知识者，人物的心理活动往往是叙述展开的动力，虽然没有直接用"想""寻思"，但带有强烈的主观情感，目之所及，心中所思，皆有主观化色彩，展现出与传统白话不同的一面。如：

> 我与她不过这样的见了一面，不晓是什么原因，我只觉得她是一个可怜的女子。她的高高的鼻梁，灰白长圆的面貌，清瘦不高的身体，好像都是表明她是可怜的特征，但是当时正为了生活问题在那里操心的我，也无暇去怜惜这还未曾失业的女工，过了几分钟我又动也不动的坐在那一小堆书上看蜡烛光了。（郁达夫《春风沉醉的晚上》）

"我"与陈二妹第一次见面，从外貌臆测她的情况，又联想到自己的境况，二人共同的"卑微""可怜"的特征就显现出来，写外貌即是写心理。

现代小说中表现对象是古代小说很少涉及过的领域，它需要绵密、细腻的语言才能胜任这一艺术要求。传统的白话由于简单、直白，显然不能表现如此复杂的心理活动。如果用传统白话表现《狂人日记》，郭沫若的《残春》《喀尔美萝姑娘》，陈翔鹤的《See!》等小说的内容，显然无法如此精细地呈现。而有些小说对人物心理刻画使用"自由转述体"将"直接引语"转化成"间接引语"，[①] 更是受英语小说写法的影响，这和作者翻译英语小说的训练是分不开的，从另一个角度来说，也是现代汉语表现力的增强才能实现这样新颖的艺术手法。

[①] 参见刘禾《不透明的内心叙事：从翻译体到现代汉语叙事模式的转变》一文，收入《语际书写——现代思想史写作批判纲要》，生活·读书·新知三联书店1999年版。

三　如何描摹"风景"：五四小说中"风景"呈现方式的变化

日本学者柄谷行人在《日本现代文学的起源》一书中，曾讨论风景的发现之于日本文学的现代转型之间的关系。该书讨论的风景之发现实际有两方面的意义，正如他在后来英文版补记里写的那样："在风景的发现之中，不仅有着内面的颠倒，而且还伴随着现实上新的风景，即古典文本中根本不曾有过的全新风景的发现。"[①] 后者较少为人注意。他认为一种有异传统风景的作为"文学概念装置"的叙事风景在日本被发现是在明治20年代。这一过程正是政治上脱亚入欧，日本文学摆脱汉文学影响的过程。"风景的发现"是日本"国文学"建构的一种方式，这就是他着重讨论北海道风景之于国木田独步的意义。

对五四小说研究具有启发性意义在于他阐释的另一面，即风景的发现"内面的颠倒"的视角。"风景是和孤独的内心状态紧密联系在一起的。……只有在对周围外部的东西没有关心的'内在的人'（inner man）那里，风景才能得以发现。风景乃是无视'外部'的人发现的。"[②] 这一视角首先有助于从"内在之人""孤独的内心状态"的角度观照五四小说中的"个人"与风景呈现的关系。与日本不同的是，中国文学的风景一直与文学相伴生，从魏晋山水诗，到唐宋田园诗，从王羲之"因寄所托，放浪形骸之外"，到范仲淹的"衔远山，吞长江"，四时风景，山河故人，一直是中国文学的源泉。五四的风景叙事所不同的是，风景内化为现代个人焦虑的灵魂。从这个意义上，借用柄谷行人的说法，风景在五四的发现"不是在于优美，而在于崇高"。小说中作为"现代"意义上的"风景描写"是在五四以后出现的，其风格、意象及表现方式均不同于古典时期。有研究者甚至称景物描写在小

[①] ［日］柄谷行人：《日本现代文学的起源》，生活·读书·新知三联书店2003年版，第30页。

[②] ［日］柄谷行人：《日本现代文学的起源》，生活·读书·新知三联书店2003年版，第15页。

说中大量出现"是现代小说与传统小说的重要区别"。①

《水浒传》《红楼梦》等经典白话小说的写景大多简洁传神，笔墨节省。最为著名的如《水浒传》中写林冲风雪山神庙，鲁迅曾盛赞其"神韵"：②

> 话不絮烦，两个相别了。林冲自来天王堂，取了包裹，带了尖刀，拿了条花枪，与差拨一同辞了管营，两个取路投草料场来。正是严冬天气，彤云密布，朔风渐起，却早纷纷扬扬卷下一天大雪来。（《水浒传》第10回）

古代白话小说这样出色的风景白描也有很多，与五四现代小说相比，区别主要在两个方面：一是古代小说风景叙事较为节省，多是从第三者眼里看到的外在风景；二是现代小说风景叙述的功能在于抒情，烘托氛围，古代白话小说在同样的地方往往用诗词来代替。晚清白话小说在表现广阔的外部世界方面达到前所未有之境界，但是风景叙述上仍然较为贫瘠。陈平原说："新小说中不乏记主人公游历之作，每遇名山胜水，多点到为止，不作铺叙，除可能有艺术修养的限制外，更主要的是作家突出人、事的政治层面含义的创作意图，决定了景物描写在小说中无足轻重，因而被自觉地遗忘。"③

胡适曾经关注到旧小说里很少见到出色的风景描写，他在《老残游记·序》中曾分析了两点原因：一是旧文人远行不多，缺乏实际的观察，只能用老套的辞藻充数；二是语言文字上的障碍，古代诗文（尤其是骈

---

① 李杨：《抗争宿命之路》，时代文艺出版社1993年版，第98页。
② 鲁迅在《"大雪纷飞"》一文中评论章士钊为文言辩护时说："在江浙，倘要说出'大雪纷飞'的意思来，是并不用'大雪一片一片纷纷的下着'的，大抵用'凶'，'猛'或'厉害'，来形容这下雪的样子。倘要'对证古本'，则《水浒传》里的一句'那雪正下得紧'，就是接近现代的大众语的说法，比'大雪纷飞'多两个字，但那'神韵'却好得远了。"见《花边文学》，《鲁迅全集》第5卷，第581页。
③ 陈平原：《中国小说叙事模式的转变》，第106页。

体）中现成的语言（"烂调套语"）限制了他们的思维，无法创造新的词句。这里胡适精辟地指出文言的话语系统无法胜任精细的风景描写，导致旧小说风景描写的缺乏。他也正是从此角度盛赞《老残游记》描写景物的技术是"前无古人"，并总结道："只有精细的观察能供给这种描写的底子，只有朴素新鲜的活文字能供给这种描写的工具。"①

《老残游记》这样擅长写风景的小说在晚清并不多，而且它与五四小说的写景也存在明显的区别。《老残游记》第十二回写黄河上的冰凌景象向来为人称道，这段写景是为了交代老残因黄河结冰无法成行而去视察黄河时所看到的，所以它与情节叙述结合得更紧密。若与五四小说写景相比，五四小说的写景却更多与心理渲染、烘托气氛结合得更紧，是一种"主观化"的风景体验。从语言特点上来说，晚清多短句，白描，五四多长句，情绪化，善用比喻和象征。比如台静农小说《拜堂》中的一段：

> 她们三个一起在这黑的路上缓缓走着了，灯笼残烛的微光，更加黯弱。柳条迎着夜风摇摆，荻柴沙沙地响，好像幽灵出现在黑夜中的一种阴森的可怕，顿时使这三个女人不禁地感觉着恐怖的侵袭。汪大嫂更是胆小，几乎全身战栗得要叫起来了。

这里写汪大嫂深夜去找田大娘、赵二嫂做"牵亲人"，叔嫂结婚怕不见容于社会，三人带着不安和担心走在路上，杨柳拂风，残烛微光都烘托出恐怖、阴森的气氛，写景即写人心理活动。

鲁迅小说的写景也很有特点，尽管鲁迅非常注重传统的白描手法，以简洁传神著称，但他写景的语言也体现出新式白话的特性。尤其是在小说的结尾，经常以风景描写烘托出辽远而触人深思的意境。

---

① 胡适：《老残游记·序》，《胡适文集》（四），第453—456页。

如《药》的结尾描写两位母亲给儿子上坟时的情景：

> 微风早经停息了，枯草支支直立，有如铜丝。一丝发抖的声音，在空气中愈颤愈细，细到没有，周围便都是死一般静。两人站在枯草丛里，仰面看那乌鸦，那乌鸦也在笔直的树枝间，缩着头，铁铸一般站着。

这一段中以比喻手法写枯草"如铜丝"，乌鸦站立如"铁铸"，还有拟人化的描写"一丝发抖的声音"，在旧白话中是很少看到的。枯草、乌鸦、坟场、沉静到死的空气本身构成一种与情节叙述密切联系的意象链。再看《祝福》：

> 冬季日短，又是雪天，夜色早已笼罩了全市镇。人们都在灯下匆忙，但窗外很寂静。雪花落在积得厚厚的雪褥上面，听去似乎瑟瑟有声，使人更加感得沉寂。我独坐在发出黄光的菜油灯下，想，这百无聊赖的祥林嫂，被人们弃在尘芥堆中的，看得厌倦了的陈旧的玩物，先前还将形骸露在尘芥里，从活得有趣的人们看来，恐怕要怪讶她何以还要存在，现在总算被无常打扫得干干净净了。魂灵的有无，我不知道；然而在现世，则无聊生者不生，即使厌见者不见，为人为己，也还都不错。我静听着窗外似乎瑟瑟作响的雪花声，一面想，反而渐渐的舒畅起来。

这里的风景和人物心理描写结合起来，是从人物的视角去观察风景，"我"听到祥林嫂的死讯感到悲伤震惊，夜色下的雪花（看）发出"瑟瑟"响声（听），反衬着夜的寂静，"我"反而舒畅起来（感觉）。这和旧白话中风景描写只注重外在的叙述相比，要更加细腻。其中"尘芥"取日语词"塵芥"（ごみ）的用法，是"垃圾堆"之意，相比于汉语中"微小的""微不足道的"相比,更为低贱,也与后面"厌倦了的陈旧的玩物","打扫得干干净净"更搭配,象征了祥林嫂对"活得有趣的人"来说,没有"存在的价值",可以随意丢弃。① "我独坐在发出黄光的菜油灯下,想……"这句中,"想"字作为独立短语使用,在古代白话小说中未见。

就是以对话为主的小说《明天》,结尾的写景也颇有特色:

单四嫂子早睡着了,老拱们也走了,咸亨也关上门了。这时的鲁镇,便完全落在寂静里。只有那暗夜为想变成明天,却仍在这寂静里奔波;另有几条狗,也躲在暗地里呜呜的叫。

这里写"暗夜"在"奔波",是拟人化写法,"在寂静里奔波"的是"暗夜",也可以指如同单四嫂子这样的穷苦中国人,将"寂静"与狗吠形成一静一动,更加显出单四嫂子的悲苦和无助。

茅盾是较早关注小说的风景描写的,他谈乡土文学时说:"关于乡土文学,我以为单有了特殊的风土人情的描写,只不过像看一幅异域图画,虽能引起我们的惊异,然而给我们的,只是好奇心的餍足。因此在特殊的风土人情之外,应当还有普遍性的与我们共同的对于命运的挣扎。"② 他的《子夜》开头关于上海外滩的现代性风光的描写常为人称道,不仅有风土人情,还有普遍性与命运的挣扎,吴老太爷一到上海就被这光怪陆离的"风景"夺去了生命。在其早期《蚀》三部曲之一《动摇》中也有精彩的风景描写:

春的气息,吹开了每一家的门户,每一个闺阃,每一处暗陬,每一颗心。爱情甜蜜的夫妻愈加觉得醉迷迷地代表了爱之真谛;感情不

---

① 关于该词的分析参见徐桂梅《鲁迅小说语言中的"日语元素"解析》,《鲁迅研究月刊》2012年第2期。

② 茅盾:《关于乡土文学》,《茅盾全集》第21卷,人民文学出版社1991年版,第86页。

合的一对儿，也愈加觉得忍耐不下去，要求分离了各自找第二个机会。现在这太平的县里的人们，差不多就接受了春的温软的煽动，忙着那些琐屑的爱，憎，妒的故事。

在乡村里，却又另是一番的春的风光。去年的野草，不知在什么时候，已经重复占领了这大地。热蓬蓬的土的气息，混着新生的野花的香味布满在空间，使你不自觉地要伸一个静极思动的懒腰。各种的树，都已抽出嫩绿的叶儿，表示在大宇宙间，有一些新的东西正在生长，一些新的东西要出来改换这大地的色彩。

如果"春"在城里只从人们心中引起了游丝般的摇曳，而在乡村中却轰起了火山般的爆发，那是不足为奇的。（茅盾《动摇》）

茅盾这里写"春天"不是写春天的阳光灿烂，而带着"温软"与爱欲，各种正义与非正义的新事物冒出来，泥沙俱下，芜杂而充满诱惑，小说中陆慕游、胡国光、史循打着革命的名义做着各种淫邪之事正是在"春光"中演出"各种爱、憎、妒的故事"。

五四小说家大多注重风景的描写，叶圣陶的风景描写更注重客观的观察，乡土小说家笔下的风景形成民俗的奇观，郁达夫、张资平、郭沫若等创造社小说家笔下的风景描写与其说是写风景，不如说是写心理体验。郁达夫的写景在五四小说家中独树一帜，其阴郁绵长的句子饱含抒情化风格。这里且看其小说结尾的写景：

我们两人，在日暮的街道上走，绕远了道，避开那条P街，一直到那条M港最热闹的长街的中心止，不敢并着步讲一句话。街上的灯火全都灿烂地在放寒冷的光，天风还是呜呜的吹着，街路树的叶子，息索息索很零乱的散落下来，我们两人走了半天，才走到望海酒楼的

三楼上一间滨海的小室里坐下。(郁达夫《过去》)

此例中,我与老三在另一个城市相遇,都过得不愉快,有许多话要讲,开始无法直说,在一种阴郁的气氛中,一直在日暮的街道上走了很久,街景、寒光、天风及零乱的落叶,烘托出两个"沦落人"的悲情。

"透过每个风景/地景概念的了解方法,可以得知其中的文化属性,特别是作者的感官状态,他的知识,他的欲望,他的恐惧。风景也表达了我们和世界、和他人,甚至是和我们自己的关系。"① 风景叙述在五四以后如此集中的、大规模地出现,显然不是偶然的现象,这与五四作家对现代小说的理解与写作自觉是有密切关系的,风景描写也是五四作家"现代的自我"的呈现,是他们借以表达不能直说的"欲望""恐惧""忧郁"的媒介,表征着现代青年不同于传统的"与世界""与自我"的复杂关系。

以上仅通过考察新旧白话在心理描写与风景叙述两方面的区别,论证新式白话具有更加丰富的艺术表现力,从而也拓展了小说的艺术空间,使五四作家对现代小说形态的追求,如逼真地描写、向内转、情绪的渲染等变成了现实,从这里我们也可以看出,精密的、曲折的、细腻的欧化白话更能适应对复杂的、日新月异的现代生活的"写实"要求。

五四小说家大多兼居翻译家和作家双重身份,他们的文学语言深受他们的翻译活动影响,鲁迅、郁达夫、郭沫若均留学日本,通过日语书籍接触西方文化,是清末至五四汉语日源词迁徙的参与者,也是现代欧化白话语言的锻造者。其实,我们在这里将"欧化"白话文提出来讨论,并不是说中国作家中成功的小说创作均是欧化的语言。欧化的文法只是建构新白话的一种主要途径,并不代表作家的全部努力,他们同时也有深厚的国学功底,对中国古典文学语言浸润长久,所以他们的语言不乏传统白话的优

---

① [法]卡特琳·古特:《重返风景:当代艺术的地景再现》,黄金菊译,华东师范大学出版社2014年版,第3页。

点，比如鲁迅的白话，我们不仅能感到部分句式的欧化，还可以看出他深得古典白话小说语言白描写意的精髓。但是，尽管如此，我们不可否认，由白话文"欧化"的追求打开了五四作家动用一切元素改造旧白话的大门，并通过大量成功的或不成功的创作试验，最终大大改变了白话文的语体风貌，"与其说新文学提倡了'白话文'还不如说是提倡了'欧化'文，这就是被后来更激进的革命文学论者所病诟的'非驴非马'的语言文字，但当时确实起到了振聋发聩的作用"。① 最关键的一点就是，它使旧白话的通俗语言（引车卖浆者操之的市井语言）变成高雅的富有审美功能的文学语言。正如严家炎先生论述的那样，"古代的白话短篇小说，从来没有在文学语言上达到这样高的成就，具有这么深厚的韵味，创造这么丰富的意象。如果把《三言》《二拍》的语言称为通俗文学的语言，那么，'五四'新体白话却应该是高雅文学的用语"。② 陈平原曾感慨地说中国传统小说"这么一种说书人的外衣，脱了几百年没脱下"③，而在五四以后，由于作家们大胆地创造及实践，将小说语言从"次生口语文化"转向"书面文化"，这种雅化的语言终于使中国小说"脱"去了"说书人的外衣"，完成了中国小说的现代转型。

---

① 陈思和：《关于中国现代短篇小说》，《小说评论》2000年第1期。

② 严家炎：《"五四"新体白话的起源、特征及其评价》，《中国现代文学研究丛刊》2006年第1期。

③ 陈平原：《中国小说叙事模式的转变》，上海人民出版社1988年版，第271页。

第五章

"汉语小说"的"现代"建构

第一节 五四作家对"现代小说"的想象与建构

一 "现代小说"概念的两个维度

何谓中国"现代小说"？这似乎是一个没有争议的问题。其实仔细考察，其内涵和外延都有一定的变化。梳理这些变化有助于从更宽阔的视野看待百年来汉语小说的"现代"变革。

在当前相关表述中，我们至少可以看到有两种意义的用法。首先，最常见的一种意义是强调其价值维度，特指一种性质"现代"的小说。最早以"现代小说史"命名的著作是夏志清的《中国现代小说史》，该著所论小说强调的正是其"现代"性质，作者在谈现代小说的发生时明确地说："我得马上要指出的是，这里所指的'现代文学'，并不是民国以来所产生的唯一文学。"[1] 随后在"夏本"的影响焦虑下，涌现了三种现代小说史。1984 年田仲济、孙昌熙主编的《中国现代小说史》是以知识分子、妇女、

---

[1] 见夏志清的《中国现代小说史》，香港中文大学出版社 2001 年版，第 20 页。不过夏志清后来反思了自己对新文学的看法，"如果对比'文学革命'这一章同'人的文学'对读，本书读者一定可以看出近年来我对中国新旧文化态度上之转变"。他以趣味、人性为旨归自然会冲破新/旧二分的围栏，他甚至认为应将晚清、民初被称为鸳鸯蝴蝶派的一些小说也纳入视野。见 1978 年 11 月写的中译本序。

农民、工人等八种典型人物形象为线索组织的左翼小说史。① 同年赵遐秋、曾庆瑞合著的《中国现代小说史》则从"新民主主义文学史观"出发，认为现代小说史是"中国新民主主义革命的一条重要战线"，② 对浪漫主义、现代主义、通俗小说、自由主义立场作家的小说基本不提。

1986年杨义独著的《中国现代小说史》第一卷出版（后两卷至1991年出齐），小说史观有较大变化，视野相对开阔，但对通俗小说也只是谨慎地开辟一章，明显游离于"现代"小说之外。1989年严家炎先生的《中国现代小说流派史》所梳理的也是"现代化的或基本现代化的小说的流派"。③ 其后叶子铭、阎浩岗等人也是在此意义上使用的。④ 这种"现代"小说史随着人们对"现代"的理解而变化。简单说，历经早期的革命化叙事，到80年代的"启蒙叙事"，再到多元化共生的文学史叙事，其内涵发生了较大变化。

"现代小说"第二层意义则强调其时间的维度，指现代文学时期的小说。这是近些年受通俗小说研究影响才出现的用法，它不纠结对"现代"属性的体认，其对象可囊括现代中国人创作的所有小说。这种用法随着"现代文学"起点研究的多元化而产生争议。纵向上，可延伸到晚清，横向上可容纳不同类型的小说。

以上两种意义有时无法绝对分开，近些年以范伯群为代表的学人持续讨论通俗小说的"现代性"，力求将之整合进"现代文学史"，与"新文学"比翼双飞，实际上也是强调小说的"现代属性"。因对现代理解的不同，导致撑破原有"现代小说"史的时间范围，自然将视野扩展至晚清。⑤ 而且，20世纪90年代以来西方"现代性"（modernity）话语的介入，使这

---

① 田仲济、孙昌熙：《中国现代小说史》，山东文艺出版社1984年版。
② 赵霞秋、曾庆瑞：《中国现代小说史》，中国人民大学出版社1984年版，第854页。
③ 严家炎：《中国现代小说流派史》，人民文学出版社1989年版，第16页。
④ 见叶子铭主编《中国现代小说史》，南京大学出版社1991年版；阎浩岗《中国现代小说史论》，人民文学出版社2006年版。
⑤ 见范伯群《〈插图本〉中国现代通俗文学史》，北京大学出版社2007年版。

一问题更加复杂化。

其实,"现代小说"是一个动态的建构过程,它是五四一代作家随着"新文学""现代文学"等概念的推进逐渐形成的,因此要寻绎现代小说"历史化"的轨迹,有必要追溯五四时期关于小说的"现代"想象与建构。

二 五四以降"小说"与"现代"的勾连

小说作为一种文学体裁是现代学术发展的结果,为了考察"现代小说"概念的源流,有必要回到"现代小说"的起源语境,从最基本的词源上考察"小说"与"现代"这两个词合用的历史。先看五四时期关于小说一词的用法。

中国晚清以降的小说发展史实质上是不断"新"小说的历史。梁启超倡导的"新小说",是相对于他之前的古典小说。之后又有《新新小说》杂志创刊,又是相对于梁启超的"新小说"而言,取"编乙册之新于甲,丙册之新于乙"之意。① 但梁启超的"新小说"具有明确的内涵,以《新小说》杂志为中心形成巨大的辐射力,成为清末民初文学史中一个特定的批评术语。

五四新文学倡导初期,一般泛称小说,胡适、钱玄同、陈独秀等人讨论小说的文献中都统称小说,但叙述中也可区分出新旧,他们说的旧小说是指《红楼梦》《聊斋》等小说,而"新小说"沿用的正是梁启超的概念,一般指"现在的小说",包括晚清至当前的近世小说,甚至推梁启超为新文学之始,苏曼殊的小说为新文学之基。② 但随着讨论深入,将晚清至民初小说(即"新小说")一概否定,要倡导自己的新小说了。

此时需要区分出"新文学"提倡的小说与当时流行小说(晚清式"新

---

① 侠民:《新新小说》叙例,见陈平原编《二十世纪中国小说理论资料:第一卷》,第140页。
② 钱玄同在致陈独秀信中说:"梁任公实为创造新文学之一人。"主要着眼于"输入日本新体文学,以新名词及俗语入文,视戏曲小说与论记之文平等"。关于苏曼苏的论述也出于此信,是看重其小说能"写人生真处"。见《新青年》1917年第3卷第1号。

小说"），就采用"新体小说""新派小说""小说新潮"等说法。比如周作人说："即使写得极好的《红楼梦》也只可承认他是旧小说的佳作，不是我们现在所需要的新文学。"①《小说月报》改组最先开设的栏目就叫《小说新潮》，沈雁冰在《小说新潮栏宣言》中说："现在新思想一日千里，新思想是欲新文艺替他宣传鼓吹，所以一时间便觉得中国翻译的小说实在是都'不合时代'。……所以新派小说的介绍，于今实在是很急切了。"②

其他如罗家伦《今日中国之小说界》（1919 年）主要指的还是后来称为"旧小说"界的种种现象，凤兮《我国现在之创作小说》（1921 年）中称"文化运动之轩然大波，新体之小说群起"，并特别称赞了《狂人日记》，这里的"新体小说"指称的对象即"新文化运动派"的小说，这明显与"新小说"概念大为不同。总之，新派小说、新体小说、小说新潮是为了与晚清的"新小说"区别开来，但离不开特定的语境，并不能单纯成为一个文学史概念。

我们再看五四作家如何逐步用"现代"一词修饰"新派小说"。

"现代"一词是日语外来词，翻译英语 modern 时的用词，早在清末就传入中国，目前所见最早语例当数梁启超在 1904 年的使用③。早期喜用"现代"一词者大多有留日经历，如梁启超、钱玄同、黄远庸、周作人、鲁迅、郁达夫等。五四时期文献所见"现代"有显隐两种语义。第一，指现在的，最新的，当前的意思。这是最主要的用法，其指称对象随着时间的变化而变化。第二，隐含的价值评判，通常指与西方思潮相关的，最新的，最好的，最文明的。在有些语境下兼具两种意义。如 1915 年黄远庸致章士钊信说："愚以为居今论政，实不知从何处说起。至根本救济，远意当从提倡新文学入手。总之，当使吾辈思潮如何的与现代思潮相接触，而

---

① 周作人：《日本近三十年小说之发达》，《新青年》1918 年第 5 卷第 1 号。
② 沈雁冰：《小说新潮栏宣言》，《小说月报》1920 年第 11 卷第 1 期。
③ 黄河清等：《近现代汉语新词词典》，汉语大词典出版社 2001 年版，第 278 页。

促其猛省。"① 这里指称世界范围内的最新思潮。1915年《青年杂志》创刊号就有陈独秀翻译法国学者薛纽伯的著作《现代文明史》，亦同此意。

而用"现代"一词来修饰、限定小说，较早见周作人讨论日本文学的论述：

> 现代的中国小说，还是多用旧形式者，就是作者对于文学和人生，还是旧思想；同旧形式，不相抵触的缘故。

> 此外还有《玉梨魂》派的鸳鸯蝴蝶体，《聊斋》派的某生体，那可更古旧的厉害，好像跳出在现代的空气之外，且可不论也。②

第一例是完全取"现在的"之意，包括当时中国所有的小说；第二例隐含了对"现代空气"的价值判断。

1922年沈雁冰的《自然主义与中国现代小说》一文是"现代小说"一词最早的用例，但该文中"现代小说"与我们今天的用法并不相同，更多取第一义，指"现在的""当前的"的小说。如下例：

> 中国现代的小说，就他们的内容与形式或思想与结构看来，大约可以分作新旧两派，而旧派中又可分为三种。
>
> 所以现代的章回体小说，在思想方面说来，毫无价值。
>
> 这可说是现代国内旧派"小说匠"的全体一致的观念。
>
> 中国现代小说的缺点，最重要的，是游戏消闲的观念，和不忠实的描写。

---

① 黄远庸：《释言·其一》，《甲寅》月刊"通讯"栏1915年第1卷第10期。
② 周作人：《日本近三十年小说之发达》，《新青年》1918年第5卷第1号。

文中五四新文学家倡导的小说被称为"现代的新派小说":

> 我们晓得现代的新派小说在技术方面和思想方面都和旧派小说立于正相反的地位,尤其是对于文学所抱的态度。我们要在现代小说中指出何者是新,何者是旧,唯一的方法就是去看作者对于文学所抱的态度。①

该文中的"现代小说"还包括"新旧"两种小说,随着五四新文学的普及和深入,该词逐渐强化了"现代"的隐含义,取代了"新派小说""新体小说"的用法,成为一种价值评判的,具有强烈自我认同的小说类型。在1926年郁达夫的《小说论》中我们可以看到他如何收窄了"现代小说"的外延:

> 所以现代我们所说的小说,与其说是"中国文学最近的一种新的格式"还不如说是"中国小说的世界化",比较的妥当。本书所说的技巧解剖,都系以目下正在兴起的小说为目标,新文学运动以前的中国小说,除当引例比较的时候以外,概不谈及。中国现代的小说,实际上属于欧洲的文学系统的。②

这里,"中国现代小说"一词明确地用来指称"新文学运动起来以后""最近的一种新的格式",就将"现在的旧派小说"排除出去。胡怀琛在30年代曾写过《中国小说的起源及其演变》一书,其中一章的题目就是"现代小说",他说:"现代小说,是指最近在中国最通行的小说,也是我们以后作小说所当视为标准的小说。"③ 我们看到,"现代小说"由一个时

---

① 沈雁冰:《自然主义与中国现代小说》,《小说月报》1922年第13卷第7期。
② 郁达夫:《小说论》,见严家炎《二十世纪中国小说理论资料:第二卷》,第418页。
③ 胡怀琛:《现代小说》,见吴福辉编《二十世纪中国小说理论资料:第三卷》,第261页。

间的概念转化为一个文学史的批评术语,指在五四文学革命之后受西方小说思潮影响建构起来的"新派小说"。

到30年以后,这种用法为更多的人接受,比如沈从文的《论中国现代创作小说》(1931年)、梁实秋《现代的小说》(1934年)、胡怀琛《现代小说》(1934年)、王任叔《中国现代小说发展的动向的蠡测》(1935年),另外还有《现代小说》杂志,专著《现代小说研究》(李菊林,上海亚细亚书局,1931年版)。

值得注意的是1935年出版《中国新文学大系1917—1927》中小说集的导言均称"小说""小说一集",或"新文学",而在1940年10月出版《导论集》时,原来的各小说集导言的标题均改为"现代小说导论",这从侧面说明"现代文学""现代小说"对新派小说、新文学等概念的置换。

这一置换过程体现了"现代小说"建构的三种分离机制。其一,反传统。除了胡适在早期表示过古代优秀的白话小说可作为"文学革命"的教科书外,大部分新文学作家均对旧派小说持批判态度。钱玄同说:"中国今日以前的小说,都该退居到历史的地位;从今日以后,要讲有价值的小说,第一步是译,第二步是新做"[①]。还有人认为:"所以严格讲起来,竟可以说中国以前没有一篇真正的文学作品。这两三年来,有所谓新文化运动者起,于是才有人提倡'人'的文学。"[②] 其二,西方化。这是第一个向度的另一面。师法西方是五四小说作家的共识。莫泊桑、都德、契诃夫等人是时人常挂在嘴边的作家。郁达夫说现代小说是"中国小说的世界化","中国现代的小说,实际上是属于欧洲的文学系统的"[③]。鲁迅也说:"小说家的侵入文坛,仅是开始'文学革命'运动,即一九一七年以来的事。自然一方面是由于社会的要求,一方面则是受了西洋小说的影响。"[④] 其三,

---

① 钱玄同:《致陈独秀》,《新青年》1917年第3卷第1号。
② 静观:《读〈晨报〉小说第一集》,《文学旬刊》1921年第3号。
③ 郁达夫:《小说论》,见严家炎《二十世纪中国小说理论资料:第二卷》,第418页。
④ 鲁迅:《且介亭杂文·〈草鞋脚〉小引》,《鲁迅全集》第6卷,第21页。

先锋性。这是说五四小说家们普遍认为他们所倡导的新派小说一定代表了世界最新的趋势，是指向未来的，必将成为中国小说的主流。这三个机制正是五四作家对"现代小说"建构的途径和策略。

三 五四作家对"现代小说"内涵的界定

综合五四时期关于"现代小说"的理论，可以看出新派小说"新"在何处是有共识的，其特质在30年代胡怀琛的论述中有集中的总结：

> 现代小说，是指最近在中国最通行的小说，也是我们以后作小说所当视为标准的小说。不论长篇或短篇，都包括在里面。他所具的特质是如下，尤其和中国原有小说有分别。现在大略说说：
> （一）是用现代语写，脱尽了古代文言的遗迹。
> （二）绝对是写的，不是说的，绝对脱尽了说书的遗迹。
> （三）所写的是一般人的日常生活，不是特殊阶级的特殊生活。
> （四）绝对脱尽了神话和寓言的意味。
> （五）结构无妨平淡，不必曲折离奇。
> （六）结构却不可不缜密，绝对不可松懈。
> （七）注意能表现出民众的生活实况，及某地方的人情风俗。
> （八）注意于人物描写的逼真，和环境与人物配置的适宜。
> 以上八点，就是现代小说的特质，也就是现代小说和中国原有小说不相同的地方。①

这段话明显涵盖了五四时代常被提到的一些小说理论的核心范畴，例如，地方色彩、结构、描写、三要素、为人生。如果将这段话作个更简洁的

---

① 胡怀琛：《现代小说》，见吴福辉编《二十世纪中国小说理论资料：第三卷》，第261页。胡怀琛即胡寄尘，通常是划入旧派小说家阵营，五四初期曾在旧派小说杂志上发表许多白话小说。

归纳，再结合五四其他小说家的论述，现代小说在形式上的诉求其实聚焦在以下几点：(1) 现代汉语（新白话）；(2) 向内转；(3) 横断面；(4) "三要素"。①

现代汉语是现代文学（新文学）的根本，是文学革命的起点。反过来，又是现代文学的成功实践塑造了现代汉语。而由"说"到"写"体现了中国小说的"向内转"，这种向内转可以分为两个层次，一是语言层面，即现代小说更重视语言内部的描写，从外部的讲故事到语言本身的诗性追求。"向内转"则使白话小说"说书腔"向书面语转变，周作人评郁达夫小说时说"《留东外史》终是一部'说书'，而《沉沦》却是一件艺术的作品"，② 正是从这个角度说的。沈雁冰批评旧派白话小说的"记帐式"也体现了要注重语言描写的观点：旧派小说"完全用商家'四柱帐'的办法，笔笔从头到底，一老一实叙述，并且以能交代清楚书中一切人物（注意：一切人物！）的'结局'为难能可贵"③ 另一个层面是指小说应该描写人的"内面"，人的灵魂。鲁迅说安特莱夫的小说"消融了内面世界与外面表现之差，而现出灵肉一致的境地"；④ 叶圣陶主张"要表现一切内在的真际"；⑤ 陈炜谟说，近代小说"不但能摄取外形，它还能摄取内心"；"能从外面的东西渐渐移来抓住内里的灵魂"，⑥ 这些论述都从不同侧面说明了"现代小说"要注重人的个性描写；同时，对小说描写要"向内转"的认同也是五四时代日记体、第一人称叙述增多的一个原因。

胡适在1918年发表《论短篇小说》一文，他以树的"横截面"为比喻阐释了何谓短篇小说："短篇小说是用最经济的手段，描写事实中最精

---

① 思想上的诉求主要是"为人生"，其中包括"人的文学"和"平民文学"两个方面，前者指向个性主义和人道主义，后者指向"社会主义"，胡怀琛提到的只侧重于平民文学一面。
② 仲密（周作人）：《沉沦》，《晨报副镌》1922年3月26日。
③ 沈雁冰：《自然主义与中国现代小说》，《小说月报》1922年第13卷第7期。
④ 鲁迅：《〈黯澹的烟霭里〉译后附记》，《鲁迅全集》第10卷，第201页。
⑤ 叶圣陶：《创作的要素》，《小说月报》1921年第12卷第7号。
⑥ 陈炜谟：《沉钟》，见严家炎编《二十世纪中国小说理论资料：第二卷》，第481页。

彩的一段，或一方面，而能使人充分满意的文章。"① 此后，胡适的这一阐释成为五四时期被引用最多的小说理论之一，张舍我称："若夫今世所谓之'短篇小说'，则未尝一见。有之，其自胡适之《论短篇小说》始乎！"② 在叶绍钧的《创作的要素》、庐隐的《小说的小经验》、谢六逸的《小说作法》、化鲁（胡愈之）的《最近的出产：〈隔膜〉》、沈雁冰的《自然主义与中国现代小说》、孙俍工《小说作法讲义》中均提到这一理论。

小说的三要素（人物、结构、环境）是哈米顿的《小说法程》中阐述最详细的理论，是西方小说史上最流行的理论之一，译介到中国后迅速为中国学者普遍接受。这带给中国小说界的一个转变就是中国现代小说更注重人物个性描写，心理刻画，地方风俗，风景描写及时代氛围的烘托，同时也使中国作家明白，小说不一定得从头到尾讲一个故事，不一定要"传奇"，而是要讲布局和叙述的组织，"我们底知识原来告诉我们：小说重在描出'情状'，不重叙些'情节'；重在'情状真切'，不重'情节离奇'"③。当然，对"三要素"理论也有反思的，如周作人说："内容上必要有悲欢离合，结构上必要有葛藤，极点与收场，才得谓之小说：这种意见，正如十七世纪的戏曲的三一律，已经是过去的东西了。"④ 他提出"抒情诗小说"，使"情调"成为这类小说的核心，这一派小说自五四以来就不绝如缕。但是五四时期对"三要素"的崇拜是主流。

在五四小说家的理论想象及自我认同中，中国小说完成了小说观念上的"三级跳"：从视小说为小道，补正史之阙，到晚清"小说界革命"时小说成为政治革新的利器，再到五四文学革命时"小说是文学艺术"的转变。1919年1月素来被认为是文化保守主义的杂志《东方杂志》上发表有君实（章锡琛）的文章《小说之概念》，作者不仅认为"盖小说

---

① 胡适：《论短篇小说》，《新青年》1918年第4卷第5号。
② 张舍我：《短篇小说泛论》，载《申报·自由谈》1921年1月9日。
③ 陈望道：《"情节离奇"》，《民国日报》副刊《觉悟》1923年6月19日。
④ 周作人：《〈晚间的来客〉译后附记》，《新青年》1920年第7卷第5号。

本为一种艺术",而且动情地说:"欲图改良,不可不自根本上改革一般人对于小说之概念,使读者作者,皆确知文学之本质,艺术之意义,小说在文学上艺术上所处之位置,不复敢目之为'闲书',而后小说之廓清可期,文学之革新有望矣。"① 又如,瞿世英1922年在《小说的研究》一文开篇就写道:"中国素不以文学看待小说,我们为恢复小说在文学上应有的地位起见,不得不研究它。这篇文字只想打破旧的小说观而代以新的观念而已。"② 郑振铎的一段话更有代表性:"文学就是文学,不是为娱乐的目的而作之而读之,也不是为宣传为教训的目的而作之而读之。作者不过把自己的观察的感觉的情绪自然的写了出来,读者自然会受他的同化、受他的感动。不必也不能故意在文学中去灌输什么教训,更不能故意做作以娱乐读者。如果以娱乐读者为文学的目的,则文学的高尚使命与文学的天真,必扫地以尽。"③ 虽然晚清也有个别人认为"小说者,文学之倾于美的方面之一种",④ 但真正到五四,把小说当作文学、当作艺术才成为社会共识。

四 关于"现代小说"概念的反思

从以上论述我们可以看出,对五四一代作家而言,"现代小说"概念的建立是一种有别于中国传统的小说类型建立的过程,它是一个动态的分离过程,与"现在的""时兴的""未来的"等现代性想象相联系的文体建构。但随着时间的推移,我们今天将这个权宜之计的批评概念演化为描述一个历史时期的文学史概念。尽管二者之间有一致之处,但随着审美趣味的变迁,以及对现代性的反思,如果用这样的批评概念去描述20世纪以来的小说史,就会出现新的问题。

---

① 君实(章锡琛):《小说之概念》,《东方杂志》1919年第16卷第1号。
② 瞿世英:《小说的研究(上篇)》,《小说月报》1922年第13卷第7号。
③ 郑振铎:《新文学观的建设》,《文学旬刊》1922年第38号。
④ 摩西:《〈小说林〉发刊词》,《小说林》1907年第1期。另有楚卿的《论文学上小说之位置》一文也提到"小说者,实文学之上乘也",但着眼点还是"功用",看重小说"足以支配人道,左右群治者"之力。见《新小说》1903年第7号。

其一,由于"现代小说"本身蕴含的"新旧""好坏"的对立、排斥机制,使得这一概念不自觉地遮蔽了汉语小说的古典传统,忽略汉语小说嬗变的主体性。从长时段看,导源于五四新文学的这场汉语小说的革新运动,只是历史长河中的一段先锋文学思潮,它仍然在汉语白话小说的大传统之内。因此不加辨析地使用一概念容易造成中国小说史研究的人为断裂,现代小说与古代小说研究者各说各话,使用不同的体系,都过分强调它们的对立性,而忽视其联系。"三言二拍",《金瓶梅》《红楼梦》不一定不具有"人性""底层""爱情自由"等所谓的"现代性",它们使用的白话语言与现代小说的"现代汉语"在美学上的是否完全没有相通地方?这都是值得思考的。

第二,五四一代作家谈论的"现代小说"重点在于"短篇小说",而长篇小说在文学革命初期从理论到实践都相对薄弱,其原因正在于他们对小说的"现代"想象不能调适西方理论与传统白话小说传统之间的关系。短篇小说与长篇小说的"现代"生成呈现不同的路径与特征,短篇小说主要是外源性变革,而长篇小说的"现代"生成对古典白话小说的语言传统依赖性更强。因此,五四一代作家关于"现代小说"的理论探讨无法适用于探讨长篇小说的"现代"生成。

第三,不能在"现代小说"内部谈论现代小说史,通俗小说、文言小说、章回体小说,笔记体、传奇体小说无法在"现代小说史"内部得到呈现。学界关于通俗小说的讨论已经从"是否入史"转变到"如何入史"的阶段,但新的问题不断出现,"问题是通俗文学怎样进入文学史呢?当前最流行的做法是选几个代表性作家或者干脆单独成章附在文学史之中。这种看似入史而又相隔的做法既不符合中国现代文学的发展实际,也使得文学史著作变成不伦不类的文类组合。"[1] 这"不伦不类"的背后正是两种小

---

[1] 汤哲声:《通俗文学入史与中国现代文学格局的思考》,《中国现代文学研究丛刊》2014年第1期。

说概念价值体系间的天然对抗性。

当然，我们探讨"现代小说"概念的起源，不是全盘否定这一概念的价值，而是促进这样的思考：如何更好地融合目前关于20世纪小说史的最新研究成果，如何敞开原来被遮蔽的部分，如何避免先入为主的主观性，以及如何规避僵化的小说史叙述视角，从而接续整个中国小说史研究的传统，等等。

第二节 "汉语小说"视域下重审中国小说的"现代"

一 "汉语小说"作为方法

五四文学革命的成功使中国文学的主流语言由文言变为白话，虽然同属于汉语文学，但却使中国文学这条绵延数千年的大河改变了航道。"从文化发生学角度看，文白的转型实际上也是我们以文化语境为生存环境中的话语权的转型，体现了当时中国面对伴随西学东渐的现代化和全球化的应对和选择，可以说不仅仅是白话取代文言的变革，而更是中西和雅俗文化互动的全方位的变革。"[①] 与之相适应的是，原来积累了千年的一套文言的书面语体的审美规范及经验无法在短时间内得到继承和完美转身，新的白话语言的审美体系仍在持续的动态的建构之中。

傅斯年提出的"理想的白话文"应该是中国现代语言持续性的追求，而欧化、大众化、民族形式、文言、方言其实都是路径与方法。五四的语言变革，如同佛教东渡引起的语言融合一样，只是中国历史上汉语变革的一部分。"一时代有一时代文学"，应该是一时代有与其时代语言特性相契合的一代文学。一个时代有伟大的文学产生，正是作家用属于他这个时代的语言写出了这个时代伟大的灵魂。从这个角度看，五四一代作家缔造的新的白话文（欧化的白话文）正是打上时代思想特征的语言，也是鲁迅、郁达

[①] 徐时仪：《汉语白话发展史》，北京大学出版社2007年版，第319页。

夫、赵树理的白话与曹雪芹、施耐庵、吴敬梓的白话之区别所在。

"现代小说"的发生，不是断裂意义上的"重新开张"，而是处于唐宋以来汉语小说的延长线上，是文言白话的双轨制变成白话独尊的单轨制引起的语言整合，是中国文学发展的新的里程碑。相对于《水浒传》《金瓶梅》《红楼梦》《儒林外史》这些伟大的汉语（白话）文学，现代汉语的伟大文学，一定是与"理想的白话文"相伴生的。这一逻辑与胡适提出的"文学的国语、国语的文学"是一致的。而这一"理想的白话文学"的资源一定是口语（方言）、欧化、古代优秀白话与文言作品，再加上一百年来的翻译文学，以及从鲁迅到莫言以来中国现代作家的实践经验的总结及升华。基于这样的认识，我们才能在更广阔的平台审视五四的语言变革与"汉语小说"的"现代"生成。

这里，"汉语小说"的概念不是文学史概念，意在将五四小说的变革放到最为共通的"汉语"平台上考察，去除新/旧、文言/白话、现代/古代、通俗/现代等权宜之计的过渡性概念的偏至。在学界已充分注意了小说的现代与古代、新与旧、中与西、雅与俗之区分的前提下，应该更多研究这些区隔背后的共通性，即汉语小说的大传统，包括古典文言小说传统和古代白话小说语言传统与现代小说生成的关系。这样将五四小说变革从纷繁的"现代性"话语体系里解放出来，悬置"现代"，将"现代性"只是作为汉语小说发展历史上一种因素与导向，重建汉语小说的主体性。所以，汉语小说的概念只是重新凝视"中国小说"的"五四变法"的一种方法和视角。

相比现代小说，新诗的"断裂论"更为瞩目。从胡适的"最后堡垒说"，到郑敏的"世纪回顾"，[①] 正反两方面说明古典诗歌的伟大成就对新

---

① 郑敏在 1993 年第 3 期的《文学评论》上发表了《世纪末的回顾：汉语语言变革与中国新诗创作》一文，检讨了五四白话文运动导致古典语言美学的断裂，使得百年来的文学始终没有产生世界性影响的"大作品、大诗人"。她的文章激起广泛的讨论，一时反思五四白话文运动的声音很多，该文在中国知网截止至 2020 年 1 月，引用数高达 393 次，足见郑敏先生提出的是"使问题开放"的那个"问题"。"母语写作""汉语的危机"一时成为学界讨论的热点。朱竞编的《汉语的危机》一书收录了大多数关于汉语危机讨论的文章，文化艺术出版社 2005 年版。

诗的美学重建构成巨大的焦虑。新诗研究界持续讨论语言变革与新诗现代性的问题，给小说的现代转型研究提供诸多启示。海外汉学家奚密1991年就使用"现代汉诗"（Modern Chinese Poetry）的概念，意在跨越学界现代/当代时间区分，以及大陆/港台/海外地区的地理空间。① 王光明认为"新诗"只是"文学革命"时期一个临时性和过渡性的概念，"过于含混，弊端不少"，因此提出"现代汉诗"这样一个中性概念，不仅强调与古典诗歌的不同，同时也强调"代际性的文类秩序、语言策略和象征体系的差异，而不是诗歌本质上的对立"，使"新诗"与唐诗、宋词一样成为汉语诗歌史上重要的一环。② 王泽龙重点研究现代汉语与新诗的形式问题。③ 李怡很早就关注新诗与古典美学传统，在最新的研究中，他认为新诗发生时有多种创生资源："新诗的创立并非一日之功，逐渐成为其书写语言的既有传统古诗、骚体、词曲以及古典白话诗，又有翻译体的挪用，还有对民间歌谣、歌词的借鉴。"④ 这些探索都指向汉语背景下新文学发生的"内生性"的一面。

对于现代小说来说，虽然文体不同，但语言变革带来的文体重构是一致的。新诗与旧诗语言形式上的区隔远较现代小说与古典小说的（即使是文言小说）差异大。古代白话小说从宋元到五四，其传统一直未中断，晚清还出现《海上花列传》《老残游记》《官场现形记》这样的名著。汉语小说的"现代"发生同样面临新诗所遭遇的复杂语言背景，诸如文类重

---

① 奚密（Michelle Yeh）说："'现代汉诗'意指1917年文学革命以来的白话诗。我认为这个概念既可超越（中国大陆）现、当代诗歌的分野，又超越地域上中国大陆与其他以汉语从事诗歌创作之地区的分野。"见《现代汉诗：一九一七年以来的理论与实践》，上海三联书店2008年版，第15页。

② 王光明：《现代汉诗的百年演变》，河北教育出版社2003年版，第7页。王光明是对郑敏文章的间接回应，以"现代经验""现代汉语""诗家文类"的复杂互动观察中国诗歌的百年演变。这一概念引起广泛反响，学界肯定其创新性的同时，也提出诸多不同意见。多年后这一概念趋于沉寂，也说明方法论意义大于文学史命名。

③ 王泽龙研究团队近些年持续讨论了现代汉语虚词、节奏、人称代词、标点符号等语言现象与现代诗歌形式变迁的关系。见《现代汉语与现代诗歌研究》，长江文艺出版社2017年版。

④ 李怡：《多种书写语言的交融与冲突——再审中国新诗的诞生》，《文艺研究》2018年第9期。

构、现代汉语美学、翻译、古典美学的现代性等问题。

　　同样基于"汉语的危机""母语的陷落"的反思逻辑,小说批评家也一度从"汉语小说"视角讨论当代小说。汪政提出"汉语小说"的概念"力图破除近代东渐的西方小说学的束缚,去掉它的遮蔽而重返汉语"。当代写作不应该是"横向移植的飞来峰式的写作,而成为整个汉语写作传统的自然的延伸"。①葛红兵从反思现代汉语与方言关系的角度讨论"现代汉语小说":"经过50余年的普通话推广,多数作家已经失去了方音内读的习惯和能力,这导致了中国小说和方音的脱钩。""汉语小说叙事如何对于汉语多方言状况来说依然是有效的地方性叙事,能依然有效地承载地方思想、地方智慧。"②这一思考接续了五四时期胡适、刘半农、傅斯年关于"乞灵说话"和"方言"问题的讨论。当代小说批评家在宏观层面讨论百年来小说发展时,也会使用汉语小说的概念。陈晓明认为1990年以来中国小说有明显恢复传统的趋势,"但久而久之,中国当代小说与世界(尤其是西方)的现代小说经验愈离愈远。今天的汉语小说要突破自身的局限性,要有新的创造,可能还是要最大可能地汲取西方现代小说的优质经验。""西方小说早已成熟,但中国的汉语小说还未获得现代形式",它"不只是从旧传统里翻出新形式,也能在与世界文学的碰撞中获得自己的新存在"③。这一批评意识呼应了郑敏所提及的在世界性与本土经验之间呼唤"大作品、大诗人"的焦虑,但强调的是五四"现代小说"生成的"世界性"一面。

　　笔者这里借用"汉语小说"这一术语,也是方法论的意义上使用,意在强调现代小说发生期的"汉语传统"与"世界视野"。一般来说,除了

---

① 汪政:《有关"汉语小说"的札记》,《天津社会科学》1996年第3期。
② 葛红兵、宋桂林:《小说:作为地方性语言和知识的可能——现代汉语小说的语言学问题》,《中国现代文学研究丛刊》2011年第10期。
③ 陈晓明:《我们为什么恐惧形式——传统、创新与现代小说经验》,《中国文学批评》2015年第1期。

华文文学或民族区域意义上使用（如与英语、日语小说或者藏语小说并列）以外，在中国语境中，这一用法属于"多此一举"，这一视角其实内含了"五四白话文运动以来的汉语变革"这样的历史命题。那么，以"汉语小说"为方法或视角，其意义至少包括：可以将"现代小说"放到历史的"长时段"考察，凸显五四小说变革的语言意识及"汉语大传统"，并在古典与世界的坐标体系看中国小说的"现代"生成。

二　中国小说的"五四变法"

从汉语小说发展的长时段看，晚清至五四的语言变革是文白双轨制变成白话单轨制的过程，这一过程带来汉语小说审美规范的变革。由于白话内部的嬗变，现代汉语词汇与语法的发展，使白话小说的形态产生了变化，汉语小说在叙述方式、语言美学、价值观念上发生重大变迁。小说的"五四变法"是与中西思潮交汇中的思想革命、国语建设的国家机制、民族国家的"启蒙救亡"相一致的，在此意义上，五四"汉语小说"的"现代"生成只是中国小说遭遇外来影响下的再一次重组与转型。"现代小说"是在古典小说、世界小说的多个维度中动态的建构过程，这一"现代"的过程仍未完成，呼唤当代的"伟大的汉语小说"仍是时代课题。这是中国小说的"五四变法"的基本内涵。

首先，我们要注意到中国小说"五四变法"的近景与远景。其近景是针对民国初年晦暗哀怨、"黑幕"重重，与世界思潮脱节，与普通民众脱节的文坛；远景则是创造与《红楼梦》《水浒传》《儒林外史》一样伟大的属于五四时代的可屹立于世界文学之林的中国（白话）文学。

中国小说以白话为正宗的观念在晚清摇摆不定，到五四时最终确立，大批作家放弃了文言小说创作，改用熟悉而又"陌生"的白话写作。当时，骈体小说和笔记体小说正是五四小说家一再抨击的靶子。罗家伦在《今日中国之小说界》一文讨伐了三种旧小说，除了黑幕派是关乎白话小说外，其他两种都是剑指文言小说，即"滥调的四六派"和"无思想"的

"笔记派"。① 胡适在《建设的文学革命论》中说当前小说只有两派,其中"最下流的"一派就是"那些学《聊斋志异》的札记小说",这类小说"只可抹桌子,不值一驳"。② 钱玄同曾大加感叹小说用白话能驱除用典和陈词滥调,可谓慧眼独具。③ 民国初年,文言小说占据绝对主流,质量低下,粗制滥造之作充斥各大小说杂志,这构成五四文学革命的直接背景。

从远景来说,中国小说的"五四变法"是五四作家受到外国文学思潮的影响而改造汉语小说的过程。这里既要看到五四作家的"五四立场",又要出于其外,从中国小说史的宏观角度看"五四立场"。

白话文运动导致文言小说消退,白话小说定于一尊,这是中国小说变迁的大势。在五四作家"死文学/活文学"的革命逻辑里,文言或文言小说都是旧时代的产物,几乎很难见到五四作家给予正面评价,或自述自己的创作是师法文言小说。白话小说稍有不同,五四作家从白话语言正宗的角度,肯定传统经典长篇小说"国语教科书"的地位,又从思想上批判这些旧小说不是"人的文学"(见第三章相关论述)。因此五四作家大多只强调受"外国文学"的影响才走上创作之路。鲁迅说自己写小说是"大约所仰仗的看过的百来篇外国作品和一点医学上的知识,此外的准备,一点也没有"。④ 郁达夫自述在日本东京"一高""住了四年,共计所读的俄、德、英、日、法的小说,总有一千内外",养成了"读小说之癖"。⑤ 茅盾1936年时回忆说:"我开始写小说时的凭借还是以前读过的一些外国小说。"⑥ 从文学史的角度,这是五四的"意识形态",体现了"现代性"的

---

① 罗家伦:《今日中国之小说界》,见严家炎编《二十世纪中国小说理论资料:第二卷》,第66—69页。
② 胡适:《建设的文学革命论》,《新青年》1918年第4卷第4号。
③ 钱玄同:《致陈独秀》,《新青年》1917年第3卷第1号。
④ 鲁迅:《我怎么做起小说来?》,《鲁迅全集》第4卷,第525页。
⑤ 郁达夫:《五六年来创作生活的回顾》,见《郁达夫全集》第10卷,浙江大学出版社2007年版,第310页。
⑥ 茅盾:《谈我的研究》,《茅盾全集》第21卷,人民文学出版社1991年版,第63页。

自我认同与排斥机制,西学代表"进步"与"现代","古典"代表"落后"与"传统",这是任何"先锋文学思潮"都可能具有的激进主义态度与策略。

从短时段看五四白话文运动与文学革命的逻辑,我们关注的是白话与文言的分离机制,而从长时段看,无论文言与白话都是汉语小说,二者的区分绝没有汉语与英语的区别大。汉语发展史上文言与白话的互相转换与渗透也是常态,文言与白话不是截然分开的两种语言体系。汪曾祺说好语言的标准只有一个:"诉诸直觉,忠于生活",他还认为:"文言和白话的界限是不好划的。'一路秋山红叶,老圃黄花,不觉到了济南地界',是文言,还是白话?只要我们说的是中国话,恐怕就摆脱不了一定的文言的句子。"[①] 即使对今天没有长期文言训练的现代人来说,如果不考虑用典的成分,阅读《史记》《桃花源记》这样的文献典籍也不存在大的障碍。站在"五四立场"上,五四"现代小说"的分离机制将文言、旧白话做了切分,甚至通俗小说家努力适应时代的"新白话"也无法进入"现代"的视野。

而从中国小说发展史的角度看,这些创作都在汉语文学的大传统之内。在五四作家自述受外国文学影响时,他们没有讲述的是自幼受古代小说的浸染。鲁迅著《中国小说史略》,胡适著《中国章回小说考证》自不必说,郁达夫在上述同篇文章里提到小学时最早读的是《石头记》《六才子》,开始"有意看中国小说时看的是《西湖佳话》和《花月痕》,最爱看的两本戏是《桃花扇》和《燕子笺》",茅盾上述的同一篇文章里提到后来最喜欢的是《水浒》和《儒林外史》。

他们对旧学的知识储备与学术训练成为他们承继传统语言的基础,更深层次上,传统的汉语已经成为五四作家的集体无意识,外国文学的影响最终也要通过汉语写作得到融合与呈现。巴金的《家》,茅盾的《子夜》

[①] 汪曾祺:《关于小说语言的札记》,《汪曾祺全集》第4卷,北京师范大学出版社1998年版,第15页。

以及路翎的《财主底儿女们》等小说对《红楼梦》借鉴是明显的，张爱玲更是迷恋《红楼梦》的语言。有学者称中国现代作家有"《红楼梦》情结"，① 的确如此，而这"情结"背后，实际上是对创造如《红楼梦》这样"伟大汉语小说"的向往与期待。鲁迅小说的白描，行文力避唠叨，人物描写的简省，深得传统白话三昧。老舍评鲁迅的白话："他的旧学问好，新知识广博，他能由旧而新，随手拾掇极精确的字与词，得到惊人的效果"，"他会把最简单的言语（中国话），调动得（极难调动）跌宕多姿，永远新鲜，永远清新，永远软中带硬，永远厉害而不粗鄙"。② 而老舍谈到自己对中外文学关系的意见时说："用世界文艺名著来启发，用中国文字去练习，这是我的意见。"③ 老舍本人的小说不仅有英国小说家狄更斯的影响，更无可否认地具有传统的，地道的中国白话的韵味。正如有学者所说："如果说，鲁迅的白话文体现了现代白话与文言的综合与平衡，那么，老舍则将文言之精髓，主要是简练和韵律化成了白话文表达，它不在字、词、句之外形，而在白话文的神采和风格，体现了汉语的精气神，简劲、生动而有力。"④ 因此无论是欧化或者对外国小说技巧的借鉴，最后都要用当代的汉语呈现出来，王瑶说"现代文学中的外来影响是自觉追求的，而民族传统则是自然形成的"，⑤ 汉语小说终归要确立其"主体性"。

从"五四变法"的近景看，与鲁迅、郁达夫、茅盾、老舍比较的是清末民初的鸳鸯蝴蝶派小说，晚清的四大谴责小说，而从中国小说发展的远景看，我们要与之比较的是《红楼梦》《水浒传》《金瓶梅》这样的中国最优秀的白话小说。鲁迅署名的《答徐懋庸并关于抗日统一战线问题》一文中将《红楼梦》与《子夜》《阿Q正传》并列："除非他们有本领也证

---

① 王兆胜：《〈红楼梦〉与20世纪中国文学》，《中国社会科学》2002年第3期。
② 老舍：《鲁迅先生逝世二周年纪念》，《老舍全集》第17卷，人民文学出版社2013年版，第167页。
③ 老舍：《如何接受文学遗产》，《老舍全集》第17卷，人民文学出版社2013年版，第351页。
④ 王本朝：《重审老舍与传统文化的关系》，《首都师范大学学报》2020年第1期。
⑤ 王瑶：《中国现代文学与古典文学的历史联系》，《北京大学学报》1986年第5期。

明了《红楼梦》,《子夜》,《阿Q正传》是'国防文学'或'汉奸文学'。这种文学存在着,但它不是杜衡,韩侍桁,杨邨人之流的什么'第三种文学'。"①无论这一提法是鲁迅还是冯雪峰,②都反映了新文学作家将现代小说放置于古代经典小说序列中考察的"经典化"意图与视角。夏志清称张爱玲的《金锁记》为中国有史以来最伟大的中篇小说。③这一论断是否成立姑且不论,但他以现代西方的文学审美标准,将张爱玲的现代汉语小说放置于中国小说史的发展链条上审视,正是今天值得重视的视角。

其次,既要看到欧化白话对旧白话的改造与拓展,又要看到现代小说与古典白话小说的"白话"在艺术上的不同特性与魅力。新旧白话、文言与白话不是对立排斥的关系,而是继承创新的关系,不能用"死/活""高/低"来进行评判,只能从不同的审美规范去认识这种差别,一方面欧化白话文的确扩大了汉语的修辞能力,另一方面传统白话的修辞方式同样具有独特的审美价值。

欧化只是现代作家改造汉语的一种途径和愿望,但任何翻译都需要"归化",不可能完全使用僵硬的欧化句式。鲁迅"宁信不顺"的"硬译"是抱着改造语法的用意,瞿秋白批评他翻译的《毁灭》时列举的例子表明,有些句式已经触到欧化的天花板,如:"渴望着一种新的极好的有力量的慈善的人""他看起来是一直的明白的正当的道路。"④这样的句子一旦增多,就会影响到基本意思的理解,在鲁迅的创作小说中,即使最富有

---

① 鲁迅:《答徐懋庸并关于抗日统一战线问题》,《鲁迅全集》第6卷,第551页。
② 见冯雪峰《有关一九三六年周扬等人的行动以及鲁迅提出"民族革命战争的大众文学"口号的经过》,《新文学史料》1979年第2期;丸山升《由〈答徐懋庸并关于抗日统一战线问题〉手稿引发的思考——谈晚年鲁迅与冯雪峰》,《鲁迅研究月刊》1993年第11期。
③ 夏志清说:"据我看来,这是中国从古以来最伟大的中篇小说。这篇小说的叙事方法和文章风格很明显的受了中国旧小说的影响。但是中国旧小说可能任意道来,随随便便,不够谨严。《金锁记》的道德意义和心理描写,却极尽深刻之能事。从这点看来,作者还是受西洋小说的影响为多。"见《中国现代小说史》,香港中文大学出版社2001年版,第343页。
④ 瞿秋白:《论翻译——致鲁迅信》,见《瞿秋白文集·文学编》第1卷,人民文学出版社1985年版,第509页。

欧化句式的《伤逝》，也几乎见不到这种生硬的用法。因此，到了 20 世纪 30 年代主张绝对的欧化并不多见。

如果比较清末的白话短篇小说与鲁迅的白话小说，就很明显看到两者语言上的不同。这里以晚清最早提倡短篇小说的吴趼人为例。他的《平步青云》(《月月小说》1906 年第 5 号) 讲一个姓李的官员把外国人撒尿用的瓷器供在大堂之上供养，每天起床先三鞠躬，只因此物是他的上司所赠。"我"听了李姓官员一本正经的介绍实在是忍不住笑，小说结尾一段描写：

> 你想，溺器是何等龌龊、何等下贱的东西，平白地捧到桌子上，藏在此檀龛里，香花灯烛供养起来，还说见了他犹如见了上司一般，这溺器可不是平步青云了么？他便平步青云了，我的肚子可笑痛了。(《平步青云》,《月月小说》1906 年第 5 号)

小说情节比较简单，在叙述上值得称道的是作者一直掩着迷底，到最后才说出供奉的是一个溺器，形成反差。但这样的白话的确过于直白和简略，不能形成意义丰富的象征和隐喻空间。而现代小说却不简单满足于讲一个短小的故事，而是构筑起一个多义的隐喻空间。鲁迅《狂人日记》将狂人的呓语构筑起"吃人"的象征系统，用"吃人"将同处于一个物理时空的"大哥"与"狂人"世界分隔成两个充满张力的意义空间。《故乡》中"我"的一次返乡，本无跌宕起伏的故事情节，可通过我的视角对故乡的人和风景精细的描写，建构起一个诗性的抒情空间：

> 时候既然是深冬；渐近故乡时，天气又阴晦了，冷风吹进船舱中，呜呜的响，从蓬隙向外一望，苍黄的天底下，远近横着几个萧索的荒村，没有一些活气。我的心禁不住悲凉起来了。阿！这不是我二十年来时时记得的故乡？

> 我只觉得我四面有看不见的高墙，将我隔成孤身，使我非常气闷；
> 我躺着，听船底潺潺的水声，知道我在走我的路。

"冷风""阴晦""苍黄""荒村""萧索"均与我的心里的"悲凉"相契合。"看不见的高墙""我在走我的路"，在旧白话中就是不通的话，如果将"我"代换成"宝玉""林黛玉""宋江"，甚至"老残"都显得突兀与荒诞，尽管宝黛也处于高墙之内，宋江可能渡江听到潺潺水声，"老残""九死一生"也在"寻路中国"。但这里使用双关、借喻等修辞手法，使意义变得更加丰满多元，其反思性非常符合现代知识分子的精神。"路"是实指"道路"，也与"希望""理想""人生的抉择"相联系。这样使小说不仅再现了生活的表象，也直达生活背后的反思层面，产生陌生化的艺术效果。虽然这里有鲁迅个人卓越艺术才能的因素，但是综观五四小说家的创作，这样的语言是他们共同的追求。

从上述比较中看出，五四小说欧化的特征是很明显的，新白话与旧白话的语言风格的差异也是客观存在的。茅盾回忆第一次读《狂人日记》的感觉："这奇文中的那冷隽的句子，挺峭的文调，对照着那含蓄半吐的意义，和淡淡的象征主义的色彩，便构成了异样的风格，使人一见就感着不可言喻的悲哀的愉快。"[①] 这段话很生动地说明了新体白话的新质。张卫中在谈到20世纪中后期现代白话的发展时说："偏执的欧化之风也已经退潮，但是因为现代汉语的词法和句法毕竟已经有了比较多的变动，特别是现代作家借鉴了西文的那种分析式的、掰开揉碎式的叙事谋略，故而在叙事上还是有了比较大的变化；新旧白话之间、现代白话与古代白话之间其实有着相当大的界限，不看到这一点对20世纪汉语文学语言的变迁就不可能有一个正确的估价。"[②] 这一评价是恰当的。

---

① 茅盾：《读〈呐喊〉》，《茅盾全集》第18卷，第394页。
② 张卫中：《汉语文学语言欧化的可能与限度》，《兰州学刊》2006年第7期。

三 和而不同的修辞美学

基于上述认识，再看古典白话传统与现代汉语小说修辞的变化，才会以平等的眼光审视两种不同的审美表达。一般认为，新旧白话在肖像描写、人物心理、风景描写方面存在比较大的差别，比如古代白话的粗陈梗概，泛泛地说，"有诗为证"等程式化写法。[①] 如果总体上看，以大多数艺术水平不高的古典白话小说来说，或者如清末民初杂志上的白话，五四时期许多通俗小说家的白话，的确如此。但具体到特定的场景上来说，或者在优秀的古典白话小说里，在叙事、抒情、写景上也不全如此，而是呈现出不同的修辞美学。这里我们仍以风景叙事为例来分析。

上一章论述欧化的白话拓展了小说修辞的空间，主要从欧化的句式上简要分析了二者在人物心理、风景叙述上的不同。那我们换一种眼光来看风景叙述。一般来说，现代小说的风景描写带有心理化、个人化的特点，更加细腻。而古代小说的风景描写总体偏少，描写上也比较简洁，多用骈语，经常用诗词，这是古典小说独特之处。这里仅举两例：

例1，说着，进入石洞来。只见佳木茏葱，奇花闪灼，一带清流，从花木深处曲折泻于石隙之下。再进数步，渐向北边，平坦宽豁，两边飞楼插空，雕栏绣槛，皆隐于山树杪之间，俯而视之，则清溪泻雪，石磴穿云，白石为栏，环抱池沿，石桥三港，兽面衔吐，桥上有亭。贾政与诸人上了亭子，倚栏坐了，因问："诸公以何题此？"诸人都道："当日欧阳公《醉翁亭记》有云：'有亭翼然'，就名'翼然'。"（《红楼梦》第17回）

例2，且说那宝玉见王夫人醒来，自己没趣，忙进大观园来。只

[①] 张卫中：《从新旧白话的差异看现代小说的语言基础》，《商丘师范学院学报》2004年第1期。

见赤日当空，树阴合地，满耳蝉声，静无人语。刚到了蔷薇花架，只听有人哽噎之声。宝玉心中疑惑，便站住细听，果然架下那边有人。如今五月之际，那蔷薇正是花叶茂盛之际，宝玉便悄悄的隔着篱笆洞儿一看，只见一个女孩子蹲在花下，手里拿着根绾头的簪子在地下抠土，一面悄悄的流泪，宝玉心中想道："难道这也是个痴丫头，又象颦儿来葬花不成？"（《红楼梦》第30回）

例1完全可以看作唐宋古文的游记写法，具有文章之美。例2骈散结合，婉转曲折，蔷薇盛开，宝玉隔着小小篱笆洞偷看龄官在地上一遍遍划"蔷"字，以为她也在作诗填词，及至淋雨仓皇走散，后来才知道，原来是与贾蔷恋爱，遂引发了宝玉"痴病"。了解了前后事实结合"蔷薇花架"的风景叙述，可以说此段极尽古典白描之妙。胡适说古代小说很少写景，其实因素之一是古代白话小说大量的正面写景都用诗词代替，现代人阅读时自然跳过，显得写景较少。

风景叙述还有另外一种功能，就是与人物情绪结合，甚至代替心理叙述，从而达到意在言外的含蓄与象征之美。古典小说与现代小说语言的区别还体现在不同的抒情方式上，尤其是重要人物变故的叙述。小说中重要人物有重大变故，一般会有"后事"交代，会涉及抒情性或评价性叙述，否则叙事的完成性不够，也不符合读者或听众的心理。现代小说一般用抒情性的景物描写，将评价蕴含其中，但又是敞开的多义的抒情空间。

这里先看鲁迅的《孤独者》，魏连殳死时被穿上"不妥帖的衣冠中，安静地躺着，合了眼，闭着嘴，口角间仿佛含着冰冷的微笑，冷笑着这可笑的死尸"。这段语言本身带有评价性叙述。然后写"我"急切"逃"出这怪诞的空间，浓云散去，一轮圆月，散出冷静的光辉，最后写道：

　　我快步走着，仿佛要从一种沉重的东西中冲出，但是不能够。耳朵中有什么挣扎着,久之,久之,终于挣扎出来了,隐约像是长嗥,像一匹受伤的狼,当深夜在旷野中嗥叫,惨伤里夹杂着愤怒和悲哀。

我的心地就轻松起来,坦然地在潮湿的石路上走,月光底下。

深夜在旷野中嗥叫的受伤的狼的形象,隐喻"我"和魏连殳这样的知识分子的孤独,"我"与魏呈现出不同镜像,相互驳诘和询问,意境深远。再看老舍《骆驼祥子》的结尾:

打锣的过去给了他一锣锤,他翻了翻眼,朦胧的向四外看一下。没管打锣的说了什么,他留神的在地上找,看有没有值得拾起来的烟头儿。体面的,要强的,好梦想的,利己的,个人的,健壮的,伟大的,祥子,不知陪着人家送了多少回殡;不知道何时何地会埋起他自己来,埋起这堕落的,自私的,不幸的,社会病胎里的产儿,个人主义的末路鬼!

这段可以说是中西结合的叙述,不是风景叙述,而是白描与评价性叙述的结合。"祥子"前面的定语多达七个,与瞿秋白批评鲁迅的句子过犹不及,但是老舍将七个定语分开,成为短语,这又是中国传统的短句意合的特点,通过停顿给人以思考的空间,节奏上显得铿锵有力,在阅读上也没有障碍。

从这些例子可以看出,现代小说的语言总体上追求的是个人性、抒情性、对话性的语言。与以上相同的重大人物变故的境况,古代白话小说也有精妙的呈现方式,通常有三种方式延宕舒缓情感:一是诗词;二是梦境(托梦);三是仙化(佛化)。这三种情况也互相结合在一起。先看第一种和第三种结合的方式。鲁智深是《水浒传》中重要的人物,小说写他最后见到钱塘江潮信而圆寂:

第五章 "汉语小说"的"现代"建构

（鲁智深）又问寺内众僧处，讨纸笔写下一篇颂子。去法堂上，捉把禅椅，当中坐了。焚起一炉好香，放了那张纸在禅床上，自叠起两只脚，左脚搭在右脚，自然天性腾空。比及宋公明见报，急引众头领来看时，鲁智深已自坐在禅椅上不动了。看其颂曰："平生不修善果，只爱杀人放火。忽地顿开金枷，这里扯断玉锁。咦！钱塘江上潮信来，今日方知我是我。"

宋江与卢俊义看了偈语，嗟叹不已。

花和尚鲁智深跌宕起伏的一生，突然"见信而寂"。无论是听说书，或是读者，都会有延宕和感慨，这是来自生活的逻辑。这里的"颂词"就显得必要，是对鲁智深一生的评价。尤其是"钱塘江上潮信来，今日方知我是我"将鲁的圆寂看成领悟人生，勘破天地的结果，也是给读者带来心理上安慰。普通人皈依佛门，或僧人圆寂，这是古典小说中"好人"的最好结局。古诗的借用，以少胜多，同样意境幽远。同样的情况在《红楼梦》也有表现，将诗词妙用与"佛化"两种方式结合在一起。第120回写贾政料理完贾母的丧事返程，因大雪船泊在一个码头，看到宝玉身披大红斗篷来拜：

写到宝玉的事，便停笔。抬头忽见船头上微微的雪影里面一个人，光着头，赤着脚，身上披着一领大红猩猩毡的斗篷，向贾政倒身下拜。贾政尚未认清，急忙出船，欲待扶住问他是谁。那人已拜了四拜，站起来打了个问讯。贾政才要还揖，迎面一看，不是别人，却是宝玉。贾政吃一大惊，忙问道："可是宝玉么？"那人只不言语，似喜似悲。贾政又问道："你若是宝玉，如何这样打扮，跑到这里？"宝玉未及回言，只见舡头上来了两人，一僧一道，夹住宝玉说道："俗缘已毕，还不快走。"说着，三个人飘然登岸而去。贾政不顾地滑，疾忙来赶。见那三人在前，那里赶得上。只听见他们三人口中不知是那个作歌曰：

> 我所居兮，青埂之峰。我所游兮，鸿蒙太空。谁与我游兮，吾谁与从。渺渺茫茫兮，归彼大荒。
>
> 贾政一面听着，一面赶去，转过一小坡，倏然不见。

这里僧道所唱歌曲是对"通灵宝玉"的来处归处做了总结，同时从贾政和读者的视角看，是心理舒缓的必要。这一表达与"落了片白茫茫大地真干净"的主旨相契合，也是古典小说"一切成空"结构模式的精彩体现。①

再看第二种处理方式，以梦境（托梦）写重要人物变故。"三言"中的名篇《杜十娘怒沉百宝箱》的结尾，写杜十娘抱持宝匣，跳江而死。李甲后悔成疾，终身不痊，孙富受惊奄奄而逝。世俗层面的"故事"交代完毕，恶人均有天谴，"人以为江中之报也"。按说小说可以就此结束，但结尾又写了故事见证人柳遇春的一个梦境：

> 却说柳遇春在京坐监完满，束装回乡，停舟瓜步。偶临江净脸，失坠铜盆于水，觅渔人打捞。及至捞起，乃是个小匣儿。遇春启匣观看，内皆明珠异宝，无价之珍。遇春厚赏渔人，留于床头把玩。是夜梦见江中一女子，凌波而来，视之，乃杜十娘也。

杜十娘"凌波微步"而来，成仙成神抑或冤魂不散，都触发了读者的感叹与思考，读者心理上有一个纾缓与收束，可谓神来之笔。而"托梦"最著名的当属《水浒传》中写宋江死后托梦于宋徽宗了，亦有同样的效果。梦境或"仙化（佛化）"延长了读者（听众）的心理时间，在功能上

---

① 古代小说有种悲剧模式，繁华极盛一时，最后归于"空""无"。比如《三国演义》的"是非成败转头空"，《水浒传》的"聚—散"结构，《红楼梦》的"落了片白茫茫大地真干净"，《金瓶梅》的"树倒猢狲散"，还有唐传奇《枕中记》《南柯太守传》的"黄粱梦""南柯一梦"等等。

有如曹禺戏剧《雷雨》的序与尾声，给观众足够的时间整理、反思与升华情感。"在中国古代小说叙事中，无论是梦幻小说对时间的拉长，还是仙境小说对时间的捶扁，皆通过幻化时间与现实时间互相映衬，以夸张变异的思维打破了现实时间的常规，从而寄寓了特殊的人生感悟和体验。"[①] 这些手法明显打上中国古代文化思想的烙印，在"民主与科学"的时代，不可能成为现代小说的叙述方式，[②] 这一思想文化的背景时空都在"祥林嫂"追问"灵魂的有无"的拷问中撕裂了。但这丝毫不影响现代人对这些古典修辞的欣赏，更不能以"不现代""封建"等理由判定其美学上的价值。

综上所述，五四至今已有百年历程，汉语小说百年来的"现代经验"值得总结与反思，背后潜含的问题是伟大的"现代汉语小说"及其可能性。王富仁先生说："'现代性'与古典性、经典性、传统性是相对举的，但不是相对立的，而它与'平庸性'才是真正对立的关系。'平庸性'不是'通俗性'，而是没有自己的'独创性'；'现代性'是对中国现代历史的创造行为在其创造物本身的结晶，所以没有'独创性'的事物就不会具有'现代性'。"[③] 这是非常精辟的"现代"观。在此立场上，最为迫切的不再是追问汉语小说的中与西，新与旧，白话与文言，现代与传统的优劣，而应该在古典传统与世界视野中追问"写得怎么样"？这应该是今天从语言变革角度重审中国小说的"五四变法"时应该具有的视野。

---

① 黄霖、李桂奎、韩晓、邓百意：《中国古代小说叙事三维论》，上海世纪出版集团2009年版，第110页。
② 现代小说也会穿插诗词，如郁达夫《沉沦》，大多与主人公的情境融合，不会单独以"有诗为证"的方式作为评价性的叙述语言呈现；也会写到梦境，但增加了科学的成分，大多是弗洛伊德式的梦境，这需要具体分析。
③ 王富仁：《"现代性"辩正》，《北京师范大学学报》2013年第5期。

结　语

"汉语小说"未完成的"现代"

　　本书主要从语言变革的角度，研究"汉语小说"的"现代"生成，试图以实证的、微观的方式去考察晚清至五四的语言变革给中国小说带来的变化，考察"现代小说"的新式文类是如何建构出来的。概而言之，主要研究了清末至民国前期小说语言转变的内外两种变迁：一是从文言、白话并存，到文言小说消失，白话小说成为正宗；二是欧化词汇、语法的大量进入，白话小说的修辞方式发生变化。并以"汉语小说"为方法将"现代小说"的发生放到大的汉语传统与世界视野中考察，从长时段审视五四的语言变革与小说的现代转型。

　　中国的小说源远流长，自宋元到民国初年，都是文言小说、白话小说两水并流的局面，中国的书面语言为文言，小说，尤其是白话小说的地位一直无法与诗文相提并论。但是明清以后，白话章回小说在印刷技术革新的推动下影响甚广，在晚清梁启超等人发起的"小说界革命"中，小说成为"新民"大业的一部分，加上现代报刊业发展，其地位一路上升，成为改造国民，传播思想，休闲娱乐的最佳方式之一。也正由于小说界革命与晚清白话文运动的合流，导致小说语言的自觉，文言小说与白话小说孰优孰劣才成为问题。白话小说的影响力一度远超文言小说，可是在民国初年，文言小说繁荣一时，以《玉梨魂》为代表的文言小说广受欢迎，文言小说的数量远超白话小说。语言晦涩，内容以哀情居多，大量的文言翻译小说刊行于各大小说期刊。这些构成五四文学革命的直接背景。五四时期的白话文运动、文学革命、新文化运动（思想革命）三位一体，加上民国建立的国家统制力量，白话迅速成为"国语"，成为正宗的文学语言。文言小说在五四之后消退，但退而未绝，小说杂志仍发表少量的文言小说，笔记体、传奇体的文言小说集在民国后期（大陆）仍在刊行，直到中华人民共和国成立，文言小说彻底消亡，退出历史舞台，其小说美学及精神到20世纪80年代才重新受到小说家重视。而作为应用领域的文言在五四之后虽然经受很大振荡，但势力并未减弱，与白话分水而治，正式公文及文章，在不太趋新的文人那里仍然大量使用。[①] 这是中国小说语言的外部变迁。文言小说的消失是中国小说史上的大事件，本书通过统计晚清至20世纪30年代主要小说期刊的文言、白话小说的数量，呈现了白话小说全面兴起，文言小说消退的这一历史过程。

在五四文学革命成功以后，白话小说成为小说正宗。语言的变革也带来白话小说内部的变迁。胡适的"国语的文学，文学的国语"，周作人"三书"（《人的文学》《思想革命》《平民文学》）和傅斯年关于"怎样做白话文"的思考，具有巨大的阐释力，也是易于操作的路径。人道主义、平民文学与欧化的白话文相得益彰，满足五四一代作家对"现代小说"的想象与建构。在文学革命讨论的初期，古代的白话小说被认为是"国语教科书"，但同时，他们又认为旧白话不够精密，思想上也需要批判。通过"乞灵说话"与"欧化"来改造白话文。"五四新体白话"适应了"现代

[①] 有两段资料可供参考。其一，1933有人和郁达夫谈到担心白话文兴起，会使公文（文言）的美感有所损失，引起他的感叹："白话文的提倡，到如今已经有十多年的历史了，结果只向六言告示和'等因奉此'的公文上占据了几个标点与符号的地位，就有这一大批人的暴怒与不平，我真不知封建制度的全部扫清，要在哪一个年头？"足见白话文要进入应用文领域何其难。见《说公文的用白话》，原载《申报·自由谈》1933年11月8日，《郁达夫全集》第8卷，第133页。其二，何兆武回忆说："白话文到今天真正流行也不过五十年的时间，解放前，正式的文章还都是用文言，比如官方的文件，研究生的毕业论文大都也是用文言写的。除了胡适，很多学者的文章都用文言，好像那时候还是认为文言才是高雅的文字，白话都是俗文。"何兆武口述，文靖撰写《上学记》，生活·读书·新知三联书店2008年版，第23页。

小说"叙述上"向内转",横断面的描写,人物、环境、情节的"逼真"等技法上的变革。

大量外来词汇进入现代汉语,适应了现代生活的发展,改变了汉语的面貌。复音词的增加,使小说语言的节奏富于变化,支持了长句和复合句的发展,从而扩大了语言的精确度。而有些词汇具有核心的价值内涵,即使旧白话中本就有的一些词汇,在五四时期也发生了变迁,表征了现代小说思想的变迁,如"人""爱情""恋爱""故乡"等。五四时期进入汉语的词汇除了政治、社会的词汇以外,心理学词汇增加,描绘人的精神状态的词汇增多,这为现代小说的心理描写提供了可能。现代小说中表现人的潜意识、苦闷、梦境、癫狂等心理小说的增多正是得益于这一改变。

语法的欧化是影响现代汉语形成的最为重要的因素。语言的转换意味着思想文化及思维方式的转换,因此"欧化的白话文"意味着中西两种思想的碰撞与融合。从形式上讲,复合句的增多、句子逻辑层次的复杂化和精密化、语序的丰富多样,连词、介词、量词的扩展等,这些语法现象的变化增强了小说语言的表现能力,拓展了小说修辞的空间,扩大了白话的隐喻系统和象征功能;欧化的白话文重塑了汉语书面语的形态,传统汉语简洁传神,偏于白描,倾向于叙述动作与说话;现代汉语曲折生动,精密绵长,富于抒情性、个性化与反思性。尽管欧化语言有不通俗的缺点,但是经过欧化的白话文拓展了汉语的修辞能力,增加了汉语的表现力。

中国现代小说的发生是以短篇小说为"实绩"的,而五四时期短篇小说的兴起及巨大成就也与语言变革密切相关。晚清的白话短篇小说大多苍白无力,除了作家观念上的不足以外,和旧白话的特点有很大关系。为篇幅所限制,旧白话只注重故事的外部叙述,就很难在有限的长度之内完成精彩、复杂的故事叙述,而且还要加上作者的主观评论。所以大多平铺直叙,急于讲清主旨。五四新体白话在叙事、描写的功能上大大加强,以风景描写、心理刻画、精心剪裁的情节片段(横截面)以及大量的比喻、象征等修辞手段,使得叙述、描写过程本身就充满了张力和美感,从而丰富了白话短篇小说的感染力。

　　长篇小说的美学要求则不同，它的时空体仍然需要宏大复杂的故事结构和对时代、社会全景式的透视来支撑，仅靠隐喻与象征性的描写很难吸引读者持续的关注，尤其是处于古典章回体向现代长篇的过渡时代。所以新文学初期的几部长篇，如张资平的《冲积期化石》，杨振声的《玉君》等，都由于缺乏恢宏叙事和复杂结构的支撑而影响甚微。而茅盾的《子夜》、老舍的《骆驼祥子》、巴金的《家》正是既有精细的叙述，又兼具了恢宏的故事架构。虽然均受西方小说理论的影响，但短篇小说与长篇小说的"现代"生成还是呈现一些不同的路径与特征。短篇小说主要是外源性变革，受西方小说理论与技巧影响更大，五四小说家倡导的小说理论，诸如横断面、心理叙事、第一人称等"向内转"修辞更多与短篇小说美学相契合。而长篇小说对古典白话小说的语言传统依赖性更强，这也正是长篇小说的"现代"转型在初期遭遇困境的原因之一。传统长篇小说的叙述方式，广阔的社会包容性，全视角的传奇叙事，市井化、生活化的白话语言都是现代汉语长篇小说不可或缺的要素。因此要重视"汉语小说"内生性的一面，重塑汉语小说流变的"主体性"，翻译与欧化终归要在汉语小说内部得到融化，仍然根植于母语之中。

　　短时段看，现代小说的发生是在中/西、白话/文言、传统/现代、新/旧的分离机制中产生的，从理论到技巧都移植于西方。从长时段看，五四的语言变革就是追寻傅斯年提出的"理想的白话文"的过程，汉语小说的"现代"生成是中国小说适应这一过程的文类重构，是绵延千年的中国小说在五四时期遭遇外来文学观念影响下的再一次重组与转型。五四"现代小说"的发生可以看作中国小说的"五四变法"，我们要关注现代小说发生与汉语文学传统共通的一面，也要关注在建构过程中对世界优秀的文学经验借鉴与融合的一面。

　　站在五四百年的时间点上，中国小说仍然走在"趋新求变"的"现代"之路上。今天的"现代"诉求一定是基于传统汉语小说、世界优秀小说、百年来现代小说经验的三维视野上。在此"三维视野"中回顾和展望中国小说的"现代",其实是呼唤、创造属于当代的"伟大的汉语小说"的另一种说法。这一命题仍然在呼应着1907年鲁迅在《文化偏至论》中写下的愿景:"外之既不后于世界之思潮,内之仍弗失固有之血脉,取今复古,别立新宗。"① 中国文学创造了伟大的传统,而这些传统不是束缚我们的固化的外在的存在物。艾略特说:"如果传统的方式仅限于追随前一代,或仅限于盲目的或胆怯的墨守前一代成功的方法,'传统'自然是不足称道了。"② 任何没有"别立新宗"的"复古"注定是僵化的学步与效颦。王富仁先生在指出无论古典性与现代性,其对立面都是"平庸性"的同时,还精辟地论述道:"'现代性'不仅仅表现为一种性质和特征,一种区别于中国古代社会、中国古代文化、中国古代文学的中国现代社会、中国现代文化、中国现代文学的性质和特征,同时也表现为一种'力量',一种'能力',一种从中国古代社会、中国古代文化、中国古代文学传统的束缚和禁锢中解放出自己而获得自身的自由的'力量'或'能力'。"③ 晚清至五四的语言变革给中国小说带来了新的"力量"和"能力",这一"力量"与"能力"应该饱含了"历史的意识":"不但要理解过去的过去性,而且还要理解过去的现存性,历史的意识不但使人写作时有他自己那一代的背景,而且还要感到从荷马以来欧洲整个的文学及其本国整个的文学有一个同时的存在,组成一个同时的局面。"④

其实,回望陈独秀在《文学革命论》中的论述,正是在此"历史意识"上"拖四十二生的大炮"为"文学革命"前驱的:"今日庄严灿烂之欧洲,何自而来乎?曰:革命之赐也。欧语所谓革命者,为革故更新之

---

① 鲁迅:《文化偏至论》,《鲁迅全集》第1卷,第57页。
② [英]托·斯·艾略特:《传统与个人才能》,卞之琳等译,上海译文出版社2012年版,第2页。
③ 王富仁:《"现代性"辨正》,《北京师范大学学报》2013年第5期。
④ [英]托·斯·艾略特:《传统与个人才能》,卞之琳等译,上海译文出版社2012年版,第3页。

义。与中土所谓朝代鼎革，绝不相类。"① "革故更新"而不是"朝代鼎革"，他才推崇马东篱为"中国之莎士比亚"："白话文学，将为中国之正宗。余亦笃信而渴望之。吾生倘亲见其成，则大幸也。元代文学美术，本蔚然可观。余最服膺者，为东篱，词隽意远，又复雄富。余曾称为'中国之沙克士比亚'。"② 这正是艾略特所讲的将整个文学传统与现在"组成一个同时的局面"的"历史意识"：

  欧洲文化，受赐于政治科学者固多，受赐于文学者亦不少。予爱卢梭、巴士特之法兰西，予尤爱雨果、左拉之法兰西，予爱康德、黑格尔之德意志，予尤爱歌德、霍普特曼之德意志。予爱培根、达尔文之英吉利，予尤爱狄更斯、王尔德之英吉利。③

百年后，我们仍能从这段文字里感受到他呼唤"现在"的伟大作家的急切之情。也许，陈独秀的追问针对的也是今天的"吾国文学界"：

  吾国文学界豪杰之士，有自负为中国之雨果、左拉、歌德、霍普特曼、狄更斯、王尔德者乎？④

---

① 陈独秀：《文学革命论》，《新青年》1917年第2卷第6号。
② 见《文学改良刍议》按语，《新青年》1917年第2卷第5号。
③ 陈独秀：《文学革命论》，《新青年》1917年第2卷第6号。
④ 陈独秀：《文学革命论》，《新青年》1917年第2卷第6号。

参考文献

一 报刊及小说杂志

《晨报副刊》；《民国日报》副刊《觉悟》；《时事新报》副刊《学灯》；《京报副刊》。

《东方杂志》1904—1948，杜亚泉等，共44卷，共818期。

《红玫瑰》1924—1931，严独鹤等，周刊（后改为旬刊），约300期。

《红杂志》1922—1924，施济群，共100期，增刊1期。

《礼拜六》1914—1923，王钝根等，周刊（1921年后为旬刊），共200期。

《民权素》1914—1916，刘铁岭等，月刊，共17期。

《青年杂志》《新青年》1915—1926，陈独秀，共9卷54期。

《小说丛报》1914—1919，徐枕亚等，共31期。

《小说大观》1915—1921，包天笑，共15期。

《小说海》1915—1917，黄山民，月刊，共36期。

《小说画报》1917—1920，包天笑，共22期。

《小说林》1907—1908，徐念慈、黄人等，月刊，共12期。

《小说时报》1909—1917，包天笑、陈景韩，月刊，共33期。

《小说世界》1923—1929，叶劲风、胡寄尘等，共264期。

《小说新报》1915—1923，李定夷等，共8卷94期。

《小说月报》1910—1931，恽铁樵、沈雁冰等，月刊，共22卷258期。

《新潮》1919—1922，傅斯年、罗家伦，共12期。

《新小说》1902—1906，梁启超，月刊，共24期。

《新声》1921—1922，施济群，共10期。

《新新小说》1904—?，陈景韩，月刊，共10期。

《绣像小说》1903—1906，李伯元，半月刊，共72期。

《月月小说》1906—1909，汪惟父，吴趼人，月刊，共24期。

《中华小说界》1914—1916，沈瓶庵，至3卷6期停刊。

二 专著

阿英：《阿英全集》，安徽教育出版社2003年版。

包天笑：《钏影楼回忆录》，香港大华出版社1971年版。

北师大编：《五四以来汉语书面语言的变迁和发展》，商务印书馆1956年版。

[日] 柄谷行人：《日本现代文学的起源》，赵京华译，生活·读书·新知三联书店2003年版。

陈大康：《中国近代小说编年》，华东师范大学出版社2002年版。

陈建华：《紫罗兰的魅影：周瘦鹃与上海文学文化，1911—1949》，上海文艺出版社2019年版。

陈力卫：《东往东来——近代中日之间的语词概念》，社会科学文献出版社2019年版。

陈平原：《二十世纪中国小说理论资料第一卷》，北京大学出版社1997年版。

陈平原：《中国现代小说的起点》，北京大学出版社2005年版。

陈平原：《中国小说叙事模式的转变》，上海人民出版社1988年版。

陈思广：《中国现代长篇小说编年》，四川大学出版社2008年版。

陈万雄：《五四新文化的源流》，生活·读书·新知三联书店1997年版。

陈子展：《中国近代文学之变迁 中国最近三十年版文学史》，上海古籍出版社2000年版。

［英］戴维·洛奇编：《二十世纪文学评论》，葛林等译，上海译文出版社 1993 年版。

邓伟：《分裂与建构：清末民初文学语言新变研究（1898—1917）》，中国社会科学出版社 2009 年版。

丁守和：《辛亥革命时期期刊介绍》，人民出版社 1987 年版。

董乃斌：《中国古典小说的文体独立》，中国社会科学出版社 1992 年版。

范伯群：《中国现代通俗文学史》，北京大学出版社 2007 年版。

范伯群主编：《中国近现代通俗文学史》，江苏教育出版社 1999 年版。

范烟桥：《中国小说史》，苏州秋叶社 1927 年版。

方维规：《概念的历史分量：近代中国思想的概念史研究》，北京大学出版社 2018 年版。

费正清：《剑桥晚清史》，中国社会科学出版社 1985 年版。

冯天瑜：《新语探源——中西日文化互动与近代汉字术语生成》，中华书局 2004 年版。

傅斯年：《傅斯年全集》，湖南教育出版社 2003 年版。

高名凯、刘正埮：《现代汉语外来词研究》，文字改革出版社 1958 年版。

高玉：《现代汉语与中国现代文学》，中国社会科学出版社 2003 年版。

郭洪雷：《中国小说修辞模式的嬗变——从宋元话本到五四小说》，上海三联书店 2008 年版。

郭战涛：《民国初年骈体小说研究》，广西师范大学出版社 2010 年版。

韩洪举：《林译小说研究》，中国社会科学出版社 2005 年版。

韩南：《中国白话小说史》，浙江古籍出版社 1989 年版。

贺阳：《现代汉语欧化语法现象研究》，商务印书馆 2008 年版。

侯忠义：《中国文言小说史稿》，北京大学出版社 1990 年版。

胡应麟：《少室山房笔丛》，上海书店出版社 2001 年版。

黄霖：《中国古代小说叙事三维论》，上海世纪出版集团 2009 年版。

季桂起：《中国小说体式的现代转型与流变》，山东大学出版社 2003 年版。

翦成文：《晚清白话文运动资料》，中华书局1963年版。

姜书阁：《骈文史论》，人民文学出版社1986年版。

金观涛：《观念史研究：中国现代重要政治术语的形成》，法律出版社2010年版。

[美]雷·韦勒克：《文学理论》，刘象愚等译，生活·读书·新知三联书店1984年版。

黎锦熙：《国语运动史纲》，上海书店出版社1990年版。

[美]李海燕：《心灵革命：现代中国爱情的谱系》，修佳明译，北京大学出版社2018年版。

李欧梵：《现代性的追求》，生活·读书·新知三联书店2000年版。

李怡：《日本体验与中国新文学的发生》，北京大学出版社2009年版。

梁启超：《梁启超全集》，北京出版社1999年版。

刘进才：《语言运动与中国现代文学》，中华书局2007年版。

刘纳：《嬗变》，中国社会科学出版社1998年版。

刘师培：《刘师培中古文学论集》，中国社会科学出版社1997年版。

刘涛：《中国现代小说范畴论》，河南大学出版社2005年版。

刘扬体：《流变中的流派》，中国文联出版公司1996年版。

刘永文：《民国小说目录1912—1920》，上海古籍出版社2011年版。

刘勇强：《中国古代小说史叙论》，北京大学出版社2007年版。

柳珊：《在历史缝隙间挣扎——1910—1920年间的〈小说月报〉研究》，百花洲文艺出版社2004年版。

鲁迅：《鲁迅全集》，人民文学出版社2005年版。

吕叔湘：《吕叔湘全集》，辽宁教育出版社2002年版。

欧阳健：《晚清小说史》，浙江古籍出版社1997年版。

欧阳哲生：《胡适文集》，北京大学出版社1998年版。

潘光哲：《创造近代中国的"世界知识"》，社会科学文献出版社2019年版。

钱玄同：《钱玄同五四时期言论集》，东方出版中心1998年版。

钱振纲：《清末民国小说史论》，河北人民出版社 2008 年版。

任达：《新政革命与日本》，江苏人民出版社 1998 年版。

商金林：《叶圣陶传论》，安徽教育出版社 1995 年版。

石昌渝：《中国小说源流论》，生活·读书·新知三联书店 1994 年版。

宋莉华：《传教士汉文小说研究》，上海古籍出版社 2010 年版。

谭彼岸：《晚清的白话文运动》，湖北人民出版社 1956 年版。

［英］托·斯·艾略特：《传统与个人才能》，卞之琳等译，上海译文出版社 2012 年版。

汪晖：《现代中国思想的兴起》，生活·读书·新知三联书店 2004 年版。

王德威：《被压抑的现代性——晚清小说新论》，北京大学出版社 2005 年版。

王东杰：《声入心通：国语运动与现代中国》，北京师范大学出版社 2019 年版。

王汎森：《思想是生活的一种方式——中国近代思想史的再思考》，北京大学出版社 2018 年版。

王光明：《现代汉诗的百年演变》，河北教育出版社 2003 年版。

王力：《汉语语法史》，商务印书馆 2000 年版。

王力：《王力文集》，山东教育出版社 1985 年版。

王忍之：《辛亥革命前十年间时论选集》，生活·读书·新知三联书店 1963 年版。

王瑶：《王瑶全集》，河北教育出版社 2000 年版。

王一川：《中国现代性体验的发生》，北京师范大学出版社 2001 年版。

王勇：《〈东方杂志〉与中国现代文学》，中国社会科学出版社 2014 年版。

王泽龙：《现代汉语与现代诗歌研究》，长江文艺出版社 2017 年版。

魏绍昌：《鸳鸯蝴蝶派研究资料》，上海文艺出版社 1984 年版。

魏绍昌主编：《中国近代文学大系》，上海书店出版社 1996 年版。

文字改革出版社编：《清末文字改革文集》，文字改革出版社 1958 年版。

吴静：《〈学灯〉与五四新文化运动》，中国书籍出版社 2015 年版。

吴晓峰：《国语运动与文学革命》，中央编译出版社2008年版。

吴志达：《中国文言小说史》，齐鲁书社1994年版。

吴组缃：《中国近代文学大系1840—1919》，上海书店出版社1992年版。

[美] 奚密：《现代汉诗：一九一七年以来的理论与实践》，宋炳辉译，上海三联书店2008年版。

夏晓虹：《文学语言与文章体式》，安徽教育出版社2006年版。

夏志清：《中国现代小说史》，香港中文大学出版社2001年版。

徐德明：《中国现代小说雅俗流变与整合》，社会科学文献出版社2000年版。

徐瑞从编：《刘半农文选》，人民文学出版社1986年版。

徐时仪：《汉语白话发展史》，北京大学出版社2007年版。

严家炎：《二十世纪中国小说理论资料第二卷》，北京大学出版社1997年版。

杨联芬：《晚清至五四：中国文学现代性的发生》，北京大学出版社2003年版。

杨义：《中国现代小说史》，人民文学出版社1986年版。

姚奠中、董国炎：《章太炎学术年谱》，山西古籍出版社1996年版。

叶至善编：《叶圣陶集》，江苏教育出版社1987年版。

于润琦：《清末民初小说书系》，中国文联出版公司1997年版。

袁进：《中国文学的近代变革》，广西师范大学出版社2007年版。

袁行霈、候忠义等编：《中国文言小说书目》，北京大学出版社1981年版。

张静庐：《中国小说史大纲》，泰东图书局1920年版。

张黎敏：《文化传播与文学生长——（1918—1923）〈时事新报·学灯〉研究》，中国财政经济出版社2014年版。

张丽华：《现代中国"短篇小说"的兴起——以文类形构为视角》，北京大学出版社2011年版。

张卫中：《汉语与汉语文学》，文化艺术出版社2006年版。

张振国：《民国文言小说史》，凤凰出版社2017年版。

章太炎：《章太炎全集》，上海人民出版社1985年版。

赵家璧：《中国新文学大系 1917—1927》，上海良友图书公司 1935 年版。

赵黎明：《〈东方杂志〉与中国新文化运动》，人民出版社 2019 年版。

赵孝萱：《鸳鸯蝴蝶派新论》，兰州大学出版社 2004 年版。

郑方泽：《中国近代文学史事编年》，吉林人民出版社 1983 年版。

周葱秀：《中国近现代文化期刊史》，山西教育出版社 1999 年版。

周作人：《中国新文学的源流》，华东师范大学出版社 1995 年版。

朱一玄：《明清小说资料选编》，南开大学出版社 2006 年版。

庄逸云：《收官：中国文言小说的最后五十年》，商务印书馆 2020 年版。

［日］樽本照雄：《新编增补清末民初小说目录》，贺伟译，齐鲁书社 2002 年版。

三 博士论文

杜竹敏：《〈民国日报〉文艺副刊研究（1916—1924）》，复旦大学，2010 年。

李文倩：《李定夷及其文学研究》，苏州大学，2008 年。

王风：《新文学的建立与现代书面语的产生》，北京大学，2000 年。

王平：《清末民初的语言变革与现代文学雅俗观的生成》，四川大学，2007 年。

员怒华：《四大副刊与五四新文学》，华中师范大学，2011 年。

四 主要期刊论文

陈思和：《关于中国现代短篇小说》，《小说评论》2000 年第 1 期。

陈建华：《为"文言"一辩——语言辩证运动与中国现代文学的源起》，《学术月刊》2016 年第 4 期。

陈晓明：《我们为什么恐惧形式——传统、创新与现代小说经验》，《中国文学批评》2015 年第 1 期。

范伯群：《〈海上花列传〉：现代通俗小说开山之作》，《中国现代文学研究丛刊》2006 年第 3 期。

范伯群：《在 19 世纪 20 世纪之交，建立中国现代文学的界碑》，《复旦学报》

2001 年第 4 期。

邓伟：《试论五四文学语言的欧化白话现象》，《广东社会科学》2011 年第 2 期。

丁帆：《新旧文学的分水岭——寻找被中国现代文学史遗忘和遮蔽了的七年（1912—1919）》，《江苏社会科学》2011 年第 1 期。

刁晏斌：《汉语的欧化与欧化的汉语——百年汉语历史回顾之一》，《云南师大学报》2019 年第 1 期。

郜元宝：《现代汉语：工具论与本体论的交战》，《当代作家评论》2002 年第 2 期。

郜元宝：《汉语之命运——百年未完的争辩》，《南方文坛》2009 年第 2 期。

葛红兵、宋桂林：《小说：作为地方性语言和知识的可能——现代汉语小说的语言学问题》，《中国现代文学研究丛刊》2011 年第 10 期。

胡全章：《白话文运动：没有晚清何来五四》，《贵州社会科学》2012 年第 1 期。

黄兴涛：《近代新名词的思想史意义发微——兼谈对于"一般思想史"之认识》，《开放时代》2003 年第 4 期。

李国华：《"旧小说"与茅盾长篇小说的生成》，《中国现代文学研究丛刊》2012 年第 1 期。

李怡：《多种书写语言的交融与冲突——再审中国新诗的诞生》，《文艺研究》2018 年第 9 期。

李遇春：《中国文学传统的创造性转化——重建现代中国文学研究的古今维度》，《天津社会科学》2016 年第 1 期。

林焘：《从官话、国语到普通话》，《语文建设》1998 年第 10 期。

潘建国：《方言与古代白话小说》，《北京大学学报》2008 年第 2 期。

时萌：《〈玉梨魂〉真相大白》，《苏州杂志》1997 年第 1 期。

汤哲声：《通俗文学入史与中国现代文学格局的思考》，《中国现代文学研究丛刊》2014 年第 1 期。

汪政：《有关"汉语小说"的札记》，《天津社会科学》1996年第3期。

文贵良：《解构与重建——五四文学话语模式的生成及其嬗变》，《中国社会科学》1999年第3期。

王本朝：《重审老舍与传统文化的关系》，《首都师范大学学报》2020年第1期。

王德威：《没有五四，何来晚清》，《南方文坛》2019年第1期。

王德威：《何为文学史？文学史何为？——王德威教授谈〈哈佛新编中国现代文学史〉》，《现代中文学刊》2019年第3期。

王富仁：《关于当前中国现代文学研究若干问题》，《中国现代文学研究丛刊》1996年第2期。

王富仁：《"现代性"辩正》，《北京师范大学学报》2013年第5期。

王立达：《现代汉语中从日语借用的词汇》，《中国语文》1958年第68期。

王瑶：《中国现代文学与古典文学的历史联系》，《北京大学学报》1986年第5期。

王兆胜：《〈红楼梦〉与20世纪中国文学》，《中国社会科学》2002年第3期。

夏晓虹：《晚清白话文运动的官方资源》，《北京社会科学》2010年第2期。

谢耀基：《汉语语法欧化综述》，《语文研究》2001年第1期。

严家炎：《"五四"新体白话的起源、特征及其评价》，《中国现代文学研究丛刊》2006年第1期。

杨联芬：《"恋爱"之发生与中国现代文学观念变迁》，《中国社会科学》2014年第1期。

杨洪承：《现代作家王统照践行五四新文化的意义》，《淮阴师范学院学报》2013年第1期。

袁进：《重新审视欧化白话文的起源——试论近代西方传教士对中国文学的影响》，《文学评论》2007年第1期。

张寿康：《五四运动与现代汉语的最后形成》，《中国语文》1979年第4期。

郑敏：《世纪末的回顾：汉语语言变革与中国新诗创作》，《文学评论》1993

年第 3 期。

朱寿桐:《〈学灯〉与"新文艺"建设》,《新文学史料》2005 年第 3 期。

朱晓进:《语言变革对中国现代文学形式发展的深度影响》,《中国社会科学》2015 年第 1 期。

朱一凡:《现代汉语欧化研究:历史和现状》,《解放军外国语学院学报》2011 年第 2 期。

后　记

　　本书是2010年我在北京师范大学攻读博士时提交的学位论文《交锋·迂回·锻造——中国"现代小说"生成的语言考察》的修改稿。获批教育部人文社科基金项目之后，又陆续做了调整与补充。调整修改的部分，一是更加强调将"现代""现代小说"作为有待分析的问题场域，考察其建构、生成的内在理路与过程。二是引入"汉语小说"的视角与方法，增加"现代小说"生成古典语言传统的维度。三是补充讨论了近年来学界对相关问题的最新研究成果，以保持学术的对话性。但基本观点，总体框架仍然是当年在恩师钱振纲先生的启发与指导下确定的。

　　现在专著出版，最该感激、感谢的正是我的博士生导师钱振纲先生。犹记得2007年初夏的一个下午在桂子山的复印店里给钱老师电话后得知被录取时的激动与感恩。时代沧桑巨变，一个考生的成败本是一粒灰尘，唯有自己知道其中的艰辛与分量。钱老师为人温和谦逊，对待学生真诚亲切又不失原则，每次到老师家中小坐，我们的话题总能从学术聊到生活中许多热点问题。老师在治学上是严谨认真的，从选题到确定论文结构，再到修改定稿，老师总让我有思考的空间同时又在迷惘时给出关键性的指点。今日我也以教书为业，也常以老师为模范，对学生尽量温和宽厚。毕业多年，老师也一直关心我的工作与生活，给予我各方面的鼓励与支持，让学生异常感动。

感谢作为答辩主席主持论文答辩的王得后先生，王先生是著名的鲁迅研究专家，硕士期间就拜读过他的《鲁迅心解》与《〈两地书〉研究》，他与钱理群先生合编并注释的《鲁迅杂文全编》曾是我青年时代的枕边书，至今仍陈列书房。此次更是近距离地感受先生的风采，作为外审专家，他给我的论文写了长长的评阅意见，给予相当多的正面评价，让后学倍感鼓舞。感谢参加答辩会并提出宝贵意见的社科院王保生老师，北师大的邹红老师，刘勇老师，李怡老师，老师们的意见与建议一直促使我进一步思考与改进，我也力求在修改稿中有所回应。还要感谢曾旁听过课程并向他们请教过问题的张清华老师、杨联芬老师、沈庆利老师、黄开发老师、陈晖老师，各位老师在课堂上的精辟论述让我受益良多。百年师大有着深厚的文化积淀，我能够徜徉其间，领受先贤的余泽，感知师大老师的才情与教诲，是让我感到幸福自豪的事情。

还要感谢引领我走上学术之路并一直关心我成长的硕士生导师许祖华教授，记得入学时许老师重点推荐我阅读黑格尔与鲁迅，虽然读得似懂非懂，但启蒙、理性、五四、鲁迅一直与我的学术研究及教学密切关联，许老师对学术的逻辑思辨性的强调也让我一直铭记。

由于参加工作多年后重返校园读书，从硕士到博士的六年，我度过了充实忙碌、安静纯朴的读书时光。幸运地遇到一批真诚、投缘的朋友，招呼着到处听讲座，泡国图，逛博物馆，打球爬香山……，时过境迁，友谊长存。

同时也感谢大连外国语大学对本书的资助，感谢陈肖静女士为编辑此书付出的辛勤劳动。

章学诚在《文史通义》中说："是以学文之事，可授受者规矩方圆，其不可授受者心营意造"。如果说我的研究能初登学术的大雅之堂，肯定是与众多老师与前辈的提携帮助分不开，但我也自知离老师的期望，离理想的"学问之道"还有很大距离，这只能归咎于自身"心性"的愚钝与惰性，尤其近年来的蹉跎与懈怠，每一思之，甚觉惶恐，只能期待以后加倍努力。书稿研究的是一百年前的文学变革，但在 2020 年，很容易模糊现实与历史。五四时代的诸多话题，仍然具有鲜明的时代性。鲁迅说"无尽的远方，无数的人们，都和我有关"，这说的是人与人的联系。迟子建在《群山之巅》的结尾写道："一世界的鹅毛大雪，谁又能听见谁的呼唤？"这说的是人与人的隔绝。最后修改书稿的时间里，全球疫情起伏变化，每天都有动人事迹，亦有各类匪夷所思之讯息，荡人心魂，成为特别的记忆。"人民日报·海外网"报告了今天的全球新冠疫情资讯，兹录如下：

> 海外网 8 月 31 日电　据 Worldometer 的实时数据，截至北京时间 8 月 31 日 19 时 30 分，全球新冠肺炎确诊病例达 25416236 例，死亡病例 851099 例。

是为后记。

2020 年 8 月 31 日晚